U0869453

長安道上

我的唐诗人物笔记

徐剑 著

SPM 南方传媒 | 广东人民出版社
·广州·

图书在版编目（CIP）数据

长安道上：我的唐诗人物笔记 / 徐剑著. —广州：广东人民出版社，2022.11
ISBN 978-7-218-15928-7

Ⅰ. ①长…　Ⅱ. ①徐…　Ⅲ. ①唐诗－诗歌欣赏　Ⅳ. ①I207.227.42

中国版本图书馆CIP数据核字（2022）第156277号

CHANG'AN DAOSHANG——WO DE TANGSHI RENWU BIJI
长安道上——我的唐诗人物笔记　徐剑　著　

出 版 人：肖风华

责任编辑：李锐锋
特邀编辑：刘　颖
装帧设计：陈宝玉
责任技编：吴彦斌　周星奎
内文插图：贺学宁

出版发行：广东人民出版社
地　　址：广东省广州市越秀区大沙头四马路10号（邮政：510199）
电　　话：（020）85716809（总编室）
传　　真：（020）83289585
网　　址：http://www.gdpph.com
印　　刷：广州市岭美文化科技有限公司
开　　本：787mm×1092mm　1/32
印　　张：24.5　　**字　　数：**350千
版　　次：2022年11月第1版
印　　次：2022年11月第1次印刷
定　　价：68.00元

微信扫码
· 听唐朝历史
· 学唐诗课程
· 查诗人图谱
· 看诗人传记

如发现印装质量问题影响阅读，请与出版社（0760-89882925）联系调换。
售书热线：（0760）88367862　邮购：（0760）89882925

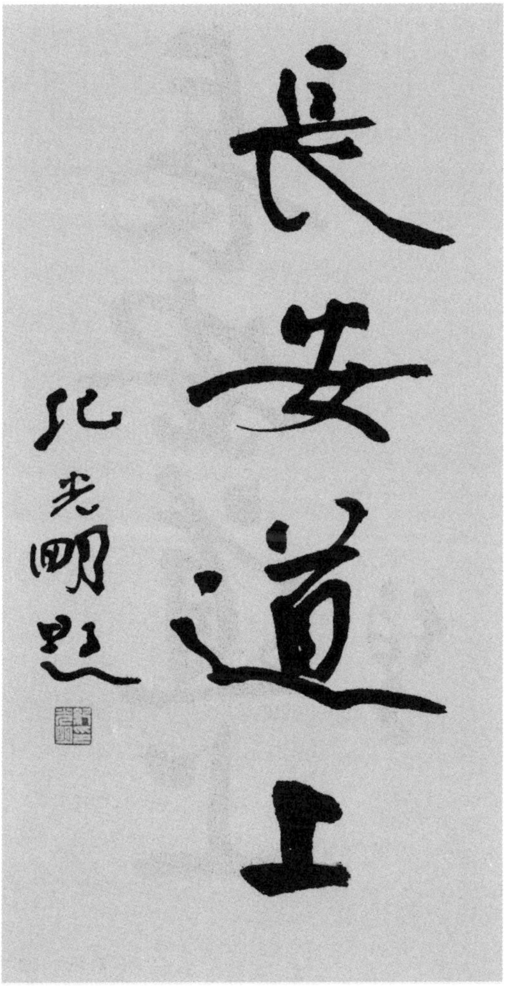

纪光明 题

長安道上

张肇达　题

序一：诗的江湖

◎陈少明

刚打开本书书稿时，心里充满莫名的焦虑。两年前为徐剑君新书作序的承诺，其实是半推半就接下来的任务。当时想，时间还早着呢。现在作业突然就摆在眼前了。而且，更让自己吃惊的是，这是一部关于诗，而且是关于唐诗的书稿。虽然我也曾幻想过写诗，但绝对没有想过谈论关于诗的著述。以我保守的观点，首先要写诗，然后才会做关于诗的议论。可我就是诗的门外汉。

当然，即使写不成这个序，也要先读一下这本书。开卷有益，读下来就发现，作者论述的对象，与其说是诗，不如说是诗人。论诗当然会论及诗人，孟子早就有知人论世的观点："颂其诗，读其书，不知其人可乎？是以论其世也。是尚其友也。"不过，常见的论诗文章是以诗为主，诗人的生平际遇则是作为理解诗的背景出现的。但徐君的书，似乎反其道而行之，焦点是诗人，诗反而变成其人格的陪衬或历史的花边。对于我们这种长期与抽象概念打交道的哲学教师来说，有故事可读是难得的机会。在愉悦或感动之余，像我这种业余人士就会冒出一丁点儿可能很外行的想法来。

其中也许最无知的问题就是，什么是诗人？想当然的答案就如从商者叫商人，从政者叫官员一样，写诗者就是诗人。其实不然，商人、官员属于谋生的职业。写诗最多是有利于谋生，但不能直接兑换成货币，至少本书提及的诗人基本上不是以卖诗为生的。而且，在唐代，几乎各行各业的人都写诗。上至帝王如唐太宗、唐玄宗，还有武则天，下至歌妓如薛涛，还有和尚、道士，甚至不知名的仆役。他们都有自己的主业。即使是写“满城尽带黄金甲”的黄巢，也是渴望有一份诗以外的事业的，只不过是后来追求无果而已。由此看来，诗人不仅非职业，而且也非社会身份。当然，也并非诗写得最多的人，因为，个别被论及的诗人，就留下一两首而已。合理的猜测应当是：唐代的诗人就是那些被认为诗写得好并得到传播，特别是能见之史乘的那些人。这情形颇类古代书生人人用笔写字，但只有字写得好，且有笔墨流传或者被临摹、传播者，才是书法家一样。会吟诗写字是古代文人的标配，只有远超同时代人的一般水准，其吟写的才能才会被关注，且通过经典世界而得以放大，以至现代人还能对之顶礼膜拜。

那是一个诗的国度。虽然诗不是商品，没有具体价格，但它能做的事情多得令人难以置信。科举可以考写诗，那是进入官场的入场券。与之相伴，是诗可以当“行卷”，即借私人通道直接呈向上峰，以诗艺邀宠求职。当然，诗也可以颂扬真情、友谊或者权势，还可以抒发人生感遇或理想。帝王甚至用它馈赠下属，以资精神激励。诗更可以与酒乐画相伴，或呈于盛会或存之文字。纵观古代的历史，可能《诗经》时代产生的诗，才有如此辉煌的意义。孔子教导其儿子：“不学诗，无以言。不学礼，无以立。”子贡还“引用”“如切如磋，如琢如磨”表达对孔子思想的领会。不过，《论语》学诗的意思主要是记颂与运用，而非创作。《诗》在春秋时代得到广泛运用，但其创作时代主要是在周初。唐人的重点不是诗的引述，而是创作。创作则视创新为生命，所以对诗才不仅羡慕、推崇，还会妒忌甚至憎恨。据说，刘希夷就是因为不肯出让“年年岁岁花相似，岁岁年年人不同”而最终死于其舅舅宋之问之手的。而且，那个时代即便不是人人都写诗，但稍不留神，不写诗的人可能就被“诗写”，就像那个悍将哥舒翰一样，竟也得到李白用诗表达的赞誉：“浩荡深谋喷江海，纵横逸气走风雷。”

我们还可以说，那个时代，诗有自己的江湖。这个江湖可以与庙堂相通，如朝廷借诗选拔人才，士人也用诗跻身官场。但官场身份不等于诗界地位，即使贵如爱诗的君主，也不会自认为诗国的帝王，否则没有必要宠爱李白一类狂傲的诗才。当然，即使真有这种英明君主，诗民也不会买账。至于诗界的地位，其实是一种荣誉，它非权势所认定。传说中，李白登黄鹤楼，见崔颢诗而掷笔不题。不论是否属实，后人从李白《凤凰台》对崔颢《黄鹤楼》的模仿，便看出崔颢对李白的影响。这些故事都告诉我们，其时的诗，具有超越权势及世俗声名的内在价值。这很可能是儒学带来的优秀传统。司马迁在《孔子世家》中，提到对孔府的观感时说："天下君王至于贤人众矣，当时则荣，没则已焉。孔子布衣，传十余世，学者宗之。自天子王侯，中国言《六艺》者折中于夫子，可谓至圣矣。"这意味着，在中国传统中，以儒学为代表，文化比权力拥有更高贵的价值。以李世民为例，一代明君，不仅擅武，而且好文。能诗之外，还酷爱书法。在他夺得《兰亭序》书帖后，分别命大臣拓临该帖，以传播其喜好，而非命人临摹自己的作品。这是权力没有冒犯文化的表现。这种文化之幸，自然也是唐诗之运。

唐诗的选本已经有很多种，本书作者并非想给读者增加一张新的推荐名单。书中涉及的诗人有七八十之多，大多超出我的认知范围。除那些耳熟能详的大诗人外，还有许多其实因其他行当而著名的人物。除帝王将相外，也有书法家（虞世南、张旭），还有方外释道闻人（王梵志、吉中孚）。当然更多可能无论在官场还是诗界，都是边缘的人物。作者大概也非着意诗史的著述，而是采摘与诗有关的人物故事，供像我这类的读者排遣时光。这些多姿多彩的故事中，自然有某些共通的桥段。如科场失意，是很多大诗人都经历过的；又如毫无诗意的官场生活，给诗人带来的苦闷。其中，吸引我更多的是正史不说的人事，或者说，那些经典的边角料。比如，用诗驭下的李世民，政治创业失败的黄巢，曾经沧海难为水的元稹，还有坏人宋之问，甚至身后留诗而读者未知身世的无名氏……

作者也非专业学者，他有自己的职业。开始时，我读到书中官场、科场和诗的关系的很多有见识的议论，往往会心一笑，把它当做作者生活经验的投射。但读到更多不同的角色和故事类型后，慢慢感到，作者是借这种写作体验更广阔的人生。其实，不但今日诗人与传统诗人的浪漫生活无法比拟，就是今日从政与古代官员的经验相比，估计也难有更轻闲、惬意的空间。作者在繁忙的公文案牍之余，仍如此用心，说明是心灵的真实需要。

它也是为自己打开心灵的另一个窗口的工作。像我这样外行人，读后也备受启蒙感动。故乐于述此心得，为徐剑君的大作完成，表达祝贺之意。

2021 年 7 月 7 日

（陈少明：中山大学哲学系教授，系学术委员会主任，教育部长江学者特聘教授。出版有《经典世界中的人、事、物》《做中国哲学》《梦觉之间——〈庄子〉思辨录》等著作十余种。）

序二：另一扇窗

◎陶 然

在中国古典文学史上，唐诗是一座绕不过去的高峰。而唐代三百年间涌现出的那些诗人，无疑是这座高峰的骄傲主宰。诗人的壮阔气魄弥漫于帝国的精神领域，诗人的自信风貌映射为文学的明朗昂扬、浓烈活泼。在那个时代，诗人作得佳篇秀句，即能传诵人口、流播远近，诗人所作被采入乐章，名登台阁，为人所敬重；在那个时代，作诗是得名的捷径与升迁的阶梯，诗人是最有风度、气概与神采的。没有初唐四杰和陈子昂的初唐、没有李白和杜甫的盛唐、没有韩愈和白居易的中唐、没有李商隐和杜牧的晚唐，是不可想象的。是诗人，而不仅是他们的诗歌作品，创造了一个令后人无比神往的文学的大唐盛世。《蜀道难》《北征》《长恨歌》《无题》这些诗作本身，与诗人人格、经历、心态的丰富性相结合，才能给人带来更深刻的审美感受。

或许正是缘于此，从唐代开始，本事类即记录诗人经历与诗作故事的笔记类著作就不绝如缕。晚唐孟棨在其《本事诗》序中说："诗者，情动于中而形于言。故怨思悲愁，常多感慨。抒怀佳作，讽刺雅言，虽著于群书，盈厨溢阁，其间触事兴咏，尤所钟情，不有发挥，孰明厥义？"将诗歌本事的阐明作为理解诗歌的途径来看待。北宋欧阳修撰《诗话》，自注云："退居汝阴而集，以资闲谈。"这是将诗歌本事、评论以随事生说的方式融为一体，遂开创了诗话这种中国古典诗歌评论的主要体例。南宋计有功编《唐诗纪事》八十一卷，广录唐代诗人事迹逸闻、世系爵里，兼及诗作品评，明代胡震亨谓其“收采之博，考据之详，有功于唐诗不细”。元辛文房作《唐才子传》十卷，从大量唐宋人笔记中辑录了丰富的诗人逸事和诗歌评论材料，既有考订之功，又能见唐代文人的性情和形象。本事、诗话、纪事和才子传，这诸种体例虽各有侧重，但就其共性而言，均提供了针对唐诗作品与唐代诗人的一种交互空间。在这个空间中，诗人、诗作、事件、记录者、评论者、阅读者等多种角色与层面，跨越了时间与地域的间隔，构成了一种平等而富于启迪、轻松却不乏睿智的对话氛围。如欧阳修《诗话》中一则云：“诗人贪求好句，而理有不通，亦语病也。……”如贾岛《哭僧》云：“写留行道影，焚却坐禅身。时谓烧杀活和尚，此尤可笑也。”可见，这种氛围使得诗人的“权威性”可以隐退甚至被解构，而评论者和阅读者的“主观性”为“六经注我”提供了可能。对于现代的读者而言，这是最有趣味和意义的。徐剑兄所著的这本《长安道上——我的唐诗人物笔记》就采用了随感式、散文化的体例，这既有利于承接传统，也不妨视作与古人、今人同时展开诗歌对话的一种邀约。

本书七十余篇文章，以现代人的视角观察唐代诗人的生活和作品，其中既有王维、杜甫这样名重天下的大诗人，又有唐太宗、武则天这样名垂青史的帝王；有名臣贤相如虞世南，有后宫才秀如上官婉儿；有逃名避世的隐士，有热衷仕途的官员；有深情的痴心才子，有薄情的无行浪子；有风流佳话的主角，有哀婉故事的配角；有盛世中的冷静者，有乱世中的坚定者……这种种的丰富性，正是唐代多元文化的体现，也是捕捉和触及唐人心灵的一个窗口。本书就是这个窗口中一扇有趣的窗户。至若其文笔之轻松、思路之灵动，无论是专业的还是非专业的读者，开卷之后，自然有所体味。而更值得注意的是，作者始终以一种较宽广的人文视域去感受唐人的精神世界与现实命运，如在评论王维一文中感叹道：“历史总是有着惊人的重复。在历史经纬的庞大坐标系中，‘人’和‘事’、‘昨’与‘今’之间，总可严丝密缝，一一对应，重复诉说着昨天的故事。”评论孟浩然一文中惊心动魄的一句：“无端的生活总是让人遍体鳞伤。”这样的文字在书中随处可见，显示出作者思考文学人物的独特维度与感叹历史沧桑的独特深度。在体会与传达诗歌意境方面，本书也是得心应手，如描述高适《淇上别业》诗中田园牧歌式的况味："看得见鸡看得见鸭，看得见乡亲看得见广袤的田野，一场场不期而至的小雨，透过密密桑林仿佛提醒诗人莫忘了乡愁。"这种文学性的、诗意化的表述，无形中连接了唐代诗人和现代读者的内心与情感。

本书作者徐剑兄是我大学的室友，毕业后一直在岭南工作，公务之余，以读书写作为乐。数年前有幸读到其所撰《不觉浅》《从司马光书房路过》等著作，多为显豁风趣的读史随笔，读来极有兴味。近年来他又将写作的触角延伸至唐代文人及其诗作，本书即为这部分文章的结集。唐人崔颢诗云"长安道上春可怜"，北宋苏轼诗中却谓"长安道上骑驴吟雪诗"，不同时代人们的心目中，大概也都有一个不同寻常的"长安道上"吧。

作为本书不少篇章的最早读者之一，我深有感于徐剑兄之聪颖开阔和专注坚毅，复忆及三十余年前同室挑灯夜读之谊，故乐为之序。

2021 年 8 月于浙江大学中文系

（陶然：浙江大学文学院教授、博士生导师、浙江大学宋学研究中心主任。）

目录

常建：松叶能抵岁月长

松下问童子，言师采药去。

诗中言及的“师”者，到底是谁？面庞和答案都若隐若现，如雾里看花。

有唐一代，诗中所谓的“师”者，其实不少就是诗者。他们中不乏写诗的高手，或仕途不得志，或为情所困，导致人生进退失据。男人嘛，能让他心灰意冷的，无非“官场”“情场”罢了。无路可走，只好作决绝状，揖别亲朋好友，觅一山清水秀之地，搭个棚子，算是落了个脚，仿佛铁下心要做个隐者，努力假装寄情于山山水水，将自己的万丈雄心掩藏在人世间的滚滚红尘之中。

其实，世上只有想不通的人，没有走不通的路。

在历代的隐者中，我认为，南朝齐梁时期陶弘景的“隐”才是发自肺腑的，陶大师真诚地拥抱所隐之地茅山的湖光山色。南朝梁武帝觉得他人才难得，一而再、再而三，派出使者软泡硬磨，恳请陶弘景出山为国效力。对这番美意，他头也不抬地予以坚拒，并赠诗一首《诏问山中何所有赋诗以答》，以明心迹：

山中何所有？岭上多白云。
只可自怡悦，不堪持赠君。

在诗歌的意象中，抬头所见的“白云”，是诸多隐者生活日常的标配，白云朵朵因此有了喜怒哀乐。不过，陶弘景好像是位大款型隐士。“多白云”，就是调侃他肥马轻裘、腰缠万贯，不像王昌龄，是个穷隐士。

不信吗？诗中不是有言“云也孤”？清代诗评家、我引为骄傲的本家徐增说过：“惟见孤云，是昌龄不在，并觉其孤也。”

两相比较，有带泪的莞尔。

即便拒绝得这般坚定，陶弘景“尚在人间”。他心系苍生，潜心医术，且著作等身，先后有《本草经本注》《集金丹黄白方》《养性延命录》等问世。说白了，他的一只脚，还在山门之外，与峻深的庙堂，有着割不断、理还乱的联系。

于是，这样动人的一幕出现了：梁武帝常常宝马雕车，不辞劳苦地往返于都城与茅山之间，放下身段，登门向陶弘景讨教，又或把陶弘景接到宫内，问计于他。

半夜趋前席。因拥有这份荣耀，陶弘景让当时不少读书人垂涎得捶胸顿足，当然还夹杂着一股股酸溜溜，他们以阴阳怪气的口吻称其为“山中宰相”。只是不知道这份特殊的君宠，于陶弘景而言，有多少无奈的成分呢？

话题扯远了，再说回常建。开元十五年（727），常建与王昌龄同榜进士及第。但他的仕途并不顺利，他用尽了全身的力气，也只捞了个盱眙县的县尉。严格来说，县尉还不是官，顶多算是小吏。

盱眙在哪儿？就是现在江苏盛产小龙虾的地方。无论“八小时内”还是“八小时外”，常建都过得不开心，抑郁难平，他只好另找乐子，比如说听听琴、喝喝酒。当这些还不足以解忧时，留下一句“此处不留爷，自有留爷处”，干脆挂冠而去，在太白山、紫阁峰一带游山玩水，也就是在这儿，他隐居避世的念头澎湃而至。

像一只受伤的刺猬，他暂时蜷缩在这儿。日子终归要继续的，常建如何打发时光呢？他常不惜以身犯险，钻到深山老林中采撷草药。无意间，他邂逅了一段传奇。《唐才子传》中这样记载：

> 尝采药仙谷中，遇女子，遍体毛绿，自言是秦时宫人，亡入山来食松叶，遂不饥寒。因授建微旨，所养非常。

他遇到了什么样的人？一个女人，一个浑身长满绿毛的女人，且又是秦朝时的宫女，算是N年前的人了。

青山灼灼，晚风习习。“绿毛女”如果乍一出现在你面前，会吓一跳吗？常建肯定会，好在他还有几分定力，没被吓破胆，也没被吓傻。清醒之下，他忙不迭请教不老之术。“绿毛女”很慷慨，和盘托出：只要嚼几枚松叶，就不会感到饥饿和寒冷了。

你信吗？呵呵，我也不信，估计常建本人也不信。但从千沟万壑回来后，他为什么广而告之呢？

人生很短，唯忠于自我，才不负本心。

常建只是以此自表心迹耳。自此，他再也无意官场，哪怕有八抬大轿。其实，他的意兴阑珊，他忘情尘俗的打算，在他最有名的《题破山寺后禅院》诗中，已表露无遗：

> 清晨入古寺，初日照高林。
> 曲径通幽处，禅房花木深。
> 山光悦鸟性，潭影空人心。
> 万籁此俱寂，但余钟磬音。

施蛰存先生说，常建这首诗，只是从正面去描写一座破落岑寂的山中古寺，并没有什么寓意。我不太赞成施先生这一观点。诗人早上登顶破山，看到旭日东升的万丈霞光，已心生欢喜。惊喜之余，又缓步进入禅房，曲径通幽，热烈与沉寂，以及所见的一切，一定拨动了诗人的心弦。

在清澈见底的水潭旁，诗人看到了天地和自己的身影，此时此刻，心中的种种块垒是不是荡涤得干干净净？告别而去时，心中的钟磬音仍然余韵不绝。《维摩经·方便品》中有云：“（出家人禅定后）虽复饮食，而以禅悦为味。”或许，这就是抵御饥饿的针针“松叶”？

常建性格较为孤僻，标准的“宅男”一个，所交者少有显达，唯与王昌龄过从甚密。他俩是同科进士及第，因为这份缘，他们又成为一生的朋友。后来两人相继进入官场，但经历和结局却大不相同，常建“沦于一尉”，此后便辞官归隐山林。

王昌龄仕途虽也坎坷，但他选择了坚守。王昌龄的苦苦煎熬，最终也无非一个“沦”字，其中无奈，也有带血泪的残酷。王昌龄终没能“熬成婆”，仅官至一个县尉、县丞，后还坐事流放岭南。安史之乱时，惨遭亳州刺史闾丘晓当街活活打死。

身在公门，各自忙于衙务，常建与王昌龄难得见上一面，但他俩有彼此懂得的联系方式——以诗唱和，致敬诗歌并以此抚慰彼此的孤寂。

任盱眙县尉时，有一次，常建不顾山高路远，专程绕道探访隐居在石门山的王昌龄。可惜，恰遇老友不在家，他惆怅不已，百无聊赖地住了一宿。第二天一早离开时，常建留下了一首诗，和老友告别，也和自己告别。

宿王昌龄隐居

清溪深不测，隐处唯孤云。
松际露微月，清光犹为君。
茅亭宿花影，药院滋苔纹。
余亦谢时去，西山鸾鹤群。

看得出，老友的居所鲜有人来，院子里的各色野草蓬勃疯长，茂盛的药草滋养着一地的青苔。初读这首诗，觉得有点像是对隐逸情趣的描写。细读之下，却是诗人流露出的一种对不遇的惋惜。当然，诗中也有对未来的期待，希望能与王昌龄结伴归隐，在无限的天地之间，一同书写出世的浩瀚诗情。

常建的这份小心事表达得相当含蓄，不愧是老友，王昌龄对此心领神会。找了个空闲，山一程、水一程，他也千里迢迢来到常建客居的鄂州武昌。

在此，他俩与鸾鹤做伴，和青松涛鸣，朝夕相处了一段时间，诗书漫卷，煞是快活。陪同他俩的，还有他俩共同的好友张偾。

不知道那段时间，他们仨靠什么填饱肚子，是否也尝试过咀嚼松叶？

不必为他们操心了。个体生命中，有不同的来路，也将有不同的归途，但如果在人生的某一阶段，尤其是低谷期，能有人把手偕行，实是人生的幸事。

前提是，先与自己和解，与自己成为朋友，才能听见万物回响。

陈子昂：怆然天地间

弘道元年（683），唐高宗李治在东都洛阳驾崩。事发突然，李氏皇室上下乱作一团，争论的焦点是：李治魂归何处？

国之大事，在祀与戎。朕即天下，天下即朕，这可容不得半点马虎。

经短时间的高频争吵，皇家“治丧委员会”最终一致决定：将唐高宗的梓宫从洛阳迁往帝都长安，在那儿找块风水宝地，隆重地予以国葬。

一切按部就班，孰料半路杀出个程咬金，这一计划还没来得及实施就搁浅了。怎么回事呢？《新唐书》记载：“时高宗崩，将迁梓宫长安。于是，关中无岁，子昂盛言东都胜垲，可营山陵。”

原来是因为他，初唐诗人陈子昂。

那年头，皇室的事，是家事更是国事。区区陈子昂，你的胆子也忒肥了吧，此等家国大事，轮得到你插嘴吗？！

皇室还是有清醒的人。嘘！诸位少安毋躁，先听听陈子昂给出的理由：当时关中年成不好，庄稼歉收，从洛阳到长安，山高路远，如果将圣上的梓宫千里迢迢迁至长安，耗时费力，对沿途百姓无疑也是场浩劫啊！况且东都洛阳地势高邈，气候干燥，在这儿完全能找到一处风水宝地啊。

陈子昂是立地书橱，学富五车，除了写得一手好诗外，他还精通坟典，耽爱黄老之术，尤工《易·象》。有这样的丰厚积累，他献上的折子显得十分专业。

这也是他的底气。

许多同僚为他捏了把汗。不过，请诸位读者放心，陈子昂这一贸然之举不仅没掉脑袋，还被宣召进宫，荣幸地得到了武则天的亲切接见。陈子昂细细道来，武则天听完满心欢喜，这是我大唐难得的“千里马”啊！此时已大权在握的武则天，爱才心切，马上授他为麟台正字，委任状写得极为雅致：“地籍英华，文称炜晔。”意思是说，陈子昂是山川江河献上的英俊才士，文才沛然，光芒四射。

给猴一棵树，给虎一座山。陈子昂渴望的是一座山，只是需要等待时间。

陈子昂是个标准的“富二代”，家有良田万顷、仆人如云。捧在手里怕摔，含在口里怕化，父母的溺爱，让少年陈子昂沾染了一身的臭毛病。辛文房在《唐才子传》中评价其“未知书，以富家子，任侠尚气，弋博”。欺男霸女，打架斗殴，赌博射猎，纨绔子弟身上有的种种毛病，陈子昂一样也不少。

陈爸陈妈是“中国式的父母”，对儿子是骂不得也打不得，待陈子昂混到十八岁，老大不小了，无奈之下，才连哄带骗把儿子送进了乡学读书。

“树大自直”，这句老话似乎在陈子昂身上得到了印证。就在乡学的第一年，陈子昂仿佛一夜间幡然醒悟，他痛自修饰，不断反省，成了“好好学习，天天向上”的“三好学生”，上课认真听，下课勤发问，又友爱同学，经常把家里的精美糕点带来与同学们分享，老师对他多有击节赞赏。课余，他最喜欢的消遣，是一人跑到家乡梓州东南金华山道观读书。晨钟暮鼓，青灯古佛，久久为功，功业精进，终成初唐的“诗家圣手”。诗家评价说：陈子昂的诗作一扫齐梁旧格，卓有创建。施蛰存先生更是言之凿凿，称他“为唐代五言古诗建立了典范，成为先驱者”。

浪子回头金不换。信不信由你，反正我信了。

陈子昂的《感遇诗三十八首》，尤被时人和后人称道。当时有位叫王适的读书人读过后，一下子跪服了，连声惊叹：“此子必为海内文宗。”

王适的生年虽然不详，但也绝非凡夫俗子。武则天时，敕吏部采用糊名考选的方式抡才，王适以入二等的成绩脱颖而出，广大百姓敬爱的韩愈大师还曾为他写过《试大理评事王君墓志铭》。这样看来，王适盛赞陈子昂是海内文宗，不是随便一说，又或者是文人骚客间“你好我好大家好”式的相互吹捧。

真的吗？好吧，咱们一起再来读读陈子昂那首“经典恒流传”：《登幽州台歌》。

此诗可谓妇孺皆知，大家在小学甚至幼儿园时就背过，相信你能张口即来：

> 前不见古人，后不见来者。
> 念天地之悠悠，独怆然而涕下。

这一刻，诗人站在幽州台上，极目广袤的北方平原，天高地迥，诗人看到了什么？又想到了什么？张中行先生认为，陈子昂是心有所求，求之不得。我们不妨设身处地，代诗人思考，思古人之想，感古人之忧。

公元 696 年，渴望建功立业的陈子昂，追随武则天侄子、右羽林大将军武攸宜东征契丹，出任军幕参谋。武攸宜志大才疏，不知兵事而好言兵事，不知国事而好言国事，像这等不学无术之辈，只是靠命好、靠裙带关系捞取显位。短兵相接的战场上，拼的是真功夫。雄厚的家庭背景帮不了武大将军，他使出了吃奶的力气，仍被契丹人打得满地找牙，屡败屡战、屡战屡败。作为幕僚的陈子昂，急得抓耳挠腮，多次建言献策，但武攸宜拒绝一切合理的建议，恼羞成怒之下，他反而甩锅给陈子昂，将其降为军曹。

唉，到哪儿说理去？

满腹忧愤的陈子昂，只好独自登上幽州台。那一刻，他环顾左右，又极目远眺，忧虑战事，也怜悯自己。遥想当年燕昭王为国延揽贤才的旧事，一时悲从心起，随口吟诵一首，以短歌抒发“此时此刻”的心情。

人生的不如意，对每个人的当下来说，都是最好的安排。“诗家不幸读者幸”，于是，就有了这首传诵千古的名篇《登幽州台歌》。

张中行先生所指大概如此，但如果仅读出的是个体命运的得失，无疑是把这首诗读浅了，读简单了，也小看了陈子昂的境界。

“前不见古人，后不见来者。”开篇横空出世，一语惊人，是在天老地荒中，对人世间的一声断喝，继而突现了茕茕孑立于天地间的清高、孤傲和悲凉。上穷碧落，这个人类赖以生存的星球有过多少生命、多少豪杰，哪一个又不是仅生活在此时此刻的“当下”？即便在同一个时代，心灵间的鸿沟也无法逾越，茫茫人世，处处牢笼。能懂得诗人的人，已“前去”，或还“未来”。两个“不见”，包含了万千思绪，有生不逢时、怀才不遇的愤慨失落，有壮志难酬的孤独寂寞。

这些都太小了！

站在幽州台上的陈子昂，站在诗意的更高维度，放下的恰是“小我”，而从人类的角度“瞻前顾后”！两个“不见”是洪荒宇宙面前的绵延人类史，脆弱而伟大！陈子昂用自己的一声咏叹，把迥绝的“人”立在文学史上。如此胸襟，问问千年后的你我，或许羞赧。

由此观照一代女皇武则天对陈子昂的“满心欢喜”，确有根由。

或许，这只是对诗句最直观的解读。每一个鲜活的生命，如果不甘于眼前的苟且，便常是伤痕累累，如同舞蹈演员红舞鞋里裹住的双脚，外人看到了光鲜，却体悟不到光鲜背后的痛。走下幽州台的陈子昂，何尝不是如此。仕途失意的他，扼不住命运的喉咙，又逃不出命运的枷锁，只好独自流泪到天明。

没有过深夜里的号啕大哭，不足以谈人生。

圣历初年，官至右拾遗的陈子昂再也无意官场，卸职回乡。没多久，老父去世。陈子昂在父亲墓旁搭了个小屋，循孔夫子的教导，打算住上三年，以尽哀思和孝道。

以为就这样终老乡间，打发余生。未曾想到，陈子昂命犯小人。这小人权力不大，分量却很大，此厮就是县令段简。段县令生性贪婪残暴，听人说陈子昂家中富有，便深文周纳，构陷守孝在身的陈子昂。森森公堂之上，竟以威胁手段敲诈了陈子昂二十万缗。人心不足，他还嫌太少，又狮子大开口。陈子昂不肯就范，被关入暗无天日的大牢。

身陷囹圄，陈子昂用蓍草卜了一卦，大凶。读罢卦象，陈子昂大惊：“天命不佑，吾殆穷乎！”

天不佑人！陈子昂果然没能再活着走出监狱，诗人的生命在四十三岁时戛然而止。

写到这里，心中隐隐作痛，一代又一代，小人不绝于途，如蚁之附，这些宵小的破坏力到底有多大？“蠡”如何测海？善良限制了人们的想象。

君子怎么玩得过小人啊？他们如躲在洞口的硕鼠，从《诗经》里走出来，瞅准你了，瞬间出爪，不待你回神过来，已逃得了无踪迹。

抹不去的，是君子永远的痛。

柳宗元这样评价陈子昂：“能极著述，克备比兴，唐兴以来，子昂而已。”又如何呢，一代诗宗的生命之火，还不就这样被一个县令掐灭了！

其实，远没那么简单。段简只是个帮凶，冤案后另有主凶，陈子昂得罪的是武则天！

《资治通鉴》载：“万岁通天元年（696），武则天遣曹仁师、张元遇等二十八将出击契丹，全军覆没。大将皆被掳。武后诏募囚犯及奴隶以击契丹。”关于这件事，陈子昂曾上书谏阻，其中一句“暴骨无全躯”让武则天凤颜大怒。让女皇不爽的还不止这些，如“汉甲三十万，曾以事匈奴。但见沙场死，谁怜塞上孤。”陈子昂的含沙射影，早已逾越了女皇可以忍耐的底线。

陈子昂危矣。

武则天非常崇信佛教。她本是唐太宗所宠幸的一位才人，唐太宗死后，她被安排到感业寺削发为尼。满脑子“宫心计”的武则天后来又被唐高宗宠幸，重新进宫，封为昭仪，然后夺取皇后大位，最后又当上了女皇。

上有所好，下必甚焉。武则天权倾天下时，有位叫法明的和尚，想被女皇临幸，呕心沥血伪造了一部佛经，名为《大云经》，法明谄媚说武则天是西方弥勒佛化身。武则天信了，于是下诏各地大兴土木，兴建大云寺，掀起一场声势浩大的造佛运动。寺中有些佛像庄严宏伟，光小指就可容下几十人。全国性的造佛运动，耗用了大量的人力和物力，大大增加了老百姓的“痛苦指数”，天下民怨沸腾，当朝宰相狄仁杰对此苦谏不已。陈子昂心忧天下，也屡次上“诗”谏言，其中两句“夸愚适增累，矜智道逾昏”，让武则天读后，脸气绿了，肺气炸了。

皇上的心思有人猜，也猜得准。武则天侄子武三思就对陈子昂恨得咬牙切齿：“哼，谁让我姑姑不开心，我就让他没活路！”经一番策划和授意，帝国的著名诗人陈子昂就这样被投进了监狱，就这样被人弄死了。

元代辛文房在读到陈子昂的人生遭遇时，忍不住哀叹：“古来材大，或难为用”“象以有齿，卒焚其身”。士人仕隐之间的宿命性纠缠，陈子昂注定要把一生耗在其间，看穿了又如何？

天意从来高难问，“君宠”是靠不住的。呜呼！

崔国辅：春天在哪里

虽有一百个不情愿，崔国辅还是无奈地离开了都城长安。

之前，他曾无数次地徘徊于街头，心怀幻想，希望身处九重宫阙的天子能收回成命。

竟陵城遐方绝域，穷乡僻壤。被贬谪至此，心有不甘啊，好不容易才熬到礼部郎中这个位子，“治国平天下”的凌云壮志也才刚刚起了个头。

何况，自己是“躺着中枪”，冤枉啊！

天宝年间，权臣王鉷身兼二十多项要职，诸如户部侍郎、御史中丞、京兆尹，等等。如果打在名片上，印满双面还不够。手握重权，本该上报皇恩，下解民忧，王鉷却没把心思放在勤政为民上。他既贪财，又贪货。今天收别人的银子，明天收别人的古董。日进斗金，欲壑难填。

存心有天知。对于王鉷的贪婪，皇上还是知道了。皇上很生气，后果很严重。一道圣旨，赐他自尽。

本没崔国辅什么事，但他与王鉷是近亲。帝国时代，峻法“连坐”凶嚣，崔国辅摊上这样一个亲戚，又同朝为官，自是难脱干系。死罪可免，活罪难逃，被一纸贬去竟陵城。

老天爷的伟力云垂海立，像是主宰命运技艺高超的“魔术师”，吞刀吐火，玄妙入神。

崔国辅无可奈何，别无选择。

不过，谁又能预料到呢，在下一个路口，老天又给你安排了什么惊喜？

在竟陵城，初来乍到的崔国辅，与“茶圣”陆羽虽萍水相逢，却终引为刎颈。三年间，“交情甚厚，谑笑永日”。山水之间，吟诗作赋，饮酒品茗，好不快活。尤其是陆处士超然高拔，让崔国辅渐渐忘却了离开都城时的伤心欲绝。

他俩是“吟侣”，更是茶友，《唐才子传》中这样说，他们“又相与较定茶水之品”。什么是好茶，什么是好水；什么样的茶，该用什么样的水来泡。此类的话题，是他们吟诗作对之后的日常。

“无由持一碗，寄与爱茶人。”

无数次的品茗快意，推着名动大唐诗坛的“五言圣手”崔国辅走出人生谷底，迎来了创作的第二春。

崔国辅的诗作，大都属乐府诗题。清代诗评家乔亿在《剑溪说诗》中说：“惟崔国辅自齐、梁乐府中来。”这种“来”，不是简单地克隆或移植，而是匠心独运，巧思妙想，更是有一种“捕捉”人间诗意的高超能力。

这种“捕捉”诗意的能力，崔国辅认为缘于竟陵山水，当然也有诗友、茶友陆羽的一份功劳。后来两人分别时，崔国辅这样对陆羽款款深情：“予有襄阳太守李憕所遗白驴、乌犎牛各一头及卢黄门所遗文槐书函一枚，此物皆己之所惜者，宜野人乘蓄，故特以相赠。”意思是，襄阳太守曾送我一头白驴和一头黑野牛，黄门侍郎卢君送我有斑文的槐木书盒，我虽然也非常珍爱这些东西，但我决定转赠给您，只有您这位没有做官的人才有资格乘坐和收藏。

雅意高情，一时所尚。

又有文学家、诗选家殷璠在《河岳英灵集》中赞他：“国辅诗，婉娈清楚，深宜讽味，乐府数章，古人不及也。”时人认为，在唐代庞大的诗人群体中，崔国辅与李白、王维、孟浩然的五言绝句才为“正宗”，尤以崔国辅独具一格。《全唐诗》录他四十余首诗，五绝就占了一半。怪不得辛文房说他“乐府短章，古人有不能过也”。

是否言过其实？我们找来其中的一首读读。

王孙游

自与王孙别，频看黄鸟飞。

应由春草误，着处不成归。

《楚辞 · 招隐士》中有“王孙游兮不归，春草生兮萋萋”句。崔国辅则在《王孙游》中，巧妙翻用其典，意却更上层楼，读来令人怜爱。春鸟来了又去，而王孙却一去不复返，独剩寂寞，闺怨如年华付水，明日何其多？

还有《小长干曲》，这是崔国辅诗作中色彩较为亮丽的一首情歌。

小长干曲

月暗送湖风，相寻路不通。

菱歌唱不彻，知在此塘中。

夜色溶溶，月光如水。在湖边，小伙子心如鹿撞，他深一脚浅一脚，走在崎岖不平的小径上，急切地寻找自己的心上人。人在哪儿呢？正茫然间，一首曼妙菱歌从湖面上传来。燕语莺声，娇翠欲滴。哇，这歌声就像是千年暗室，一灯即明。虽然还看不见你，但我知道你就在不远处，已难逃出我的手掌心。你在哪儿，我的心就在哪儿。这样的感觉，恰是青春年少正好。

崔国辅写诗，因为专，所以精。他的创作不追求琳琅满目的数量，五言绝句中也多写宫闱儿女之情，含思婉转。又如《怨词二首》中之一：

妾有罗衣裳，秦王在时作。

为舞春风多，秋来不堪著。

说的是，一位宫女无意间打开箱底，找到了一件压在箱底下的旧罗衣。睹物思已，记忆的闸门瞬间砰然打开，奔涌而出。这件罗衣，记载了青春年华的多少光荣与梦想，可谓是万千宠爱集于一“衣”。伤心的是，或许是因为年老色衰，君王的一晌欢心，如飘雪入草丛，化了，融了，再也找不着了，无影无踪。字里行间，读到的满是哀伤。说的是宫女，又何尝不是说作者自己呢？远离天阙，唯寄情山水，此中的不堪，说不定在梦中痛醒后再也无法入眠。

赚尽了天下士人的白头。

公元751年，帝国著名诗人杜甫献上《三大礼赋》以求进身，他想当官了。唐玄宗答应了，但要走程序，杜甫必须考试。崔国辅、于休烈被钦点为考官。崔国辅看过杜甫的考卷后，大为欣赏并极力向唐玄宗推荐。杜甫知道后感激涕零，题诗《奉留赠集贤院崔于二学士》以示谢忱："欲整还乡旆，长怀禁掖垣。谬称三赋在，难述二公恩。"

读完杜甫这首诗，崔大人会是什么心情呢？其实不必探究，许多时候，得意者与失意者，心灵庶几可以相通。

杜甫最终还是含泪一步三回头离开了长安。这一天早上，他是带着宿醉离开的。崔国辅眼睁睁地看着杜甫的背影，渐渐消失在长安那条最宽阔的大街尽头。

崔颢：让人“羡慕嫉妒恨”

“楚狂人”李白，喜欢远足，尤其喜欢户外探险。

有一天，李白准备登华山。前一晚又喝高了，大清早，他带着残留的醉意，骑着匹瘦驴，摇摇晃晃路过山脚下华阴县衙门口时，发生了一起交通事故——李白的驴，受惊躲闪不及，与县太爷的官轿碰了个正着。

什么人，竟敢不回避？来人，拿下！

进得公堂，“正大光明”熠熠生辉的牌匾下，县太爷正襟危坐。突然间，他猛一拍惊堂木，恶狠狠地发问：“堂下何人，胆敢如此无礼？！”

李白不发一言。

“啪”，又是惊天一拍。看县太爷气急败坏样，李白斜乜了一眼，唯求纸墨。眨眼间，笔走龙蛇，一纸供状挥笔而就：

> 曾令龙巾拭吐，御手调羹，贵妃捧砚，力士脱靴。天子门前，尚容走马；华阴县里，不得骑驴？

写毕，李白将一管狼毫掷于地上。皂隶把李白的供状呈上。华阴县令看罢，妈呀，原来是“谪仙人”大驾光临！怪我有眼不识泰山！赶紧道歉：“不知道翰林学士到此。”李白冷冷地看了他一眼，然后大笑三声，跨出衙门，跨驴扬长而去。

说了这么多，“诗仙”李白并非本文的主角，冒着“掉书袋”的揶揄，只是为了另一个人。

说得也是，放荡不羁、恣意潇洒的大诗人李白，会把谁放入眼里？

确实不多。

幸好有崔颢，就是这“一个人”，也就是本文的主角。

崔颢是汴州人。天宝年间，崔颢出任尚书省司勋员外郎。虽有诗名，年轻崔颢的个人名声却不大好，《唐才子传》中说他是“少年为诗，意浮艳，多陷轻薄”。说白了，彼时的崔颢，渴望一鸣惊人，却别无他长，只好埋头创作。诗写了不少，生产的只是一堆让人嗤之以鼻的“有意”艳诗。

北海太守李邕，开元初曾任殿中侍御史，早有才名，尤长碑颂。李邕是位闻名遐迩的伯乐，听说崔颢的诗写得不错，他礼贤下士，“虚舍邀之”，专门叮嘱仆人打扫好房间，盛邀崔颢前来小住，以便就近切磋诗文。

这当是桩风雅之事，本应以满满的正能量传颂于大唐诗坛。可惜的是，崔颢自坏了好事。刚踏进李府，兴冲冲的崔颢就迫不及待献上自以为得意的诗文。没料到，李邕读了第一首的第一句，便没心情再读下去，且勃然大怒，对崔颢叱责道：“小儿无礼！”言毕，“不与接而去”。拂袖而去，把崔颢晾在会客室。

好尴尬呀！

令李大人勃然怒者，在首句诗“十五嫁王昌”的“王昌”上。在唐代的艳诗中，“王昌”这名字常见，泛指美男子，且是喜欢玩暧昧的美男子。你想啊，李邕是个有身份的人，你崔颢张口就来个“王昌”，传出去有多不雅，影响有多坏。

来完整地看完这首“不雅诗”：

十五嫁王昌，盈盈入画堂。
自矜年最少，复倚婿为郎。
舞爱前溪绿，歌怜子夜长。
闲来斗百草，度日不成妆。

其实也没什么吧，不就描写了一下闺房之乐吗？但崔颢毕竟年少，他忘记了李邕是位地地道道的方正君子。

殷璠在《河岳英灵集》中这样评价说：“颢年少为诗，名陷轻薄。晚节忽变常体，风骨凛然。”那么，是什么触动了崔颢，让他一改诗风呢？

乃“一窥塞垣，说尽戎旅”。

虽中了进士，但在偌大的都城长安，崔颢过得极不敞亮，仰人鼻息、看人脸色，或外放为官，或奔走各方。这样的日子，算起来有二十多年。淬炼于人生的浮沉，尤在任职河东军幕后，经年的戎旅生涯，让他的诗风变得雄浑奔放。

人生往往走着走着就开阔了，开阔的，未必是仕途或钱路，也可能是视野与体悟。下面这首诗，就是崔颢这段时光的诗意升华，更是给自己的人生交代。

昔人已乘黄鹤去，此地空余黄鹤楼。
黄鹤一去不复返，白云千载空悠悠。
晴川历历汉阳树，芳草萋萋鹦鹉洲。
日暮乡关何处是？烟波江上使人愁。

崔颢的这首诗各位读者都耳熟能详，《黄鹤楼》成为中国诗坛的经典，是卷帙浩繁唐诗中的一座小高峰。严羽在《沧浪诗话》中说：“唐人七言律诗，当以崔颢《黄鹤楼》为第一。”这话不为过，无论古人抑或今人，只要登上黄鹤楼，默诵此诗，放眼望去，莫不是白云千载、遐思悠悠。

崔颢果然了得，以手中之笔提取了万千读者内心世界的最大公约数。

这座小高峰，让狂傲如李白者也自愧不如。《唐诗纪事》中说，李白到了武昌，与友人登上黄鹤楼。李白为眼前所见震撼，按“诗仙”一贯做派，必定赋诗一首。然而，一向自信“宇宙第一”的李白，这次却遇到了强大的存在。尽管绞尽脑汁，自忖也难以超越崔颢，只好勉为其难写下一首打油诗，然后颓然掷笔怏怏而去。李白这首著名的打油诗，人们记住了其中著名的两句：“眼前有景道不得，崔颢题诗在上头。”

一个人旅行，喜欢在路上遇见最真实的自己。李白奉这句话为一生的圭臬，何况他还有一颗不死的“侠心”。毫无疑问，黄鹤楼是他多次旅行的目的地。他的一首《黄鹤楼送孟浩然之广陵》，让人读到友谊纯粹的范式。诗中一句“故人西辞黄鹤楼”，见证诗人感性的一面，也确证诗人在此有过多次逗留。

人虽离开了黄鹤楼，但李白的诗心留下了。对于崔颢的这首诗，李白因争强好胜的性格而沉淀为长久的心理阴影，为此一直耿耿于怀，后来不甘心又写了首《凤凰台》，意再与崔颢 PK、一决高低。“凤凰台上凤凰游，凤去台空江自流。”孰高孰低，读者心中有数，历史自有公论。

这段公案，我想更多是后人的附会。“且乐生前一杯酒，何须身后千载名？”如此飘逸旷达，李白不会那么小家子气的。

崔颢有四十多首诗作存世，他的《长干行四首》也让人喜欢得紧呐。

其一

君家何处住？妾住在横塘。
停船暂借问，或恐是同乡。

其二

家临九江水，来去九江侧。
同是长干人，生小不相识。

其三

下渚多风浪，莲舟渐觉稀。
那能不相待？独自逆潮归。

其四

三江潮水急，五湖风浪涌。
由来花性轻，莫畏莲舟重。

江水滔滔，帆樯林立，两船江中偶遇，船中一妙龄女子问临船男子：“您家住在哪儿？”回答说：“我家在横塘。”哦，咱们可能是老乡！一个“恐”字，道尽万种风情，青年男女之间的两情相悦，借日常的对话，让人读到对生活的亲切向往，令人会心一笑、令人怦然心动。

这也算是“艳诗”吗？

年轻时的崔颢，爱赌博，好喝酒，还是“颜值控”，娶妻唯一条件——漂亮！稍有不满意，马上一纸休书，他因此更换了三四个妻子，给人落了个“文人无行”的口实。这也是李邕最终不愿做他“伯乐”的原因之一。

崔颢写诗“苦吟咏”，十分投入。一次大病初愈，身体消瘦了好几斤，有朋友前来探访，见状打趣道：“老兄这么瘦，肯定不是病的，当是苦心吟诗吟瘦的吧？！”

“诗圣”杜甫写诗也常是苦吟而不得，“吟安一个字，捻断数茎须”。想想也是，读书求学哪有什么天才，都是“险觅天应闷，狂搜海亦枯”。

不踮起脚尖，又怎能看见远方？

崔护：人面不知何处去

人生中有许多不期而遇，却又往往失之交臂。等不来，也过不去。

往往怅然若失。

其实，不必追。

那一年，博陵（今河北定州）人崔护，孑然一身赴长安赶考。走出考场后，剩下的，是一颗悬着的心。

听天由命吧！为舒缓心中的忐忑，他独自一人走向城南郊外，试图以满目胜景怡悦自己。

《本事诗》中说崔护“资质甚美，而孤洁寡合”。意思是说，崔护是个聪明人，只是性情清高孤傲，有些不合群。就说这一次郊游吧，他没有邀约他人，选择与自己为伴，与清风为伴。

时值清明时节，一路所见，杨柳花飞、暖风和煦。久困于如山的备考复习资料中的崔护，见此宜人景色，顿觉神清气爽，脚步如风。东瞅西看，一路瞎逛，他完全沉醉于花花绿绿的世界之中。

忘了时光，也忘了归路，崔护迷路了。作为一名异乡人，此时他不辨南北西东，浑然不知身在何处。走了一天迢远的路，已是太阳落山时分。此时的崔护感到腿酸口渴、饥肠辘辘，随身带来的一壶酒已告罄。惴惴不安中，他打算找个人家讨碗水喝，顺便歇个脚，然后打道回城。

环顾四周，荒无人烟，只是青山如黛。极目处，一个山坳中，一片桃花红白盛开，茅屋一角在夕阳下隐约可见。

崔护心中大喜，朝着目标狂奔。他很快就到了山脚，再攀上靠前一步。咦，方才的茅舍反而不在了，眼前只见蔚然桃林，遮天蔽日，落英缤纷，茅屋被灿烂桃林紧紧裹住了。

穿行桃林中，闻着桃花沁香，崔护禁不住轻声吟诵起《诗经》中的《桃夭》篇："桃之夭夭，灼灼其华。之子于归，宜其室家。桃之夭夭，有蕡其实。之子于归，宜其家室。桃之夭夭，其叶蓁蓁。之子于归，宜其家人。"

崔护低吟着，生怕稍高了一个分贝，就会将满枝满丫的桃花抖落。

好一片林子，好一处桃花源。

谁"于归"此处呢？此地必有高人。按捺不住急切，也为了尽早解开心中谜底，崔护沿着山间小道，跨过坡坡坎坎，在桃林中曲折前行，终在百步开外，豁然开朗，但见在一平旷处，有茅屋三两间。

崔护喜不自胜。

这几间茅屋由木板和竹板搭成，屋顶上是重重茅草。茅屋四周还用竹篱围成一个小栅栏。站在篱笆外，崔护往里望了望，茅屋院内，虽是简陋，却井然有序、干干净净。

主人是谁呢？在家吗？崔护赶忙趋前，一看，心凉了半截，只见茅屋户门紧闭！

喉咙渴得冒烟，又有一番探究的冲动，崔护决定上前叩门试试运气。一二三，阒然无声。不死心，再敲，等了一阵子，这时候，有位妙龄女子从一间茅屋走了出来，透着栅栏缝隙往外窥看，见院子外有人，小声问道："谁呀？"崔护以姓相告，为释疑虑并回答说："寻春独行，酒渴求饮。"我一人出城郊游，酒后干渴，特来讨点水喝。

一阵窸窸窣窣的声音后，年轻女子打开院门，端了碗水出来，还客气地请崔护进院内就座。

递上水碗，双手接住的一刹那，四目相对，崔护心如鹿撞，惊喜不已，碗中的水抖了抖，飘洒在地上。此姝只应天上有啊，这女子"妖姿媚态，绰有余妍"。崔护忍不住多看了几眼，无边春色瞬间氤氲了整个世界。崔护心猿意马，思忖着多搭讪几句。遗憾的是，年轻女子并没有更多的话，只是轻盈地走到院外，斜倚在一棵桃花树下，“美目盼兮”“巧笑倩兮”，一双会说话的眼睛，默默地注视着他。

明眸善睐，艳若桃花。

将剩下的半碗水一饮而尽，尴尬中的崔护，一时语塞，也无法再无话找话，只好起身作揖告辞。

他的魂不可救药地留下了。但心有不甘的崔护，朝前走了几步，却又频频回首，这女子依旧站在桃树下，目送着他的背影，然终不复一言。

崔护在期待中，终是怅然而归。

自此后，崔护心中无一是她，无一不是她；夜里梦她，醒来念她。一转身，却不在身边，这是一种彻骨的惦挂。可怜的崔护，一时坠入了深渊般的“单相思”。幸好，功名是男人最好的药方。这一年考榜揭晓，崔护榜上有名。人生关键一役告捷，让崔护暂时忘记了情感上的煎熬。他以进士及第之身，然后京兆尹，又御史大夫、广南节度使。此番上榜，暂且让这段美好的邂逅，成了一只放飞的风筝，逍遥又自在。

然而，风筝的线还是紧紧地攥在手心里，飞得越高，越想把它攥回来。崔护的这份感情也是如此，蛰伏愈深，爆发得愈激越。又一年清明节到了，崔护的思念如雨后春笋，蓬勃生长，满坑满谷。于是，这一次，他依然没邀约他人，自个儿直奔城南而去。

还是老地方，茅屋犹在，桃花同样绽放得漫天飞舞，茅屋的大门同样严丝合缝。他急切地敲了又敲，空院无声。徘徊良久，终是人去茅舍空。日暮临近，恋恋不舍中，崔护只好在门扉的左侧题诗一首，这就是足以让崔护青史留名的《题都城南庄》——

去年今日此门中，人面桃花相映红。
人面不知何处去，桃花依旧笑春风。

鄙邑赣南乡间有句俗话：“好饭不怕晚，好话不在多。”于诗歌创作而言，道理如出一辙。崔护或许不算是多产诗人，至少流传下来的作品不多，《全唐诗》仅存 6 首。但他有这一首《题都城南庄》就足够了，诗名足以不朽。

据考证，乾隆皇帝一生写了 43000 首诗，但有哪一首或哪一句被后人记住了？呵呵，好像是有的——《还珠格格》里不是有两句吗？“一片两片三四片，飞入草丛都不见。”

徒留笑柄！在写诗的这件事上，虽身为九五之尊，权力并没能帮上他的忙。

崔护这首名诗，包含着一前一后两个相同场景又相互观照的递进。第一个场面是寻春遇艳：“去年今日此门中，人面桃花相映红。”双方脉脉传情却未通言语的遗憾，虽是遗憾，却足以动人心魄。第二个场面是重寻不遇：“人面不知何处去，桃花依旧笑春风。”还是春光烂漫、百花吐艳的季节，还是花木扶疏、桃柯掩映的门户，但一直心念念的“人面”却不知道去了何方，只有门前的一树桃花，在春风中含笑凝情独自绽放。这种深重的怅然若失，与周遭情景相比，崔护的心情一定是雨愁烟恨，甚至绝望。

花开与我无关，春色与我无关，一切与我无关。

唯有你。

人生茫茫，有人在，就有江湖，就有不同的人生际遇与况味。即便如此，素不相识的人们总有情感最大的公约数。崔护诗中的人面桃花，物是人非，这种看似简单的情景剧，却道出了无数人都似曾有过的共同生活体验。我们未曾与诗人同处一个时代，但这种生活经历，仍可让当下的我们与诗人深宵对语，妙然心会。

可惜，在 5G、高铁时代，这种美好，不再憧憬，也难以复制。

崔护笔下的这段无果的偶遇，本可就此打住。诗人放不下，好事者心中也放不下，绞尽脑汁追求大团圆。唐代学者型官员孟棨在他的《本事诗》中有了续篇。他精心编了个剧本：爱而不得是最大的痛苦。不肯轻言放弃的崔护，隔了几天又再次来到城南，去寻找那位女子。刚到院子门口，听到茅屋内有人哭泣。崔护乍听心头一紧，遂叩门询问，有位老者走了出来，一张口就责问他道：“你是崔护吗？”回答道：“正是晚生。”听罢，老者放声大哭说：“就是你杀了我的女儿啊！”

桃花依旧。

崔护一头雾水，瓷在那儿，手足无措，讷讷无言。老者继续哭诉说：“我女儿已经成年，长得漂亮，又知书达理。前来做媒的人络绎不绝，踏破了我家的门槛，但都被我一一回绝，不舍得她嫁出去啊。自去年以来，她就经常神情恍惚、若有所失。那天我陪她出去走走散散心，回家后，见在左边门扇上题有一首诗，读完之后，刚进门她就病倒了，又绝食数日后就走了。我老了，只有这么个女儿，我女儿之所以迟迟不嫁，就是想找个可靠的君子，借以寄托终身。如今她竟然不幸去世。这不是你害死她的吗？”言毕，趴在崔护肩上号啕大哭。

听到如此一说，崔护顿时感到万分内疚。女孩之死，百身莫赎。于是恳求老者，让他进入内屋一哭亡灵。得到允准后，只见女子躺在床上，虽去世日久，但面目鲜活如生，仿佛只是睡去一般。崔护赶紧抬起她的头并枕在自己的腿上，他哭着祷告道：“我在这里，我在这里……”

咦，你说神奇不神奇？不一会儿，这女子居然睁开了眼睛，死而复生！

之后的结局大家都猜到了，又是陷入“有情人终成眷属”的套路。果然，大喜过望的老人家，马上允诺将女儿许给了崔护。小两口从此举案齐眉，天长地久。

美则美矣，可惜是“续貂”，有点糟蹋了诗人笔下诗歌审美的悲剧意义。中国人喜欢追求圆满，其实生活中哪有这么多的天遂人愿呢？有句网语说得好：“有些人仅仅为了活着，就拼尽了全身力气。”曾文正公最为欣赏的人生境界就是“花未全开月未圆”。

是的，人生需要留白，许多时候，“小圆满”远胜过“大圆满”。

让人觉得不公平的是，辛文房在为他赢得盛名的《唐才子传》一书中，关于崔护，竟然不着一字，让后来读者大有遗珠之憾。

读者的眼睛是雪亮的。再从崔护留下的六首诗中挑出一首《五月水边柳》，以飨诗魂。

结根挺涯涘，垂影覆清浅。
睡脸寒未开，懒腰晴更软。
摇空条已重，拂水带方展。
似醉烟景凝，如愁月露泫。
丝长鱼误恐，枝弱禽惊践。
长别几多情，含春任攀搴。

以比喻、拟人等多种修辞手法，极尽描摹了垂柳的万千风情，写得尽态极妍，惟妙惟肖。

这或许就是崔护的诗味。

突然觉得，能打动人的不仅是诗意，还有恰到好处的柔情以及诚挚的内心。

崔郊：萧郎不再是路人

才子佳人，是自古读书人一觉不醒的春梦。

无数个舞台，无论富丽抑或朴陋，这样的戏码，上演过一幕又一幕。男欢女爱，悲欢离合，赚尽了多少观众的艳羡与眼泪。

“春梦”同样源于生活又高于生活。唐宪宗元和年间，落魄秀才崔郊，就曾是这样一位幸福的男主角。他凭一首二十八字短诗，把恋人从虎口夺回，还意外地获赠万贯陪嫁钱。

这戏剧性的一幕，见于《全唐诗话·崔郊》。

说的是，家境贫寒的崔郊，虽悬梁刺股，却屡铩羽而归，没取得什么功名。快憋疯了，他决定到嫁到襄州的姑母家暂住一段日子，透透气，散散心。巧了，姑母家有位婢女，不但“端丽”还“善音律”。有一次，庭院中的无意一瞥，彼此就惊见了童话爱情的模样。郎未娶，妾未嫁，在最合适的年华，有了最合适的遇见，这一对年轻的心瞬间就“低到了尘埃里”。

“生活在阴沟里，依然有仰望星空的权利。”王尔德的这一句话，同样适合鹑衣鹄面的苦命读书人崔郊。只是作为寄人篱下的一介书生，对方又是一个委身为婢的贫贱女，双方都是“身似不系之舟”，怎能舵得住各自的命运呢？爱情的芽儿，唯有潜在心底野蛮生长。他俩每天最大的期待，也只能是庭院中的匆匆而过、匆匆一瞥。

幸福就这么一丁点儿，但就这一丁点儿也没能长久——姑母将女婢卖给别人为妾。

崔郊获悉后，不啻天塌地陷。急火攻心，他病倒了，整日神魂颠倒，缠绵病榻；粒米未进，茶饭不思。姑母心急如焚，一番探究，方知原委。姑母长叹一声："傻孩子啊，你为何不早说呢？！"此事已不可逆，因为买主是个大人物——时任襄州刺史、山南东道节度使的于頔。

于頔是个惹不起的主，乃一介武夫。他虽大字不识几个，却凭祖荫，从皇上的带刀护卫做起，连升三级，成为主宰一方大员。此公好色，曾将下属的老婆强抢为妾。他为自己抢，也为儿子抢。史书上称"（他）令士兵围其第，强抢其女为儿媳"。此外，此公脾气凶蛮，"移镇山南东道，俨然专有汉南之地，凌上威下，骄横不法，朝廷姑息，无可如何"。

欺男霸女，把治下当成"水泼不进"的独立王国，连朝廷对于頔也只能是睁一只眼闭一只眼。怪不得，当时的天下人讽刺他为"襄样节度"，意为不遵法度节度使的代名词。

面对于頔，姑母纵有成全崔郊之心，再给她十个豹子胆，又能"计将何出"？！罢了罢了，孩子算了吧，姑母再给你找一个，四只脚的美女稀罕，两只脚的还是很多的嘛，况且你们读书人不是常说"十步之内，必有芳草"吗？孩子，不要在一棵树上吊死！

不！崔郊对她的心不死，婢女对崔郊也念念不忘。关于后续故事的发展，唐末范摅所撰笔记《云溪友议》有动人记载。崔郊日盼夜盼寒食节到来，按当地风俗，在这一天，他的心上人必定会外出踏青。

于是，寒食节这天一大早，他就守候在刺史官邸外，开始了忐忑的等待。他猜对了，恋人女婢正准备坐轿外出。

崔郊一下蹦了上去。两人执手相见，泪眼滂沱。崔郊的千言万语，满腹相思，奔涌而出一首《赠婢》：

公子王孙逐后尘，绿珠垂泪滴罗巾。
侯门一入深如海，从此萧郎是路人。

这首诗，一下子让恋人梨花带雨。这首诗也感动了无数的读者。《全唐诗》

只收了崔郊这一首诗，《唐才子传》中对崔郊更无片言只语，但仅凭这一首“便胜却人间无数”，他赢得了万世诗名。

诗的前两句以侧面烘托的手法，表达了公子王孙的胆大包天、倚仗权势，正是造成天下“有情人难成眷属”的不幸根源。平淡客观的叙述中，巧妙地透露出诗人对王孙公子的愤懑，也表达了对不幸女子（当然包括恋人女婢）的怜爱与同情。

后两句中的“萧郎”，泛指女子所爱恋的男子，在这里却是崔郊自况。这两句诗没有将批判的矛头直指“侯门”，倒是说女子一入侯门便视“萧郎”为陌路，这也是相当高超的艺术手法。

诗以“赠婢”的口吻，表达了诗人的哀伤与痛苦，读者读来，更感诗者的刻骨绝望，激起读者心中层层的情感涟漪。细细品来，诗意含而不露，怨而不怒，寓意却十分深刻，批判的力量如汹涌波涛由远及近，最终涛声轰鸣如雷。

大师自能铸伟词。“侯门”一词自此成为权势门第的代名词；“侯门似海”则因生动形象，成为皇皇成语丛中的光辉一则。

这样一首诗很快就传开了，耳目众多的于頔自然也读到了。将这首诗跪呈给他的，是个“嫉郊者”，即嫉妒崔郊诗才的小人。于頔马上令人将崔郊找来，许多人都以为崔郊此番死定了。

崔郊自己也是这样想的。出乎意料，刚一见面，于頔就朗声诵读起了《赠婢》，然后问崔郊：“先生，这诗是你写的吗？”

崔郊仰头作答：“正是！”

奇迹发生了！于頔不但没要崔护的小命，还微微一笑。“遂命婢同归。至于帏幌奁匣，悉为赠饰之。”于大人不但没杀崔郊，还将女婢人归原主，一同附送的，还有万贯陪嫁钱。

骄横霸蛮的于頔为何对崔郊网开一面？《旧唐书》中说“（于頔）然善待士人，以市声名”。唐代文学家苻载隐居庐山之前，曾向于頔要求赞助一百万贯买块山头作为隐居住所，于頔满口答应并慷慨相赠，还赠送了大量的纸墨和衣服。大名鼎鼎的文学宗师韩愈，也曾写信向于頔求助，于大人也一一予以满足。想必是，武夫于頔虽读书不多，但也想留个好名声。好名声从何而来？在读书人的口中、笔中。刀剑杀人，笔也能杀人。于頔放过了崔郊，不若说成全了自己。

古代读书人的笔墨，大都抵不过官家的斧钺。幸运的是，崔郊成了为数不多的特例。

崔液：白描的诗句，用典的人生

有些诗人，遣词造句时，喜欢用典，个别甚至无句不用典、无诗不用典。

典故用得恰如其分，用得精准，用力适切，有点像挠痒痒，妙不可言，意味隽永，可为文增色，回味无穷；但如果尺度一大，则易晦涩难懂，叠床架屋，令人心生厌恶，不愿卒读。

李商隐是用典高手，且运用之妙，存乎一心。典故信手拈来，作品由此增添意蕴优雅细密的情致，别有余味。以后的苏轼、黄庭坚和辛弃疾，在作品的用典方面，也是手到擒来，可谓“羚羊挂角，无迹可寻”。

其实，诗人未必都用典。崔液写诗几不用典，作品照样可以写出满纸烟霞、美不胜收。如他的这一首《拟古神女宛转歌》——

日已暮，长檐鸟应度。
此时望君君不来，此时思君君不顾。
歌宛转，宛转那能异栖宿。
愿为形与影，出入恒相逐。

先说一下“宛转歌”。“宛转歌”是晋宋时代的东吴民歌，崔液这首作品，就是模仿古代的“神女宛转歌”。

全诗中，拿着高倍放大镜也找不到一个典故，字句几乎全是民间口语，读来浅白易懂。

傍晚时分，屋檐下，没有飞鸟再掠过。一位女子，在这个地方痴痴等待她的恋人，左等右等，就是不见人来。黯然销魂中，猛然一惊：他是不是已将我抛弃不顾了？女人的情感是有韧劲的，不管如何，愿成为你的影子，去哪儿，一生一世紧随着你。于是，她唱起了“宛转歌”，以歌言声，以歌言情，我要与你“宛转相随”，双栖双宿，永不分离。

此类主题思想的诗，在皇皇诗卷中比比皆是，人们习惯称之为“闺情”或“闺怨”。不少读者，在吟诵的过程中进行了再度创作，赋予更深广的含义。比如，诗中“君”可以理解为丈夫或情郎，也可以看做是皇帝或位高权重者。如果这样的理解是成立的，那么这位“女子”，可能就是位读书人，一位仕途失意的读书人。

不管是谁，诗歌呈现情感的最大公约数就是“哀怨”。这首诗，描写的不只是闺情，还有更深刻的批判。

崔氏一门三杰，兄弟仨鸾翔凤集，一时俊才。崔湜是崔液的哥哥，大唐政坛上的奇人，数次官拜宰相。崔液的弟弟崔澄，则因“君之妙笔，令鄙不及。阚君一文言，直胜十年书”而身居要津。

上有哥、下有弟，均才高八斗，“风箱”中的崔液感到“压力山大”。他也想出人头地，别无选择，人生目的只有一个：当官，当官，当官！无休止地追求进步。每次参加朋友的饭局，崔液逢人必提自己的哥哥、自己的弟弟，有时甚至借着酒意，把自己家比作东晋时的王谢两家。崔液曾对人放言：“我一家人做官，所任官职未尝不是第一。大丈夫当手握重权来管制别人，岂能受制于他人呢？”

念念不忘，必有回响。靠一身才华，靠兄长提携，崔液终于也如愿登上相位。那一年，他才三十八岁。

崔液尤擅五言诗，哥哥崔湜对弟弟十分佩服，曾在稠人广众之间叫着弟弟的小名，骄傲地对众宾客说：“海子（崔液的小名），是我家的龟龙！”龟和龙都是灵性之物，喻为杰出人物。可惜好景不长，哥哥崔湜因攀附太平公主，唐玄宗将其流放岭南，不久又派人追到荆州将其赐死。

受到哥哥的牵连，崔液也摊上了大事，罪当流放。他不甘心束手就擒，于是三十六计，走为上计。他赶紧逃到郢州躲了起来。在这里，他写了首《幽征赋》以抒发苦情。《新唐书》对这首诗评价甚高，说“词甚典丽”，可惜已经失传。不久，遇到大赦，一路颠簸，加上惊吓，崔液突患重病，竟猝然死于返京途中。

崔氏一门正炙手可热时，崔液有天傍晚骑马出了端门，放松缰绳缓缓而行，一边旁若无人地吟诵诗文。这一幕恰被当时另一位政坛文坛猛人张说所见，张说慨叹一声：“文章和官位或许可以赶上，他的年龄老夫可是赶不上啊！”

后生可畏。

贫居闹市无人问，富在深山有远亲。权柄在握时，崔家曾无数次地大宴宾客，前来叨光者不绝于途。然而，权力毕竟是靠不住的，一旦有风吹草动，崔家的高楼也就呼啦啦地塌了。

《上元夜》是崔液写的一组七绝古诗，共有六首，个人认为，第一首写得最棒。

玉漏银壶且莫催，铁关金锁彻明开。
谁家见月能闲坐，何处闻灯不看来。

人声鼎沸、车水马龙；灯火闪烁，繁花似锦。都城长安的元宵之夜，全在崔液这首诗中一语道尽。

回首崔液一生，又凭空加了多少典事呢？！

有时天真作想，崔家兄弟何必在官场上挤个头破血流呢？完全可以靠自己的才华吃饭。想象一下，上元之夜，一家老小，其乐融融，一起穿行在人流中，赏花灯，猜灯谜，品小吃，不就挺好吗？

常笑他人看不穿。又想到李斯，腰斩前，李斯与儿子一同被押往刑场，他回头对儿子说：“吾欲与若复牵黄犬俱出上蔡东门逐狡兔，岂可得乎！”言毕，父子相对大哭。早知如此，何必当初？

散文大家余秋雨在《北欧寒夜》反省传统士人的执迷：“历代中国文

人哪怕是最优秀的，都与权力构架密切相连，即便是逃遁和叛逆，也是一种密切的反向联结。因此，他们的‘入世’言行，解构了独立的文化思维；他们的‘出世’言行，则表现出一种故意。”

遗憾啊，李斯醒得太晚！

然而，“崔氏兄弟”们，不是第一个，更不是最后一个。

戴叔伦：寂寞最高手

父亲早年从事运输，一年三百六十五天基本都在路上。有一年春节将至，本想赶回与家人团聚，无奈受阻于道路塌方，千赶万赶，除夕之夜还是迟滞于赣粤交界一小镇简陋的招待所。那一夜，万家灯火万家团圆，窗外响起震天动地的鞭炮声，让父亲感到越发孤寂。吃着一碗细薄的鸡蛋面，父亲惦挂着的却是远方的老老小小。多少年过去了，这一幕依然历历在目，每每谈及，父亲鼻腔里还是感到酸酸的。

父亲的这种感受，我在唐诗里读到了一个相似度极高的场景，且看《除夜宿石头驿》：

旅馆谁相问？寒灯独可亲。
一年将尽夜，万里未归人。
寥落悲前事，支离笑此身。
愁颜与衰鬓，明日又逢春。

一千年前的除夕夜，也是一个旅人独宿驿舍，陪伴在侧的，不过是一盏孤灯。多少心事如翻江倒海，其心孤寂，其情甚悯，一年将尽夜，正是围炉而坐、灯火可亲的时刻，万里之外，只有一颗孤独的心，真是情何以堪？！最后一句“明日又逢春”中的“又”字，值得玩味，诗人要表达的是希望还是绝望呢？只有靠读者去实现“二度创作”了。

我想，如果父亲有机会读到这首诗，当会向千年前的诗人深深致敬，只为共同曾有的那份寥落与支离。

诗的作者戴叔伦，江苏金坛人。他的这首经典诗作，被后人视为唐朝诗人五律中的代表作品，尤其“一年将尽夜，万里未归人”两句更是神来之笔，现在读来，面对人生中无尽的苦涩与无奈，仍能深深感同身受。

其实，这两句也不是戴叔伦的原创，化用而已。早他两百年的梁武帝萧衍曾有一首《子夜四时歌·冬歌》：

一年漏将尽，万里人未归。
君志固有在，妾躯乃无依。

萧衍写的是一个妇女在除夕怀念出门在外的丈夫。戴叔伦改了一个字，调了两句的结构，“拿来主义”用在自己的诗中，遂成了千古名句，真是个中高手!

辛文房在《唐才子传》中说戴叔伦“工诗”，找来他的诗作一读，果然是创作的百变诗家。

不就生了一场病吗？但戴叔伦可以写得这般煽情：

卧　病

门掩青山卧，莓苔积雨深。
病多知药性，客久见人心。
众鸟趋林健，孤蝉抱叶吟。
沧州诗社散，无梦盍朋簪。

每个人都有生病的经历，只是时间长短、病分大小而已。卧床养病，痛苦的不仅是躯体，更多是精神上的无力感。诗人说自己是只“孤蝉”，在那一段时间里，他想到最多还是诗社的朋辈。确实如此，人生在世，免不了遭遇困厄，如果没有朋友可惦念或被惦念，心里也会长满一层厚厚的莓苔。

不得不承认，戴叔伦将缠绵病榻的窘境，刻画得入木三分。

戴叔伦的即景诗也写得入微细腻，且十分耐读，值得反复咀嚼，如《兰溪棹歌》：

凉月如眉挂柳湾，越中山色镜中看。
兰溪三日桃花雨，半夜鲤鱼来上滩。

高度疑似，广为流行的歌曲《弯弯的月亮》词作者是不是读过这首诗，并由此触发创作的灵感。不弃“下里巴人”，戴叔伦采用了民歌的形式，创作了这首风景诗。清冷的月亮像道细细的眉毛，高高挂在兰溪岸上的树梢上，越中的山色借着月光倒映在如镜的水面上。桃花盛开的时候，因为一连下了几天的大雨，兰溪水暴涨，半夜里，河里的鲤鱼居然跃上了河滩。

写得真有诗意，深深地打动了我这个来自乡下的孩子。品咂复品咂，乡愁绵绵，悠然可寄。

屈原自沉汨罗，如滔滔江水，让后人呜咽不已，不少诗人将屈原的不幸遭遇注入笔端，塑造了无数个悲情的“屈子”。

戴叔伦没有缺席，他献上心香一瓣，在时间的这一头，为伫立时间那头的屈原掬一把泪。

题三闾大夫庙

沅湘流不尽，屈子怨何深！
日暮秋风起，萧萧枫树林。

某个晚秋，戴叔伦专程前往拜谒屈原庙后，饱含深情写下了这首怀念屈原的诗。沅、湘两江，日夜奔流，却带不走屈原的悲怨，诗人的沉重心情，散漫在枫林萧萧的风声里，流淌于江水不绝的啜泣中。

据《唐才子传》说，戴叔伦少年时，曾拜诗文大家萧颖士为师，入其门下学习。得以名师指点，他的学业日益精进、登堂入室。辛文房对戴叔伦厚爱有加，赞他“赋性温雅，善举止，能清谈，无贤不肖，相接尽心”。

好一个“相接尽心”！体现在创作上，戴叔伦则有一种广阔的人文关怀，看他的《调笑令·边草》：

边草，边草，边草尽来兵老。山南山北雪晴，
千里万里月明。明月，明月，胡笳一声愁绝。

反映边地戍卒思归情绪的小令，在唐诗中多得不可胜数，但在词中却鲜见。戴叔伦这首描写戍卒思乡怀归和哀怨情绪的词，不同于岑参诗中的乐观明丽，也不同于李益诗中的惨惨凄凄，而是有一种含蓄深沉。其中“边草尽来兵老”句，以“草尽”烘托“兵老”，寄托着诗人对戍卒遭遇的深切同情。

戴叔伦的“相接尽心”，说的是他“一切有情，众生平等”，所遇的，无论贵贱尊卑，他都以诚心相待。因为有这种平视的关怀，戴叔伦得以广结善缘。贞元六年（790）登第后，戴叔伦经朋友鼎力相助，入租庸使幕府任职，不久又得到户部尚书刘晏的赏识，屡升职至抚州刺史，最后做到了容管经略史。

有人说，戴叔伦是唐代众多诗人中，官秩较高且又政绩卓有建树的为数不多者。在抚州刺史任上，他“政拟龚、黄，民乐其治，圜扉寂然，鞠为茂草。”史书上赞扬他为政清明，把他比作汉朝的循吏龚遂、黄霸。在他的治下，老百姓得到休养生息。社会井然有序，打架斗殴、杀人放火者少，监狱空无一人，因久没关押犯人，连审讯犯人的审讯室都长满了野草。

“治亦清明，仁恕多方。”作为大唐帝国的模范官员，唐德宗下旨对他进行表彰，封他为“谯县男爵”，另加赐金鱼袋紫衣。对一个臣子来说，能做到这份儿上，君宠已是无以复加。唐德宗对戴叔伦的皇恩浩荡，李肇的《国史补》中写道：“贞元五年，初置中和节，御制诗，朝臣奉和，诏写本赐戴叔伦于容州，天下荣之。”唐德宗亲自写下《中和节诗》，并派

使者把赐诗送到戴叔伦家中。

不久，戴叔伦从抚州刺史奉调回京，然而还没有来得及安排新的工作，他就上了道奏章，提出辞职。更令人目瞪口呆的是，他竟然提出要去当道士，只是还没来得及付诸行动，就因病去世了。

余生付与青灯，于戴叔伦而言并非心血来潮。更早些年时，因淮、汴州一带叛军作乱，鱼肉江上，无奈之下，戴叔伦只好带着家人避乱于鄱阳，简单搭了两间茅屋，筑舍隐居，精研学问。每月只与张众甫、朱放等处士聚会一次，谈诗作对，然后浮一大白，尽兴而去。

唐代有不少诗人，在功成名就后，都会来个紧急刹车，或进道观修炼，或隐居山林，他们以这样一种近似自我放逐的方式，实现自我人格的最后完善。

他们内心真正激荡的又是什么呢？只能从那些唐诗里慢慢读了！

再来读一首戴叔伦的诗《塞上曲二首・其二》，或许能找到答案。

汉家旌旗满阴山，不遣胡儿匹马还。
愿得此身长报国，何须生入玉门关。

塞上曲，是古代的一种军歌。戴叔伦在诗中借汉咏唐，表现边塞将士的英勇善战、愿以身报国的坚强意志，气势豪迈不凡，怪不得诗评家说他“诗兴悠远，每作惊人”。

看过浮生万物也遍览山河无数，依然要壮怀激烈，或许这才是戴叔伦的精神底色。

杜审言：借你春色

杜审言是武则天的“紫人”，红到了发紫。

女皇所有的政务活动，无论是殿前会议，还是基层巡视，浩荡迤逦的随从中，陪侍在侧的，必定有杜审言。

西京长安，帝国的都城，但武则天不喜欢住在此处。这里曾有过太多的“宫斗”，空气中弥漫着经久不散的血雨腥风。牝鸡司晨，想当初，为了爬上权力的塔尖，她手撕无数政敌，甚至不惜痛杀亲生儿女。白骨累累，成了她欲望的奠基石。正如太子李贤的绝命诗《黄台瓜辞》：“种瓜黄台下，瓜熟子离离。一摘使瓜好，再摘令瓜稀。三摘犹自可，摘绝抱蔓归。”每一个字，都在滴血，都浸透着无尽的绝望。

撼山易，撼毒母之心难！

已是口含天宪，信佛的武则天也怕因果报应。长安城上空扑鼻而来的血腥，已沁入了她深夜尽头的噩梦。最后的逃避方式，是长住东都洛阳。

作为重臣，杜审言如武则天的影子。

公元 702 年的春天，杜审言又伴驾来到东都洛阳，并被女皇委以重任，先后出任洛阳丞、膳部员外郎以及著作佐郎。因为把家安在了洛阳西巩县，有地利之便，杜审言结交了诸多文臣武将，其中不少成为知己好友。旧雨新知，瓦舍勾栏，杜审言对洛阳有一种特别的亲切。

或许是待久了，待闷了，又或许意识到长安才是帝国真正的权力中心，久居洛阳的武则天突然下旨：即日摆驾返回西京。山一程，水一程，回到都城长安时，正值春日，草长莺飞，百花竞放。面对满园春色，杜审言心潮澎湃，不禁又思念起东都洛阳。遥望东都，一时心绪难平，索性披衣而起，欣然命笔，写下了这首声情并茂、真挚感人的《春日京中有怀》：

今年游寓独游秦，愁思看春不当春。
上林苑里花徒发，细柳营前叶漫新。
公子南桥应尽兴，将军西第几留宾。
寄语洛城风日道，明年春色倍还人。

此诗以平缓的语气叙述起“今年游寓独游秦”，扣住题目的“京中”，简洁地交代了宦游的时间、地点，勾勒出了整首诗的写作背景。宦游对诗人来说本为平常事，今年所不同的是“独游秦”。“独游秦”三字，将诗人独在异乡为异客的寂寥情怀，表现得既充沛又含蓄。

这平静的叙述中寓有潮涌般的孤寂情愫。第二句紧承“独游秦”，奔流直下冲决了感情的闸门——“愁思看春不当春”，诗人万分雀跃：“这春天的景色多么美好，我却因为乡愁无心赏玩！”长安古都风物形胜，冬去春来，随时序的推移，自然容易让异乡人感昔怀今，触动愁思。这联诗的十四个字，生动地塑造出一个“相思不独欢，伫立空为叹”的诗人自我形象。由于诗中错落有致地巧用重字，“游寓独游秦”“看春不当春”，使篇章气韵回环，节奏和谐，声情摇曳生姿。

“上林苑里花徒发，细柳营前叶漫新。”颔联描绘长安景色，上林苑里鲜花徒然盛开，细柳营柳枝新绿漫溢，一片美好却无人欣赏。花木随着季节开花结果，是自然规律，本无所谓“徒发”或“漫新”，然而诗句中却以“徒”和“漫”，赋予景物以人性。正应了清人吴乔所说：“景物无自生，惟情所化。”绘景是为写情，写情是为了抒意，这联是首联诗中“愁思看春不当春”的具体化描述，形象地表现诗人睹物感怀的惆怅心绪。

“公子南桥应尽兴，将军西第几留宾。”这两句描绘的是诗人想象中洛阳友人赏春欢宴的情景。他们在南桥群游尽兴而归，又集中在西第大宴宾客。这欢畅的场面，正与自己“独游秦”形成鲜明的对照。这个时候，诗人宕开一笔，运用虚写来反衬自己的孤寂，突出对友人怀念的深沉和思归之切。由于其中化用了陈遵的典故，写出友人英侠豪爽的性格，亦使诗作空阔辽远。“公子南桥”句，虽没直接写景，然而春景已自在其中，春游者风度翩翩，潇洒自得的神志跃然纸上。

诗写至此，似乎已完成题中“有怀”，但诗人意犹未尽，又引出尾联诗句。“寄语洛城风日道，明年春色倍还人”，尾联构思新颖，造语清新。语痴而情真，似异想天开，却又风趣幽默。诗人太熟悉洛阳的一切了，他思念洛阳城的亲朋好友，更留恋洛阳城的春光美景。这首诗与一般“有怀”诗相比，“有怀”的范围豁然而开。“诗贵出于自心”，这联诗正是别出心裁，言人之所不能言，言人之未曾言。

杜审言这首《春日京中有怀》，结构齐整平密，起承转合极其自然，虚实相生，波澜起伏，其艺术手法对后世影响深远。胡应麟在《诗薮》中说，此诗“首创工密”，说的是开了七律风气之先。

杜审言是官N代，先祖杜预是魏晋时期著名政治家、军事家和学者。杜审言才气过人，为人高傲，因此被许多人忌恨。宰相苏味道还在任天官侍郎时，有次和杜审言一同主持官员的预选试判，出来后，杜审言对旁人说：“味道必死。”听者大惊，忙问何因，杜审言回答说：“他见到我写的判词，应当羞愧而死。”杜审言还多次得意扬扬地对人说：“我的文章使屈原、宋玉也成为部下，我的书法使王羲之也成为学生。”

他的大嘴巴，常常不上锁，满嘴跑火车。

杜审言后因事获罪，被贬为吉州司户参军。政敌没有放过他，司马周季重、司户郭若讷又以唐版的“莫须有”罪名，把他投入监狱，并几欲置他于死地而后快。周季重得意忘形，召开庆功宴预先庆祝。杜审言十三岁的儿子杜并溜了进来，趁人不备，从袖中拿出藏刀，一刀刺中周季重。周季重临死前，恨恨地说道：“杜审言有孝子，我却不知道，是郭若讷祸害了我啊！”

还好，长安城的深宫里，有位老太太还惦记着他。武则天有一天突然想起了杜审言，并下了一道圣旨，将他召回准备重新启用。紫宸殿上，君臣相见，自是一番泪眼婆娑。武则天垂问杜审言说："卿高兴吗？"春风浩荡，逃过一劫的杜审言自是感激涕零，即兴吟诵一首《欢喜诗》。武则天听罢，十分受用，赞叹不已，马上授任他为著作佐郎，不久又升任膳部员外郎。可惜，找不到这首《欢喜诗》，好想欣赏一下这首马屁诗到底是如何的精彩。

杜审言一生自我感觉良好。他病重时，诗友宋之问、武平一相约登门探视，杜审言对他们说："我受尽了造化小儿的苦，还有什么可说的呢！不过我活着，就没有你们出头的机会。如今我快死了，只是遗憾找不到接替我的人呀！"这口吻，好像离开了他，地球转不动了。

不过，杜审言的确有一如既往骄傲的资本，生了个好儿子杜闲，更有一个好孙子——杜甫。

杜甫对他爷爷崇拜有加，写过一首诗赞颂"吾祖诗冠古"。意思是，古往今来，唯有我爷爷的诗写得最棒。诗中有这样几句，读到了杜甫的骄傲。

> 吾祖诗冠古，同年蒙主恩。
> 豫章夹日月，岁久空深根。
> 小子思疏阔，岂能达词门。
> 穷愁一挥泪，相遇即诸昆。

民间有种说法，叫隔代遗传。杜甫的行为处事颇有乃祖风范，《唐才子传》中说他性格"褊躁傲诞"。只是一生的颠沛流离，很大部分藏敛住了，转而更多垂情于民间疾苦。

这些都是后话了。

杜甫：很咸，很苦，很深情

不瞒你说，在很长的时间里，我都不喜欢杜甫。

不喜欢他的那张苦瓜脸，也不喜欢他写的诗，管他什么“诗史”“诗圣”！

念中学的时候，几乎每个学期，语文课本上都选有他的诗，并且不止一首。

更痛苦的是，他的诗歌，老师要求背诵，一字不落。

读他的诗，心情总是感到压抑。少年时代，心智尚没成熟，眼泪、欢笑，全是第一，杜甫的诗沉郁顿挫，很难勾起“少年心事当拿云”的阳刚豪气。背诵杜甫的诗歌时，摔过好几次课本，甚至骂骂咧咧，对诗人大不敬。

安史之乱未定，关内又大饥。人生最窘迫时期的杜甫，走投无路，只好弃职带领全家老小西行，辗转抵达成都。稍作安定，得益于亲朋好友的帮助，杜甫在西郊浣花溪畔，花了两年时间才盖了间茅屋，总算有了个安身之所。哪知道呢，第二年秋天的一场狂风，呼啸而来，掀翻屋顶；暴雨如注，几无立锥。茫茫黑夜，诗人手忙脚乱却又力不从心，无可奈何。

卷飞了屋顶的茅草，一层又一层。稀里哗啦，吹到江郊，散落四处。诗人应该去诅咒老天爷啊？但不是，诗人将气撒到南村的一群顽童身上，骂他们“忍能对面为盗贼”。在诗人眼里，别人家的孩子是“盗贼”，自家的孩子却是“娇儿”。写出《三吏》《三别》，一向忧国忧民的杜甫怎么啦？扒拉了你茅屋顶的，又不是“南村群童”，你还说过愿得“广厦千万间”以“大庇天下寒士”呢？

何况一丛区区茅草呢？

因心中嘀咕着替“南村群童”打抱不平，背这首诗时，无可救药地陷入了天人交战，有点像钝刀子割肉，几天都拿不下来，挨了语文老师的一顿臭骂。

可能是因为“阅读叛逆”，这首脍炙人口、千古传诵的《茅屋为秋风所破歌》，在我年少的心田里并没留下什么好印象，反而觉得杜甫是一位“小气”“吝啬”的怪老头。以后见到杜甫的诗，能躲且躲，绕道而走，直到多年后读到那首《又呈吴郎》，“诗圣”的身躯顿然巍峨而立，并且榨出了自己鲜衣下种种的“小”。

又呈吴郎

堂前扑枣任西邻，无食无儿一妇人。
不为困穷宁有此？只缘恐惧转须亲。
即防远客虽多事，便插疏篱却甚真。
已诉征求贫到骨，正思戎马泪盈巾。

感动我的，是这首诗背后的故事。读来满纸心酸，也读到了杜甫“心忧天下苍生”的家国情怀。

唐代宗大历元年，也即公元 766 年，如无根的浮萍，杜甫携妇将雏，漂泊到了四川夔州。第二年，他住进了瀼西的一所草堂里。草堂前有几棵枣树，正值硕果爬满枝丫时节。西邻是一个寡妇，因为庄稼歉收，家徒四壁，常来打枣充饥。杜甫心怀悲悯，从不干涉。有些枣长在高枝，杜甫还施以援手，帮她击落。

不久，杜甫把草堂让给一位姓吴的亲戚，也就是诗题中的吴郎，杜甫自己则搬到离草堂十几里路远的东屯暂居。

没想到，吴姓亲戚一住进来就在草堂四周扎上篱笆，言下之意是：私人领地，严禁打枣。杜甫无意间听说后，马上修书一封，写了这一首诗劝说吴郎。

诗的第一句开门见山，从诗人自己过去怎样对待邻妇扑枣说起。“扑枣”就是打枣。“任”就是放任，之所以要放任，第二句做了解释：“无食无儿一妇人。”原来这位西邻竟是一个缺吃少喝、无儿无女的老寡妇。诗人的潜台词是对吴郎说：“对于这样一个无依无靠苦妇人，我们还能不让她打点枣儿果腹吗？”

“不为困穷宁有此？只缘恐惧转须亲。”“困穷”，承上第二句；“此”，指寡妇扑枣一事。这里说明杜甫十分同情体谅穷苦人的处境。诗人自叙以前的事情，目的是更好地说服吴郎。“即防远客虽多事，便插疏篱却甚真。”这两句落到吴郎身上。上句“防”的主语是寡妇，下句为此“插”的是吴郎。这两句诗言外之意是：这不能怪她多心，倒是吴郎有点太不体贴人。她本来就是提心吊胆的，吴郎不特别表示亲善也就罢了，还要插上篱笆以防她来扑枣。说真一句，如果不是饥饿难耐，谁会放下自尊活在别人的鄙视中呢？诗人的措辞十分委婉含蓄，这是因为怕话说得太直、太生硬，教训意味太重，会引起对方的反感，反而让吴郎不容易接受劝告。

最后两句“已诉征求贫到骨，正思戎马泪盈巾”，是全诗的“诗眼”，也是全诗的顶点。杜甫借寡妇的诉苦，指出了寡妇的、同时也是当时千千万万黎民百姓的艰难苦恨。杜甫的情绪并未止于寡妇扑枣的同情，更是直指苦难背后的根源。再由涂炭生灵的“征求”往外，杜甫的眼光更加深邃寥廓。下一句说得更远、更大、更深刻，陷百姓于水深火热之中的社会根源，实则“安史之乱”以来持续了十多年的战乱，即所谓“戎马”。从一个穷苦的寡妇，从一件扑枣的小事，杜甫联想到整个国家大局，以至于泪流满面，这一方面是因为他深厚的儒家情怀，也是他点醒、开导吴郎的题中应有之义，让吴郎深刻地明了：兵荒马乱中，苦难的人多的是，绝不止寡妇一个，和她们相比，我们幸运多了，至少还有草堂可以寄脚。吴郎啊，看远一点儿、想开一点儿吧，不就几颗枣子吗，救人一命，胜造七级浮屠。

言语剀切，道出了杜甫的良苦用心和菩萨心肠。清人卢德水在《读杜私言》说得好：“杜诗温柔敦厚，其慈祥恺悌之衷，往往溢于言表。如此章，极煦育邻妇，又出脱邻妇；欲开导吴郎，又回护吴郎。八句中，百种千层，莫非仁音，所谓仁义之人其音蔼如也。”

值得一提的是，杜甫对“劝说吴郎”怀抱着万分真诚。吴郎是杜甫的晚辈，杜甫却不说“又简吴郎”，而是用了“又呈吴郎”，“呈”字是敬词，显然为了这位苦命妇人，诗人不惜矮化自己，以表达对苦难人们的感同身受。

想想，为了天下黎民，杜甫何止一次矮化自己！“安得广厦千万间，大庇天下寒士俱欢颜！风雨不动安如山。呜呼！何时眼前突兀见此屋，吾庐独破受冻死亦足！”回想当年对“诗圣”的大不敬，惭愧！

真的希望，因为这一首诗，这位无所依恃的寡妇，在兵连祸结的年代，能坚强地活下来，靠邻人的几颗枣子。

有首陕西民歌曾广为流传：“唐朝诗圣有杜甫，能知百姓苦中苦。”如果让我重新定位：杜甫的诗，是儒诗；作为诗人，杜甫则是诗儒。

高适：天下谁人不识君

以五十岁为界，高适的人生泾渭分明、截然两段。

五十岁前的他，是浪子、军人；五十岁后的他，则是诗人。

干儿子安禄山的反叛，令整个帝国目瞪口呆。接报后，干爹唐玄宗像挨了一记闷棍，踉跄着从华清池的云蒸霞蔚中强撑起来，虚弱地低吼了一声："反了他，来人！"

环顾左右，帝心茫然，无人可用啊！"蜀中无大将，廖化当先锋"，幸好还有个猛将哥舒翰！

实事求是说，哥舒翰是高适人生中一缕复杂的光。当时，羞愧难当的唐玄宗，将平叛的重任交给哥舒翰。膺天明命，重任在肩。出征前，哥舒翰要找个好帮手，首位人选，他想到的便是高适。于是，马上给朝廷打报告，提出要人。绝续存亡之秋，唐玄宗还能有什么选择？即时授任高适为左拾遗，不久又下旨转任监察御史，辅佐哥舒翰防守潼关。

哥舒翰的大力提携，让高适"梦想照进现实"，但这缕光却没能一直暖意融融。志大才疏的哥舒翰先是没能守住潼关，继而大败。更让人大跌眼镜的是，哥舒翰后来竟然投降了叛军。高适不肯附逆，瞅准个机会逃了出来，连夜抄小道赶到河池求见皇帝，经一番曲折，终于见到了唐玄宗。面对众人皆曰"哥舒翰当杀！"高适还是客观地予以"一分为二"，他对唐玄宗说："哥舒翰之败，监军负有责任，他们不忧虑军务，天天沉溺于倡优蒲戏，广大将士食不果腹，多以粗米充饥，还谈什么战斗力呢？监军们如此专权，不败才怪呢！”他欣慰于唐玄宗的频频颔首，却没注意到一旁监军头目杨国忠阴沉着的脸。

往后有高适受的。

张九皋则是高适更早的一位贵人，他开掘了高适人生的另一种可能。

高适不是“官二代”“富二代”，也不是“文二代”。他世代赤贫，年轻的时候，还是个远近有名的“问题青年”。《新唐书》中说高适“少落魄，不治生事”。穷困潦倒，还不爱读书，耻于参加科举考试，整天与赌徒为伍，混迹其中，欺男霸女。赌桌上，因为下手够狠够准，竟然“才名便远”，暴得大名，高适成为了梁、宋两地的“闻人”。

有人独具慧眼，“奇之”，认为高适绝非等闲之辈、池中之物，这位伯乐便是宋州刺史张九皋。有一天，张刺史将高适请进官衙，稍作寒暄后，刺史大人直奔主题：年轻人啊，你的时间应花在书桌上而不是赌桌上。刺史大人的一席话，电光火石般，重新唤醒了高适沉睡的灵魂。从此，高适金盆洗手，转而埋头苦读。不久，在张刺史的鼓励下，他参加有道科考试，居然榜上有名，朝廷授职封丘的县尉。可惜的是，高适后因不愿“拜迎长官”和“鞭挞黎庶”而主动去职。

《唐才子传》中说：“适尚气节，语王霸，衮衮不厌。遭时多难，以功名自许。”意思是，高适和许多读书人一样，喜欢研究王业与霸业，并运用在实战中。高适在率兵讨平永王之后，参与征伐安史叛军，曾立下赫赫之功。他率兵以一当十、以少胜多，一举解除睢阳之围，就是战争史上的著名范例。

高适的“负气敢言”、恃才傲物，导致“权近侧目”，朝中诸多权贵对他又怕又恨。其中为最者，就是当年站在唐玄宗旁“阴沉着的脸”的监军头目杨国忠。权臣杨国忠尤“忌其才”，屡在皇帝跟前上眼药、使绊子。如此一来二去，唐玄宗对高适的信任度大减。高适呈上的许多折子，唐玄宗的批示惜墨如金，只有两字：不允！

杨国忠成功了，因为他持之以恒的诋毁，唐玄宗将高适降为太子少詹事（太子的属官）。太子少詹事没多少事做，就一闲职，名声好听而已。

高适很受伤、很郁闷。

那年代，如果工作不顺心，许多人撂挑子的方式就是一言不合去隐居。高适是谁啊？他是有理想、有抱负的人。他选择“诗言志”，开始学习诗歌创作。

不得不承认，有些人在某一领域是有天赋的，而且往往一出手便是高手。比如说高适，《新唐书》说他“年五十始为诗，即工，以气质自高”。说的是，高适到五十岁才学写诗，起步虽晚，但写得很好，还以气质自我清高。他每推出一篇新诗，即引来“好事者辄传播吟玩”。篇篇皆是精品，首首广为流传，高适一时“圈粉”无数。

失之东隅，收之桑榆。大器晚成的高适在人生的后半段，在一个自己或许都没曾想到的“战场”上，创造了另一种人生功业。在他眼中，圣贤书就是兵书，遣词造句犹如布兵排阵。他在新的天地里，体悟到无限的酣畅淋漓。他牛刀小试，不小心又成了唐代边塞诗派的代表人物，与岑参齐名，双峰并峙。

在诗中，他发出了“君不见沙场征战苦，至今犹忆李将军”的反战感慨；在诗中，他遇见了唐玄宗时期著名琴客董大，以“莫愁前路无知己，天下谁人不识君”来为壮士增色、为游子拭泪；在诗中，他“借问梅花何处落，风吹一夜满关山”，塞上听到的吹笛啊，不是思乡的惆怅，而是边塞和平即将到来的婉转悠扬。

哪有什么天赋？只有别人看不见的遍体鳞伤！从古乐府《燕歌行》，到《别董大》，再到《塞上听吹笛》，每一首经典，都是诗人内心积郁情感的喷薄而出，也是他人生山巅水涯、戎马倥偬的仰天长啸。如果读一读他的《送李侍御赴安西》，或许更能读懂千年前的诗人高适。

行子对飞蓬，金鞭指铁骢。
功名万里外，心事一杯中。
虏障燕支北，秦城太白东。
离魂莫惆怅，看取宝刀雄。

好一句“功名万里外，心事一杯中”，与李白的“人分千里外，兴在一杯中”、庾抱的“悲生万里外，恨起一杯中”有异曲同工之妙。灵魂相通的人，往往有相同的愁思，但比较之下，还是高适的最为壮阔。男儿都想建功立业，但未必尽如人意。请莫悲伤，不妨将万千心结，付与一杯酒、付与笑谈中。干了这一杯，人生大不了从头再来。

辛文房对高适颇多赞许，他在《唐才子传》中说高适“遭时多难，以功名自许”。这一评价，可在高适许多边塞诗中得到印证，他的诗笔力雄浑，格调高昂，渲染着盛唐气象。但他的笔下，有无奈，也有怀才不遇。如《蓟中作》：

策马自沙漠，长驱登塞垣。
边城何萧条，白日黄云昏。
一到征战处，每愁胡虏翻。
岂无安边书，诸将已承恩。
惆怅孙吴事，归来独闭门。

虽有报国之志、安边之策，无奈边将无能、欺上瞒下，凭一己之力已无法改变什么，唯剩不遇伯乐之浩叹。

朝廷纲纪败坏，小人当道，尤其是杨国忠不忠，让高适心灰意冷，他决定找个地方休息一下。开元二十四年（736）秋，他从长安出来，在淇水旁建了所别墅打算长住。如果没有更好，那就把自己沉浸在田园牧歌之中吧。《淇上别业》还原了这段幸福时光：

依依西山下，别业桑林边。
庭鸭喜多雨，邻鸡知暮天。
野人种秋菜，古老开原田。
且向世情远，吾今聊自然。

听得见鸡叫看得见鸭飞，看得见朴实的乡亲看得见广袤的田野，一场场不期而至的小雨，透过层层叠叠的桑林，仿佛提醒诗人莫忘了乡愁。高适果然是高人，虽满腹心事，脸上却波澜不惊。

身在江湖，却心在庙堂，是传统士人最难言说的人格困局，高适自然难以例外。某一天，朝廷的一声召唤，他毅然作别这满园春色，翻身上马，跟随西川节度使崔光远奔赴梓州讨伐叛乱，后又率兵出战南城，牵制了大量的吐蕃兵力，给历史留下一个硬朗的身影。

这是另一个话题了。

历史是最好的导演。高适曾经到过汴州。在这里，他的人生进入一个小高潮，与诗坛“双雄”李白、杜甫幸得一见。《唐才子传》这样描述三人相会的场景：“尝过汴州，与李白、杜甫会，酒酣登吹台，慷慨悲歌，临风怀古，人莫测也。中间唱和颇多。”

真是一场千年之约！让后人想来，心旌摇曳。

他们仨相见时，是如何喜出望外，是如何推杯换盏，又是如何口出锦绣，史料记载不多，本想找几首他们唱和之作把玩一番，想想还是罢了，这一幕留在心里头更好，留在历史深处更好。

“二十解书剑，西游长安城。”高适从长安再出发，后来居上，让人生开挂，实现了命运的逆袭。“天下谁人不识君？”这是高适鼓励友人董大的诗句，也恰好演绎了他最生动的人生期许。

人生没有太晚的开始。所有的安排，都是为了等待下一场的厚积薄发。

耿沣：艰难过此生

耿沣工诗，《唐才子传》中说他“诗才俊爽，意思不群”，继而又说“似沣等辈，不可多得”。但很奇怪，像耿沣这样诗才豪迈出众、诗意文思超于常人的诗人，《唐才子传》对他的记载也就三言两语。马博先生主编的《唐诗鉴赏》则更加干脆利落：生平不详。

令人好生纳闷，作为与钱起、卢纶、司空曙诸人齐名的“大历十才子”，耿沣何以被遗忘在历史角落？

钱钟书说过，吃鸡蛋不一定非要认识下蛋的母鸡。“母鸡”耿沣如何？“鸡蛋”又如何？如果要了解耿沣，不妨从读他的诗歌开始吧。

代园中老人

佣赁难堪一老身，皤皤力役在青春。
林园手种唯吾事，桃李成阴归别人。

“饥者歌其食，劳者歌其事。”此诗标题中的“代”字，当是“拟”的意思，表示拟古乐府之作。虽然此诗并非表示拟作乐府，只是拟园中老人的心声，替他代言而已，但揣摩作者的写作动机，诗作还是承袭了乐府诗的优良传统。

第一句，写老人已一把年纪，本该在家含饴弄孙享清福，但迫于生计，被他人雇做劳工。从“老吾老以及人之老”的儒家倡导来看，老人的境遇让人垂怜，也让人心酸。第二句是对第一句的补充，老人自少年时代开始，就从事佣作劳动，到了现在，已经头发“皤皤”，还不能安享晚年，这也道出了“难堪”的原因。

末两句是全诗力量的“最后一击”，老人似是对人倾诉又像自言自语：园中干活的只有我，为什么现在桃李都已成荫了，成果却全由别人来享用呢?

老人问得好!

不，是耿沣问得好。自古以来，不都是劳者不获、获者不劳吗?这种普遍存在的社会不合理，耿沣以诗歌的方式向世人抛问。

元代诗词评论家方回在《瀛奎律髓》中说，耿沣“诗平正”，意思是他的诗写得浅俗，不加修饰，更不引经据典，读来浅白易懂。这样的诗，从艺术的角度来说，或许没有曲径通幽的步步惊喜，但迎面直击更能震撼人心。

到处搜罗耿沣的资料。虽然稀缺，感谢辛文房先生不辞劳苦四处搜罗并留下了珍贵的片断：

“沣，河东人也。宝应二年洪源榜进士。与古之奇为莫逆之交。初为大理司法，充括图书使来江淮，穷山水之胜。仕终左拾遗。”

从中可以梳理出耿沣大概的人生轨迹，他参加过科考并且得中，由此步入帝国官场，先后做过大理司法，还担任过官职图书使，即奉旨搜求逸书。这官差很有趣，让人想到春秋时期的“采诗官”。耿沣利用这一机会，游遍江淮地区的名胜山水，他最后一个官位是左拾遗。关于奉使搜求逸书这段历史，同是“大历十才子”的卢纶也曾有诗记载：《送耿拾遗沣充括图书使往江淮》——

传令收遗籍，诸儒喜饯君。
孔家唯有地，禹穴但生云。
编简知还续，虫鱼亦自分。
如逢北山隐，一为谢移文。

看得出来，卢纶和他的一帮朋友，对耿沣担当的这项文化使命还是十分羡慕的。

羡慕吗？其实耿沣是“宝宝心中苦”。据傅璇琮先生考证，耿沣在宝应二年（763）登进士第时，安史之乱还未平定。进士登第后任周至县尉后，恰遇上吐蕃、回纥等大举侵扰，日子颇为颠簸。只有大历前期任左拾遗时，还算岁月静好、现世安稳，但不久又遇上了“朱泚之乱”，再陷困顿。他一生屡经离乱，这在他的诗中也有所反映，如这一首《宋中》：

日暮黄云合，年深白骨稀。
旧村乔木在，秋草远人归。
废井莓苔厚，荒田路径微。
唯余近山色，相对似依依。

“年深白骨稀”“废井莓苔厚”，读来触目惊心。此诗描写了宋中的治所睢阳，在经历了睢阳保卫战之后的荒凉景象，勾画了一幅“山村劫后图”，表现出诗人对青山不改、人事全非无可奈何的万般惆怅。

“宁为太平犬，不作离乱人。”颠沛流离中，感同身受的耿沣，对广大黎民百姓倾注了深刻的同情，如他的《路旁老人》：

老人独坐倚官树，欲语潸然泪便垂。
陌上归心无产业，城边战骨有亲知。
余生尚在艰难日，长路多逢轻薄儿。
绿水青山虽似旧，如今贫后复何为。

这位贫苦老人无所依靠、走投无路的人生困境，读后让人窒息。如果穿越回去，能偶遇上这位老人，想必会倾囊而出，施以援手，让老人能够幸福残生。

身在乱世，最憧憬的料是人间太平。耿沣追求生活情趣，向往农村生活的自然和真朴。从他的《赠田家翁》就能读到这种情怀。

老人迎客处，篱落稻畦间。
蚕屋朝寒闭，田家昼雨闲。
门闾新薙草，蹊径旧谙山。
自道谁相及，邀予试往还。

耿沣的“邀予试往还”，对许多宦海沉浮的人而言，也是心向往之吧？

虽不能至，心向往之。

《唐诗纪事》中留存了耿沣的两句诗：“家贫童仆慢，官罢友朋疏。”看来耿沣的生活并不富裕，身体也不太好，被朋友嫌弃，甚至被仆人怠慢。诗中常听到他哀贫叹病。如“贫病催年齿，风尘掩姓名”“贫病仍为客，艰虞更问津”“贫病休何日，艰难过此身”，如此等等，足见他过的日子是如何困窘竭蹶。

人生对他的不友好还没完。某种原因，他被贬谪至许州，没有任何商量的余地，他只能抱病孑然一身来到许州。他有一首诗，名叫《许下书情寄张韩二舍人》。读过之后，或能感受到诗人当时所处的百舍重茧。

谪宦军城老更悲，近来频夜梦丹墀。
银杯乍灭心中火，金镊唯多鬓上丝。
绕院绿苔闻雁处，满庭黄叶闭门时。
故人高步云衢上，肯念前程杳无期。

“望洛阳”“思魏阙”“梦丹墀”，真是身在蛮荒，心系长安。从《二舍人》这首诗的字眼中，也可以揣测到，耿沣的被贬肯定是自朝中来，而不是在地方任上。但具体何因，已难以考知，我想已藏在历史的罅隙里。

人生的不如意，对每个人的当下来说，都是最好的安排。

面对蹉跎，有时不妨阿 Q 一下。

贯休：今夜你来不来

霜月夜裴回，楼中羌笛催。
晓风吹不尽，江上落残梅。

这是一首写月夜闻笛的诗，题目为《月夕》。

深秋的夜晚，月色溶溶，远处的高楼上，传出了一阵阵若远若近、若有若无的羌笛声。诗的前两句写得极妙，道出了秋夜的澄澈与静谧，令人遐想无边。

更妙在后两句，从虚处落笔，却直成意象。古人对音乐效果的描写，有“声振林木”“余音绕梁”之类绝佳句子。“晓风吹不尽，江上落残梅”也是一种音乐形象，也有“三日不绝”的意蕴。

似有点夸大其词，都到第二天了，江面上还有残留的笛声在绵绵回响？我却深信不疑，近代知名学者、俞平伯先生的父亲俞陛云在《诗境浅说续编》中，对《月夕》有如此的评价：“贯休闻笛诗，得蕴藉之神。”

炉边读书、月下吟诗、庭院冥想，是人生三大乐事。当下物欲横流，静享乐事是难事，也是奢望，但我还是喜欢搬张小板凳，坐在阳台上，无论月朗星稀抑或黑咕隆咚，轻吟三两句，物我两忘间，品尝这份属于自己的孤独。

《月夕》这首诗，我喜欢得无与伦比，无数次在月白风清下，仰望夜空，触发了滔滔不绝与星月对话的冲动。我对这首诗情有独钟，更多是因为欣赏诗的作者以及作者的人生。

诗人贯休者，一位出家人也。

贯休，婺州兰溪人，即现在的浙江兰溪。七岁时，他就在家乡附近的和安寺出家。贯休目达耳通、颖悟绝伦，每天在寺中，读经书千字，且过目不忘。《唐才子传》中说他“风骚之外，尤精笔札”。能写诗外，还练得一手好书法。

没想到，因写得一手好字，贯休为自己带来麻烦。

荆州中书令成汭，是个好大喜功又不学无术的家伙。有一次，他就如何提升书法水平向贯休讨教。贯休讨厌他的附庸风雅，更憎恶他“当官不为民做主”，于是没好气回他道：“此事须登坛可授，安得草草言！”这是件很有仪式感的事，按规矩必须先设坛拜师才能传授，怎么可以随随便便就教你呢？

话可以说得很痛快，但权力蛮横的滋味你尝过吗？果然不出所料，成汭不久随便找了个碴儿，将贯休驱赶到了黔中郡。

黔中郡地处荒僻，朋友们以为贯休会呼天抢地，其实担心是多余的。贯休是什么人啊，一钵一袈裟，云游四海，处处为家。好嘞，贯休潇洒地挥一挥手，不带走一片云彩，只留下一诗《病鹤》给成汭，以明心迹。

成汭读罢，气得两眼泛白，差点喷出一口黑血。

杀伤力这么大？看其中两句：“见说气清邪不入，不知尔病自何来？”

病自何来？在成汭内心的腌臜处。

虽为出家人，贯休却保持着一颗积极“入世”之心。他曾写过组诗《少年行》。看其中的一首，便可感受到他强烈的现实批判精神。面对五谷不分、四体不勤的王公贵族们，他笔锋所指，无所畏惧。

锦衣鲜华手擎鹘，闲行气貌多轻忽。

稼穑艰难总不知，五帝三皇是何物！

五帝三皇是何物？！骂得好，骂得痛快。

史书上说，唐亡入蜀后，蜀主王建待贯休甚厚，一日召他进宫，并令他当众诵读新作。大庭广众间，贯休高声诵读了这首《少年行》，王建拍手称赞，一旁的贵戚们却集体投以憎恨的目光。

身为方外人士，本应远离红尘，不问世事，贯休却始终悲天悯人，心系苍生。丛林之外，有他目光犀利的“入世”一瞥。

王建对贯休“敬事不少怠也”，恭敬有加，还赐给他“禅月大师”的名号。贯休圆寂后，王建下诏为他修建灵塔，埋在风景秀丽的丈人山（今青城山）下。

贯休对当朝权贵嗤之以鼻，常常朝他们翻白眼。钱镠自称吴王时，贯休正住在灵隐寺，虽为出家人，但出于礼貌，贯休还是从俗献诗祝贺，诗中有一联写道：“满堂花醉三千客，一剑霜寒十四州。”

钱镠读后大喜，因经略天下的野心日益膨胀，就派人传话，希望贯休把诗中的“十四州”改为“四十州”，否则拒见。贯休大怒，对来人说：“州亦难添，诗亦难改。余孤云野鹤，何天不可飞！”当天整理好衣钵，拂袖扬长而去。

青灯孤寂，长年在寺中修行，贯休还是交了各路好友，他的《绝句》写得精妙，一起来欣赏。

银地无尘金菊开，紫梨红枣堕莓苔。
一泓秋水一轮月，今夜故人来不来。

禅寺夜景，嘉美如斯，问一句：“老朋友，今晚你来不来啊？”月月相印，正是佛语中的心心相印，一切就看你的悟性与雅兴了。

贯休几近通才，工诗，又精于书法。北宋高僧、佛教史学家赞宁在《宋高僧传》中称“休能草圣”。一个“圣”字，可以看到贯休的“能”。贯休还有另一种过人的本事——长于绘画，尤其是画罗汉，《十六罗汉图》就是他的代表作。贯休笔下的罗汉，状貌古野，绝俗超群，人物粗眉大眼，丰颊高鼻，形象夸张，正是大众眼中的所谓“梵相”。

贯休是一位和尚，但又不像和尚。他浑身流淌着生生不息的烟火气，他的《春晚书山家屋壁二首》中的第一首，写到孩子们在树下追逐鸟儿。鸟儿一会儿躲进浓密的树叶中，一会儿又飞上高高的枝头，惹得孩子们叫嚷着、吵闹着、奔跑着。这一图景，让人油然想起了杨万里的“儿童急走追黄蝶，飞入菜花无处寻”。

艺术是相通的，因为诗人们都是真性情。细细欣赏一下吧，看能不能找回你的童年。

柴门寂寂黍饭馨，山家烟火春雨晴。
庭花濛濛水泠泠，小儿啼索树上莺。

贺知章：你是谁？你从哪儿来？

重返故乡的路程到底有多远？

他用了五十年！

唐代诗人贺知章以大半生的时间，苦行了这漫长的地理距离和心理距离。

这一年，即公元744年，八十六岁高龄的贺知章，连夜草拟了份报告，将蛰伏已久的心思，笔走龙蛇地拟成沉重的乡愁。他提出告老返乡。

辞职报告呈交后，一时成为朝廷上下关注的焦点。大家难舍这位“性旷夷，善谈论笑谑”的“大唐好同事”。往日里，无论什么场合，宫里或宫外，严肃抑或沉重的话题，只要有他贺知章在，常常因他的妙语连珠、口谐辞给而迎刃而解。欢乐的味道三日绕梁，余音袅袅。

贺老头真的要走吗？人们奔走相告，又见面必问。有些同僚甚至沉不住气，专程上门直言：做得好好的，干吗呀？！至亲友朋好言相劝：你已在长安工作生活五十年了，北国粗粝的风沙，早将你打磨成粗犷的北方硬汉。如今致仕回乡，一把老骨头了，你还能重新适应江南的吴侬软语吗？况且老家也没什么亲人了，谁来照顾你晚年的生活？

说客络绎不绝。一个深沉的夜晚，诗仙兼酒友李白领着刚到长安的杜甫，趔趔趄趄地摸黑来到贺府，推杯换盏中，表达出最多的，是万般不舍。

终不过是万般无奈。

唐玄宗将贺知章的退休报告看了一遍又一遍，沉吟不语。当获悉各方说客均无功而返后，皇帝老儿只好亲自出马慰留："贺爱卿，还是留下吧，朕的江山离不开你啊，况且山高路远，你这把身子骨恐怕扛不住噢，再说太子还在等你病好了继续给他上课呢！"

贺知章扑通跪伏于地，颤巍巍地，一连叩了好几个响头后，站起来，捋着花白的胡须，倔强地摇了摇头："谢主隆恩，臣去意已决。"

多年君臣成好友。就此别过，各自保重。走出宫门的那一刻，贺知章的心早已飞越千山万水，栖息于村口那棵老银杏树的枝丫上。

这棵树啊，是故乡的标志，是回家的方向。老枝高耸入云、盘虬卧龙，树干的重重皱褶，历岁月饱经风霜，如老僧入定，静静地等待游子归来。

虽说率土之滨，莫非王臣，贺知章的耿耿思乡之情，最终还是打动了唐玄宗，准奏！

告老还乡并非这位八十六岁老者的心血来潮，而是缘于这年的一场大病。高龄沉疴，躺在床上，数日不省人事。悲伤的家人以为大限已至，准备为他料理后事。没想到，生命就是这般顽强，他又奇迹般地挺了过来。或许心事未了，或许冥冥之中自有天意，就在重生过来的那一刻，贺知章再次严肃地思考"将往哪里去"这一哲学命题。就是在这个晚上，他做了一个梦，让他幡然醒悟。这个梦，给了他最终且坚定的答案。

辛文房在《唐才子传》中这样记载："天宝三年，因病梦游帝居，及寤，表请为道士，求还乡里，即舍住宅为千秋观，上许之，诏赐镜湖剡溪一曲，以给渔樵。"

贺知章病重时，曾梦游于天帝所居之处。醒来后，立即上书朝廷，要求返乡做道士。他想好了，把老家的旧宅重新装修，改作道观，名字就叫"千秋观"。唐玄宗同意所请，还格外加恩，颁诏把镜湖和剡溪的一段赏赐给贺知章，供他"渔樵江渚"。

贺知章旷达开朗，所谓的"表请为道士"，只不过是表达对朝廷忠诚的一种方式。唐代的李氏政权，也喜欢攀附历史上的名人，以示"我祖上也阔过"。老子李聃因为姓李，道教由此成为显教，被官方定为大唐国教。贺知章的清醒与缜密，从"千秋观"的命名中可见一斑。

该出发了，贺知章与众人一一道别。“帝赋诗及太子、百官祖饯”，送行的规格高，场面隆重。唐玄宗赠诗留念，太子和文武百官设宴饯行。

明日非今日，长亭更短亭。千山外，万水中，经一路的辗转颠簸，坐在马车上的贺知章，从心底深处不知呼喊过多少回：家乡该到了吧？！

是的，梦魂牵绕的故乡就在眼前。他踉踉跄跄跳下马车，右手搭在前额远眺，他隐隐约约看到了村口，看到那棵高高的银杏树，此时他的心跳加快，胸口陡然一热。

近乡情更怯。距村口尚一里开外，他拒绝再坐车，执拗地以行走的方式，表达对故乡五十年来的情感亏欠。

走到村口，一群孩子围了上来，他们好奇地打量这张饱经沧桑的陌生脸孔，你一言我一语，其中一个胆大的还奶声奶气地问贺知章：“客人您是从哪来的呀？”

邻家孩儿的声声发问，强烈撞击着贺知章的胸膛，游子多年积蓄的情感，这一刻，如大江奔流难以抑制，所有的人生况味，都尽情地宣泄在这首诗中。

回乡偶书（一）

少小离家老大回，乡音无改鬓毛衰。

儿童相见不相识，笑问客从何处来。

这一笑问，让贺知章泪流满面，可谓“恨别鸟惊心”。三十六岁那年，离开家乡赴京赶考，并一举考上状元，“春风得意马蹄疾”。五十年了，长安的花看了一遍又一遍，故乡却渐渐在远去。五十年来，贺知章专注于长安的打拼，宦海沉浮，钩心斗角，多少人事消磨了时光、懈怠了斗志？这一刻，终于回到故乡的怀抱，没想到却成了他人眼中的“客”！“少小”与“老大”间，白驹过隙，岁月无痕，真是韶华易逝，人生短暂。五十年间，与生于斯、长于斯的故土，竟有了疏离与隔膜，渐渐放大为一道情感上的天堑。

已是杖朝之年，他还能抓住多少时光？

故乡飘已远，往意浩无边。年轻的时候，希望离家乡越远越好，外面的世界很精彩；年老了，则希望叶落归根，在故乡温柔的怀抱里，享受生命阳光的明媚。

故乡，给每位外出打拼者以最有力的拥抱、最大的宽容以及最宽厚的抚慰。

生命中，贺知章与李白、杜甫均有交集，彼此还有不少唱酬。他与李白的交情尤深，“诗仙”李白的另一绰号“谪仙人”，就是贺知章在一次酒后的慷慨赠予。

李白因怀才不遇而牢骚满腹，杜甫则因颠沛流离而涕泪交加。和他俩相比，贺知章显然幸运得多了。他三十六岁高中状元，且是浙江有史以来的首位状元。从此官运亨通，一直做到了光禄大夫兼正授秘书监。当时贤能通达的人士对他都十分倾慕，陆象先在执掌中书省时，与贺知章“最亲善”，说贺知章“清谈风韵，吾一日不见，则鄙吝生矣”。贺知章生性潇洒，自称“四明狂客”，又称“秘书外监”。人来人往中，无论向上看还是往下看，他看到的，都是一张张笑脸。

贺知章与李白是“忘年交”，他们是如假包换的“文友 + 酒友”。关于他们喝酒的故事，杜甫在《饮中八仙歌》诗中有生动的描写。杜甫在诗中极尽调侃：“知章骑马似乘船，眼花落井水底眠”，又“李白斗酒诗百篇，长安市上酒家眠”。果然不醉不归。

贺知章与李白初次见面，相谈甚欢。贺知章当即相约李白饮酒，但到了酒馆，发现没有带钱。贺知章急中生智，要把腰间的金饰龟袋解下当酒钱，李白见状赶紧阻止，说：“这可是皇上赐给您的饰品，万万使不得！”贺知章大手一挥，管不了那么多了！于是，沽了两壶酒，俩人你来我往，喝得酩酊大醉。

羽毛相同的鸟，自会聚在一起。爱情如此，友情如此，灵魂也是。

“太子宾客贺公，于长安紫极宫一见余，呼余为‘谪仙人’。”“谪仙人”，有多欣赏就有多慷慨。正是因为贺知章的鼎力举荐，唐玄宗龙颜大悦，不经考试，直接任命李白为翰林待诏。

贺知章除了喝酒，时人眼里他还有另两个著名的爱好——一曰写诗，二曰书法。贺知章的诗以绝句见长，从容不迫，淡而有味。他的诗最与众不同的，在于反映和表现了社会生活中最本质的东西，即人性人情。关于他的书法，时人盛赞是“与造化相争，非人工所到”。他善草隶，作品龙蛇飞舞，神采奕奕。辛文房说他写字时，“每醉辄属辞，笔不停辍，咸有可观，每纸不过数十字，好事者共传宝之。”洛阳纸贵，莫非他练的就是江湖传说的“醉书”？

贺知章应该庆幸所遇到的时代。那时的大唐，正处于最高光的时代。贺知章一脚踩着“贞观之治”的尾巴，另一脚又踏上了“开元盛世”的快车。导致大唐由盛而衰的安史之乱爆发时，他已去世十一年。就是在这样承平的年代，贺知章才能在安静的书桌旁，与各路朋友推杯换盏，谈诗论道，还可以从容地在自己安静的书房里潜心于铁钩银画。

作为后人，我们也应该感谢那个辉煌的时代。那个时代为唐诗的创作实践培育了一个具有示范意义的诗人，也为封建官场提供了一位个性化官员的范本。

“晚年尤加纵诞，无复礼度。”这样的话语，我认为并非贬词。到了耄耋之年，贺知章仍心如赤子、永葆童心，要不怎能写出这样的诗句：

咏　柳

碧玉妆成一树高，万条垂下绿丝绦。
不知细叶谁裁出，二月春风似剪刀。

贺知章以柳树为具象，热情颂扬春天的活力。万物复苏，春姑娘为大地梳妆打扮，给人们带来希望。诗人描绘的这种喜悦，至今仍深深地感染着千千万万的读者。

诗人是豪放的，更是坦荡的。读读《题袁氏别业》这首诗，你一定会深刻感受到诗人的这种情怀。

主人不相识，偶坐为林泉。
莫谩愁沽酒，囊中自有钱。

与主人家素不相识，因流连于眼前春光美景，开口就请园林主人帮忙买酒去，并且一再声明，不要担心没酒钱，老夫袋里有的是呢。

好顽皮，童心未泯，多像邻家的老头儿。

回到家乡，贺知章半隐半居，在亲情的重重包围中，在绿水青山的徜徉中，老人快乐而惬意。他喜欢到剡溪垂钓，又喜欢在镜湖畔坐看夕阳。静谧中，记忆中的人和事，常常瞬间复活。白驹过隙，人生无常，又让老人唏嘘不已，看他的《回乡偶书（二）》：

离别家乡岁月多，近来人事半消磨。
惟有门前镜湖水，春风不改旧时波。

读着读着，犹如触摸到了诗人的心跳，虽正垂垂老去，诗人却还深念着这缕拂面“春风”——昨天的，今天的，未来的。

这是诗人留下的最后一首诗，也是留给家乡会稽山水的最后一首诗。就在这首诗写后不久，老人就安详地告别了人间，他高贵的灵魂，与家乡的绿水青山紧紧拥抱。

五十年前的一天，晨曦中，贺知章坐船离开家乡，赴长安参加科考。彼时的他，意气风发，志在必得。他伫立船头，对着宽阔的江面大声呐喊：“长安，我来了！”

按捺不住青春荷尔蒙的冲动，他激情赋诗一首《晓发》：

江皋闻曙钟，轻枻理还舼。
海潮夜约约，川露晨溶溶。

始见沙上鸟，犹埋云外峰。

故乡杳无际，明发怀朋从。

少年心事当拿云。那一刻，贺知章心潮澎湃，如滔滔江水。这与五十年后“乡音无改鬓毛衰”相比，是明亮与沉哀，情感上的巨大悬殊，一般人是难以读懂的。倘若你读懂了，说明你读懂了文字，也读懂了贺知章，读懂了岁月沧桑，读懂了世道人心。

心有山海，静而无边。

黄巢：记得当年草上飞

大唐一代，黄巢是最能搞事情的“高考落榜生”，会写诗，敢造反。

先来感受一下他作为诗人的霸气侧漏。

不第后赋菊

待到秋来九月八，我花开后百花杀。

冲天香阵透长安，满城尽带黄金甲。

对，就是诗末一句，被大导演张艺谋拿来作了一部电影的片名。电影上映后，票房不错，顺便也火了这首诗。但诗的作者是谁，时人却未必能答得上来。

惭愧于自己的孤陋寡闻，诗的作者竟然是黄巢。

真没想到，黄巢还会写诗！

唐末农民起义领袖，是中学历史教科书给予黄巢的定位。印象中，领头闹起义的，大都是苦大仇深的样子。实际上，黄巢是个货真价实的“富二代”，他出身于盐商之家。

在中国历史上很长的时间里，盐是战略性物资，均由皇家垄断性经营，也是帝国最丰赡的赋税来源。如果民间私下流通，是犯法的，若被官家抓住了，说不定脑壳搬家。即便如此严刑峻法，因为暴利，不少人还是不惜铤而走险。

尽管富甲一方，黄巢的父亲和黄巢本人还是想通过科举实现阶层的向上流通。在重农抑商的年代，虽腰缠万贯，商人还是难以入流，“商人重利轻别离”，做买卖的就没一个不是逐利之徒。

这一年，在父母的殷殷目光中，在书童的肩挑手扛中，黄巢骑着高头大马来到了长安，准备步入考场厮杀，将自己的出身洗白，给家族挣一个更加光明正大的未来。

《新唐书》中说，黄巢“善击剑骑射”，并“少有诗才”，五岁时即能与大人对诗。

这个故事有意思。

有一天，黄巢的父亲在菊花园中联句，吟出前两句，自我感觉良好，后两句无论如何捻须都无法续上，颇为沮丧。正在一旁玩耍的小黄巢，歪着脑袋想了想后，非常自信地补上两句：“堪与百花为总首，自然天赐赭黄衣。”

黄巢的父亲听罢，对五岁的黄巢且惊且喜，心中大呼：“吾儿了得！”然而更多的是惊恐，对整个家族来说，这熊孩子未来带来的是祸还是福？

黄巢的父亲忧心忡忡，当晚一夜未眠。

若干年后，黄巢从老家山东菏泽顺利来到长安，从容不迫地走进考场，参加大唐帝国的年度“国考”。

然而，命运和他开了个玩笑，他落榜了！

没关系，大不了明年再来，反正家里有的是钱。然而命运依旧没有垂青他，第二年，他又一次落榜。

史书上没有确切的记载，一生中，黄巢到底参加了几次科考。但有一点是清楚的，最后一次落第后，他怀着极度失望兼愤懑的心情，写下了这首《不第后赋菊》，并做出重大决定：老子不陪你玩了，从此不再科考。

他选择子承父业：贩盐。

有人说，读黄巢这首《不第后赋菊》，读到的尽是失望和愤怒。但我读到更多的，则是霸气与杀伐之心。

秋深重阳时节，“我花开后”的结果必然是“百花杀”，这一句的潜台词是：咱们走着瞧！

封建年代，处决人犯多在秋季，也即“秋决”。在这肃杀的季节里，诗中再出现一个“杀”字，的确让人读到了黄巢的凌厉气势，这气势让人读来心头凛然一惊。

黄巢不只是一个社会固有秩序的破坏者，在诗的后两句也升华出了他的“理想国”——“冲天香阵透长安，满城尽带黄金甲”：菊花散发出阵阵清香，直冲云天，香透全城；遍布长安的菊花，仿佛给全城披戴上了黄色“金甲”。

起义后，黄巢自称是“冲天大将军”。看得出，这位起义领袖所有的抱负和信仰，都浓烈地附丽于菊花的高傲与雍容之中。

在古代文人的写作意象中，“菊花”是“高洁”“隐逸”的象征。黄巢却脑洞大开，把它与带甲的兵士联系在一起，给柔美的菊花赋予了战斗姿态，是对传统审美观的一种颠覆。

“菊花”可以言志，黄巢也用作讨敌檄文，“菊花”是他的精神图腾。起义之前，他又写了首咏菊诗，诗名《题菊花》，表达了推翻李唐王朝进而取而代之的意志与决绝。

飒飒西风满院栽，蕊寒香冷蝶难来。
他年我若为青帝，报与桃花一处开。

黄巢笔下的“菊花”，不再孤高绝俗。首句中的一个“满”字，彰显出黄巢的接地气，作为义军首领，他需要民众的支持，且多多益善。他不做独行侠，不孤标傲世，而是要让支持的力量如影相随，源源不断。第二句则是写菊花的处境，酷寒中，菊花散发出沁香，却不见了往日翩翩飞舞的蝴蝶。这既是唐末社会现实的真实写照，也表现出作者本人内心的孤独。此去长路漫漫，将要面对多少关隘、多少艰难？没人能给出答案。作为领头者，所有问题都只能自己扛。

最后两句，黄巢“彼可取而代之”的万丈雄心已是呼之欲出。“青帝”

是指司春之神，黄巢的意思是，如果将来自己能成为主宰春天之神，就一定让菊花与桃花同时绽放，分享明媚的春光。“报与桃花一处开”，在这里，我愿更多地理解为作者朴素的“均权”思想和人本情怀。

起事后，纵横南北天地间，过的是刀尖舔血的日子。黄巢推翻李唐王朝的信心却不断衰减，或者说一开始他就有这样的念想：被朝廷招安，重新回到体制内，以光宗耀祖。

这并非埋汰黄巢，只能说黄巢本身的局限性，或者说是人性的复杂。

英雄，也有人性的弱点。

公元 879 年，黄巢向浙东观察使崔谬伸出橄榄枝，表示愿意交出队伍，交换的条件是举荐自己出任天平节度使。为了增加成功的概率，黄巢还“东边不亮西边亮”，同时投书岭南东道节度使李迢，提出同样的要求。后来他还给自己打了个折，如果安排不了天平节度使，做个广州节度使也成。

朝廷拒绝了！

或许是出于分化的目的，朝廷对黄巢的上线王仙芝采取了不同的策略。在攻打蕲州时，刺史裴偓亲自出面牵线，朝廷将王仙芝成功招安，并任命王仙芝为左神策军押牙兼监察御史。

捧着金灿灿的委任状，王仙芝自是心花怒放，伫立一旁的黄巢怅然若失，吃醋了。他勃然大怒，一把将委任状扯过来并撕个稀巴烂，还挥拳相向，把王仙芝打得头破血流。

黄巢之所以如此大打出手，倒不是为了造反的共同事业，而是因为心理失衡，凭什么厚此薄彼？史书上也是说黄巢是因为“官不及己”。如此看来，他的起事，与当初醉心科考不过是殊途同归。

黄巢的最后结局如何？有一说是战死疆场，败亡于狼虎谷；另一说是做了和尚，藏匿在洛阳。对于后一种说法，有好事者言之凿凿，说这一首黄巢写的诗便是铁证。

自题像

记得当年草上飞，铁衣著尽著僧衣。

天津桥上无人识，独倚栏干看落晖。

前两句，点明了黄巢曾经历的戎马倥偬生涯，又表明了他当时正过着静如止水的僧侣生活。“天津桥上无人识”一句，感慨的是英雄迟暮的苍凉与无奈。诗锋一转，末一句“独倚栏干看落晖”，则刻画了“人生韶华短，江河日月长”的意境。如果好事者无误，确证为诗者是黄巢，那么，两相比较，令人感慨不已。

曾经雄心勃勃的黄巢，大半生征战归来，最后还是与当年相识一场的万丈雄心，各自散场。

吉中孚：我曾经是道士

先道士再入朝出仕，先任校书郎、翰林学士，后又拜谏议大夫、户部侍郎判度支事。有唐一代，拥有这种丰富干部履历的，恐难找到第二个，唯吉中孚一人而已。

好奇害死猫。于是，耗了一个周日，翻箱倒柜，四处寻找吉中孚的人生"史迹径"，所幸总有"吉光片羽"之获。

根据辛文房的说法，吉中孚家在楚州，即今江苏淮安，但他在江西的鄱阳地区也待了很长的一段时间。当初，吉中孚在一个山旮旯里做道士，青灯黄卷，茕茕孑立。或许忍受不了孤单，他打点行装，下山还俗，重回滚滚红尘之中。

他具体在哪儿做道士呢？从吉中孚的好友、"大历十才子"之一的著名诗人卢纶《送吉中孚校书归楚州旧山》的长诗中可以了解一二，吉中孚是在位于楚州的紫霄宫做道长。

卢纶诗中的数句"旧箓藏云穴，新诗满帝乡""名高闲不得，到处人争识"，细加咀嚼后，吉中孚的此番返俗，多少让人觉得他有一种"衣锦还乡"的盛况与得意。

吉中孚工于诗歌，同为"大历十才子"之一，时与卢纶、钱起齐名。看来，在紫霄宫修道期间，他也是睁眼看着山外。听说老友要出山，另一位"十才子"之一的李端，也赠诗一首《闻吉道士还俗因而有赠》，诗云：

闻道华阳客，儒裳谒紫微。
旧山连药卖，孤鹤带云归。
柳市名犹在，桃源梦已稀。
还乡见鸥鸟，应愧背船飞。

对老友的重新选择人生，李端心情应该是很复杂的吧？

“儒衣谒紫微”，带着再度激活的人生梦想，吉中孚“来长安谒宰相”。经人穿针引线，他如愿以偿顺利地见到了当朝宰相元载。

好风凭借力。吉中孚借的是什么力？从道观还俗，转眼间，又以道从儒，又转眼间成为元宰相的座上宾。根本一点，是他走了条捷径，找对了人。他倾心交好的这个人，就是元载的公子元伯和。李端在另一首诗《卧病闻吉中孚拜官寄元秘书昆季》中的所提及的“元秘书”即元伯和，父子同朝为官，元伯和时任秘书丞。

有宰相父子的合力，吉中孚一飞冲天。虽初来乍到都城，又曾长居道观，但吉中孚却如鱼得水，在帝国的官场中似乎无师自通、游刃有余。辛文房先生在《唐才子传》中说他“日与王侯高会，名动京师”。每天与王侯贵胄交往，一时在京城声名大噪。没过多久，吉中孚又荣登进士第，授职万年县尉，旋入朝任校书郎。

短时间内，在京城刮起了一股强劲的“吉旋风”，吉中孚施展了什么法术？大致有两个原因：一是宰相元载不遗余力地提携；二是唐玄宗对道家的情有独钟。天宝初年，唐玄宗尊奉道教，认《道德经》作者老子为自己的祖宗。有些人一旦发达，就喜欢拉名人给自己贴金。虽贵为九五之尊，唐玄宗也是不能免俗，以认祖归宗方式，告诉全天下人“我也姓李”。

天时地利人和，吉中孚得以持续在帝国政坛上高歌猛进。他在登博学宏辞科后，为翰林学士、谏议大夫，直至户部侍郎判度支事。即便后来元载因“侈僭无度，排斥忠良”被诛杀，吉中孚并没受到牵连，做到了毫发无损，全身而退。

说了这么多，绝没有把吉中孚等同于“张好古”式官场中人之意。多年的道观修炼，吉中孚懂得官场之道、进退之道。可以与人买醉，可以与人论诗，甚至可以与人谈风花雪月，但若要假借他人之手或手中权力攫利，他不屑一顾。吉中孚深谙知足不辱、知止不殆的人生玉律，缺德的事，打死也不干。即使在与宰相元载交往最频密的时候，他们谈得最多的话题依然是诗歌，彼此的关系，更多像是一对诗文之友。

有件事颇值得玩味。吉中孚下山做官后，白发高堂仍留守在老家，于是上奏提出回家奉养以尽孝道。直至父母百年后，他才复出做官。

史书上说吉中孚“仪表非凡，器宇轩昂，仙风道骨，被誉为‘才子神骨清，虚疏眉眼明；貌应同卫玠，鬓且异潘生’，神骨清虚”，公开场合，他身上散发出强大的气场。他的诗字句精工，且吟诗高雅，跻身诗坛“大历十才子”之列，绝非浪得虚名。他写了大量的诗作，可惜大都遗失。《全唐诗》仅存一首，即便是这一首，也是“公文诗”，但能把“公文诗”写得这般好，足见吉中孚的深厚功底，来欣赏一下这首《送归中丞使新罗册立吊祭》吧。

官称汉独坐，身是鲁诸生。
绝域通王制，穷天向水程。
岛中分万象，日处转双旌。
气积鱼龙窟，涛翻水浪声。
路长经岁去，海尽向山行。
复道殊方礼，人瞻汉使荣。

这首诗是有故事的。大历二年(767)，新罗王宪英驾崩，立其子乾运为王。按惯例，新罗派遣朝中大臣金隐居奉表入朝，贡方物，请加册命。唐玄宗则派出仓部郎中兼御史中丞归崇敬，持节赍册书前往吊祭。诗句无非表达了“万邦来朝、八方来仪”开元气象。虽是一首政治诗，但我们不得不佩服，吉中孚的这首律诗，格律规整、意境开阔，而且寄情山水，反映了大唐政权与新罗的友好往来，咏颂了汉家的王化。

这首诗，是可以当史书来品读。

值得一提的是，吉中孚的妻子张氏的诗也写得好，尤善歌行。《诗薮外编》称她“可参张籍、王建间”，《唐音癸签》则赞誉她的诗为“尤彤管之铮铮者”。一首《拜新月》能看到她的才情不让须眉。

拜新月，拜月出堂前，暗魄深笼桂，虚弓未引弦。
拜新月，拜月妆楼上，鸾镜未安台，蛾眉已相向。
拜新月，拜月不胜情，庭前风露清，月临人自老，望月更长生。
东家阿母亦拜月，一拜一悲声断绝。
昔年拜月逞容仪，如今拜月双泪垂。
回看众女拜新月，却忆红闺年少时。

这首长歌行，以“拜新月”为题，委婉地抒发了红颜易老、佳人迟暮的哀怨，逝者如斯夫啊！

怎么样？是位才女吧？如果不过瘾，再看她的另一首《咏柳絮》：

霭霭芳春朝，雪絮起青条。
或值花同舞，不因风自飘。
过尊浮绿醑，拂幌缀红绡。
那用持愁玩，春怀不自聊。

全诗读下来，我读到了张氏的乐观与阳光。

唐代诗人间，有种雅兴，即常常互相唱和，吉中孚与妻子张氏是一对诗人夫妻，当有不少唱和之作。虽暂时没找着，但仅仅憧憬一下也足以让后人心醉。

贾岛：我来了，你不在

突然想起李凝，自老朋友隐居城郊后，有好一段日子没切磋了，怪想的。

于是，轻轻掩上柴门，骑上那头著名的瘦驴，诗人贾岛来了个说走就走的骑行。

从早到晚，一山越一山，一程又一程，山路崎岖，荆棘满途，暮色四合时分，贾岛终于抵达旅行目的地——李凝的茅屋前。

晚风习习，月光皎洁。

茅屋毫不起眼，掩映在竹林之中。隔着篱笆，贾岛亲切地呼喊着老友的名字，然而回报贾岛的，是山风呜咽着的沉静。徘徊着，徘徊着，借着月光，贾岛无意一瞥，看见门框上贴着一张字条：有事外出，归来无期。

寻访不遇，令贾岛惆怅绵绵，如一尊形影相吊的雕像，久久伫立于李凝茅屋门前。月光如水，让贾岛的诗兴大发，一首《题李凝幽居》在夜色下汩汩而出。

闲居少邻并，草径入荒园。
鸟宿池边树，僧敲月下门。
过桥分野色，移石动云根。
暂去还来此，幽期不负言。

环顾四周，李凝隐居之地显得十分偏僻，除了树还是树，影影绰绰之下，但见一条长满青草的小路通往荒芜的园子。

夜色苍茫，鸟儿寄宿在池塘边的树上，一位僧人轻轻地敲着月光下的小门。趁着夜色，踱过一座小桥，广袤山野的景色被小桥一分为二，白云飘荡，仿佛石头也在静静地移动。既然老友不在家，我也只能暂且离去，关于我俩共同隐居的约定，我决不食言。

这首诗的意象丰赡，可谓美不胜收。尤一个“幽”字，既暗示李凝的隐士身份，又揭示朋友间共同的人生旨趣。

阅读唐诗，常常为这类友情感动莫名。一句“懂我”，胜千言万语，盖美酒佳肴。有趣的灵魂，像两条并行的轨道，虽未必有缘相交，但心灵的方向一致。很多时候，只能在车水马龙、众声喧哗中匆匆一瞥，孤独地走过一个又一个街角。

“嗯嗯，不错！”贾岛不禁为自己击掌叫好。

第二天一早，天蒙蒙亮，贾岛打道回府，还是骑着那头著名的瘦驴。进得城来，走在长安宽阔的大街上，贾岛任由瘦驴驮着，无论东西，他的诗心还流连在李凝柴门前，还在苦思冥想之中。

诗人在想什么呢?

贾岛在推敲“推”和“敲”——“鸟宿池边树，僧敲月下门”句中“敲”字，诗人先是用“推”字，后觉得不妥，还是“敲”字好?

犹豫难决。坐在瘦骨嶙峋的驴背上，贾岛反复引手做“推”和“敲”之势，路人投以讶异的眼光。

不好，前方封路！一道道“回避”“肃静”的牌子如森林般高高举起，正全神贯注“推”和“敲”的贾岛，躲闪不及，那头瘦驴驮着主人，一头撞了上去。

被贾岛撞得变形的，是京兆尹韩愈的仪仗队。这还了得，数名安保蜂拥而至，又一拥而上扑了上来，像老鹰叼小鸡般，将贾岛押到一匹高头大马前。

主人斜探着身子，不失威仪，但面色慈和。

他就是一代文宗韩愈。

“怎么啦，年轻人？”韩愈问道。忍住痛，贾岛把诗中“推”“敲”

两字未决之事如实道来。韩愈听罢，不但没有责备他，反而驻马思考许久，捋了捋须，对贾岛说道：“老夫以为，还是‘敲’字佳矣。”

歪打正着，没想到这一撞，居然撞出了一段诗坛佳话，也为汉语词库贡献了一个脍炙人口的好词：推敲。

一个是京兆尹，声名赫赫；一个是书生，名不见经传。地位悬殊，但诗文面前，却可以相互平视。因这一撞，韩愈与贾岛自此常常谈文论诗，遂为“布衣之交”。

来吧，咱们一起走！韩愈热情相邀。那一刻，长安街头出现了动人的一幕：仪表威严的韩愈，与气短力微的贾岛，一马一驴，并辔而行。一路上，切磋作诗之道。韩愈把自己总结出来的诗文之法，和盘托出，毫无保留地传授给了贾岛。

这段佳话，温暖了大唐诗坛，也温暖了无数的读书人。

爱才心切，韩愈屡次三番劝说贾岛还俗，重回尘世。在韩愈的热切鼓励下，贾岛果然不负众望，考中了进士。

韩愈对贾岛有“伯乐”之功，对取得功名后的贾岛，仍予以提携。他赠给贾岛一首诗，让贾岛在长安赢得了大名。韩愈的诗写得深沉，怜爱之心亦溢于言表。

孟郊死葬北邙山，从此风云得暂闲。
天恐文章浑断绝，再生贾岛著人间。

“天恐文章浑断绝，再生贾岛在人间。”读着这样评价自己的诗，贾岛心中一定如沐春风。千里马常有，而伯乐不常有。贾岛是幸福的，他恰好遇上了。

贾岛深感知遇之恩，也以诗酬谢贵人韩愈。

寄韩潮州愈

此心曾与木兰舟，直到天南潮水头。

隔岭篇章来华岳，出关书信过泷流。
峰悬驿路残云断，海浸城根老树秋。
一夕瘴烟风卷尽，月明初上浪西楼。

韩老师贬谪潮州，受苦了，受冤了，学生又无能为力，爱莫能助，唯盼能得到老天相助，早日昭雪。面对老师遭遇到的人生困厄，贾岛束手无策。能做的，就是甘愿陪同恩师一同受苦。

月光如洗，天下皎然。

贾岛被时人称为“诗奴”，大唐的另一位诗人孟郊则被称为“诗囚”，寓意大抵相当。一代文豪苏轼在《祭柳子玉》文中，给了他俩最中肯的评价：郊寒岛瘦。

说“岛瘦”，一说贾岛的外貌，《唐才子传》中说他“貌清意雅，谈玄抱佛，所交悉尘外之人”。另一“瘦”，是说他的诗风，贾岛的诗，精于雕琢，喜写荒凉、枯寂之境，读来多有凄苦况味。贾岛写诗，用力极猛，自诩是“两句三年得，一吟双泪流。”

他的诗，都是用心血熬出来的，他心甘情愿被文字“虐”。

《寻隐者不遇》，全民皆熟，让我们来感受他的“瘦”。

松下问童子，言师采药去。
只在此山中，云深不知处。

茂林修竹，松下对答，以及隐者的高洁，诗意的混搭，经诗人反复打磨、推敲，毫无违和之感。

贾岛的诗句，多是苦寒之词，也多是“冥搜”所得，他为此多次发生交通事故，但不是每次都那么好运，都能幸运地遇上韩愈。

有时还受了些苦头，甚至在“看守所”里关了一夜。比如在某年秋季，一个起风日子，贾岛一如既往地骑着那头瘦驴，行走在京都的大街上。落叶飞舞，秋色可人，如此美景，免不了撩起贾岛的诗意，他脱口而出：落叶满长安。

上一句如何续接？贾岛苦苦思索而不可得。于是他任由瘦驴驮着，漫无目的地行走，不一阵子来到了渭水边。渭水波光粼粼，鱼翔浅底，这让贾岛灵光乍现，随即念出：秋风吹渭水。

绝了！贾岛欣喜若狂，没想到乐极生悲，他和他的瘦驴又一头撞上了别人的仪仗队，这回也是京兆尹，只是换了个主人刘栖楚。此京兆尹非彼京兆尹，刘大人没兴趣听他的解释，命人立马将贾岛送往官府。一夜寒牢，在朋友的斡旋下，贾岛次日才获释。

不过也值得，这两句吃过苦头而吟得的诗句，贾岛后来用进了《忆江上吴处士》一诗中。

闽国扬帆去，蟾蜍亏复圆。
秋风生渭水，落叶满长安。
此地聚会夕，当时雷雨寒。
兰桡殊未返，消息海云端。

朋友离开长安赴福建，才不到一个月，贾岛就想他了。昨天的好、今天的好，我都统统记着呢，什么时候能见面啊？冷静而又充满温情，清雅而又不乏厚重。

有人说，因家贫，贾岛怯于社交，性格不免孤僻，喜欢躲在书斋里，潜心创作。我对此不以为然，他只是自设了一道交朋友的门槛，要在对的时间找到对的人，一旦交契，贾岛对朋友绝对掏心掏肺，毫无保留。

因诗“误”事还不止于此。进士及第时，长安米珠薪桂，贾岛没钱买房，无处落脚，只好暂寄于法乾寺的僧房。有一天，唐宣宗便服出行，来到法乾寺。听到钟楼上有人吟诗，唐宣宗循声而上，并饶有兴趣拿起书案上的诗卷来看。贾岛有眼不识泰山，见状报以不屑，又一把夺过唐宣宗手中诗卷，说：“先生你衣食华美也该知足了吧，懂这个干什么呀？”唐宣宗大窘，只好匆匆下楼，匆匆回宫。

其实，历史上的唐宣宗李忱勤于政事，孜孜求治。他整顿吏治，限制宗室和宦官，为死于“甘露之变”的百官予以平反昭雪。在对外方面，他也有一番作为，击败吐蕃、收复河湟，又安定塞北、平定安南。李忱为人明察沉断，从谏如流，恭谨节俭，且惠爱民物。在位时，国家相对安定繁荣，历史上把这一时期称之为“大中之治”，时人称唐宣宗为“小太宗”。

天哪，他是当今圣上！贾岛听说后甚是惊恐，赶紧一溜烟跑到皇宫门口，跪下请求治罪。接报后，唐宣宗大度一笑说：“呵呵，不至于吧？！”

贾岛的性格并不适合官场，虽有贵人提携，他还是不断被人排挤，后被贬往遂州的长江县，做了一个小小的主簿。

贾岛去世时，家徒四壁，别无长物，唯病驴一头，古琴一张而已。

“知音如不赏，归卧故山秋。”贾岛有个习惯，每年除夕之夜，会把一年来所作的诗放在几案上，燃香数炷，对着书桌一拜再拜，然后把酒洒在地上，虔诚祷告：“这是我一年的苦心啊！”言毕，独自痛饮，独自高歌。

诗瘦，却浑阔；人瘦，却伟岸。

贾至：才调更无伦

“坐小法，贬岳州司马。”

贾至为什么被贬岳州，《新唐书》语焉不详。《唐才子传》中也付以寥寥数语：“初，尝以事谪守巴陵。”巴陵为岳州古称，是今天湖南省岳阳市。具体原因，辛文房同样未作进一步的交代。

倒是从傅璇琮先生的《唐代诗人丛考》中，因果或隐然可考：“将军王去荣因擅杀县令，依法当斩。”将军王去荣以私怨杀死本县县令，按法律应当处死。但是唐肃宗“以其善用炮，赦免死，以白衣于陕郡效力”。

仅因拥有一技之长，不但可免去一死，还能够获得继续使用，这不是视法律为儿戏吗？一时舆论哗然。千人之诺诺，唯中书舍人贾至一士之谔谔。他连夜上书，语出掷地有声：“去荣无状，杀本县之君。《易》曰：‘臣弑其君，子弑其父，非一朝一夕之故，其所由来者渐矣。’若纵去荣，可谓生渐矣。议者谓陕郡初复，非其人不可守。然则他无去荣者，何以亦能坚守乎？陛下若以炮石一能即免殊死，今诸军技艺绝伦者，其徒实繁。”

正色敢言，现在读来，好像是在指着唐肃宗的鼻子开骂，没有王去荣，刚刚收复的陕郡难道就无人坚守吗？如果因为王去荣善于使用石炮就能免去一死，那么军中其他身怀绝技的士卒就可随意杀人了吗？总之一句话，赦免王去荣，就是放纵罪恶！贾至义无反顾地挺身而出，无疑触逆了龙鳞，唐肃宗大怒，马上颁了道圣旨，将贾至驱出都城，贬到岳州出任司马。

“信非吾罪而弃逐兮，何日夜而忘之！”忠而被贬，贤而遭迁，贾至孤愤难鸣，又有什么法子呢，唯有怏怏而去。

贾至是官二代、也是文二代。父亲贾曾是唐玄宗时期的大内文字总管，开元间与中书舍人苏晋“同掌制诰”。就是说，以唐玄宗名义颁发的所有文告，都是由贾曾与苏晋共同执笔起草。一句话，为唐玄宗捉刀代言。

没想到，子承父业。天宝十年（751），贾至明经及第，仕途上顺风顺水，任起居舍人，知制诰，接了父亲的班，同样掌管起草诰命。安史之乱时，贾至追随唐玄宗到了西川，传位于唐肃宗的那篇著名的诏书，就是出自贾至之手。

传位诏书审定后，唐玄宗宣召贾至进殿，君臣一番寒暄后，唐玄宗亲切地对他说：“从前先天年间的诏书，是由你父亲撰写的；今天这份重大的诏书，又是你写的。两朝盛典都出自你父子俩之手，可称作继美了。”

贾至听后感动得泪流满面。

回到贬谪岳州那档事吧。离开权力中心，离开熟悉的一切，贾至自是天涯之戚，一怀愁绪，幸好在这里遇上故友李白。

李白怎么也到了岳州呢？且让我慢慢道来。李白因追随永王李璘而陷入了与唐肃宗的宫斗中。李璘大败，赢者通吃，且殃及池鱼，李白因此受到牵连，被流放至夜郎。

“吾命休矣！”李白绝望中，幸有“再造大唐之功”的郭子仪出手相救，李白才得以在流放途中自三峡遇赦返回。遭此一劫，李白意兴阑珊，在那年的夏秋时节，躲在江夏、岳阳一带，恰好与被贬到岳州的贾至不期而遇。

人生最美好的并不是相遇，而是重逢。与李白相见的那一刻起，又岂止是班荆道故？！辛文房在《唐才子传》中这样描述：“日酣杯酒，追忆京华旧游，多见酬唱。”他们俩放飞欢快的方式，无非两种：喝酒与吟诗。在岳州，李白与贾至颇多唱和，其中一首为《巴陵赠贾舍人》：

贾生西望忆京华，湘浦南迁莫怨嗟。
圣主恩深汉文帝，怜君不遣到长沙。

至今读来，相互戏谑间，似乎还有种带泪的幽默。皇帝老儿对你真好，手下留情，还没把你贬到更远的长沙去呢！想想当年的贾谊吧，贾至该谢主隆恩！

时序深秋，一个晚上，贾至和李白，还邀上另一好友裴九，驾着一叶轻舟，携手同游巴陵胜景洞庭湖。泛舟上岸后，贾至难掩心中的悲凉，挥毫作诗两首，其中的《初至巴陵与李十二白裴九同泛洞庭湖》尤动人心。

枫岸纷纷落叶多，洞庭秋水晚来波。
乘兴轻舟无近远，白云明月吊湘娥。

秋叶飘落，秋水浩渺。三位老朋友乘着酒兴，驾舟纵情游览八百里洞庭。湖水浩渺，随意漂流，不论远近，无问西东。仰望星空，月亮在白云间穿走，天光云影间，三位老友不约而同想到了娥皇、女英。传说舜帝死后，娥皇、女英抱竹痛哭，泪染青竹，泪尽而死。看一眼彼此，因忠遭贬，君门路断，命运与娥皇、女英又有何异？

见景抒情，吊古伤今。驾舟荡入江湖时，那一刻可能兴高采烈、联床风雨；尽兴登岸时，或许是恭默守静，再无声响。命运的无常与无奈，八百里洞庭又怎么能盛得下？

李白、裴九不久告别而去，孤独的贾至还留在孤独的巴陵。案牍之余，他寄情山水，这里的春可恨，景可怨，不必担心惹恼他人。从一首《春思》，读到了他的不痛快。

草色青青柳色黄，桃花历乱李花香。
东风不为吹愁去，春日偏能惹恨长。

真是气人！春风吹拂不去也就罢了，愁思怨恨偏偏还在这春天里一直滋长。分明是诗人自己心绪不佳，却把责任算在东风与春日头上。这种情绪看似毫无道理，正是表达了诗人遭贬不得志的抑郁情绪。而这，正是文学的伎俩，文学的技法。

这诗极为耐读，体现了贾至的诗歌特点。《唐才子传》说：“至特工诗，俊逸之气，不减鲍昭、庾信，调亦清畅，且多素辞。”正因如此，辛文房认为他的诗，水平与鲍昭、庾信不分上下。

不过，贾至终归还算是人生的赢家。不久他回到了长安，先调任兵部侍郎，又数次晋封为信都县伯，进任京兆尹，终至于右散骑常侍。贾至的职业生涯之所以能迎来“第二春”，多亏生活教会了他。还是辛文房说得好：“盖厌于漂流沦落者也。”以往的饱经漂泊、抱负沦落，让贾至学到了更多的官场生存智慧。

生活教会一切，也将遗忘一切。

冷朝阳：归去来兮

唐代宗大历四年（769），刚登进士第的江宁人冷朝阳，还没等到“释褐授官”（脱下平民衣服，喻始任官职），旋即提出回家省亲。

原因呢？书上没说，当时长安的众多朋友也颇为愕然。十年寒窗苦，朝阳兄啊，你这是闹的哪一出？！

费尽口舌，均无法说动他。惋惜之下，朋友们只好为冷朝阳设宴饯行。时值缤纷落叶的秋季，送别的地点选在长安一家酒楼里的一间大包厢里。那一夜，可谓高朋满座，胜友如云，看看这份参加宴会的主要宾客名单吧：李嘉祐、李端、韩翃、钱起……他们或是达官，或是诗家。除李嘉祐外，其他三位均为“大历十才子”，而李嘉祐又是李端叔父，“诗人多见重”，甚至被李白亲切唤作“我家的小阮贤”。

叔侄同时赴宴，足见冷朝阳的面子够大。

酒过三巡，主客间都有了些醉意朦胧。十里相送，终有一别。朝阳兄明早起程，愿一路顺风，后会有期。

诗人间的宴会，空气中都弥漫着诗香的味道。分别在即，无以相赠，各自留诗一首如何？席间不知是谁提出建议。好主意！话音刚落，韩翃站了起来说，我先抛砖引玉吧。稍一沉吟，他送上一首《送冷朝阳还上元》：

青丝缆引木兰船，名遂身归拜庆年。

落日澄江乌榜外，秋风疏柳白门前。

桥通小市家林近，山带平湖野寺连。
别后依依寒食里，共君携手在东田。

下一位是钱起，他把一首《送冷朝阳擢第后归金陵觐省》，送给一旁早已热泪滚滚的冷朝阳。

莱子昼归今始好，潘园景色夏偏浓。
夕阳流水吟诗去，明月青山出竹逢。
兄弟相欢初让果，乡人争贺旧登龙。
佳期少别俄千里，云树愁看过几重。

李端接了上来，他站起来举杯与冷朝阳碰了碰，抿了一小口，随即动情吟诵一曲。遗憾的是，他的这首诗散佚了。

压台的自然是叔父辈的李嘉祐，但见他举杯一饮而尽，低头踱了几步后，朗声念出《送冷朝阳及第东归江宁》：

高第由佳句，诸生似者稀。
长安带酒别，建业候潮归。
稚子欢迎棹，邻人为扫扉。
含情过旧浦，鸥鸟亦依依。

吟者深情，听者动情。那一刻的冷朝阳，早已是涕泪交加。

遥想这一情景，实乃“心向往之”。如果可以穿越回到现场，我愿做一枚书童，叨陪一侧，负责文字纪要，如此心满意足矣。

古代的文人雅士，每有送别，多有诗词相赠。一别之后，文字的温暖日久弥香，波漾千年万载。

反观当下，虽已步入5G、高铁时代，朝发夕至，地理距离近了，人与人之间的心理距离却远了。好不容易有缘相聚，略作寒暄，习惯于做“低头族”，玩手机、刷抖音。近在咫尺，若在天涯。

三首赠别诗虽是应景之作，但足以打动人心，哪一首写得最好呢？个人以为韩翃写得尤佳。我们来赏析一下：

金榜题名，衣锦还乡，古人同样讲究仪式感，当然必须“拜家庆”。虽说是回家省亲，意义却十分重大。首联要表达的不在于春风得意、不在于马蹄轻，而在于乌榜（黑油涂饰的船），作者刻意写归舟，舟饰以“青丝”，又称其为“木兰船”，正为衬托其得意之状，烘托气氛。

颔联想象冷朝阳归家省亲的沿途景色。落日归舟，景色诱人，正与冷朝阳金榜题名相照。写到“秋风气”“白门”，则是点明送别的时节和友人所去之地。古人有折柳送别的风俗，诗人所以特意写到了“疏柳”，“疏”字照应“秋”，而“柳”又暗承题之“送”别。可谓衔接紧密、构思奇巧。

颈联短短十四字，一笔带出“桥”“市”“林”“山”“湖”“寺”共六种景象，其笔力之深厚、勾连之从容，可见功底。而冠以“小”“野”“平”等字眼修饰，则使诗中的景致平添几分淡雅高趣，实是以幽微笔调揄扬翩然而去的冷朝阳。

尾联抒写别后两地惦挂之情。“梦”中与君“携手”同游，可见感情之真切，而“梦”之前着一“寒”字，又宕出别后之凄凉，巧妙地反向强化着惦挂之苦，友情之深厚、浓郁。

怪不得辛文房会为冷朝阳连连点赞，他在《唐才子传》一书中说：“（冷朝阳）以一布衣，才名如此，人皆羡之。”

回到江宁后，冷朝阳行踪从此没再见诸史端。有一点是可以确定的，不动声色隐居江宁老家，他依然笔耕不辍，写了不少诗作。非常遗憾，他的诗作到了元代大都亡佚，《全唐诗》仅存十二首，来读一下其中的一首《送红线》：

采菱歌怨木兰舟，送客魂销百尺楼。
还似洛妃乘雾去，碧天无际水空流。

此诗写离别的惆怅，表现对红线女（潞州节度使薛嵩家的青衣，善弹阮咸琴）的赞美和依恋。起句浓墨于饯别宴席上的“采菱歌”，显示了酒宴上乐声之美妙、气氛之热烈。而着一个“怨”字，使欢快的情绪急转直下。“木兰舟”，意在形容舟之华美，烘托舟上之人的靓丽优雅。在“百尺”高“楼”上送别，可见送别场面之宏大，主人送客之热情。“魂销”二字显现了诗人心中的怅惘失落。后两句以洛妃比喻红线女，可见红线女之秀美与超凡脱尘以及诗人对她的赞美。美人儿在茫茫烟雾中消失，蒙上了一层淡淡的神秘色彩。此处化用李白《黄鹤楼送孟浩然之广陵》诗意，一个“空”字写尽佳人远去后，诗人内心无尽的怅然若失。江水悠悠，正如惆怅之绵绵不绝，让人回味无穷。

“大历十才子”们，大都经历过安史之乱，有的骨肉失散、背井离乡，有的避居客地、寄人檐下。回到江宁老家的冷朝阳，是否自此岁月静好，心如莲花，一路芬芳？

冷朝阳就这样在岁月那一头静默着。世上的无奈千万种，唯有沉默最耐人寻味。

李端：长安梦，江湖行

第一次赶考，失败了；补习一年再战，可惜又一次落榜了。

科场铩羽而归，并且是一而再，再而三地失败，无疑是侮辱性极强，伤害性也极大。痛定思痛，李端打算另辟蹊径，那就是向友人求助。他以自己的诗歌为“敲门砖”，经一番辗转，得以顺利投附到了驸马爷郭暧的门下。

以文化之名，行夤缘攀附之实，在那个年代，不必羞羞答答，更没有什么见不得人。有唐一代，许多读书人为求得跻身官场上的殊途同归，即便科场高中，同样渴慕贵人鼎力相助。

文人骚客的行止，因为文化的赋能，常常获得了特别的意蕴，他们把“干谒”称之为“投刺”，或“行散”。榜样的力量是无穷的。这些贵人，或是王公巨卿，或是文坛宗师，如果有他们的拨冗一顾，垂青接纳，往往事半功倍，顺顺当当地进入他们的“圈子”，甚至一举成名天下知。白居易当年干谒文坛宗师顾况，还留下“长安居，大不易”的一段佳话。当然也有例外，比如韩愈，三次进书宰相于襄阳以求掖进，却屡被无视，甚至还得了个“噪进”之名。

参加高考前，李端已是赫赫有名的“大历十才子”之一，是有几把刷子的。时人评价他“诗性高雅”，平时与处士京兆人柳中庸、大理评事江东人张芬来往密切，互有诗歌赠答。在文友们的撺掇之下，向往隐士生活且已付诸实施的李端，在一个风和日丽的日子闯进长安，怀揣诗作，夹带梦想，终于来到了帝都这个大舞台。《唐语林》说李端自此“诗名大振”。不妨读读他的《拜新月》：

开帘见新月，便即下阶拜。
细语人不闻，北风吹裙带。

“拜月”是中国古代的一种风俗，因月亮与人间婚姻爱恋有关，主管婚姻之神被称为“月老”，后来人们也用“月老”来简称媒人。古代妇女往往用拜月之俗，以寄托心愿或者哀思。李端不落俗套，他对明月畅诉心灵，企求赐福，渴望如愿以偿。诗人构思独特，以“动”表拜月，以“神”诉衷情。诗意含蓄，让人深思。

“蓬门又叠户，自此为君开。”雕栏玉砌的驸马府，当然不是蓬门可以比拟。驸马郭暧是个文艺青年，更是个官二代，其父大名如雷贯耳，乃是“手提两京还天子”立下赫赫功勋的郭子仪。傅璇琮先生在《唐代诗人丛考》中评说郭公子“贤明有才，尤喜诗人”，他的妻子升平公主也是位诗歌的狂热爱好者。一时间，驸马府麇集了十多位像李端这样的文人雅士，其中的一位，是同为“大历十才子”的钱起。

“暧尝进官，大宴，酒酣，主属端赋诗，顷刻而就。”说的是，郭暧又一次升官后，在家里大摆宴席以示庆贺，酒喝得大汗淋漓，当然少不了一道精神佳肴：赋诗吟诗。升平公主隔着幕帘点名要李端打头炮，李端放下酒杯，双脚像是踩着棉花，忽高忽低、踉踉跄跄地走到案几前，挥笔立就：《赠郭驸马》——

青春都尉最风流，二十功成便拜侯。
金距斗鸡过上苑，玉鞭骑马出长楸。
熏香荀令偏怜少，傅粉何郎不解愁。
日暮吹箫杨柳陌，路人遥指凤凰楼。

诗的前四句赞美了郭暧大器早成和斗鸡走马的俊逸风采，后四句夸奖郭暧就像风流少年荀彧和英俊的何晏一样多才多艺，并描摹了时人对驸马的仰慕，是一首即席助兴的好诗。

马屁诗，写得不着痕迹，足以彰显李端的七步之才。

升平公主眉头舒展、眼含笑意，忍不住在帘后纤手击掌。“一座赞赏”，全体嘉宾也爆发出纷纷叫好声，或许这就是传说中的“叫好又叫座”。

下一个：钱起！

他站了起来，举着酒杯来到李端跟前，一字一顿道：“此必端宿制，请以起姓为韵。”老兄，你这诗是事先准备好的吧？来来来，考考你，就以我的姓作为韵脚，敢再来一首吗？

钱起你这家伙有点不厚道噢，但这挑衅岂能难住李端？稍一思索，他张口即来：

> 方塘似镜草芊芊，初月如钩未上弦。
> 新开金埒看调马，旧赐铜山许铸钱。
> 杨柳入楼吹玉笛，芙蓉出水妒花钿。
> 今朝都尉如相顾，原脱长裾学少年。

话音刚落，又是叫好声雷动，站在一旁的钱起，也由衷地击节赞叹：“是会也，端擅场。”这个盛大的庆功 Party，成了李端个人专场诗歌会。

关于李端即兴赋诗这件事，《旧唐书》《新唐书》都有记载。宋人葛立方在《韵语阳秋》中说：“起之妒贤，徒增愧，而端之捷思，为可服也。”这里把钱起出“考题”之举，说成是出于对李端的“羡慕嫉妒恨”。我对此不以为然，文人之间的这种故意“为难”，为什么不可以理解为一种与文字有关的深刻互动呢？

很长的一段时间里，在长安四处奔走的李端，过得有些浑浑噩噩、混混沌沌，日子多在唱酬中虚度。直到大历五年（770），李端终于登进士第，授职秘书省校书郎，后又任杭州司马。这一次科考成功，有人认为，是郭暧夫妇出手运作的结果。这是小人之心，李端从不缺澎湃的诗才，缺的只是运气。

虽进入体制内，李端仕途并不顺利，晚唐诗人郑谷有诗为他鸣不平：“李端终薄宦，贾岛得高名。”任杭州司马时，因整天面对诉讼用刑，李端心生倦意，日甚一日，遂以健康欠佳为由辞去官职，隐居于终南山的草堂寺。

好像又回到了起点。

李端“初无宦情，怀箕、颍之志”。他当初并不打算进入体制，以混一官半职，而是一心向往隐士的生活。少年时代，李端住在庐山，跟随著名诗僧皎然学习，“意况清虚，酷慕禅侣”，深得佛家清净虚无的要旨，对僧人生活极为羡慕。他也常常对人说：“余少尚神仙，且未能去。友人畅当以禅门见导，余心知必是，未得其门。”看得出，将他引入佛门的，正是诗友畅当。他感叹自己愚鲁，徘徊于佛门，却不得其门而入。李端青年时期的行迹，在《书志赠畅当》一诗中可知一二：“少喜神仙术，未去已蹉跎。壮志一为累，浮生事渐多。”他还在诗序中自述少年时期的状况：“余少尚神仙，且未能去。”又有《戏赠韩判官绅卿》诗云：“少寻道士居嵩岭。”李端在少年时代曾一度离开家乡，前往嵩山求仙访道。他的这种宗教情怀，应该与唐玄宗时期道教风靡一时大有关系。

描绘一下李端的修行地图：从庐山到终南山，再到虎山，最后落脚于南岳衡山。他自称“衡岳幽人”，一路走来，李端弹琴，读《周易》，登高山远眺。他用大半辈子完成从“出世”到“入世”再到“出世”的人生循环，也自我修正了人生“三观”，广泛地直观民情，尤其是安史之乱的猝然爆发，让他深沉地感受这片土地和百姓的苦难，诗风为之一变，安史之乱年间，他写了大量的写实作品，反映了这场战乱带给人们的深重伤害和灾难。这些诗作，少了些“大历十才子”共有的吟风咏月之态，多了些爱国报国的炽热情怀。来读读其中的一首——《芜城》。

昔人登此地，丘垄已前悲。
今日又非昔，春风能几时？

风吹城上树，草没城边路。

城里月明时，精灵自来去。

芜城，也即荒芜的城市。曾经的繁华之地沦落到了眼下的荒草蔓生。一个城市的凋敝，也意味着是一个朝代的由盛而衰。“春风能几时？”如果呆坐在驸马府里被圈养着，不管李端如何得才思敏捷，他又能写出这般的沉痛么？他的《赠驸马都尉郭暧》除对仗工整、音调铿锵以外，并没有多少思想性，在唐代诗歌创作上也没什么地位，说穿了，只不过是权力的宠物。

李端有位令他骄傲的叔父——被称为“中兴高流”的李嘉祐，也有个大光门楣的好儿子李虞仲。李公子曾官至兵部侍郎、吏部侍郎，按世俗的眼光，儿子比老子显赫多了。

无疑，李端是个传奇。传奇的最高境界就是，你远离江湖已久，江湖却还有你的传说。

李贺：我爸是我爸，我是我

“出名要趁早”，这是民国奇女子张爱玲的自炫。

张爱玲有这个资格。她是天才型女作家，更凭《沉香屑——第一炉香》和《沉香屑——第二炉香》得以一鸣惊人。这两篇小说分别发表于 1943 年 5 月和 6 月的上海《紫罗兰》杂志上，一上市，便风靡天下，刮起一股经久不息的“爱玲旋风”。

张爱玲是 1920 年生人，成名时，芳龄不到二十三。我们回望一下自己，那年纪干了些什么？！

大唐的时代，也有一位逆天的孩子，他毫无天理的才华，强大到令人“发指”。他叫李贺，李氏王朝郑王李亮的玄孙。《新唐书》说他“七岁能辞章”，惹起无数家长和孩子的“羡慕嫉妒恨”。

信乎？有些许怀疑，我七岁时，正与一帮同样的“鼻涕虫”没日没夜地玩泥巴呢。当时的大文豪韩愈对传闻也是“始未信”，韩大人命人将李贺的诗海量搜来，读过赞叹之余，依然满腹狐疑。他对别人说：“若是古人，吾曹或不知；是今人，岂有不识之理。”是古人也就算了，生活在同一片蓝天下，怎能不去见识一下呢？于是带上弟子皇甫湜，不惜纡尊降贵，专程来到李贺家探访虚实。

出来吧，孩子，有客人来了。听到家人召唤，但见一小男孩从内厅走了出来，这孩子“总角荷衣”，也即头上束发两结，形状如角，身上穿着用荷叶编成的服饰，身子瘦小，一副弱不禁风、天真无邪状。

是的，这男孩便是李贺。

来一首？面对客人的吟哦之请，李贺“欣然承命，旁若无人”，援笔立就一首《高轩过》。韩愈、皇甫湜读罢，大惊。然后，韩愈说咱们出去逛逛吧。韩愈把自己乘坐的马让给李贺，自己另找了匹骑上，一老一少，并辔而行。一代宗师韩愈，还亲自为李贺束发，意味着“束发而就大学，学大艺焉，履大节焉”。太聪明了，可以跳级，有些直接入读大学少年班的味道。

《高轩过》写了什么呢？让韩老师感到如此惊艳？咱们来看看。

华裾织翠青如葱，金环压辔摇玲珑。
马蹄隐耳声隆隆，入门下马气如虹。
云是东京才子，文章巨公。
二十八宿罗心胸，九精照耀贯当中。
殿前作赋声摩空，笔补造化天无功。
庞眉书客感秋蓬，谁知死草生华风。
我今垂翅附冥鸿，他日不羞蛇作龙。

诗前还有小序：“韩员外愈、皇甫侍御湜见过，因而命作。”《高轩过》全诗分成三个部分。第一部分写韩愈、皇甫湜两位大人物家访时的气派；第二部分着重赞颂两位大师的学识和文名；第三部分，写自己的处境与抱负。

全诗一气呵成，结构严谨，跌宕多姿而又富有感情，颇似韩愈的诗风。那么，到底是不是李贺 7 岁时所作呢？有学者认为，这纯属小说家传闻渲染之言，不足凭信。古典文学研究专家钱仲联先生考证，李贺七岁时，韩愈在汴州，皇甫湜也只有二十岁，尚未登进士第，“家访”一事不靠谱，况且诗中如“庞眉书客感秋蓬，谁知死草生华风”等句子，也不像出自七岁孩童之口。

即便是后人附会，我依然觉得可以视为李贺才情粲然的印证。我们已习惯这样的思维，面对别人或前人颖悟绝伦，总喜欢破解其成功的原因，并附上许多臆想，成为解答自己疑问的想当然答案。

所有似是而非的附会，幸好不是牵强。在唐诗的金字塔上，时人与后人，将李贺与杜甫、李白和王维视为塔尖人物。李贺又是“三李”（另两李是李白、李商隐）之一，人称“鬼才”“诗鬼”，当时还广泛流传着“太白仙才、长吉（李贺的字）鬼才”之说。或许是人们实在找不到更合适的字眼，用来表达对李贺的膜拜，才无一例外地用上了“鬼”字。这个“鬼”不是说他做人很鬼，而是说李贺的诗句，常借神话传说，托古寓今，想象之丰富，遣字之瑰丽，常令人拍案叫绝，叹一声“此曲只应天上有”。如《梦天》：

老兔寒蟾泣天色，云楼半开壁斜白。
玉轮轧露湿团光，鸾珮相逢桂香陌。
黄尘清水三山下，更变千年如走马。
遥望齐州九点烟，一泓海水杯中泻。

这一首诗中，诗人梦游天上，回望人间沧海桑田，世间千年变幻无常犹如疾奔骏马，这一切真耶？梦耶？或许就是一阕浪漫主义吧？！无论诗人如何瑰丽地描述天上仙境，也无非是排遣心中块垒。李贺这一类题材的诗还有很多，如《天上谣》《浩歌》《苏小小墓》，等等。

纵观李贺的诗文，有不少抒发了个人对理想、抱负的追求，但更多是慨叹生不逢时的内心苦闷。当然，在他的作品中，不乏对当时藩镇割据、宦官专权和黎民百姓所受残酷剥削的反映，“黑云压城城欲摧”“雄鸡一声天下白”“天若有情天亦老”等就是其中流传千古的佳句。

李贺的创作方式与众不同。每天一早出门，他骑着一匹羸弱的老马，后面跟着个剃着光头的小仆人，自己则背只用古珍做的袋子，将眼前所见所感，用纸随时记下并放入袋子。凡要作诗，都不先写标题，而是晚上回到家后，将袋子交给母亲。李贺的母亲就让婢女将满满的诗页从袋子里面掏出，见到写的诗句堆积如小山状，老母亲生气到心疼：“这孩子是要把心呕出来才罢休啊。”

吃过饭，点上灯，李贺从婢女手中把白天写的诗句拿过来，研好墨，铺平纸，对这些零散诗句进行加工组装，然后大功告成。李贺所作的那些乐府诗，一经宫廷乐工谱上曲子，很快走红，成为季度、年度“金曲”。

一年三百六十五天，除了喝醉，或参加一些祭祀活动，李贺几乎都处于这种别样的“采风”状态。《旧唐书》评价李贺“手笔敏捷，尤长于歌篇”。《唐才子传》则评价更高：“稍尚奇诡，组织花草，片片成文，所得皆惊迈，绝去翰墨畦径，时无能效者。”风格奇异，结构犹如花草，片片都有文采，并又完全打破常规，当时的人无法模仿，更无法超越。《雁门太守行》是其中的代表。

> 黑云压城城欲摧，甲光向日金鳞开。
> 角声满天秋色里，塞上燕脂凝夜紫。
> 半卷红旗临易水，霜重鼓寒声不起。
> 报君黄金台上意，提携玉龙为君死。

自古诗人，写战争惨烈的场面，用语较为冷峻，而在这首诗中，李贺别出心裁，使用了大量浓艳的词语，如金色、胭脂色、紫红色等，与黑云、秋色、玉白等反差极大的颜色缠合一起，构成了斑斓画面，而李贺一片家国天下的铁血丹心蕴藉其后。非常奇诡，独特精到，这是李贺作诗的绝招。难以模仿，遑论超越。

读李贺的诗，常觉忧心如捣、黯然神伤。李贺绝非强赋新愁，无病呻吟，而是沉痛地抒写。照理说，李贺系出名门，外出有奴仆亦步亦趋，入则有婢女无微不至，可谓衣帛食肉，余钱剩米。那么李贺忧从何来？

忧“进”！你知道吗？李贺龙驹凤雏，早有诗名，却竟然没有资格参加“高考”，空负老天眷顾的一腔才华。

李贺是赢在了起跑线上，也输在了起跑线上。《唐才子传》中说：“贺父名晋肃，不得举进士。”真是惨绝人寰，因为父亲的名字叫“李晋肃”，“晋”“进”同音，为避父讳，李贺必须谨守孝道，不能参加科考。

古代变态式地重视“避讳”，对帝王及家中尊长之名，不得直接写出或说出。同音字也要避讳，称为“避嫌名”。唐代进士考试遵循避“家讳”的惯例，钱易在《南部新书》中有生动描述：“凡进士入试，遇题目有家讳，即托疾，下将息状求出，云：‘牒某，忽患心痛，请出试院将息，谨牒如的。’”碰到这种情况，只好装病，否则便是不孝。李贺别无选择，只有望考场兴叹。

对于这一蛮横无理的陋规，韩愈很生气，专门写了篇雄文《讳辩》为李贺争辩，说：“父名晋肃，子不得举进士；若父名仁，子不得为人乎？”耿耿宏论，可惜改变不了大局。李贺诗有《咏怀二首》，记录了因不得参加“高考”，赋闲在昌谷家中的无奈与无力。

其　一

长卿怀茂陵，绿草垂石井。
弹琴看文君，春风吹鬓影。
梁王与武帝，弃之如断梗。
惟留一简书，金泥泰山顶。

其　二

日夕著书罢，惊霜落素丝。
镜中聊自笑，讵是南山期。
头上无幅巾，苦蘖已染衣。
不见清溪鱼，饮水得自宜。

以古人为镜，反观渺小的自己，一番痛彻心扉后，李贺更多的是自嘲，是自怜，是自慰。每个不甘沉沦的灵魂背后，都有无可言说的委屈与心酸，也唯有同病者，才能相怜于千年李贺的悲苦与落寞。怪不得李贺自己，也曾沉痛地与人说道：“我年二十不得意，一生愁心，谢如梧叶矣。”一生忧愁，一颗心像梧桐叶一样凋谢了。

万般才情扛不住万般愁绪，长期的焦思苦吟、抑郁感伤，逐渐掏空了李贺的心智。他的告别，也如他诡异的诗风。病重时，在一个大白天，他恍恍惚惚看见一个穿红衣服的人，驾着一辆红色龙车腾空而下，手持一板文字，像上古时代的篆文。红衣人对李贺说，天帝新建了白玉楼，要立即召你去写一篇记文。李贺磕头推辞，说自己母亲年迈多病。红衣人回道：天上比人间更快乐，一点儿也不苦。

过了一会儿，房内烟雾大作，只听见龙车声疾速驰去。顷刻间，李贺就断气了，年仅二十七岁。

人间的梦不成，且以如此欺骗式的慰安诀别，悲夫，哀乎！

天妒英才，人间也有嫉妒他的人。李贺死后，有人想编辑出版他的诗集，托李贺表哥搜罗作品，还预付了费用，但表哥收钱后却跑路了。出资人心有不甘，四处追讨，找到后并责问表哥，这位仁兄竟然说，李贺瞧不起别人，我非常痛恨他的傲气，所以我把找来的诗文统统都烧了。

混账东西，如此宵小！李贺保存下来的诗文，不过十分之四五，这是命运对诗人的另一种不公了。

其实，李贺还是当过官的，因为他是李唐宗室的后裔，又有韩愈为之推奖。元和六年（811），李贺返回长安，经宗人举荐，考核后，父荫得官，授任奉礼郎，从九品。官场是磨人的，长安为官三年，也是“牢落长安”的三年，李贺心情越发愁闷。

《唐才子传》中这样描绘李贺外貌：“为人纤瘦，通眉，长指爪。”是说李贺长得纤细瘦小，双眉相连，手指细长。奇人异相，真是很好说明了一句老话：才多身子弱。即便孱弱如此，李贺心中依然燃烧着熊熊健儿之心，有诗为证：

南园十三首（其五）

男儿何不带吴钩，收取关山五十州。

请君暂上凌烟阁，若个书生万户侯？

男儿何不带吴钩？吴钩在哪儿？上凌霄阁、封万户侯又如何？岁月送给李贺诸多不平事，也随赠李贺清醒与冷静。

李嘉祐：李白的“侄儿”

客有思天台，东行路超忽。
涛落浙江秋，沙明浦阳月。
今游方厌楚，昨梦先归越。
且尽秉烛欢，无辞凌晨发。
我家小阮贤，剖竹赤城边。
诗人多见重，官烛未曾然。
兴引登山屐，情催泛海船。
石桥如可度，携手弄云烟。

这是李白写的一首诗，名为《送杨山人归天台》。

一开始就引用这首诗，是被“小阮”吸睛了。大诗人李白笔下的“小阮”是何方神圣？且不惜以“诗人多见重”的诗句来推崇他？一贯气壮如牛的李白，一般人难入他的法眼。如此看来，“小阮”绝非池中之物。

先来认识一下“小阮”。小阮即晋代的阮咸，阮咸和他的叔父阮籍一样，都是“竹林七贤”之一。为了区分，时人称阮咸为“小阮”。后来，人们以“小阮”作为侄儿的借称。

诗仙诗中的这位“小阮”，指的是跨唐肃宗、唐代宗两朝的才子李嘉祐。李白非常欣赏他的才情，主动认李嘉祐为同宗，是咱李家的人。李白对他颇有期许，这在诗中毫不掩饰，希望正担任台州刺史的小侄儿李嘉祐，也能像南朝的谢灵运那样，因台州的云水烟霞，激发起层层叠叠的文情诗意，超越自己，超越前人。

从诗仙李白的这首诗出发，想多找点李嘉祐的诗作来读读，到处翻检，大失所望，著名的《唐诗鉴赏》本没有，《全息本唐诗三百首》本也未见。失望之余，偶尔翻见傅璇琮先生的《唐代诗人丛考》，眼前一亮，《李嘉祐考》在其中赫然可见。

不看不知道，一看吓一跳。原来在唐代诗坛上，李白的“侄儿”居然曾是神一般的存在。

《中兴间气集》收集保留了大历时期许多诗人的作品。诗评家高仲武独具慧眼，对李嘉祐推崇备至，甚至不吝篇幅，选辑了他的诗作达八首，数量虽不是最多者，但评价不俗，称李嘉祐为“中兴高流”，尤对他的“野渡花争发，春塘水乱流”诗句击节赞赏，誉为“文章之冠冕”，还开玩笑说，李嘉祐太能写了，人类根本不是他的对手。

生活在元和、长庆间的诗评大家李肇，在其大著《国史补》中“揭发”说：“（王）维有诗名，然好取人文章嘉句。”比如王维名句“漠漠水田飞白鹭，阴阴夏木啭黄鹂”，就是化用李嘉祐的“水田飞白鹭，夏木啭黄鹂”这一句，只是加上了“漠漠”“阴阴”而成为七言名句。宋代葛立方在《韵语阳秋》中则说这一化用是“兴益远”，说王维是站在前人的肩膀上。

无论从哪个角度看，李嘉祐在大唐诗坛分量很重，但后人对他及作品知之甚少，在众多的史料中，连他的生卒年份都异口同声地表示“俱不可考”。

生在大唐，如果想靠写诗扬名，当是最好的年代，也是最难的年代。何出此言？盖因竞争太激烈，高手如林，即便写得一手好诗，仍可能“泯然众人矣”。

来读读李嘉祐的这首经典之作《送王牧往吉州谒王使君叔》，或谓此言不虚。

细草绿汀洲，王孙耐薄游。
年华初冠带，文体旧弓裘。

野渡花争发，春塘水乱流。

使君怜小阮，应念倚门愁。

浩如烟海的唐诗作品中，送别的题材屡见不鲜。这首诗写的是，送一个年轻人赴吉州探望他的叔父，而他的叔父，是吉州的州官。初春正是出游的大好时光，对年轻人而言，走出家门，可以开阔眼界，增长见闻，不是有说“读万卷书，行万里路”吗？尽管离别在即，难免有惜别的怅然若失，但年轻人的这份雀跃欢快还是溢于言表，诗的基调因此显得欢快明亮。

这位叫王牧的年轻人是谁？已难考证，这不是重点，关注的重点，应是李嘉祐的这首诗以及他拥有的灵蛇之珠。

首联点明了送人春日出游的意思。诗人也是化用了前人的诗句，谢灵运《悲哉行》说：“萋萋春草生，王孙游有情。”王维也有“随意春芳歇，王孙自可留”句。“王孙”是对年轻人的敬称，《史记·淮阴侯列传》记载漂母对韩信说过这样的话：“吾哀王孙而进食，岂望报乎！”年轻人王牧恰好也是姓王，所以用在这里尤为恰当。汀洲，不是具体地名，只是说送别的地点在水边。细草绿，时值早春，小草刚刚发芽。古人常常把春草、春色和离情联系在一起。《古诗十九首》说：“青青河边草，绵绵思远道。”江淹《别赋》中说：“春草碧色，春水绿波，送君南浦，伤如之何！”王维也有“唯有相思似春色，江南江北送君归”（《送沈子福归江东》）的慨唱。所以一提到“细草绿”的春色，“惜别”之情就扑面而来。

“野渡花争发，春塘水乱流”是千古名句，让人喜欢得一塌糊涂。这句是全诗“诗眼”，描写山野春天雨后的景色。一场春雨过后，山花竞放，争奇斗妍；春水飞瀑，喷珠溅玉，这才是真正的春天。身居闹市的人们，难以领略春天深情、深刻的美。这两句诗不仅形象地概括了美好的春日山野形质，更写出了生机勃勃、万物盎然的春意神气。

《唐才子传》目光如炬，对李嘉祐评价甚高，说他“善为诗，绮丽婉靡，与钱、郎别为一体，往往涉于齐、梁时风，人拟为吴均、何逊之敌”，不止于此，进而推崇说“自振藻天朝，大收芳誉，中兴风流也”。表扬李嘉祐的诗独树一帜，是中兴时期诗坛上的风流人物。

因犯事而贬谪远方，似乎是有唐一代许多诗人人生的“标配”。幸运的是，彷徨歧路时，他们有诗意随行。李嘉祐也不例外，辛文房考据出，李嘉祐“以罪谪南荒，未几何，有诏量移为鄱阳宰，又为江阴令，后迁台、袁二州刺史”。他的《至七里滩作》就是抒发了这种境遇下的人生悲怆。

迁客投于越，临江泪满衣。
独随流水远，转觉故人稀。
万木迎秋序，千峰驻晚晖。
行舟犹未已，惆怅暮潮归。

残阳如血，独立左岸；潮起潮落，不系之舟。李嘉祐笔下的“诗意”，沾满的全是流不尽的泪水。都说“男儿有泪不轻弹”，告别亲朋，离开宫阙，断了君门，对许多士人来讲，绝对是件痛苦的事，何况九死南荒之地，前路将又有什么可能等待着他们呢？前路不可知，风险不可控。

达则兼济天下，穷则独善其身。这被古代许多读书人奉为行为范式，无可奈何地转向自我，实际上是他们别无选择。陶渊明“不为五斗米折腰”的归隐，为李嘉祐树立了人生样板，从他的《自常州还江阴途中作》中可见一斑。

处处空篱落，江村不忍看。
无人花色惨，多雨鸟声寒。
黄霸初临郡，陶潜未罢官。
乘春务征伐，谁肯问凋残？

生活是活给自己看的，你有多大成色，世界才会给你多好的脸色。磐磐大才者如李嘉祐，自比黄霸，自比陶渊明，他也只能拿前人说事。

李隆基：代表作是贵妃娘娘

一半是海水，一半是火焰；先为明君，后为昏君。

后人对唐玄宗李隆基的评价，大抵逃不过这样的“对半开”，情感上则多是爱恨交加。

渔阳鼙鼓惊天起。那一刻，宫中的Party正在盛大上演《霓裳羽衣曲》，但见大内总管高力士三步并作两步，然后匍匐在唐玄宗脚下，语无伦次。好一阵子才听明白过来的李隆基，吓得脸色煞白，紧急叫停演出，然后一把拉上贵妃娘娘，撒着脚丫以百米冲刺的速度一路向西，狂奔，狂奔。

狂奔百里开外，唐玄宗喘气回望，但见长安“九重城阙烟尘生”。继续往西逃，紧随其后是“千乘万骑西南行”，护驾的队伍是临时拼凑的，尘土飞扬中，目力所见，是遍地的人仰马翻。

公元755年，安史之乱爆发。这场内乱，中断的不仅是一场宫廷Party，还有“开元盛世”的传奇，以及大唐一代的国运。

在这场浩劫中，唐玄宗可谓“赔了夫人又折兵”。马嵬坡上，是他的伤心处，更是耻辱地。因“六军不发”，唐玄宗只好忍痛缢杀了杨玉环，“君王掩面救不得，回看血泪相和流”，心爱的女人都保护不了，还算什么男人？！不过，历史上有不少男人都是孬种，都是习惯做“甩锅”的主，山穷水尽、走投无路时，没什么辙了，只能把责任转嫁到“祸水红颜”，要不怎会有“十四万人齐解甲，更无一个是男儿”这般被人打脸的羞辱呢？

被干儿子安禄山打得鼻青脸肿、狼狈不堪，但李隆基还是要颜面的，他深一脚、浅一脚逃往四川避险，如此不堪，他却讳莫如深地说成是赴蜀地打了回猎。这种“精神胜利法”被后来许多迂腐的读书人学去，如“阿Q”们。

费尽九牛二虎之力，终于将安史之乱扑灭，李隆基得胜回朝。从四川启程返回长安，经剑门时，他写了首诗，至今读来，令人五味杂陈。

幸蜀西至剑门

剑阁横云峻，銮舆出狩回。
翠屏千仞合，丹嶂五丁开。
灌木萦旗转，仙云拂马来。
乘时方在德，嗟尔勒铭才。

看看标题，明明被叛将惊破清梦后逃往四川，李隆基却用了个“幸”字。这是封建帝王专用的字眼，不可僭用，否则要掉脑袋的，如视察某地必须称“幸”，独宠某美人也称“幸”，到妃子处过夜，那叫临幸。“銮舆出狩回”中，“銮舆”代指唐玄宗自个儿了，“出狩回”，指打猎满载而归，这样的粉饰，真是个高端大气上档次。

话说回来，认真读这首诗，作者丰富的想象力和娴熟的艺术表现手法，还是让人叹服的，如果不是他人捉刀的话。诗中描绘剑阁的峥嵘气势，借神话传说勾画得让读者身临其境。

又比如说，第三联写登山时盘旋而上，居高眺望，是茂密灌木遮蔽了漫天飞舞的旌旗，还是漫天飞舞的旌旗遮蔽了茂密的灌木？无论如何，这种动静结合，忽隐忽现，表现的全是剑阁“一夫当关，万夫莫开”的险峻与秀丽。

虽被干儿子安禄山弄得蓬头垢面，但必须承认，唐玄宗在这次家国狼狈中绽放了诗情。

曾做过无数次假设，唐玄宗如果不重用李林甫、杨国忠和高力士，又不将杨玉环“万千宠爱集一身”，他自己亲手开创的大唐极盛“开元盛世”，是不是会走得更远些呢？历史可以假设，但无法重来。不过有一点可以肯定，当初接手大唐这个烂摊子时的李隆基，还是非常想有一番作为的。他先与太平公主联手诛杀了韦后集团，后又诛杀了太平公主及其同党，再到大胆任用姚崇、宋璟等名臣，进而拨乱反正，励精图治。这一切都可以看到作为一代明主的基本政治品质，特别是唐玄宗早期的民本思想，于封建君王而言，更是弥足珍贵，这也是他上半场治国理政获得成功的可能。

一首《早登太行山中言志》，可以读到唐玄宗“立德追先哲，治国仿昔皇”的冲天豪迈。

清跸度河阳，凝笳上太行。
火龙明鸟道，铁骑绕羊肠。
白雾埋阴壑，丹霞助晓光。
涧泉含宿冻，山木带余霜。
野老茅为屋，樵人薜作裳。
宣风问耆艾，敦俗劝耕桑。
凉德惭先哲，徽猷慕昔皇。
不因今展义，何以冒垂堂。

起了个早，打宫中出来，“渡黄河”“上太行”，还劳动了一大帮人跟着，唐玄宗不在宫中好好待着，如此跋山涉水，为谁辛苦为谁忙？本诗的最后四句，李隆基做了回答：效仿前辈，攀登太行；宣抚百姓，伸张正义。

这一时期的李隆基，既想做一位好皇帝也是一位好皇帝，有理想，很清醒，也比较纯粹。

自汉以降，历代帝王，均以孔孟的信徒自居，试图从中找些施政的思想基础和方法，至于能否做到，愿不愿意做，那只能看个人的造化了。

孔子曾如“丧家之犬”奔走呼告于各诸侯之间，宣扬兜售自己的王道仁政，可惜没什么人搭理他。回望万世师表的这段人生窘迫，唐玄宗对此唏嘘不已。开元十三年（725），唐玄宗到泰山祭天，途经孔府，专门派使者到孔林祭祀孔夫子，他还写过一首诗：《经邹鲁祭孔子而叹之》。

夫子何为者，栖栖一代中。
地犹鄹氏邑，宅即鲁王宫。
叹凤嗟身否，伤麟怨道穷。
今看两楹奠，当与梦时同。

诗的大意是，尊敬的孔老夫子，你一生劳碌奔波，周游列国，究竟想要做成什么呢？如今这地方还是鄹县的城邑，你终被安葬在了出生的土地，然而你的旧宅曾被后人毁坏，改建为鲁王宫。在你生活的当时，凤鸟不至，你叹息命运不好；麒麟出现，你又忧伤哀怨，感叹世乱道穷。你一生不如意，看今日你端坐在堂前两楹之间，接受后人的顶礼祭奠，正如同你生前梦境中所见的一样，想必你也该稍感慰藉了吧？！读这首诗，也读到了唐玄宗不经意间露出的得意：如果你孔夫子遇到像我这样开明的君主，就不是“丧家之犬”而是“宠物狗”了。还有，如今我治下的天下，已是“稻米流脂粟米白，公私仓廪俱丰实”，如此盛世，是不是可以告慰夫子你的在天之灵呢？

看得出，唐玄宗因自信而自负，只是可惜，他没能将“开元”这一神话续写到底，最终重陷“亦使后人而复哀后人也”的历史怪圈。

沉溺于杨贵妃的温柔乡里，唐玄宗渐渐地“策反”了自己。与其说被爱情蒙蔽了眼睛，不如说被欲念冲昏了头脑，决定在宫里大兴土木，斥巨资打造一座七星级的琼楼玉宇、桂殿兰宫，唐玄宗亲自起了个富有诗意的名字：“花萼相辉之楼”。虽众爱卿反对，唐玄宗回答的理由硬气而简单——“我是天子我怕谁！”“从此君王不早朝”，“花萼楼”成了唐玄宗杨贵妃两人的花花世界。而安禄山掀起的腥风血雨，此时已即将狂飙而来。

如果将诗才转化为治才，心系天下苍生，而不是在杨贵妃一个人身上深耕不已，李隆基本人和他的家业又是什么结果？没有假设，也不会重来。历史只是慷慨地赠予后人一面镜子，让一切“艳若桃李，实则红肿之处”无情地现出原形。

李隆基曾笑笑别人，也被别人笑笑。

李颀：数你最清醒

白首何老人，蓑笠蔽其身。
避世长不仕，钓鱼清江滨。
浦沙明濯足，山月静垂纶。
寓宿湍与濑，行歌秋复春。
持竿湘岸竹，爇火芦洲薪。
绿水饭香稻，青荷包紫鳞。
于中还自乐，所欲全吾真。
而笑独醒者，临流多苦辛。

这首《渔父歌》，作者是李颀。

厚厚四大卷的《唐诗鉴赏》，编者选李颀诗多达九首，出手够阔绰了，但没选这一首。

施蛰存先生对李颀的这首《渔父歌》却情有独钟，在他的《唐诗百话》中做了热情推荐。他认为，李颀的《渔父歌》对初、盛唐五言古诗到五言排律的演变，有一个清晰的展现。这首诗的声调和句法处在五言古诗和律诗之间，它不是六朝时期的五古，也不完全是有唐一代的律诗；题目中又用了“歌”字，诗体又不是歌行，从形式上看，这首《渔父歌》应该算什么呢？

是“四不像”？

算了吧，这么高深的学术问题还是交给专业学者去讨论，我们躲一边去，给专家让道。

先来聊聊作者李颀。

据傅璇琮先生考证，他是东川人。李颀有首诗叫《不调归东川别业》，傅璇琮先生进而认为，东川即为嵩山附近的左颍水。如果此说成立，那么李颀的家当在颍阳，也即现在河南省登封市西。

开元二十二年（734），李颀进士及第，被朝廷外放出任新乡县尉。许多人削尖脑袋进入体制，李颀也如愿了，但他对做“公务员”提不起兴趣，上班迟到早退，或干脆旷工，忙啥呢？他“仰慕神仙之道”，倾心结交尘世之外的僧侣道人。耳濡目染之下，他经常服食丹砂，还梦想能练就一身好功夫，如飞鸟凌波，追云赶月。

执着于练功的李颀，没有忘记执着于写诗。《唐才子传》中说他“工诗，发调既清，修词亦秀，杂歌咸善”。意思是说，他的诗格调清新，而且文辞秀美。在李颀所有作品中，玄理诗最为出色：“多为放浪之语，足可震荡心神。”诗法放纵不受拘束，读来令人心神震荡。

说他的诗是“四不像”，这观点与辛文房可谓是不谋而合。李颀写诗，从来就没打算遵循“写作教程”类的经验指导，多是跟着感觉走，唯如此，他的诗作才与众不同、独树一帜。

《渔父歌》可以读到他玄理诗的浓烈味道，也隐约读懂他的创作动机。

“渔父”这一文学形象，屡屡出现在各色文学作品中。姜太公钓鱼，不下鱼饵，却成功垂钓到了周文王，自此成为一代又一代读书人为“帝王之师”的励志典范，“渔父”也成了文人笔下的香饽饽，寄寓着五光十色的人生理想。庄周有散文名篇《渔父》，通过一个渔人和孔子的对话，戳痛了儒家思想某些不足与外人道的“自留地”。屈原的《渔父》，则借由渔人间对话，表现自己洁身自好、人醉独醒的人格追求，却被浪迹江波自食其力、不问人间烦恼事的“渔父”嘲笑。此外，陶渊明在《桃花源记》也写了位渔人，唐代诗人高适、岑参、储光羲、张志和等都有《渔父歌》。他们笔下的“渔父”，实际上是作者“三观”的文学模拟与呈现。

诗间枝头，各自乘流。

重新回到李颀的《渔父歌》。他的“渔父”似曾相识：头顶箬笠，身披蓑衣，双眸炯炯，只专注于江边的垂钓，却不问收获。他用竹枝做鱼竿，以芦柴烧火，在船上生火做饭，用江中清水煮饭，用荷叶蒸鱼。这一切，与俗人无异，洋溢着人间烟火。但最后两句还是暴露了诗人内心世界，“而笑独醒者，临流多苦辛”句不经意传递的，是诗人不随波逐流、与世浮沉的价值选择，他的“渔父”，与屈原的“渔父”，何其相似乃尔？！

“结好尘喧之外”，似乎李颀心如枯井，辛文房对他这点也颇为遗憾：“惜其伟材。”李颀虽在官场上只止步于一区区县尉，实际上他的心没死，还保持着一颗入世之心，强烈关注着社会现实，这从他的《古从军行》中得到佐证。

白日登山望烽火，黄昏饮马傍交河。
行人刁斗风砂暗，公主琵琶幽怨多。
野云万里无城郭，雨雪纷纷连大漠。
胡雁哀鸣夜夜飞，胡儿眼泪双双落。
闻道玉门犹被遮，应将性命逐轻车。
年年战骨埋荒外，空见蒲桃入汉家。

谁说李颀只有玄理诗写得好呢？初试锋芒，他的这首边塞诗一不小心也成了名篇。边塞诗的主题很多，如思乡、勇猛、苦寒、塞外风景等，但李颀的这首《古从军行》，却高举反战旗帜，以前线一个战士的口吻和视觉，书写前线将士在战争一线苦寒环境中的苦寒心态，读罢仿佛听到了这位战士振臂呐喊：“该死的战争，请你走开！”

这诗好懂，只是里面的一句“闻道玉门犹被遮”有点小难，因为用了一个典故。当年，汉武帝时代，大将李广利奉命征伐大宛，由于道远缺粮，耗两年而不能攻克，士兵死伤惨重。眼见取胜无望，李广利上书请求撤兵，汉武帝大怒，遂“使使遮玉门”，派遣使者守住玉门，以截断前线将士的退路，并严令“军有敢入者辄斩之”！退回来必死，杀回阵前尚有一线活路。将士们别无选择，只能“应将性命逐轻车”了。

这个典故用得巧，渲染了作者的反战情绪，进一步揭示了战争的残酷性。强烈的问题意识，让李颀超越敌与我、正义与非正义，在生命的高蹈飞舞中，定格最后的如血残阳。

选择，是唯一。结局呢，也是唯一。

作者这种宏大角度的人文关怀，恰恰是他的另一种深刻的“入世”。从心底深处，他努力想刻画并扮演好自己笔下“渔父”的角色，否则他何以在官场中刚刚起步就决定止步呢？

写到这儿，忍不住凝望历史深渊，对别样的“渔父”李颀，投以深情的一瞥。

李峤：像乌龟一样呼吸

天宝十四年，也即公元755年，唐玄宗夫妇非常宠溺的干儿子、边将安禄山起兵作乱。叛军一时风卷残云，摧枯拉朽，如入无人之地，以迅雷不及掩耳之势攻陷了洛阳、长安。正在华清池与杨贵妃相互温柔的唐玄宗，错愕、惊愕，心中问遍千百次后，李氏夫妇撒开脚丫子披头散发狼狈地逃往蜀地避难。西狩途中，“六军不发无奈何”，上演了史上著名的“马嵬坡之变”。“君王掩面救不得”，杨玉环香消玉殒，唐玄宗天子之尊严被践踏得支离破碎。

唐玄宗不是天生的败家子，即便在“开元盛世”国运最鼎盛时期，他也深谙“节俭持国”的道理。他曾不顾众大臣的反对，把一幢破敝的旧邸，命人稍作修葺后改为“兴庆宫”，随后搬了进去，起居于此，办公也在这儿。如此简陋，有碍大唐盛世繁华的面子。于是众爱卿呈上一浪接一浪的苦谏，唐玄宗不予理会。

一夫得情，千室鸣弦。这一时期的唐玄宗，是一位爱民恤物的好皇帝。

自律是靠不住的，因为权力很任性。抵御不住杨贵妃坚忍不拔的耳鬓厮磨，唐玄宗慢慢地变成了自己曾经憎恶的样子。他再次不顾大臣们的反对，在宫里的西南方向，从军费中腾挪出巨资建造一座美轮美奂的新楼。施工期间，唐玄宗多次陪同杨玉环“视察工地”。落成后，唐玄宗还亲自起了个富有诗意的名字——“花萼相辉之楼”。这名字太长，拗口，为了方便，宫里宫外给了它一个简称“花萼楼”。

“花萼楼”成了唐玄宗与杨贵妃演绎旷世爱情的主战场。

唐玄宗有多不舍“花萼楼”呢？逃离长安之前，他冒险再次登上了“花萼楼”。站在最高处，他极目远望，一遍又一遍地打量着如此熟悉的壮丽山河，恋恋不舍，百感交集。

都火烧眉毛了，唐玄宗仍不顾左右苦劝，不顾由远及近叛军的厮杀声，坚持要来一场告别演出。

唱什么呢，此时此刻？还是一曲《水调》吧。唐玄宗吩咐伺候一侧的“皇家歌舞团”。

在这里，还是先简单解释一下何谓“水调”。据《唐音癸签》记载，“水调”是商曲调。传说是当年的“文艺青年”隋炀帝游幸江都时所制，声调怨切。这个时候要听“水调”，或正暗合唐玄宗当时的满怀悲怆，现代心理学对此可以做出合理的解释。

何以解忧，唯有“水调”。

当伶人演唱到如下四句时，唐玄宗更是神色凄切。

> 山川满目泪沾衣，富贵荣华能几时？
> 不见只今汾水上，惟有年年秋雁飞。

双目无神，茫然回头，唐玄宗询问一旁的侍者，这诗是谁写的啊？对曰：“这是已故宰相李峤的诗。”是的，李峤的作品，题为《汾阴行》。

读到此诗时，遥想当时唐玄宗所面临的“惨将别”，心中不免悚然一惊。难道李峤早有预见，多年前就准备好了以诗为鼓槌，为唐玄宗得意的“开元盛世”敲响丧钟？

这边厢是芙蓉帐暖，那边厢是渔阳鼙鼓，尽显疲态老态的唐玄宗，唯有垂泪对宫娥。此时的他，也只能悲叹“无力留住些什么”吧？！

哦，是李峤啊，唐玄宗长叹了口气，说了句“真才子啊”！不待一曲唱完，旋即转身下楼，开始了他的仓皇西逃。“开元盛世”结束了，大唐的辉煌传奇成为绝响。

其实说了这么多，都是为李峤打底的。

李峤，河北赵县人，早慧，有文名，十五岁时就已通晓五部儒家经典，二十岁时登进士第，经屡次升迁官至监察御史。武则天当政时，任同凤阁鸾台平章事，实际宰相的担任者。仕途沉浮，三度拜相，遭遇的都是尔虞我诈的刀光剑影、腥风血雨。

李峤以下的这段经历，或许能解码皇权背景下权力争斗的惊心动魄。长寿元年（692），狄仁杰、李嗣真、裴宣礼等大臣被酷吏来俊臣诬陷，以谋反下狱论罪。个中是非曲直，武则天自然心中有数，但出于巩固权力的需要，她还是假意颁旨命李峤与大理少卿张德裕、侍御史刘宪一同复核此案。李峤经严密稽核，认定是桩冤案，于是秉笔上书武则天替狄仁杰等人辨冤。这本符合官心民意的正义之举，因忤逆武则天的旨意，李峤救人不成，反引火烧身，被贬外放润州司马。武则天觉得惩处不够，不解恨，又以其他的“莫须有”，将李峤贬为庐州别驾。

官场上屡战屡败，但并没影响李峤诗歌的创作热情，终卓然成家，《旧唐书》称他是“一代之雄”。辛文房认为，李峤在诗歌创作上起到了承上启下的作用，先与王勃、杨炯相接，中与崔融、苏味道名声相等，又比这几位诗人去世得晚，所以为文章宿老，学诗的人以他为楷模。

李峤幼时曾做过一个梦，梦到一个神人送给了他两支笔，自从手握这两支笔后，他的学业大进，终成一代文豪，后世遂用“双笔”比喻文才出众。

在李峤的诗作中，我的最爱不是《汾阴行》，而是这一首《风》。

解落三秋叶，能开二月花。
过江千尺浪，入竹万竿斜。

信笔宕开，读这首诗时，似乎坐在书房中，都能感受到春风的温暖拂面。风看不见、摸不着，诗人高超之处就在于，让读者通过阅读，从动态上对风有一种自信的把握和理解。风有自己的思想与情感，可以吹醒小草的萌动，也可以掀起万丈恶浪。风是神奇的，风是变幻的，风是柔弱的，风又是强悍的。一句话，在大自然澎湃的伟力面前，我们又算得了什么呢？！但我又隐隐觉得，“风”中全是李峤的影子。落秋叶，开春花，起风浪，斜竹竿，似乎又都暗合他的宦海浮沉、他的一世传奇。

李峤有兄弟五人，令人悲伤的是，兄弟中的四位都不到三十岁便相继去世了。他的母亲焦虑李峤也不能长命百岁，遂以重金邀请堪舆大家袁天罡为李峤算命。袁天罡仔细端详一番后，难过地告知李母，李峤可能也活不过三十。李母听罢大惧，泣请袁天罡再看卧相。

袁大师还是答应了。

当夜，袁天罡与李峤同榻而睡，他惊奇地发现，李峤睡觉时竟然没有喘息声。袁天罡用手一试，李峤鼻中已经断气。袁天罡心中大骇，察看良久，才发现李峤是用耳朵呼吸。次日一早，袁天罡对李母道：“老人家你就一百个放心吧，你儿子睡觉用的是龟息，定能大贵长寿，只是不富而已。”

据说，袁天罡的预测后来得到了应验，李峤成功地活到了六十九岁。人生七十古来稀，在古代，也算是高寿了吧。

辑录于此，供一笑耳。

李群玉：琴声长伴读书人

民间中医有一种说法，鹅是发物，病人忌吃，否则容易加重病情。明朝开国大将徐达背上生疽，也即毒疮，忌食发物。朱元璋却皇恩浩荡，派人探望徐达，赐蒸鹅一只。徐达心知肚明，含泪“谢主隆恩”，当着使者的面，把这只蒸鹅吃得一干二净，当夜就毒发而死。

说到食鹅，不禁想到晚唐诗人李群玉。

《唐诗纪事》中说“群玉好吹笙，善急就章，喜食鹅”。李群玉也喜欢吃鹅，但比徐达幸运，没遇到朱元璋这样心狠手辣的主。诗友卢肇赠诗李群玉，曰：“妙吹应谐凤，工书定得鹅。”

呵呵，这位仁兄或是唐代诗人中爱鹅第一人。

施蛰存先生评价李群玉是“晚唐诗人中有特点的一个”。如何有特点呢？辛文房在《唐才子传》中解释得好：“清才旷逸，不乐仕进，专以吟咏自适。”这也就奇怪了，苦读圣贤书，十年寒窗苦，不就图个金榜题名吗？何况李群玉“诗笔遒丽，文体丰妍”，又长得一表人才，如王、谢子弟，别有一种风流。他为什么不像他人那样孜孜以求投身于科考而对当官毫无兴趣呢？这是他的智慧，面对人生的岔口，他选择了另一条道，从而看到了不一样的风景。李群玉整天不是吟诗作对，就是吹笙写字，乐而忘食，乐在其中。

生活在人间，用尽一身的力气“稻粱谋”，个体生命很难将自己的旨趣坚持到底。比如说，你不结婚，会活在别人异样的眼光里；结了婚，迟点生儿育女，好事者又会指指点点。李群玉也遇上了类似的困惑，一拨拨亲友“聒噪”不已：群玉啊，书读得这样好，为什么不去求个功名啊？让我们也沾沾光啊！来自各方的关心合流成一股强大的压力，李群玉只好赶赴长安应举。“一上即止”，考了一次，他就再也不考了。

如果不是碰上湖南观察使裴休，李群玉或许终生甘于做一介处士，又或者待在某一风景区做名隐者。我这一说班班可考，他的诗《书院二小松》似乎透出了点信息。

> 一双幽色出凡尘，数粒秋烟二尺鳞。
> 从此静窗闻细韵，琴声长伴读书人。

他理想人生长什么样？琴声长伴，两耳不闻窗外事，做一个纯粹的读书人。

裴休的一番话打动了他，也改变了他。为了让李群玉步出书斋，裴休准备了一份厚礼并派人将他请进自己的官衙。裴休诚意够足，给的面子够大，这也从侧面说明了李群玉在当时的影响力。见面寒暄后，裴休勉励李群玉说：“处士被褐怀玉，浮云富贵，名高而身不知，神宝宁久弃荒途？子其行矣。”

好一番款语温言。大意是说，你这么有才华，怎能长久地淹没于荒野之中呢？你大概应该有所行动了吧？

面对劝勉，李群玉没理由拒绝。大中八年（854），李群玉以布衣之身再次来到长安，上奏宫中，自献诗作三百首。巧的是，裴休也回到了长安，并且入朝当上了宰相。因裴休的曲折迂回，唐宣宗高效率颁诏，授李群玉为弘文馆校书郎。

有什么性格，往往拥有什么样的生活。虽有裴休的强大奥援，书生意气又兼性格耿直的李群玉，还是无法适应官场生活，他不想委屈自己，于是辞官回到湖南。许多人对他的抉择目瞪口呆，主动认他为族兄的刺史李频，满腹狐疑，在饯别宴上连发三问“为什么”？

为什么呢？李群玉没有直接回答，但从他的《放鱼》一诗中可以找到答案。

早觅为龙去，江湖莫漫游。
须知香饵下，触口是铦钩！

这首诗，“字惟其少，意惟其多”，李群玉以放鱼入水出发，把江湖的险恶通俗形象地表达出来。封建官场就是大江湖、大染缸。作者“诫鱼”更是“诫人”，“触口”就是锋利的钓钩。善良的人们要警惕啊，李群玉是爱你们的。

做对的事，一般不会错。

诗人所处的大唐已处风雨飘摇之中。虽已不处庙堂之高，但心细如发、极度敏感的李群玉，仍警惕地竖起耳朵倾听外界的风声、雨声，一首《火炉前坐》，诉尽了他的家国情怀。

孤灯照不寐，风雨满西林。
多少关心事，书灰到夜深。

围炉而坐，一本书，或一杯酒，三五知己，互诉衷肠，本该是件美好且温暖的事，但李群玉笔下的描写却是另外一种情状：相伴诗人的，唯一盏孤灯，忽明忽暗，灯火摇曳。坐在残灯前，听着屋外的风雨声，孤寂难以排遣，一桩桩、一件件，万千心事，瞬间奔涌而来，无人诉说、无人倾听，只好随手拿起一枝木条，在一抔炉灰上书写直到黑夜尽头。

这种哀怨之苦，绝非是“小我”之苦，他投向窗外夜色深沉之处，是对所处时代的忧心忡忡。

返乡途中，李群玉凭吊了位于湘阴县洞庭湖畔的黄陵庙。传说中，尧的两个女儿娥皇和女英，都嫁与舜为妻。舜巡狩南方，死在苍梧之野。娥皇、女英获悉噩耗后，日夜悲哭，哀伤难愈，遂自沉于水。当地人十分同情娥皇、女英的遭遇，用众筹的方法为姐妹俩修建了这座黄陵庙。

李群玉多次路经黄陵庙，对娥皇、女英的故事也颇有感触，每次经过，必赋诗一首，现存有四首。我们来看他辞官回湘时的这一首：

黄陵庙

小姑洲北浦云边，二女啼妆自俨然。
野庙向江春寂寂，古碑无字草芊芊。
风回日暮吹芳芷，月落山深哭杜鹃。
犹似含颦望巡狩，九疑如黛隔湘川。

结合上述所说的背景，理解这首诗不难。首句是点出黄陵庙的具体位置，后一句是说庙里塑像栩栩如生，舜的两妃子好像还在悲伤啼哭。次联描述了因年久失修，黄陵庙四周满目荒凉。“风回日暮吹芳芷，月落山深哭杜鹃”，徘徊流连于黄陵庙，不觉日落西山，山林更幽更静，远处传来的杜鹃鸣叫声，益觉悲怆。又念起两妃的啼哭，想来让人心绪难宁。

结尾句中，诗人将视线重新移回庙内，端详着两妃的塑像，好像她们还在悲哀地遥望南狩的舜帝，可是隔着湘江的九嶷山，影影绰绰的云雾之中，又能看到什么呢？又能盼到什么呢？

此时，踽踽独行，心已惘然。

题诗黄陵庙两妃后，因夜色已晚，李群玉只好在山中客舍打尖过夜。夜梦中，他见到了两位女子，自言是娥皇和女英，说“承君佳句，徽珮将游于汗漫，愿相从也”。因为李群玉的诗写得好，特前来致谢，并说先生将作汗漫之游，她俩愿一同跟随。“俄而影灭”，说完后顷刻间人影就不见了。

更玄的还在后面，《唐才子传》中说：“群玉自是郁郁，岁余而卒。”一年多后，郁郁寡欢的李群玉就溘然长逝。

这种因果式的牵强附会，表明李群玉的品行高洁、金玉其质，诚如辛文房先生所言：“（群玉）壮心千里，于方寸不扰，亦大难矣。”李群玉的好友、《酉阳杂俎》作者段成式写有两首同题的《哭李群玉》，似可与辛文房的说法深相契合。不吝篇幅，兹录于下。

哭李群玉

曾话黄陵事，今为白日催。
老无儿女累，谁哭到泉台。

哭李群玉

酒里诗中三十年，纵横唐突世喧喧。
明时不作祢衡死，傲尽公卿归九泉。

“明时不作祢衡死，傲尽公卿归九泉。”第二首诗的最后两句，概括了李群玉的一生一世。春花、秋月、夏日、冬雪，他都经历了，跌磕蹭蹬却又傲骨嶙峋。

李商隐：一生襟抱，虚负凌云

隐晦迷离，难于索解，却又让读者欲罢不能。

有人说，有一千个读者就有一千个哈姆雷特。我想说，有一千个读者，可能就有一千个李商隐，也可能只有一个李商隐。当然，还有另一种可能，一个读者，或许就有一千个李商隐。

别误会，这不是绕口令，也不是故作高深，我想表达的是，李商隐这一颗独步天下的“诗心”，如云山雾罩，难窥真容。正因如此，偷窥者的欲望仿佛势不可挡地被激活了。

《锦瑟》是他的经典之作，虽说“书读百遍，其义自见”，但每读一次，依然是不知所云。好像是在小学的课堂上，面对老师高难度的提问，讷讷无言，难以作答。

锦瑟无端五十弦，一弦一柱思华年。
庄生晓梦迷蝴蝶，望帝春心托杜鹃。
沧海月明珠有泪，蓝田日暖玉生烟。
此情可待成追忆，只是当时已惘然。

岂止是“当时”，我现在读来还是一片“惘然”。

李商隐的诗，之所以存在“无主题变奏”，一个重要的原因是他在传统的写作形式中，加入了象征主义的元素和印象派的手法。当然这是后人的说法，生活在晚唐的李商隐自然是创作无意识。诗人擅长以具体可感的物象表现抽象的情感，但两者又往往没有必然的联系，这也为读者带来“二次创作”的无限想象空间。

不管如何，我们现在读这首诗时，仍能感受到作者对过往一段情感的刻骨铭心。或许，另一个当事人还若隐若现，也可能是作者有其他的难言之隐，只好委婉、曲折地予以表达。标题取诗首句前两字，采取《诗经》常用的套路。“锦瑟”两字，歪打正着，恰如其分地表达了一种苦涩与无力。

按理说，对一些晦涩难懂的作品，读者往往弃之如敝屣，但千百年来的读者对李商隐的作品反而热情追捧。我想一个重要的原因，是他的作品文辞清丽，意蕴深微，读者从中各取所需找到了遥相扣合的共有情愫。

一代宗师梁启超先生对李商隐有过精到的评价，他是这样说的：“义山（李商隐的字）的《锦瑟》《碧城》《圣女祠》等诗，讲什么事，我理会不着，拆开一句一句叫我解释，我连文义也解不出来。但我觉得它美，读起来令我精神上得到一种新鲜的愉快。须知美是多方面的，美是含有神秘性的，我们若还承认此点，对于这种文字，便不容易轻易抹杀。”

好一句“美是含有神秘性的”！大师果然是火眼金睛。确实，美是多方面的，且是动态的，带有巨大的不确定性。

因喜欢用典，加上表达情感的指向未明，辛文房说李商隐的诗“为文瑰迈奇古，辞难事隐”，连他简浅组合的文字，同样让人惘然。当年纪晓岚在读罢李商隐的《乐游原》时，将诗卷掷于案上，感叹道：“百感茫茫，一时交集。谓之悲身世可，谓之忧时事亦可。”不信？读罢《乐游原》后，欢迎你举手发表意见。

向晚意不适，驱车登古原。
夕阳无限好，只是近黄昏。

作为一代文化大家，纪晓岚当然能读懂诗意。只是“夕阳无限好，只是近黄昏”两句，所蕴含的情感实在太丰赡了，年少者年长者、失意者得意者、在位的退休的，都可以暗合到自己人生所处的坐标，经李商隐的提醒，稍做咀嚼，命运的味蕾直如白莲花般盛开。你不得不承认，李商隐就是位码字魔术师，短短的几行诗句，浓缩了多样的人生可能，闪耀着丰厚的生命内蕴与语言张力。

一位同样喜欢唐诗的朋友，有次海阔天空地闲聊着，他问别人也像是问自己："李商隐不能好好说吗？"

不知道该如何回答。如果了解些李商隐的时乖命蹇，或许可以找到答案。他不是不想，只是不能，人在江湖，身不由己罢了。

一向惜墨如金的辛文房先生，对李商隐则厚爱三分，在《唐才子传》给他着墨甚多。

李商隐小小年纪就失去了父亲，后随家人由郑州搬迁到洛阳。初来乍到，人生地不熟，又没有什么强大的奥援，李商隐找了份"文抄公"的活干，就是给别人抄录誊写，以此维持生计，拿的是"计件工资"。起早贪黑，李商隐一身扑在案桌上。即便如此，一家人的生活还是非常拮据，他后来以诗句记录了这段晦暗的日子："四海无可归之地，九族无可倚之亲"。天地之大，难觅立锥之地；身处闹市，又有谁人可以倚靠呢？

人生的关键处只有几步，特别是在年轻的时候。十六岁那年，这位忧郁的少年遇到人生最重要的贵人——令狐楚。

时任检校兵部尚书的令狐大人，因一纸公文，被朝廷派到洛阳出任东部留守。令狐楚擅写骈文，为官为文两不误，《新唐书》《旧唐书》均评价他"辞情典郁，为文士所重"。据说令狐楚的折子一递上去，皇上不用看署名，看个开头就知道是出自其手。此公有个习惯，每到一地任职，必四处搜罗文人雅士，对其出类拔萃者，毫不吝啬予以重金为己所用。一次与李商隐碰了个正着，初见之下，惊为天人，遂执礼甚恭，延聘到自己的幕府做事。李商隐怀瑾握瑜，卓尔不群，让令狐楚吐哺握发，不但让李商隐和儿子令狐绹结为金兰，还经常带着李商隐出席士大夫、文人骚客的各种游宴集会。因为有了这样的一个个平台，自带光芒的李商隐，自此更是霞光万道。

初游长安时，李商隐虽大名鼎鼎，但真正认识他本人的并不多，有次他便服出游，投宿于一家旅馆，时有一群人正在大碗喝酒，轮流以《木兰花》为题作诗，见李商隐气质不凡，也请他入席就座，他们中无人认识李商隐。轮到李商隐时，他随口念出：洞庭波冷晓侵云，日日征帆送远人。几度木兰船上望，不知元是此花身。吟毕，众客人拍案叫绝，好奇之下询问李商隐的姓名，他如实相告，客人们大惊，连声告罪，真是有眼不识泰山。

开成二年（837），令狐楚的好友高锴主持科举考试。大考前，高锴悄悄地问令狐楚："老兄有什么人要照顾吗？"

巧了，瞌睡碰上了枕头。令狐楚不假思索答道："李商隐！"

放榜时，毫无悬念，李商隐高中进士。很快，在恩师令狐楚的提携下，出任集贤校理。

步入官场的李商隐，不再是"无亲可倚"，除有令狐楚不遗余力的帮助外，他又得到了河阳节度使王茂元的青睐。王茂元"素爱其才"，上表奏请李商隐为掌书记，不久又把女儿嫁他为妻，有了泰山之力，李商隐又获新职——侍御史。

可是，人生下半场曲折的伏笔也就此埋下。

因为这桩婚姻，李商隐后大半生陷入风口浪尖中。"士流嗤谪商隐"，背后指指点点，说他"诡薄无行"，对李商隐进行集体的排斥与打压。

怎么回事？有那么严重？

回到中学历史教科书上，晚唐发生了一起重要的历史事件——"牛李党争"。"牛李党争"历穆、敬、文、武、宣五朝，进入唐文宗朝后，双方斗得更是你死我活，白刀子进，红刀子出，呈白热化的状态，连贵为一言九鼎的唐文宗都只能哀叹一声："去河北贼易，去朝中朋党难！"

李商隐上了两条船。

人生第一位贵人令狐楚，是牛党领袖牛僧孺的得力干将。对他青眼有加的泰山王茂元，又是李党领袖李德裕的骨干。在这样权力争斗的格局中，李商隐不幸成为风箱中的"老鼠"——两头受气，里外不是人。

夹缝中的生存，让诗人深感凄冷孤寂。他的一首《风雨》，读到了他深入灵魂的刻骨孤独。

凄凉宝剑篇，羁泊欲穷年。
黄叶仍风雨，青楼自管弦。
新知遭薄俗，旧好隔良缘。
心断新丰酒，销愁斗几千。

诗中“新知”“旧好”近乎是李商隐处境的真实写照。他身不由己，又无处可逃。言语间的郁愤与苦闷，非设身处地难以感同身受。

有一件事很能说明李商隐的进退失据。

令狐楚去世十年后，李商隐在重阳节那天，去拜访金兰令狐绹。好不容易允许进得大门，结果还是吃了个“闭门羹”，谁叫你娶了我政敌的女儿！令狐绹拒绝见面。徘徊良久，李商隐在厅堂的壁上题诗一首：“十年泉下无消息，九日樽前有所思。”写完觉得意犹未尽，又补写了两句：“郎君位重施行马，东阁无因许再窥。”

待李商隐离去，令狐绹才从内室走了出来，看到壁上题诗，念起往日的兄弟情，心中也颇为苦涩，令人“乃扃闭此厅，终身不处也”。永久关闭厅门，免得往后见一次，心烦一次，心伤一次。人终究是感情动物，这与官秩大小无关，与政治立场无关。

我想起了他笔下那首著名的《常娥》：

云母屏风烛影深，长河渐落晓星沉。
常娥应悔偷灵药，碧海青天夜夜心。

面对窘迫人生，李商隐是否也如嫦娥一般，后悔当年偷吃了“灵药”？“碧海青天”的心思抛向哪里呢？但他对这段负重一生的爱情，无悔无怨，又或者说，“夜夜心”庆幸还有爱情的抚慰。

上天不负李商隐，虽然是一场政治联姻，却让他遇到了那位一生正确的人。至少在前路迷茫时，那位相濡以沫的她，那场琴瑟之好的情，如春雨滋润，彷徨时有定海神针。看他这首经典的《夜雨寄北》：

君问归期未有期，巴山夜雨涨秋池。
何当共剪西窗烛，却话巴山夜雨时。

公元 848 年，李商隐滞留巴蜀，在这儿他写下这首诗寄给北方的妻子。诗中烟霞满纸、美不胜收，对妻子的情思，似滚滚江水奔腾不绝。这滋润了他，也被一代又一代的读者赞美和传颂。

爱情之外，既无新知，又失旧好，但还是有人深懂李商隐、同情李商隐。多年后，他的好友崔珏写过一首诗《哭李商隐》，或许可以带领读者走进李商隐隐秘的心灵深处。

虚负凌云万丈才，一生襟抱未曾开。
鸟啼花落人何在，竹死桐枯凤不来。
良马足因无主踠，旧交心为绝弦哀。
九泉莫叹三光隔，又送文星入夜台。

看不过去了，为老友打抱不平。李商隐身负一身才华，却怀才不遇。即便一生半数时光如一粒棋子，大都耗在繁杂的人事上，但有幸“遇”上，总是难得。

大诗家白居易，居然也是李商隐的“铁粉”。当时白居易已致仕在家，他对李商隐说：“我死后，转世如果能当你的儿子就够了。”白居易去世几年后，李商隐果然生了个儿子，李商隐把这孩子起名为“白老”。白老长大后，智商不高，且鄙陋迟钝，温庭筠跟李商隐开玩笑说：“他就是白居易的转世之身？太惭愧了吧？”李商隐后来又生一子，将其名为衮师，这孩子倒是英慧过人，李商隐对他寄望甚高，写诗曰：“衮师我娇儿，英秀乃无匹。”或许，衮师才是白居易的转世之身？

即便一生沉陷于官场的左支右绌，李商隐仍尽量保持着士人本色。虽有人攻击他“诡薄无行”，但也不得不承认他“廉介可畏”。出任广州都督时，某人有求于他，深夜袖藏黄金前来府上，李商隐严词拒绝，对来人说：“吾自性分不可易，非畏人知也。”我本性如此，并不是怕被人知道。

又有好事者说，李商隐所作的大量《无题》诗，多与爱情有关，他是个随时随地就能开花的情种。更有人说，诗人爱恋的对象，大多是宫娥道姑，又或是高官姬妾，他的这种感情，是“说不得呀哥哥”！

听此宏论，只有扑哧一笑。

以人观事，以人观人，多有“代入”的误区，读诗也是，读李商隐的诗更是如此，白天不懂夜的黑，想象在千年前，不时浮现出的，是李商隐写诗时那副忧郁的脸庞。

李商隐一生写了六百多首诗，其中佳作迭出，如果一定要说出最喜欢的，我以为是这首《无题》——

相见时难别亦难，东风无力百花残。
春蚕到死丝方尽，蜡炬成灰泪始干。
晓镜但愁云鬓改，夜吟应觉月光寒。
蓬山此去无多路，青鸟殷勤为探看。

你读到了什么？我为诗中表现出的执着与忠贞不渝长久感动，它已超越了世俗男女之情的范畴，具有崇高和牺牲的呈现。诗人所要表达的岂止是爱情？我认为，还有人情，有宦情，有世情。总之，人世间的种种，似尽能收入囊中。

诗如巨觞宏鼎，盛装的，何止是他的“一生襟抱”？

李世民：赠你一件诗意“黄马褂”

如果组织发布一个排行榜，在中国的历代帝王中，谁的知名度最高？我敢打赌，唐太宗李世民肯定排在前十名，且妥妥地稳居三甲。

你觉得呢？

李世民的文治武功，尤其是他开创的“贞观之治”，至今仍为人津津乐道，成为中国人历史荣光的集体记忆。

其实，李世民还是位“文化帝王”“诗人帝王”。在位二十三年，除在政治军事上卓有建树外，诗、文、书法方面也颇有成就，史书上说他“工书法”“富文词”。正是得益于他的以上率下，才有大唐一代文化艺术的蔚为大观。

不妨领略一下一代雄主李世民作为诗人的冲天才情。

《饮马长城窟行》，“窟”，泉眼之意。属古乐府瑟调曲，又称《饮马行》。古书上记载，远征将士到长城饮马，广大女同胞感动于他们的艰辛，作此曲以劳军。历代诗家中，如曹丕、陈琳、傅玄、陆机等均有拟作，多用于描写军旅生活。

看看李世民的这首同题诗文。

饮马长城窟行

塞外悲风切，交河冰已结。

瀚海百重波，阴山千里雪。

迥戍危烽火，层峦引高节。
悠悠卷旆旌，饮马出长城。
寒沙连骑迹，朔吹断边声。
胡尘清玉塞，羌笛韵金钲。
绝漠干戈戢，车徒振原隰。
都尉反龙堆，将军旋马邑。
扬麾氛雾静，纪石功名立。
荒裔一戎衣，灵台凯歌入。

此诗描写塞外风光与叙述边塞征战交叉互换，大笔墨泼写“悲风切”“冰已结”“百重波”“千里雪”等景物，描述了严冬季节的塞上风光。从此出发，最终落脚于军队凯旋奏捷，勒石立碑，奖励功臣。全诗诗旨宏远，雄浑不群。诗评家蒋仲舒在《唐诗广选》中称，李世民这首诗是“唐初大雅”之作。

都说“诗言志”，但在李世民眼里，写诗既是抒发个人壮志豪情的艺术，也是他别出心裁的驭臣之术，这一手做得聪明绝顶，也做得炉火纯青。

狡兔死，走狗烹；敌国破，谋臣亡。历代帝王中，不少屁股下的龙椅还没坐热，便将屠杀功臣作为最后一场战争。刘邦、朱元璋等更是雕心雁爪、心狠手辣，朝堂之上，肝胆迸裂、喋血如注。这一幕幕，成为鲁迅先生所说中国“吃人”血腥历史的一部分。

实事求是地说，在历代君臣关系中，和谐度最高的，李世民一朝可算其一。他恩威并施，双管齐下，君臣努力，开创了彪炳史册的璀璨盛世。

呕心沥血地吟诗一首，然后将其精心裱好，安排一支浩荡队伍敲锣打鼓送上门，按圣旨的规格赐给臣属，这是李世民的高招，且屡试不爽，颇有奇效，与大清皇帝赏臣属“黄马褂”如出一辙，都是光大门楣欢天喜地的事。

萧瑀，南朝梁元帝之子，曾仕隋唐两朝。大唐王朝初创时，萧瑀曾参与“国典朝仪”的制定，先后出任民部尚书、御史大夫等职，封宋国公。他为人刚正且有谋略，李世民对他十分倚重，并称赞有加：“不可以厚利诱之，不可以刑戮惧之，真社稷臣也。”曾写过一首诗赐给他，诗名《赐萧瑀》。

疾风知劲草，板荡识诚臣。
勇夫安识义，智者必怀仁。

诗意简洁明了，却蕴含着作为一代明君丰富的情感与用意，诗风敦厚情真，铿锵刚劲，体现出体恤臣下、知人善任的政治格局与风度，即便放眼于历代帝王的诗作中也是佼佼者。明代诗评家胡震亨更是不吝赞誉，说李世民的诗在唐诗发展中有着“首辟吟源”的开创之功，看来此评不为过。

房玄龄是李世民的铁杆“马仔”之一，李世民还在秦王位时，房玄龄就是他的头号文学侍从，相当于文字秘书，作为秦王的第一支笔，参与机要，运筹帷幄。贞观以后，做了宰相，君臣合力谱就一曲“贞观长歌”。时人将房玄龄比作伊尹、姜尚、萧何、曹参。作为李世民的股肱之臣，倚之为左右。那么在李世民的眼里，房玄龄又是什么样子的臣下呢？

赐房玄龄

太液仙舟迴，西园引上才。
未晓征车度，鸡鸣关早开。

前两句引用了些典故，回忆了君臣间交往的陈年往事，说来话长，我们暂且不表。主要看后两句：“未晓征车度，鸡鸣关早开。”说的是，城门开得有多早，这位行人也就有多早从城门走过，这是在含蓄表扬房玄龄旰食宵衣、夙夜在公。此种“以资鼓励”的方式，远比赏一件黄马褂意义重要得多，黄马褂终会破烂，而李世民的诗却是一件可永久保存的无形的“黄马褂”。

李世民曾三次赐诗给房玄龄，还有一首，题目长了点，叫《赋秋日悬清光赐房玄龄》。全诗是：

秋露凝高掌，朝光上翠微。
参差丽双阙，照耀满重闱。
仙驭随轮转，灵乌带影飞。
临波无定彩，入隙有圆晖。
还当葵藿志，倾叶自相依。

“葵藿”向阳喜光，士人常以此自比，表达一种赤心诚意，如杜甫的“葵藿倾太阳，物性固莫夺”、储光羲的“满园植葵藿，绕屋树桑榆”。以帝君身份引出，更以“倾叶自相依”，可就了不得了。作为一名臣子，能让当今圣上引为知己，还为自己写过三首诗，可谓皇恩浩荡、备受极荣了。

夫复何求，夫复何求？！

魏徵是唐太宗的一面镜子，其中有家国大道义，也有难得的生活小情趣。魏徵崇尚极简主义，生活简单、朴素，又是一名工作狂，没啥别的业余爱好，“学成文武艺，货与帝王家”，一门心思想把李世民打造成千古名君。

魏徵生活简朴，最大嗜好就是吃醋腌芹菜。李世民有次请魏徵吃饭，主食还没来得及上桌，魏徵就迫不及待地干掉了两盘醋芹。李世民见他如此狼吞虎咽，非常感动并哈哈大笑道，你这个“羊鼻子”被我抓住了吧？其实魏徵还有独门绝技：酿酒。尤其是葡萄酒酿得特别好，他把醽醁、翠涛两种名酒置于罐中贮藏，十年不会腐坏。李世民有次品尝之后龙颜大悦，当即赐予魏徵一首诗：

醽醁胜兰生，翠涛过玉薤。
千日醉不醒，十年味不败。

此诗的艺术性姑且不论，但君臣间的这份亲密互动惹人羡慕，当时应该有不少人“羡慕嫉妒恨”吧？

魏徵病重时，李世民亲自登门探望，还当场下旨将公主嫁给他的儿子，结为儿女亲家。魏徵死后，李世民相当悲痛，多次对别人说，朕从此没了镜子！魏徵出殡之日，李世民悲伤至极，以致没法亲去致哀。他挣扎着登楼而望，吟诗一首作为痛别：

阊阖总金鞍，上林移玉辇。
野郊怆新别，河桥非旧饯。
惨日映峰沉，愁云随盖转。
哀笳时断续，悲旌乍舒卷。
望望情何极，浪浪泪空泫。
无复昔时人，芳春共谁遣。

没有了你，即便走在青青春草地上，朕还可与谁为伍呢？

写这首诗时，李世民是真诚的，只是权力有些靠不住，别太当真。魏徵老师死后没多久，因一起“莫须有”，李世民便“大怒，踣其碑”，还将魏徵的棺材毁弃，当然儿女亲家的一纸婚约也就撕毁了。即便如此，李世民仍不失是位菩萨心肠的主，凌烟阁上二十四位功臣，他也只是因群臣所请诛杀了其中的一位，这倒霉蛋叫侯君集。李世民开创了大唐基业，也始定了唐音韵调。他的《帝京篇》十首即是“已开律径”，来读其中的一首：

秦川雄帝宅，函谷壮皇居。
绮殿千寻起，离宫百雉余。
连薨遥接汉，飞观迥凌虚。
云日隐层阙，风烟出绮疏。

元朝诗评家、诗人方回在《瀛奎律髓》中评价李世民的诗：“渐成近体，亦未脱陈隋间习气。”说得好，有道理，这首诗的平仄粘对，偶合五律，可以视为唐律先声，呈气势磅礴之气象，一改南朝的柔弱之态，其功大焉。

有大唐盛世的开创之功，又有唐音韵调的始定之才；一个身份是皇帝，另一个身份是诗人，如果二选一，李世民更喜欢哪一种呢？

不求而得的，往往求而不得。

李冶：生死皆由诗

因诗而生，也因诗而死。

这就是一代才女、唐代女诗人李冶的人生因果。千年之后，读罢掩卷，令人一叹复叹、唏嘘不已。

建中四年（783），即将开赴河南前线平叛的泾原军，在行经长安时，因对粮草发放不满，士兵哗变，转眼间变为另一支新的叛军。他们随即集体向后转并掉转枪口，势如破竹般地攻陷了长安。赋闲在家的前将领朱泚，被叛军拥立为帝，建立国号为“大秦”的伪政权。

其兴也勃焉，其亡也忽焉！强撑不到一年，在大唐政府军的强力反击下，叛军如纸糊的灯笼，不堪一击。朱泚本人也成了过街老鼠，四处逃窜，处处碰壁，没人敢收留，最后被部将一刀斩杀，提着他的人头一溜烟向朝廷邀功请赏。

没想到，一场哗变这么快就玩完了。

次年七月，这座城市和大唐帝国的主人——唐德宗回来了。刚刚重新坐回金銮宝座，位子还来不及坐热，唐德宗就按捺不住祭出两招：一边论功行赏，打赏帮他重新拿回天下的有功之臣；一边清理门户，收拾那些曾经助纣为虐的“骑墙者”。

李冶！还活着？

还没来得及看完手中的“黑名单”，唐德宗就已恨得牙关咯咯响：快快把这臭娘儿们抓起来，杀了她！

不知是出于什么样的变态心理，唐德宗决定在处死她之前，先宣召她进宫，美其名曰：见见面、叙叙旧。

什么聊聊，不就是玩一出“猫捉老鼠”的游戏吗？对一个女流之辈，至于吗？有人问。唐德宗心里恨恨地答道：如此方能解朕心头之恨！

恨，有时就是爱；有多爱，便有多恨。几年前，唐德宗频频下旨召李冶进宫。急急如律令，一为睹其芳容，二为慕其诗才。千里之外接诏后的李冶，为此颇为亢奋，还赋诗一首，与众友人依依惜别。诗名是《恩命追入，留别广陵故人》——

无才多病分龙钟，不料虚名达九重。
仰愧弹冠上华发，多惭拂镜理衰容。
驰心北阙随芳草，极目南山望旧峰。
桂树不能留野客，沙鸥出浦谩相逢。

无才多病，且年老色衰，那又如何？名声还是传到九重宫阙，这有李冶的自谦，更是她的得意。唐德宗的屡番下旨传见，你想想，这是一种怎样的恩宠啊？逛长安，睹龙颜，人上人，女诗人李冶的芳心，在接到圣旨那一刻起，心如鹿撞，恨不得早一点儿一头扎入京城。

就在动身的前一夜，往日隐居无拘无束的女儿心，无可抑制，井喷而出。这首诗的格局很大，看不到小女子的纤弱；她的多情，是对友情的珍视与尊重，颇有君子风、侠客义。

进得宫来，虽已老大不小，但因有诗才加持，唐德宗公务之余常常让李冶陪伴在侧。或饮酒，或吟诗，推杯换盏中，一时满口锦绣。然而，好景不长，朱泚催命般的嘚嘚马蹄声，野蛮地吹熄了夜幕下千家万户的耿耿灯火。唐德宗狂奔而逃，李冶却迟了一步，成了叛军的俘虏。

长安城的新主人朱泚早就听说了李冶大名，一天亲自登门，执礼甚恭，低声下气，直至“低到尘埃里”。

来来来，敢请你这位大才女，帮忙给我“大秦”写首诗如何？

经常在这种时候，读书人的价格一夜暴涨。朱泚们需要贴金，需要读书人的认同以证明政权的合法性。李冶虽为一介女流，能辨大是大非。她先是义正词严，后实在扛不住了，李冶只好奉“旨”写了些“应制诗”，内容无非是“天下归心”“祥瑞频现”之类。一介武夫朱泚，缺乏诗歌素养，李冶写什么，他都频频点赞，每每兴冲冲而来，也每每兴冲冲而去。

李冶的敷衍应付，却埋下了杀身之祸。

叛乱平定后，李冶再次见到了唐德宗，她有不祥之感。这次召见，果然不是叙旧，而是秋后算账。唐德宗的雷霆之怒，声震屋宇：“为什么给叛臣逆将写颂诗，你对得起我吗？”李冶本想解释，但唐德宗没给她机会，接着大吼：“你看看人家严巨川，与你同陷不堪，他写的可是‘手持礼器空垂泪，心忆明君不敢言！’”李冶知道大限将至，能说什么呢，唯有报以沉默。那一刻，她一定想起了隐居道观旁，那棵芳香四溢的桂树，江边翩翩飞舞的沙鸥，以及对门南山高耸的群峰千嶂。

好女不侍二夫，你又怎能侍奉伪主，特别是在我倒霉的时候？唐德宗愤愤不平。唉，到哪儿说理去！男人自己无能，守不住自己的天下，到头来，却把所有的怨气，一股脑儿撒在一个弱女子身上。

唐德宗眼一瞪，一群如狼似虎的宦官拥了上来，将李冶架了出去。一阵上下狂舞的残暴，伴着撕心裂肺的惨号，一代才女就这样香消玉殒。

权力的野蛮扑杀，人间失去的，不仅是一条鲜活的生命，更是绝代风华。

有唐一代，男性诗人多如恒河沙数，女性诗人则是凤毛麟角。李冶、鱼玄机、薛涛、刘采春被称为“唐代四大女诗人”，李冶赫然居首。

李冶来到这个世界，是因为诗歌。

“妾家本住巫山云，巫山流泉常自闻。”从她的这首《赋得三峡流泉歌》诗中，或能揣摩到李冶是“峡中人”，家在长江三峡一带。《唐才子传》中说她“美姿容，神情萧散，专心翰墨，善弹琴，尤工格律。当时才子，颇夸纤丽，殊少荒艳之态”。看得出，满满的都是赞誉之词。当时的诗人才子们，赞她貌美，赞她神清，赞她诗之纤丽。五岁的时候，她写过一首《蔷薇诗》，其中两句让她父亲读后大惊失色：“经时不架却，心绪乱纵横。”

“架”与“嫁”同音，怎么着，尚未嫁人便想入非非？“此女聪黠非常，恐为失行妇人。”不得了，这孩子长大了必是失德之妇！因为有这样莫名其妙的心理暗示，李冶十一岁时，父亲就急急地将她送到湖州玉真观做了道姑。

这一时期，李冶喜欢徜徉于剡中山水间，并结交了一大拨世上高人，如皎然、刘长卿、韩揆、阎伯均、萧叔子、朱放，等等。她与他们来往颇多，且多有唱酬，与个别人的关系还很深厚。

她和他们之间，大多是坦诚的，有时率真得可以毫无顾忌地讲上几则荤段子，常常引发欢然一笑。有一次，她与诸贤相聚于乌程开元寺，得知刘长卿患有疝气，李冶落落大方调侃道：“山气日夕佳。”众人哄堂大笑。哼哼，想调侃我？刘长卿马上接茬对上：“众鸟欣有托。”高，实在高，都用上了陶渊明的经典句！他们带有调侃味道的诗歌接龙，就是这样洋溢着文化味。他们之间的心思，像道观前那道清澈的溪流，知道彼此从哪里来，又知道将流向何处。

在这里，她有一段幸福的重逢。曾与她在竟陵西江水畔度过青梅竹马时光的陆羽，就是那位名满天下的“茶圣”，也恰好在此隐居。听说故人来访，李冶不顾抱恙在身，挣扎爬起来，踉踉跄跄地倚着柴门，静静地等待陆羽的到来。一首《湖上卧病喜陆鸿渐至》，表达了她心中珍藏日久的少女般的欢欣。

昔去繁霜月，今来苦雾时。
相逢仍卧病，欲语泪先垂。
强劝陶家酒，还吟谢客诗。
偶然成一醉，此外更何之。

所有的记忆在酒中，所有的期待在酒中，所有的未来在酒中。只是醉过之后，一切皆成过往，只能永远定格在心底，其他的，都是遥不可及的奢望。

陆羽最终从她的视线中消失，无可挽回，她的感情世界再度留下了“空窗期”。李冶对感情的追求，从来就是大胆而且热烈，虽处在“黑漆漆”铁皮屋子里，她以诗心呐喊，毫不伪饰。比如，她对佛学大师释皎然一见倾心，在月明星稀的夜晚，给他写下无数的情诗。这一首，让人泪流。

尺素如残雪，结为双鲤鱼。
欲知心里事，看取腹中书。

可惜，神女有心，襄王无意。或许无意尘世欢愉，或许碍于她的道姑身份，皎然赋诗一首予以婉拒：“天女来相试，将花欲染衣。禅心竟不起，还捧旧花归。”最后一句意思很明白，我已经皈依佛门的决心矢志不渝，姑娘你还是带着这份美意回去吧。

李冶捧回的，不是美意，而是一颗受伤的心。

还好，李冶自愈能力超强，她继续在爱情的道路上狂飙突进。她爱过朱放，也给阎伯均写过求爱诗，遗憾的是，都无疾而终，有的甚至还没开始就残忍地结束了。

唐代女子少有礼教束缚，可外出踏青、看戏、逛庙会、骑马，穿低胸裙，甚至可以穿上男人的服装，整个社会有着一种自由大胆的时尚之风。即便如此，李冶的“前卫”，还是令吾等俗人咂舌，简直不知道她是生活在什么年代。敢爱敢恨，我行我素，对标于“三从四德”，李冶的举手投足，似乎一语成谶，坐实了其父的担忧。但也正因为她的不掩饰、不矫情，以及她的才情和豪情，与大唐的盛世繁华互为诠释，蔚为大唐气象。

毕竟是位弱女子，从她经典的《八至》诗中，读到了她带泪的万种风情。

至近至远东西，至深至浅清溪。
至高至明日月，至亲至疏夫妻。

读到了禅意和哲理。最后一句“至亲至疏夫妻”更读到了胆战心惊。

从精神与利益关系而言，夫妻是距离最近的关系，是“至亲”。不过，无数对“至亲”的夫妻因貌合神离、同床异梦，而又成为“至疏”。

幸运的是，她纵情，却始终没有被情所惑，她一直活在清醒中，她也有尊严地活在别人心中。李冶被杀，正在剡溪煮水品茗的陆羽，惊闻长安传来的噩耗，沉痛地写下了一首诗，权为心香一瓣，遥祭曾经的“她”——《会稽东小山》。

月色寒潮入剡溪，青猿叫断绿林西。
昔人已逐东流去，空见年年江草齐。

伊人不见，诗意其萋。年年江草碧，但又如何，在“茶圣”的心中，剡水已无复春色。

李约：心事向茶与诗间

只要有空，喜欢在大街小巷中穿行。漫步街头，三五步所见的，是茶庄。

中国是茶的原产地。“茶圣”陆羽所著的一部《茶经》，让中华茶文化光辉夺目，他更以一人之力，使饮茶之时尚“飞入寻常百姓家”。梁实秋先生有篇名散文《喝茶》，他说“茶是中国人的饮料”，又说“凡是有中国人的地方就有茶”“茶是开门七件事之一，乃人生必需品”。

第一次鸦片战争前夕，英人从“实力地位”出发，蛮横闯入我境。道光皇帝忧心忡忡、夙夜难寐，坐在紫禁城问计于众大臣。众人一时束手无策，唯林则徐侃侃而言：吾皇不必过虑，只要不卖茶叶给洋人，蛮夷就会不战而退。林则徐自有他的道理：洋人是肉食动物，尤喜欢吃牛肉，如果没有茶叶帮助这些蛮夷去油消脂，会消化不良的，然后就会闹肚子，然后就丧失了战斗力。

我从不敢笑话林大人，反而很敬重他。囿于见识与时代，谁不曾是个“井底蛙”？！

扯远了，还是泡上一壶，谈谈与茶有关的人和诗。

夜读唐诗，又“遇上”了一位深谙茶道的人。他就是唐代诗人李约。

李约，字存博，乃名门之后，他的父亲是唐朝宰相、汧国公李勉。含着金汤匙长大的李约，人生有三大爱好：喝茶、写诗和收藏古玩。

关于如何煮茶，李约有他一套茶经：“茶须缓火炙，活火煎，当使汤无妄沸。始则鱼目散布，微微有声；中则四畔泉涌，累累然；终则腾波鼓浪，水汽全消。此老汤之法。固须活火，香味俱真矣。”

这段文字不艰深，易理解，可能需要解释的是，唯“活火”两字。唐代小说家赵璘在《因话录》中有过注解：“活火谓炭火之焰者也。”

果然讲究，有机会照此一试，这样子煮茶，是不是真的“香味俱真”呢？

充满好奇和期待。

李约常与主客员外郎张谂、超级隐士韦况促膝长谈。他们一边煮茶品茗，一边谈诗论道，且往往是通宵达旦。这样的情境，都被他写进诗里：“我有心中事，不与韦三说。秋夜洛阳城，明月照张八。”“张八”即张谂。张谂大有来头，是德宗朝宰相张延赏的儿子。因兄弟间排行第八，朋友之间喜欢以“张八”称呼他。李约与张谂关系确实很铁，极为相知，辛文房说他俩“每单枕静言”，好到两人经常共枕论事，躺在同一张床上臧否人物，品评天下。

李约“性清洁寡欲，一生不近粉黛”，说他一生不近女色，他除了写诗品茗之外，还到处搜罗古董珍玩。这个爱好应该是受到他父亲的熏陶。汧国公李勉是海内名臣，收藏了许多古今文物。李约“青出于蓝而胜于蓝”，他的住宅、窗台、屏风、茶几、案桌，摆满了古代铜器、珍奇怪石、字帖名画。他还曾到海门山访得一尊双峰石，以及绿石琴荐（安放琴的器具），这些都是珍品，举世无双。李约在大唐收藏界口碑极佳，他始终奉行一条规矩：从不夺人所爱，对收藏古物寄托真意，看中喜欢的，两相情愿，绝不强买强卖、巧取豪夺。

《唐才子传》中说李约“坐间悉雅士，清谈终日，弹琴煮茗，心略不及尘事也”。如果说他完全不考虑尘世间的俗事，似有点不真实。李约虽贵为天潢贵胄，却有深厚的民本情怀，对社会现实持有深刻的批判性。此绝非虚言，有他的诗为证。

观祈雨

桑条无叶土生烟，箫管迎龙水庙前。

朱门几处看歌舞，犹恐春阴咽管弦。

读到这首诗时，心中有强烈的共鸣。第一时间想到少年时代在赣南乡间，每逢雨水下得少，影响庄稼生长时，奶奶总是焦虑地唠叨：“土干得冒烟！”奶奶的话与诗人的“土生烟”如出一辙。回头再来看李约的这首诗，首句先写旱情，这是祈雨的原因。此诗紧紧抓住春旱特点，“桑条无叶”是写春旱毁了养蚕业，因为庄稼枯死，只能看见“土”；树上无叶，只能看见“条”。这样描写旱象的首句可谓形象、真切。接着写祈雨，白居易有首诗，叫《黑潭龙》，写的就是祈求龙神降福的场面：“丰凶水旱与疾疫，乡里皆言龙所为。家家养豚漉清酒，朝祈暮赛依巫口。”所谓“赛”，即迎龙娱神的仪式。李约诗的第二句“箫管迎龙”正是描写这种赛神场面。在箫管鸣奏声中，祈雨的人们卖力表演各种娱神的节目，看上去煞是热闹，但更多是强颜欢笑，内心焦急如焚。

诗的后两句忽然转向，写的是另一种场面，似乎有些游离主题，实际上有着深刻的内在联系。如果说前两句是正写水庙“观祈雨”的画面，无数小百姓，箫管追随，恭迎龙神；后两句则转换场景，切换到豪门深庭，“肉食者”却担心管弦咽哑，而求无雨。一方是唯恐不雨，一方却“犹恐春阴”。唯恐不雨者，是因攸关生计；“犹恐春阴”者，则仅仅是怕管弦受潮。两相对比，一方是殷忧与不幸，另一方却是荒嬉与闲愁。

作为统治阶级的一分子，李约能将百姓久旱祈雨的苦不堪言，与朱门处处的歌舞升平两相对举，进而无情地揭露了世道的不公与残酷。

这是胆识，也是良知。

李约最后“弃官终隐”，作为一个官宦子弟需要更大的勇气。他不是在玩捉迷藏，朋友们已找不到他隐匿何处。

与自己和解，与他人和解，与人世间和解。李约选择这种方式与友人告别，不是他与尘世不计较，而是在心里悄悄说一声“算了吧”。

刘方平：我是一只小小虫

央视有档节目《中国诗词大会》火了，挣了收视率，蹭了流量，激发全民“K诗”热，难得的好策划，功德无量，善莫大焉。

节目最火的时候，在这个城市最热闹的街角，邂逅一位久违的老友。相见之下，彼此雀跃，然后找了一个安静的地方聊天。他是一位狂热的唐诗爱好者，刚刚坐定，就说起了《中国诗词大会》。他提议邯郸学步，两人间 PK 一下，几个回合下来，我因“虫声新透绿窗纱”这一句败下阵来。

惭愧，竟然从没见过。

回家后，赶紧恶补，翻开《全唐诗》，终于找到了完整的答案。

夜　月

更深月色半人家，北斗阑干南斗斜。
今夜偏知春气暖，虫声新透绿窗纱。

给自己的孤陋寡闻，习惯找了个阿 Q 式的自我安慰——别怪，《夜月》作者刘方平，名不见经传，好多人也未必知道。

刘方平者，何许人也？《旧唐书》《新唐书》均未见有所记载，有关书目顶多也就一句不负责任的话：生卒年不详，字、号不详。不甘心，翻箱倒柜，查来查去，找到的结果让人一惊——“刘方平，匈奴人”。

匈奴人刘方平、诗人刘方平，无法确定是不是同一个人。如果说他是匈奴人，似有迹可寻。据说汉族中的刘姓，不少就是匈奴人的后裔。汉武帝时代，经过几场拉锯式的对决，尤以漠北决战为标志，汉军终于将匈奴彻底击败。匈奴残部逃往漠北，从此多年无力再南下侵扰，其中少部分则归顺了朝廷，被赐姓为刘。

关于诗人刘方平，依旧眇眇忽忽、云遮雾罩。

幸好，功夫不负有心人。《唐诗纪事》中曾引用刘方平写的一句诗："西北浮云外，伊川何处流？"《唐才子传》收录了这两句诗。就这两句诗，刘方平的面庞从模糊到稍有丁点儿轮廓。辛文房还据此大胆推定，刘方平"盖洛中人也"。

这两句诗来自刘方平的《秋夜泛舟》，这是他的另一首代表诗作。

林塘夜发舟，虫响荻飕飕。
万影皆因月，千声各为秋。
岁华空复晚，乡思不堪愁。
西北浮云外，伊川何处流。

诗中言及的"伊川"，就是指伊水所流经的流域。著名语言学家杨伯峻先生对此曾有权威的注释：伊川，伊河所经之地，当今河南省嵩县及伊川县境。

由此可作勾连，但刘方平到底是哪里人，恐怕仍难定论，但至少他在"洛中"生活过。

《唐才子传》说刘方平"白皙美容仪"，看来是位俊男帅哥。刘方平曾参加过科考，未能如愿。落榜后，无心再战，经朋友引荐，进入一位将军的幕府做些文字工作。日复一日的抄抄写写，这营生让他心生厌烦。三十岁后，他选择隐居河南颍阳的大山深处，从此"高尚不仕"，筑舍而居，精研学问，不再求取功名。

餐松饮涧、东山高卧，这样的隐居生活逍遥且快活，但刘方平也并没有完全与世隔绝、避世绝俗，而是"谈笑有鸿儒"。刘方平与当时的名士

皇甫冉、李颀等多有来往。他们习惯于枕流漱石、长林丰草，相见甚欢，相互多有诗作赠答。这样欢快的时光，皇甫冉在《寄刘方平大谷田家》有写道："篱边颍阳道，竹外少姨峰。"

如此的怡然自得，令人心生羡意。

刘方平"善画山水，墨妙无前"。汧国公李勉，唐德宗朝时任过宰相，多次把刘方平请到家里，谈诗论画，对他"甚敬爱之"，还多次鼓动刘方平入世，说老兄这么有才，朝廷又正是用人之时，何不出山为老百姓做点事？老夫我可以大力举荐啊。

刘方平不为所动，"辞还旧隐"，马上告辞回到了颍阳的层峦叠嶂中，一心一意过自己的隐居生活。

重新回到他的这首经典之作《夜月》。

春天在哪里？历代诗人从万物复苏的谛听中寻找诗意，历代诗家苦心孤诣、呕心沥血，他们各尽其妙之作深获无数读者的情感认同，一起来复习一下——

信手拈来，相信大都耳熟能详。如王安石的"爆竹声中一岁除，春风送暖入屠苏"；杜甫的"国破山河在，城春草木深"；朱熹的"等闲识得东风面，万紫千红总是春""胜日寻芳泗水滨，无边光景一时新"；贺知章的"不知细叶谁裁出，二月春风似剪刀"；还有我们毛主席的"风雨送春归，飞雪迎春到"，等等。字字珠玑，皆为华章，且历久弥新，成为我们永远的文化记忆，文化宝库中不朽的经典。

刘方平独辟蹊径，他撇开初春众所周知的标志，从静谧而又散发着寒意的月夜景致出发，体物入微，以小见大，细腻表达了大地回春的欣喜与宽慰。

全诗最传神的是末句"虫声新透绿窗纱"，动人之处尤在一个"新"字。夜半更深，夜寒袭人、万籁俱静的时候，最先感受到夜幕中散发出春天气息的，正是这些不起眼的小小虫儿。它们清脆地、欢快地发出鸣叫，而虫儿的鸣叫声，又在第一时间透过房内的绿窗纱，几乎也让诗人同步嗅到春天的气息，好像听到了春姑娘姗姗走来的轻盈脚步声。

虫儿是敏感的，诗人亦是。

刘方平的棋高一着，在于他少有地选取了“月夜”来写春天的来临，从虫鸣中感受到春天的气息，又从寒气中感受到了春天的暖意。这种奇妙新颖的构思，体现了作者细腻的感知能力和强大的文字驾驭能力，这也得益于他在滚滚红尘中，不为物役而沉淀下的一颗慧心。

汧国公李勉对刘方平“甚敬爱之”，却未必是他的知音。“区区斗筲，何足以系刘先生哉！”是啊，一官半职，怎能拴得住诗人、画家、隐者刘方平呢?

懂你的人，自不必说；不懂你的人，也不必说。

刘希夷：杀死我的是舅舅

“希夷”，望平顺之意。用在刘希夷身上，却有别样的苦涩。

《旧唐书》言其“善为从军闺情之诗，词调哀苦，为时所重。志行不修，为奸人所杀”。

“哀苦”者不仅是刘希夷的词调，更是他悲摧的命运。

“为奸人所害”，仅仅是因为两句诗的版权归属。

而害刘希夷的奸人，正是他的亲舅舅，如雷贯耳的唐诗圣手宋之问。

事情是这样的，刘希夷挑灯夜战熬出了一首诗，题目叫《代悲白头翁》，其中的两句：“年年岁岁花相似，岁岁年年人不同。”绝佳！刘希夷忍不住为自己拍案叫绝。

刘希夷也难以置信，自己居然能写出这样的诗句！带着某种得意，也带上些许炫耀，他迫不及待地来到舅舅宋之问家，双手呈上得意之作并恳求道：“老舅，这诗如何？帮忙指点一下！”

粗粗读完，宋之问就喜欢上了，反复吟咏，尤其是“年年岁岁”两句，同样令他爱不释手。当知道这首诗还没来得及对外发表时，宋之问眉头一皱，凑前附耳问道：“贤外甥，商量一下，你的这两句诗让给舅父呗？我刚写完的一首诗恰好合适用。”

老舅如此厚爱，刘希夷倍感荣幸，遂二话不说满口答应。回到家后，刘希夷想来想去，觉得亏大了，自己的殚精竭虑怎能轻易拱手相让？他反悔了，于是马上登门索回，老舅啊，这两句还给我吧，我自己用。

事情本可到此为止，刘希夷却是个嘴巴不上锁的主。他到处向别人吹嘘，这诗写得多好啊，我著名的舅舅宋之问也点赞了，还特别喜欢这两句，要我转让给他呢。

刘希夷的四处张扬，无非是借舅舅的声名来显摆，提升自己的知名度和身价，但他没想到的是，会因此惹来杀身之祸。

你说宋之问是谁啊？著名的宫廷诗人，与沈佺期齐名，文学史上并称“沈宋”。宋之问还是武则天的红人，若不是因为身上弥漫着的狐臭，他与女皇的私人关系还可以更深入些。你想想，向外甥索要诗句的丑事传出去，叫老舅这张老脸往哪儿搁？

天上雷公，地上舅公。宋之问对外甥“家丑外扬”的肆意之举勃然大怒，于是下决心把事情彻底解决，以绝后患。宋之问命人把刘希夷约到旅舍，趁其不备，做了个手势，两位家丁便恶狼般扑了上去，将他掼倒地后，套入暗无天日的麻袋，然后用沉沉的土块把亲外甥活活压死。

天才型的诗人刘希夷，就这样气绝身亡，时年不到三十岁。

许多人怀疑这事的真实性，毕竟是亲外甥哪，怎能下得了手呢？历代为宋之问洗白的人如过江之鲫，认为是“积毁销骨、众口铄金”的宋版演绎。宋之问因宠幸于武则天，又百计千方夤缘攀附张氏兄弟，令人不耻，也自然树敌不少。唐睿宗执政后，秋后算账，宋之问活罪难逃，被贬谪岭南。有关他杀害外甥的恶举，有没有可能是出于痛打落水狗而泼的一盆脏水呢？

暂且不评此事的真伪，但对刘希夷反悔的这一环，我还是能理解的。文字工作不容易，捻断数茎须，如能偶有佳句，谁不敝帚自珍、如获至宝？如果你能耐心地读完刘希夷这首《代悲白头翁》，或能同意上述的观点。

代悲白头翁

洛阳城东桃李花，飞来飞去落谁家？
洛阳女儿惜颜色，坐见落花长叹息。
今年花落颜色改，明年花开复谁在？
已见松柏摧为薪，更闻桑田变成海。

古人无复洛城东，今人还对落花风。
年年岁岁花相似，岁岁年年人不同。
寄言全盛红颜子，应怜半死白头翁。
此翁白头真可怜，伊昔红颜美少年。
公子王孙芳树下，清歌妙舞落花前。
光禄池台文锦绣，将军楼阁画神仙。
一朝卧病无人识，三春行乐在谁边？
宛转蛾眉能几时？须臾鹤发乱如丝。
但看古来歌舞地，惟有黄昏鸟雀悲。

"年年岁岁花相似，岁岁年年人不同"这两句，似是信手拈来，却是格局宏阔。花有重开，人无再少，时间逝者如斯，坚硬如铁，人生无常瞬间迟暮令人唏嘘，这是"诗眼"所在。

你说，谁舍得转让啊？！

《唐才子传》中说，当刘希夷在写到"今年花落颜色改，明年花开复谁在"时，掷笔于地，感喟一叹："这两句是不祥的语谶，与石崇说的'白首同所归'又有什么不同呢？"于是删去了这两句。随后又吟出"年年岁岁花相似，岁岁年年人不同"。他再次感慨地说："人的死与生由命运主宰，难道会根据这几句诗来决定吗？"最终还是执意保留下来，然后被亲舅舅看中了，然后他就没有然后了。

不过，"年年岁岁"两句，的确惹人喜爱得紧，用大白话诠释了人们相通的情感。曹雪芹在《红楼梦》中，代林黛玉作《葬花词》时，也借用了这两句。

替刘希夷惋惜，继而替他悲伤。

唐玄宗朝时有位大官，名叫贾曾，写过一首《有所思》，他毫不客气，拿来主义，直接用上了——

洛阳城东桃李花，飞来飞去落谁家。
幽闺女儿爱颜色，坐见落花长叹息。
今岁花开君不待，明年花开复谁在。
故人不共洛阳东，今来空对落花风。
年年岁岁花相似，岁岁年年人不同。

辛文房对刘希夷的才华非常赞赏，认为他是“天赋俊爽”，为他“玉迸松摧”而感到万分痛惜。

现在读刘希夷的诗，依然为他感到怜惜，天妒英才，觉得宋之问可恨，什么叫辣手摧花！我想，像刘希夷这样才华横溢的诗人，本应该配得上更加诗意的人生和结局。即便是死，也要像李白那样水中捞月般清晖光明，又或者像辛弃疾那样在追忆壮怀激烈的往昔中垂垂老去，而不应该死得如此窝囊，如此冤枉。

如美玉裂碎、青松摧倒。美好的东西，就这样天崩地裂般被毁灭了，还以诗的名义。

刘长卿：女婿来了

徜徉于唐诗丛林中，常常发现一个个动人的细节：诗人间，因诗歌而相识，也因诗歌而相交，常引为一生的知己。他们诗意般的友谊，像是装在瓶里的老酒，遗忘了多年，有一天记起后重新开启，奔涌而出的仍是浓浓的一往情深。这般地，如大诗人皮日休与陆龟蒙、白居易与元稹间，他们多有唱酬且不乏佳作。反复咀嚼，读到澄澈豪迈，读到情深潭水，读到天荒地老。

在这个夏季的一个闷热夜晚，挥汗如雨中，读到一首另一样的酬唱，不仅是诗友间，也是翁婿间一次亲密的文字互动，浸透的是满纸天伦之爱。

酬李穆见寄

孤舟相访至天涯，万转云山路更赊。
欲扫柴门迎远客，青苔黄叶满贫家。

写诗的，是岳父刘长卿，大唐诗坛一牛人。

辛文房在《唐才子传》中说他“诗调雅畅，甚能炼饰”，刘长卿则自诩为“五言长城”。

先来读读这首诗吧。

一个女婿半个儿。女婿李穆的即将到来，让“性刚”的刘长卿充满着期盼与愉悦。刘长卿当时住在新安郡，举目无亲，平时无人登门拜访，颇为寂寞清冷。女婿千里之外前来探视，岳父不顾辈分，难掩激动，兴冲冲地亲自洒扫庭除，以简朴的隆重准备迎接晚辈的到来。

中国式的好岳父。

全诗读来亲切细腻，让读者体味到了翁婿间的融洽感情。诗中有个细节，稍加揣摩，会觉得刘长卿对女婿感情深沉而浓烈。为什么是“至天涯”而不是“自天涯”？岳父是站在女婿的角度出发，彰显的是体贴女婿、爱惜女婿之心。仍不住感喟一声：怜子如何不丈夫？

读完岳父的诗，不妨也找来女婿的诗信，将两者一并欣赏，或更能体会此中的意味深长。

寄妻父刘长卿

处处云山无尽时，桐庐南望转参差。
舟人莫道新安近，欲上潺湲行自迟。

从这首女婿的和诗看，李穆此行的亲情探望，委实不易。山长水远、舟车劳顿，一次又一次地以为再翻座山就到了，没想到仍在千山万水外。

读翁婿间唱和，心底有股暖意沁出，脑海中不时想象翁婿见面的那一瞬。“性刚”的刘长卿见到女婿时，该是如何的欢喜呢？我想一定是紧紧拉着女婿的手，千言万语一时又不知从何说起。或者是，一把扶起跪于眼前的女婿，潸然泪下、老泪纵横？那只朝夕相处的小黄犬，想必是一边快乐地摇着尾巴，一边快乐地汪汪低吠。这通人性的小家伙，似乎也想迫不及待地分享主人的这份快乐与喜悦。

这位中国式好岳父，其实是个有脾气的主儿。当时诗坛有个排位，所谓前有沈佺期、宋之问、王维、杜甫，后有钱起、郎士元、刘长卿、李嘉祐。刘长卿对这排位榜颇不服气，他常与人说：“李嘉祐、郎士元焉得与我齐称也？”你们这是什么眼神，怎么可以把我和他们相提并论呢？

刘长卿自信心爆棚，每次题诗落款时，从不写姓，只落“长卿”两字。有人问他为什么，他不假思索回答说：“天下还有其他‘刘长卿’吗？”

刘长卿的这份自信自有他的底气，“五言长城”更非徒有虚名。他著名的《逢雪宿芙蓉山主人》一诗就为时人耳熟能详。

日暮苍山远，天寒白屋贫。
柴门闻犬吠，风雪夜归人。

诗中只写“闻犬吠”，可能因为这是最先打破静夜之声，也是最先入耳之声，而实际听到的当然不只是犬吠声，应当还有风雪声、叩门声、柴门开合声、屋里人应答声，等等。这些声音犹如大自然的交响，糅杂一起。尽管借宿之人不在院内，未曾目睹，但从这一片嘈杂的声中，足以构想出一幅风雪人归的画面。

大自然的风雪，让人寸步难行；仕途中的风雪，则更是暗枪如雨。

对刘长卿这种性格的人，许多人退避三舍，唯恐躲之不及。于我，反而对他有点小可敬。刘长卿从来如此，而且从不改变。史书上说他“清才冠世，颇凌浮俗”“性刚，多忤权门”。不怕权贵，这就是他的牛脾气。当然，他也为此付出沉重代价。唐诗选家高仲武在《中兴间气集》中评价他说：“长卿有吏干，刚而犯上，两遭迁谪。”尤其是第二次遭贬，个中情形更是九死一生。

至德年间，刘长卿历任监察御史，以检校祠部员外郎出任转运使判官。担任转运使之职时，刘长卿手里掌管着巨额的转输钱物，握有当地军政大权的观察使吴仲孺对此垂涎三尺，绞尽脑汁想鲸吞这笔钱物。他多次暗示，刘长卿不但不配合，反而“刚而犯上”，因此触怒了吴仲孺，反诬他贪赃，将他关押在姑苏监狱。幸有朝中耿直人士及时施以援手，他才死里逃生，得以活着从监狱中走了出来。命保住了，活罪难免，他被量移为睦州司马。

也算幸运吧，睦州算是就近任职，没被贬到更遥远的天之涯、地之角。你知道吗？刘长卿得罪的可不是一般的人，吴仲孺的后台很硬，他的岳父郭子仪，对大唐李氏的天下有再造之功，是“手提两京还天子”的一代名将。

锒铛入狱后，刘长卿叫天不应，叫地不灵，唯以作诗为己喊冤鸣屈。“直道天何在，愁容镜亦怜”。愁肠百结，无以消解。他的一首《长沙过贾谊宅》，借古人写出自己无可奈何的痛苦和惆怅。

三年谪宦此栖迟，万古惟留楚客悲。
秋草独寻人去后，寒林空见日斜时。
汉文有道恩犹薄，湘水无情吊岂知。
寂寂江山摇落处，怜君何事到天涯。

怜君何事到天涯？！答非所问，其实已经答了。刘长卿与其说悲怜古人，不如说是悲怜自己。

听说女婿要来，刘长卿大喜过望。知天命了，他已把余生的期望降低，低至泥土里。他知道，所有的重逢都是最好的礼物。

卢纶：任命来了，你却走了

上马击贼，下马草露布。

短暂的军旅生活，成为卢纶一生取之不尽的创作富矿。这一时期，他文思泉涌，笔耕不辍，写下了脍炙人口的《塞下曲》系列，接连在大唐诗坛刮起了一股又一股的“卢旋风”，席卷大江南北。

《塞下曲》系列穿越时空，深受一代代读者推崇，现在已是多版中学语文教材的必选篇目。《塞下曲》共有六首，皆为经典，尤其是前四首。多少年过去了，现在回头再来吟诵，当年老师课堂上忘我投入讲解的情形，瞬间就满眼复活了。

《塞下曲》之一

鹫翎金仆姑，燕尾绣蝥弧。
独立扬新令，千营共一呼。

《塞下曲》之二

林暗草惊风，将军夜引弓。
平明寻白羽，没在石棱中。

《塞下曲》之三

月黑雁飞高，单于夜遁逃。

欲将轻骑逐，大雪满弓刀。

《塞下曲》之四

野幕敞琼筵，羌戎贺劳旋。
醉和金甲舞，雷鼓动山川。

第一首，写将帅的威严，军容严整。“独立扬新令，千营共一呼”，“必胜，必胜”！旗旌之下，千万士兵发出的阵阵呐喊，仿佛透过时代风云，仍然猛烈地撞击着耳膜，遥遥地听见了历史的回声。第二首写将军出猎，弯弓一射，以为射中的是只老虎。天亮一看，啊，这一箭，竟然深深地射入了一块石头之中。将军的勇猛，何须多言！第三首诗人明察秋毫，捕捉到了神武将士克敌制胜的犀利目光。借着夜色，敌人想逃跑？没门儿！四周都是警惕的眼睛。雪花飘落，映衬弓刀，寒光闪闪，这是追击敌人溃逃的刀戟洪流。第四首抒写的是凯旋，盛大的庆祝大会上，有美酒，有狂舞，还有擂得震天响的鼓声。眼泪，欢笑，呐喊，所有的都来吧，山川作证，让我们尽情地为将士们祈祷，为他们的浴血辉煌，高奏一曲礼赞。

“出征—引弓—追逃—凯旋”，这四首诗，符合戏剧的“三一律”原则，完整得就是一出精彩的四幕话剧。如果有机会在现代舞台上演，毫无违和之感，没有时空距离，每一位观众如临其境，进而激发客串一回效命将军麾下的一位普通战士，冲锋陷阵，奋勇杀敌，以建平生功业的热情。

如果一定要做个选择，我最喜欢第三首。你听，在夜幕深处，一行大雁被惊起，扑棱棱地急急飞向夜空。不好，有情况，敌人要逃跑！枕戈待旦的将士们翻身而起，箭步跨上战马，向着敌人逃窜的方向，如嗷嗷叫的群狼扑了上去。夜色深沉，漫天飞雪，看不见人，看不见战马，但警惕的目光，就像是一把把覆满层层雪花的“弓刀”。

苍茫夜色中，刀光闪寒，惊破敌胆。

虽为中唐诗人，卢纶的边塞诗表现的依旧是盛唐气象。字里行间，雄壮豪放，充满着英雄豪情。每一字、每一行，都是卢纶借着大漠夜空的清辉、迎着阵前敌人的刀锋热血写就。千年之后，读到这些边关男儿的勇敢，读到这些读书人的家国情怀，无不心潮澎湃，血脉贲张。恨不得重新回到那个时代，弯弓携剑，勇赴疆场，猎杀豺狼。

卢纶的《塞下曲》，气势昂扬，宛如战歌，读到了气贯长虹，读到了所向披靡。但卢纶所长，并不拘于边塞一格，他是复合型诗者，送别题材同样写得感人至深，如《送李端》。

故关衰草遍，离别自堪悲。
路出寒云外，人归暮雪时。
少孤为客早，多难识君迟。
掩泪空相向，风尘何处期。

颈联“少孤为客早，多难识君迟”句，是卢纶回忆往事，感叹身世。少年时代的卢纶，由于家境不好，世道不宁，父亲去世较早，加上本人身子多病，常常陷入生活困顿之中。在好长的时间里，卢纶寄人篱下，是在舅舅家中度过的。他在《纶与吉侍郎中孚司空郎中曙苗员外发崔补阙峒》诗中就这样写道：“禀命孤且贱，少为病所婴。八岁始读书，四方遂有兵。”又在《赴池州拜觐舅氏留上考功郎中舅》诗中说：“孤贱易蹉跎，其如酷似何。衰荣同族少，生长外家多。别国桑榆在，沾衣血泪和。应怜失行雁，霜霰寄烟波。”“沾衣血泪和”“应怜失行雁”两句，让诗人的漂泊落寞之苦大白于天下，也让读者的心隐隐作痛。

少孤不易，卢纶的仕途也不平坦。谁能相信，位居“大历十才子”之首的卢纶，也是位屡试不第的“高考落榜生”。《极玄集》《旧唐书》均有卢纶进士不第的记载，《唐才子传》说得更肯定些：“数举进士不入第。”卢纶自己在《落第后归终南别业》一诗中也伤感地写道：“久为名所误，春尽始归山。落羽羞言命，逢人强破颜。”

看得出，他对“高考落榜”一事耿耿于怀，在《纶与吉侍郎中孚司空郎中曙苗员外发崔补阙峒》中又说：“方逢粟比金，未识公与卿。十上不可待，三年竟无成。”没有靠山，无人站台，落第后的卢纶，只好到终南山暂时落脚，一边读书，一边等待时机。他后来又几次应举，可惜上天照样没有垂青他，依旧榜上无名。

蛰居甚久，但金子终会发光。彷徨间，他人生的伯乐出现了，这位慧眼识珠者就是河中节度使浑瑊。浑瑊听说卢纶的才华后，亲自上门邀请卢纶担任元帅府判官。正是因有这一段历练，才有他诗情蓬勃生长的可能，他大量的边塞诗就是出自这一时期。

判官任上，卢纶广泛交游，所结之士不乏豪门贵胄。宰相王缙、元载两人，不但是他诗歌的忠实读者，还是他仕途得以走向更远的领路人。王缙推荐他出任集贤殿学士，元载还找了个机会，把卢纶的诗文呈给了唐代宗，并得到了唐代宗的赏识。想当官？皇上一句话的事，卢纶因此被外任门阌乡县尉，不久做上检校户部郎中、监察御史。

官做到这份上，也算是顺风顺水了。但人生充满太多的不确定性，意外和明天不知道哪个先来。不久，元载因交好宦官李辅国，后坐罪被赐死，王缙则被逐出长安，贬为括州刺史。城门失火，祸及卢纶，眼看“风雨欲来”，他赶紧上折“称疾去”，找了个生病了的借口，避风头去了。

不久，大唐政权换主了。唐代宗去了，唐德宗来了。

大唐全民都是诗歌爱好者。卢纶诗中提及的舅舅韦渠牟，历任四门学士、右补阙、谏议大夫和太常卿等职，是皇室继任者唐德宗的诗友、红人。有一天在“叩见皇上”后，老舅举贤不避亲，趁机将外甥卢纶诗文呈上，说请皇上批评指正。唐德宗看后爱不释手，马上宣卢纶进入内殿。唐德宗也拿出自己写的诗作，让卢纶作诗唱和，君臣间有了一次你来我往的艺术切磋。

从内殿退出，卢纶耐心等待着新的机会。希望越大，失望也就越大。眼巴巴地等了好些日子，宫里却并没传出他要的好消息。追问老舅怎么回事，得到的反馈是老舅无奈的两手一摊。

皇帝老儿把卢纶忘了。

终有一天，唐德宗又再次想起卢纶，问他的老舅韦渠牟：卢纶现在什么地方？舅舅赶紧回皇上说：卢纶正跟随浑瑊在河中呢。唐德宗大叫可惜了！立即下诏并使用驿马奔驰河中，准备高规格迎接卢纶进京。

“会卒。”恰恰这个时候，卢纶因病去世了。

天命无常。常常是，当我们猜到谜底时，才发现，一切又迟了，命运之手早已换了谜题。

一声叹息。

这样的命数，卢纶或许早已看透。至少，在《裴给事宅白牡丹》一诗，他看得十分真切。

> 长安豪贵惜春残，争玩街西紫牡丹。
> 别有玉盘承露冷，无人起就月中看。

这首诗，诗人将花与花、花与人的命运巧妙勾连，所道的，正是诗人自己的人生囧途。有心“了却君王天下事，赢得生前身后名”，无奈命运多舛，难以得到上天的拨冗一顾。

如鱼饮水，冷暖自知。

陆羽：诗意的茶

一片片茶叶，在沸腾的水中翩翩起舞。“茶圣”陆羽，将一枚绿叶伺弄得出神入化，诗也写得超凡脱俗。只是“茶圣”名头过于闪亮，掩却了星星的光辉。

陆羽写有《六羡歌》，是诗才的绝伦，也是他人生观的宣言。在一个百无聊赖的午后，有感于过往人与事，心无所寄，我再次从《唐诗别裁》中找来这首诗，一读复读，思之无穷。

不羡黄金罍，不羡白玉杯。
不羡朝入省，不羡暮入台。
千羡万羡西江水，曾向竟陵城下来。

诗的意思很直白，但我还是愿意稍做译文，以致敬“茶圣+诗人”二合一的陆羽：不羡慕黄金做的酒器，不羡慕白玉做的酒杯，不羡慕入朝为官，不羡慕富贵名利，只羡慕故乡的西江水，浩浩汤汤、横无际涯地流向竟陵城边。

《六羡歌》全文只有三十四个字，简明扼要，六个“羡”字，言为心声。四个“不羡”，一个“千羡”和一个“万羡”，分明藏着他的爱憎——喜爱什么，又不喜欢什么。

不羡酒，只是羡茶；不羡入朝为官，只是羡隐居。“西江水、竟陵城”，是“茶圣”对故乡、对熟悉山水的热爱与眷恋。

这缕缕情愫，或许与陆羽出身有点隐隐约约的关系。陆羽的童年雨打风吹，如浮萍漂泊。他的冲和、淡泊，或与这段经历有莫大的关系。“茶圣”呱呱坠地来到人间，还没有来得及睁眼看世界就成了弃婴。他被亲生父母扔在河边。奄奄一息之际，幸好被云游四海的智积禅师看见，禅师俯身将他抱起，开始了对他视如己出的收养。

不知道是什么原因，陆羽的禅师养父没给他起名，在很长的时间里，陆羽是个“无名氏”，人们以“喂喂”来叫唤他。直到成年后，陆羽用《周易》给自己卜卦，得《蹇》和《渐》两卦，卦辞是：“鸿渐于陆，其羽可用为仪。”陆羽喜不自胜，据此以“陆”为姓，名“羽”，字“鸿渐”。

写到这儿，想到了钱钟书先生《围城》中的主人公方鸿渐，他父亲方遯翁给儿子起的名字，出处应该就是在这里吧？

少年陆羽是个熊孩子，老师教他读书识字，在讲授有关“孝”的章节时，他怼老师道：“我始终没有兄弟，且会断绝后嗣，以后怎么行孝呢？”老师一时语塞。

老师不高兴，罚他去放牛。牛群有三十头之多，陆羽疲于奔命。

这样的日子久了，陆羽倍感无聊，就暗中用竹子在牛背上写字。老师教授《南都赋》时，他心不在焉，又怕老师看出破绽，假装端坐着，念念有词如同背诵的样子，终被老师发现，大怒之下罚他去刬草。好不容易等到休息时，陆羽仰天一叹：“岁月往矣，奈何不知书！”将书一扔，大哭一场，不读了！于是选择逃亡，隐姓埋名做了个优人。

陆羽演小品的天分甚高，年少的时候，因疏于管教，他整天和优伶们混在一起，耳濡目染，开始了他艺术素养的最早启蒙。

后来，陆羽结合自己丰富的舞台实践，写了上万字的《谈文》，这篇文章成了当时小品演员的经典教科书。天宝年间，已晋升为导师级的陆羽，被官府任命为专责培训优伶。做了一段时间，陆羽觉得“洁其行而秽其迹”，优伶职业卑贱，他选择了再次逃亡。

世界之大，却无处可逃，那就隐藏在一杯茶里吧。

《新唐书》载，“羽嗜茶，著经三篇，言茶之原、之法、之具尤备”，意思是说他著有《茶经》三卷，论述了茶的起源、制茶方法和饮茶用具。谈起茶，陆羽将从小经历磨难后的修炼，经岁月打磨后的挚爱，心无旁骛地结晶为“知行”偕行的高级修养。

“天下益知饮茶矣”，陆羽将个人的嗜好推行为天下人的同好，将小众的知识普及成妙言要道。“禅茶一味”，无论是岁月静好还是兵荒马乱，即便是凡夫俗子，只要轻轻端上茶杯，抿上一口，就可以将禅茶文化水乳交融，甚至上升为一种信仰。

有关茶的时尚，自他开始风靡天下。在陆羽活着的时候，许多茶商就用陶烧制成陆羽的雕像，恭敬地安放在灶突之间，作为茶神进行祭祀。

“茶圣”之名，已然深入人心。

人生最终的价值在于觉醒和自省，而不在于生存、活在当下。不幸的磨砺，让陆羽认真思考“人生何处去”这一严肃哲学问题。

结论铿锵：书读得太少！

读书永远不会晚。上元初年，陆羽倾己所有，在苕溪河畔修建了一座房舍，专心致志，闭门苦读。每一本书，就是向上进步的小阶梯。

无友不如己者。在这里，陆羽结交了一些高僧和隐士，僧人皎然就是他最好的一位朋友。偏坐一隅，呼吸着浓郁的茶香，他俩探讨诗文写作的精要，不知疲倦，待回过神来，常常已是夜色阑珊。

更多的时候，陆羽则独自驾着小船来往于山寺之间，或林下当歌，或中流击水。有时则茕茕而立，又突然扎一猛子狂奔于旷野，大声地吟诵诗歌。累了，就站在山野最高处，徘徊，徘徊，直到太阳下山，大哭一场后，才趔趔趄趄地摸黑回家。

隐居于苕溪的陆羽，打扮别具一格。他头戴纱巾，脚着藤鞋，身穿粗布短衣，腰系围裙，显得十分另类。像谁呢？时人把他比作春秋时期的楚国狂人接舆。史书上说陆羽“貌寝”，意思是长得难看，甚至可以说丑陋，说话又结结巴巴，但与人辩论时，则口若悬河，如滔滔江水。陆羽“与朋友交，言而有信”，只要答应的事，即便虎狼当道，荆棘满途，也必全力以赴。

御史大夫李季卿新任江南宣慰使，“入涧遥尝水，先春试摘芽”。这位御史大夫是位爱喝茶的人，听闻陆羽“茶圣”的名声，就派人找到陆羽，邀陆羽“铜壶煮三江之水”。

陆羽无法拒绝，只好以农人的打扮，亲手提着茶具进入李氏官邸。李季卿对他说：“陆先生精于茶道，名满天下，此地扬子江的中泠泉水又极为绝妙，今天两妙碰到一起，机会难得，你可不要错过噢！”陆羽不忍拂其意，精心炮制。李大人啜上一口，连声叫好，马上吩咐家奴给陆羽奉上茶钱。陆羽婉言谢绝。

回家后，陆羽深感受辱，昏暗的灯光下，奋笔疾书写了一篇《毁茶论》，以表达满腹的委屈与愤懑。

叔本华说过，一个人，要么孤独，要么庸俗。陆羽眼里，这位李大人不一定孤独，但注定是鄙吝的、浅薄的。

陆羽一生也写过许多首诗歌，可惜的是，给后人留下完整的只有两首。除了《六羡歌》，另一首就是《会稽东小山》，因此显得弥足珍贵。让我们一起来吟诵吧。

> 月色寒潮入剡溪，青猿叫断绿林西。
> 昔人已逐东流去，空见年年江草齐。

南方有嘉木，嵊州出好茶。陆羽曾到过浙江的绍兴，受命监管制作茶叶。有此经历，想必他对绍兴嵊州的“剡溪茶”了如指掌。

从诗中得知，诗人是在夜里乘船去的嵊州。清冷的月色下，剡溪裹着寒意缓缓地流着，西边的树林里不时传来几声青猿的哀鸣。故人已随流水逝去而不可找寻，留下的只是年年疯长的萋萋芳草，让人心里堵得慌。

“空见年年江草齐”，这般椎心之叹，为的只是一位故人。

这位故人，叫李冶（又名李季兰），是唐代的四大女诗人之一。在怀春、多情的季节，陆羽与她在竟陵西江水畔度过了青梅竹马最美好的时光。

唐德宗兴元元年（784），李冶没做到“威武不能屈”，被迫向叛臣、叛将朱泚献过颂诗。朱泚兵败后终被部将所杀，李冶献诗之举虽情有可原，但无法得到唐德宗宽宥，盛怒之下将其乱棍活活打死，卒年 54 岁。

“十四万人齐解甲，更无一个是男儿。”大老爷们自己埋下的祸根，却把责任转嫁到一位弱女子身上，瞧这副德行，令人严重鄙视。

人生不存在彼岸的圆满世界，也不存在一个合家欢式的大结局。陆羽惊悉噩耗，大恸，含泪写下了这首《会稽东小山》，以尽哀思。故人如茶。虽分隔日久，却余韵悠长，一指芳香。

走过千山万水，看遍风景无数，在“茶圣”陆羽眼里，李冶仍是最动人的风景。

罗隐：辛苦为谁甜

孩提时代，父亲教我念的第一首唐诗，是《蜂》，印象很深刻。当时家里养了几箱蜜蜂，正是割蜜时节，父亲头戴蜂罩，全副武装，小心翼翼将蜂脾割下，用手挤压着，澄黄浓稠的蜂蜜一泄而出，然后进行过滤，全神贯注把“滴滴香甜”的蜜汁灌入瓶中。这时候，平时不苟言笑的父亲，突然间朗声念道：

> 不论平地与山尖，无限风光尽被占。
> 采得百花成蜜后，为谁辛苦为谁甜？

念毕，父亲叫我跟着吟诵，一遍又一遍，直至我能准确无误地背诵下来。

多少年过去了，至今我仍能一气呵成。小时候的记忆，最难忘记，因为已融入血液。

这是一首即兴的寓言诗。诗的命题和诗意都令人耳目一新，后两句的反诘，采用了正言欲反、欲夺故予的表现手法，写的是“蜂”，却寄寓了人生的感悟。在社会的大熔炉里，我们每一个人，都可能是只小小的蜜蜂，正所谓“辛苦归自己，甜蜜属他人”。读完这首诗，真想可以与每一只蜜蜂握手，互致敬意，惺惺相惜。

活着，没有人容易。

这首《蜂》的作者罗隐，身材长得似只蜜蜂，短小又略显小胖，是一枚标准的丑男。辛文房在《唐才子传》中说他“少英敏，善属文，诗笔尤俊拔”，这表扬的只是他的诗情、才情。

然而，就这样一位近似神童的“别人家的孩子”，却“七年不第”，连续七年赶考落榜。

奇了怪了。

沮丧之余，他写了篇《谗书》，对当权者极尽讽刺挖苦之能事，结果可想而知——“小鞋”海量批发，打压排山倒海。好友罗衮赠诗一首，对他予以规劝，其中的一句“谗书虽胜一名休”，足见罗隐曾经面对的种种不堪。

幸好，罗隐是个打不死的“小强”，补习了几年，他卷土重来，此后又参加十多次科考，屡战屡败，自嘲“十二三年就试期”，史上称他是“十上不第”。

榜上无名，脚下有路。广明年间，遇庚子之乱，无奈之下，罗隐回到家乡钱塘。当时钱镠镇守东南，显赫一时。罗隐想到了他，于是带上自己的作品，托人呈了上去。诗卷的第一首《过夏口》，其中一句是“一个祢衡容不得，思量黄祖谩英雄”。大意是，连一个祢衡这样的人都容纳不下，想来黄祖也不算上什么英雄。钱镠读后，不怒还喜，马上颁发委任状，上面的文字写得委婉雅致：“王仲宣（王粲）远投荆州刘表，大概因遭逢乱世；孔夫子愿当鲁国司寇，只为了回到故乡。”面对钱大人抛来的橄榄枝，罗隐赶紧接住，表态说：“那我就不走了！”

就这样，罗隐在钱镠手下任掌书记。毕竟是文人，罗隐身上少不了读书人的毛病，生性傲慢，爱高谈阔论，讲话口无遮拦，伤人自尊。但基于罗隐的才华，钱镠对他奖赏无数，又上表提拔他为节度判官、盐铁发运使，不久又上奏朝廷授罗隐为著作郎。

知识就是财富。罗隐此后表现出来的智慧，没有辜负钱镠对他的提携。朝廷任命钱镠为镇海军节度使，照例要上表以示谢恩。钱镠命令沈崧起草奏章，文中极力描写浙西的富饶。罗隐无意一瞥，对钱镠说：“如今浙西正当兵火战乱之后，朝中大臣们正想刮油，这个奏章递上去，他们看了就要把我们生吞活剥了。”那你说该怎么办？钱镠觉得言之有理。交给我吧！稍做沉思，罗隐大笔一挥，改道：“天寒而麋鹿曾游，日暮而牛羊不下。”此句反用《诗经》“日之夕矣，羊牛下来”之句，极言浙西战后荒凉的凄惨。

点墨成金，浙西民众由此逃过一劫。

辗转在地方大员的门下吃饭，依赖他人之力而成事，罗隐对此心有不甘。某年某月，他用诗投献于宰相郑畋。郑宰相有个女儿，长得漂亮，又喜爱诗歌，在父亲的书桌上看到罗隐的诗卷，好奇展开阅读。当读到“张华谩出如丹语，不及刘侯一纸书”两句时，郑小姐“由是切慕之，精爽飞越，莫知所从”。虽未曾谋面，却顿生爱慕之心，且失魂落魄，陷入了深深的单相思之中。宰相爱女心切，找了个借口，请罗隐来到府上，让女儿透过卷帘一窥。文章写得这么好，人也该是掷果潘安、玉树临风吧？！坏了，相见不如想念，看到罗隐的丑陋相貌，郑千金赶紧把头缩了回去。罗隐长得到底如何歪瓜裂枣，辛文房先生还是笔下有德，在《唐才子传》中没有细说，反正从此郑千金不再念叨他，甚至恶心到连他的诗也不想再读了。

“颜值控”让郑小姐一叶障目，没有看到罗隐的价值。罗隐诗文俱佳，书法也十分精通。民间工匠苌凤擅长制作毛笔，罗隐是他的长期客户，用得多了，给最优惠的折头，有时甚至作为添头奉送。罗隐过意不去，想报答一下。他对苌凤说：“毛笔是写文章的本钱，今天我帮您卖个好价钱。”

罗隐有什么营销高招？他慷慨地送给苌凤一百幅雁头笺纸。士大夫们爱屋及乌，于是趋之若骛，苌凤家门口顿时掀起一股抢购风潮，苌凤借此挣得盆满钵满。

虽然长得丑，罗隐也曾有过一段刻骨铭心的罗曼蒂克。当初以寒士身份来到都城应进士举，罗隐途经钟陵，偶然的机会结识了军中妓女云英。云英聪明伶俐，颇有才思。十二年后，再次落第的罗隐，又一次经过钟陵，又一次与云英不期而遇。得知云英仍隶乐籍，未脱风尘。罗隐不胜感慨，同是天涯沦落人。再次相逢，云英开口就惊问道：“罗秀才怎么现在还没脱掉白衣？！”这不啻是椎心之问，罗隐讷讷无以作答，百感交集。回到旅馆，挥笔写了一首《赠妓云英》——

钟陵醉别十余春，重见云英掌上身。
我未成名卿未嫁，可能俱是不如人？

因为云英的发问，才有罗隐的以诗作答。显然诗人有太多对命运多舛的愤懑，面对昔日的红粉知己，身为昂藏男儿，当是羞愧万分！但作者不愧是高手，落笔时避开这个沉重的话题，只从叙旧缓缓道起。

“钟陵”句，是回忆往事，当年的男欢女爱仍历历在目。十二年前，诗人年少英敏，风华正茂，才气逼人；歌妓云英豆蔻年华，体态轻盈，色艺双全。“酒逢知己千杯少”，互相倾慕，欢会款洽。一个“醉”字，暗香浮动。“醉别十余春”，含有对逝川的痛悼。十余年转瞬已过，作者是老于功名，一事无成，而云英呢，也是年老色衰了吧？

逝者如斯夫。匆匆流走的时光，以及一无所成，提醒了他和她“我未成名卿未嫁”的遗憾与残酷。即便如此，罗隐在末句仍迟迟不给予正面回答，而用“可能俱是不如人”的假设、反诘之词代替回答。这一句，大有深意焉，它包含着丰富的潜台词：退一万步说，“我未成名”是因为“不如人”，“卿未嫁”又是为什么？难道也是“不如人”么？

“卿未嫁”，云英不是因为才貌；“未成名”，我也不是“不如人”。那么，“我未成名卿未嫁”原因到底是什么？天下读书人读到此句时，答案不言而喻，“与我心有戚戚焉”，感同身受诗人的深沉悲愤、一语百情。这一句，诗人的满腔愤懑、无奈倾泻而出，是全诗不平之鸣的最强音。至此，全诗的情感达到了顶点。诗人似是自嘲，也无不伤感地对云英说，咱们都是天涯沦落人，五十步笑百步而已。

忽有故人心上过，回首山河已是秋。

罗隐另有一首经典之作《筹笔驿》：

抛掷南阳为主忧，北征东讨尽良筹。
时来天地皆同力，运去英雄不自由。

千里山河轻孺子，两朝冠剑恨谯周。
唯余岩下多情水，犹解年年傍驿流。

诗中“时来天地皆同力，运去英雄不自由”两句，让人感慨万分，甚至椎心泣血。罗隐也曾不相信命运，只相信自己的手。到头来，又如何，想人间婆娑，唯有把栏杆拍遍。

吕温：回到唐时拉萨

这是一片神奇的土地。

这里有经年不化的雪山和冰川，这里有雄伟、壮美的布达拉宫。这里天空纯净，梵音袅袅。虽不能至，却心驰神往。

说来惭愧，在高铁时代、5G时代，我还没去过西藏，没去过拉萨。

不是没机会，只是有点小怕，担心高原反应。

“漫卷诗书喜欲狂”。在卷帙浩繁的唐诗中行走，没想到能与你不期而遇。读完诗人吕温《吐蕃别馆和周十一郎中杨七录事望白水山作》的诗后，更觉汗流洽衣、羞愧难当。奇诗共赏析——

纯精结奇状，皎皎天一涯。
玉嶂拥清气，莲峰开白花。
半岩晦云雪，高顶澄烟霞。
朝昏对宾馆，隐映如仙家。
夙闻蕴孤尚，终欲穷幽遐。
暂因行役暇，偶得志所嘉。
明时无外户，胜境即中华。
况今舅甥国，谁道隔流沙。

吕温的这首诗还有另一个名字：《赞拉萨白水山》。诗中所言的白水山坐落于拉萨市。“唐时拉萨”，不禁令人生奇、生趣。

吕温，字和叔，河中（今山西永济市）人。贞元十四年（798），吕温进士及第，后又考中博学宏辞科。不久，因受到翰林学士王叔文的激赏，得以直升机式的提拔，骤然擢升为左拾遗。贞元二十年（804）夏天，又以侍御史的身份出任入蕃副使，并在吐蕃逗留经年。上述这首诗，便是写于出使吐蕃期间。

诗的前半部分，着墨于写景，生动形象地描绘了白水山的巍峨之景。后半部分，则重在抒情。“夙闻蕴孤尚，终欲穷幽遐。”意思是说，很早就听人讲山上藏有高人奇士，真想去探访一下他们。幸运的是，“暂因行役”的空暇来到这里，看到平生向往神奇佳境。诗人说，在太平盛世年代，没有边地和内地之分，这个矗立在祖国西南的奇境胜地，也是中华土地宝贵的一部分。因为文成公主、金城公主的外嫁，大唐与吐蕃之间成了“舅甥国”，大唐与吐蕃通使频繁，经济文化联系密切，汉藏两族有着历久弥新的手足之情，谁还敢说彼此隔有千山暮雪呢？

全诗主旨雄健入神，高响遏云，由白水山的瑰丽壮观入手，既写出汉藏两族间源远流长的和睦友爱情谊，又狠狠赞美了一把大唐清明盛世。

此诗不只有艺术价值，更有史料价值，是汉藏人民友谊源远流长的生动记载，也是西藏自古以来就是中国神圣国土重要组成部分的铁证。后人当谢之，感谢吕温以荆棘载途、千难万险，为我们留下捍卫主权的硬核“文字武器”。

以后若再有不怀好意的人拿西藏说事，直接拿这首诗当板砖，拍他！

吕温工诗，《唐才子传》中说他“藻翰精赡，一时流辈咸推尚”。吕温的诗文笔精妙富赡，受到同辈文士的共同推崇。尤其是他的咏史诗注重遣词造句，史见史识高人一筹、卓尔不群。

在《三国演义》的第五十五回里，罗贯中曾引用了这样一首诗：

吴蜀成婚此水浔，明珠步障幄黄金。
谁将一女轻天下，欲换刘郎鼎峙心。

这首被引用诗的作者正是吕温。这首诗名叫《刘郎浦口号》。

先解释一下“口号”，乃诗体之一，随口号吟之意。“刘郎浦”是个地名，当年刘备与孙权妹妹孙尚香，在柴桑成婚后，就是从此逃亡荆州。

诗的前两句说的是成婚地点，并极言新娘子身价的高贵。后两句是全诗主旨，也体现出吕温卓越的历史眼光。谁愿意以一女为重而轻天下呢？因为孙权心中有个小九九，与刘备政治联姻，以最小的代价赢得三国鼎立的时代格局。罗贯中把吴蜀之姻缘改编为周瑜要暗害刘备的阴招，这小看了周瑜，也不是历史的真实。吕温目光如电，一语道破了孙权政治目的与交易手段。“舍不得妹子套不到狼”，为了政治利益的最大化，牺牲一个妹妹又如何？看来吕温是个女权主义者，实在看不过眼，忍不住为孙小妹说了几句公道话。

不过，辛文房在《唐才子传》中说吕温“性险躁谲怪而好利”。意思是，吕温为人阴险且浮躁，诡诈而贪利。《旧唐书》《新唐书》也持大致相同的观点。

我对这一点实不敢苟同。吕温在仕途上虽得益于王叔文的大力提携，但成也萧何，败也萧何。王叔文与宰相李吉甫囿于政见，斗个你死我活。敌人的朋友是敌人，作为王叔文的政治盟友，吕温自然没什么好果子吃，遭到一贬再贬，先贬为均州刺史，后贬为道州刺史，最后贬到了衡州，终卒于此。

吕温是封建社会的一位能吏、循吏，尤在道州、衡州任上，吕温打击豪绅、惩治腐败，使两州上下焕然一新，政绩卓著。可惜的是，在衡州任上仅一年多便病逝了。柳宗元在《故衡州刺史东平吕君诔》中悼念他“志不得行，功不得施。……君之卒，二州（指道州、衡州）之人哭者逾月”。好友刘禹锡也说他“年益壮，志益大，遂拔去文字，与隽贤交，重气概，核名实，歆然以致君及物为大欲。每与其徒讲疑考要皇王霸强之术、臣子忠孝之道，出入上下，百千年间，诋诃角逐，叠发连注”。

由此观之，《唐才子传》中所言，辛文房也是拾人牙慧。《旧唐书》《新唐书》的编撰者，可能是出于政治立场上的分野，没能实事求是给予吕温公允的评价。加上吕温任上，推崇严刑峻法，以法治乱，与传统儒家倡导的“以德治国”“以仁治国”轩轾不入，也是时人与修史者贬斥他的原因。

吕温写过以下两首诗，可一窥他的菩萨心肠和民本情怀。

宗礼欲往桂州苦雨因以戏赠

农人辛苦绿苗齐，正爱梅天水满堤。
知汝使车行意速，但令骢马著郼泥。

一场杏花春雨，苦旱日久，本应欣喜若狂，吕温一位叫宗礼的朋友却垂头丧气，你道为何？雨天影响了行车速度，还溅了一身的污泥。这有什么呢？在马腹两侧，安装个“郼泥”（遮挡尘土的东西）不就解决问题了吗？“农人辛苦绿苗齐”，体谅一下老百姓好不好？吕温对老朋友的规劝，柔声细语，春风化雨。

另一首，《贞元十四年旱甚见权门移芍药花》：

绿原青垅渐成尘，汲井开园日日新。
四月带花移芍药，不知忧国是何人？

大旱之年，权门不知忧国忧民，想些招数救灾抗旱，却征用无数的民力凿井开园，移植浇灌一盆盆的芍药花，而且还要每天都有新花样。不顾百姓生死，真是白天不懂夜的黑！

鉴定一个人的人品，从他对弱者的态度可知大概。俗话说，文如其人，这样的为官者，吕温又能坏到哪呢？

向吕温学习，我要去西藏。

马戴：临水不敢照

读得越多，越觉得自己的寡闻与浅薄，唐诗中的无数精彩与雅致，竟然是闻所未闻。

比如晚唐诗人马戴，斗南一人，却淹没于左图右史之中，至少在我的知识储备里，所有的，未曾遇见；所有的，都是空白。

青灯下，黄卷间，读到他的名诗《楚江怀古三首·其一》，一时间让人语塞，沉吟低回。

露气寒光集，微阳下楚丘。
猿啼洞庭树，人在木兰舟。
广泽生明月，苍山夹乱流。
云中君不见，竟夕自悲秋。

马戴，字虞臣，曲阳（今江苏东海西南）人。会昌四年（844），与项斯、赵嘏同榜进士及第。诗人马戴“苦家贫，为禄代耕，岁廪殊薄”，家徒四壁又如何，并没有影响他对创作的呕心沥血。“终日吟事”，整天吟诗作赋，且“清虚自如”，安贫乐道，追求精神上的“生有热烈，藏与俗常。”

马戴步入官场的第一步，是应征入大同军使府为幕僚。马戴性格耿直，唐宣宗大中初年，因直言得罪了上司，被贬为龙阳县尉。从北国到江南，身在异乡，闷海愁山的他，无法排遣，只好久久徘徊于洞庭之滨、湘江之畔。

人生的种种困窘，如翻江倒海般涌上心头。他感时伤世，触景生情，因而写下了这首《楚江怀古》。

让我们回到诗中描绘的现场：秋风瑟瑟，落日时分，江上雾岚沉沉，楚山夕阳西下。这一幕暮秋肃杀，与诗人人生的凄风冷雨高度叠合，难言的是化不开的浓烈苦愁。

“猿啼洞庭树，人在木兰舟”句，是晚唐诗中名句。浩瀚的洞庭湖上，从岸边的层林尽染中，传来了猿猴的声声哀鸣。猿声嗷嗷，似哭似号，撞击着诗人的如麻愁绪，闻之令人伤神。茫然望去，只见江中木兰小舟飘摇。“袅袅兮秋风，洞庭波兮木叶下。”诗人吟诵着屈原的《九歌》，这一刻，对景怀人，自己到底是谁？又身在何处？问天不语，问花不开，只好隔着广袤的江面，与屈原深沉对话。

最后两句“云中君不见，竟夕自悲秋”，读来摧心剖肝，云中君（指云神）不见，屈子邈远，所寄何在？诗人彻夜难眠、彻夜悲叹，“竟夕”与“悲秋”，在时间点上得到了强烈呼应。

《唐才子传》对马戴评价甚高：“戴诗壮丽，居晚唐诸公之上，优游不迫，沉着痛快，两不相伤，佳作也。”“沉着”与“痛快”，这两个词站在一块，却不互相妨害。这样用来评价一个诗人和他的诗，独特且有趣，老辣的辛文房也算是别出机杼了。

在诗坛上行走，马戴靠的是实力。我们来欣赏他的另一佳作《落日怅望》——

孤云与归鸟，千里片时间。
念我一何滞，辞家久未还。
微阳下乔木，远色隐秋山。
临水不敢照，恐惊平昔颜。

这是一首以乡愁为主题的诗，但作者匠心独运，采用了情景分写之法，前两句写景，后两句抒情，都说近乡情更怯，马戴也不例外。在外面讨生活，含辛茹苦，弄得形容枯槁，快到家门口了，心跳加速，忐忑不安，竟然临水而不敢照影。诗人要表达什么呢？具体难一一道明，或许只是辗转宣泄了他人生的坎坷窘迫。

读多了边塞诗，没想到“清虚自如”的马戴，也能表达得如此壮怀激越：

金带连环束战袍，马头冲雪度临洮。
卷旗夜劫单于帐，乱斫胡兵缺宝刀。

诗名《出塞词》，读到诗情奔腾之外，更感到了马戴的文字功力。起句中的“金带连环”四字，非常精美。“金”字虽是“带”字的装饰词，却把将士的威武英姿表现得活灵活现，仿若就在眼前。“马头冲雪”中的“冲”字，赞扬了将士的一往无前。“卷旗”中“卷”字，表达了战事吃紧。最后一句中的“缺”字，是赞扬将士们奋勇杀敌，也说明肉搏拼杀之惨烈。

神完气足，含蓄意远，鲜见的一首绝佳边塞曲。马戴虽为一介书生，建功立业之志却也滚得发烫。

只是，现实上一个又一个的“不许可”，渐渐浇灭了他的雄心壮志。剩下的，身边是孤灯，心中是孤寂。一曲《灞上秋居》，读到了现实的“皮包骨”。

灞原风雨定，晚见雁行频。
落叶他乡树，寒灯独夜人。
空园白露滴，孤壁野僧邻。
寄卧郊扉久，何门致此身？

秋气萧萧，秋雨方歇。夜幕之下，群雁南飞。人在他乡，孤灯相伴。如此岂一个“寒”字了得？！雨滴、野僧，所见所闻带来的，无非孤如潮寂，且瞬间将诗人重重包围，令人窒息。“寄卧郊扉久，何门致此身？”问谁呢？问天问地，均报以无情的沉默。

真的是，一曲晚唐哀音。

早年的马戴，无意于功名，却醉心于幽趣。他愿意守在家门口，远望脉脉青山，闲看云卷云舒。人生就是一个圆圆的足球，一脚飞起，谁能预测将踢向哪一扇命运之门？

早年在家乡时，他写过一首《秋思》，读来颇是耐人寻味。

万木秋霖后，孤山夕照余。
田园无岁计，寒近忆樵渔。

眼看寒冬将至，才想起打柴和捕鱼，才准备必要的过冬生活必需品。

临时抱佛脚，看似消极，却体现一种人生态度。无欲无求，随遇而安。让我想到了孔子的得意门生颜回，“一箪食，一瓢饮，在陋巷，人不堪其忧，回也不改其乐”。

马戴与诗人姚合友善。落第时，姚合赠诗安慰，他也以诗答之，其中两句“路歧人不见，尚得记心中”，失意中的相知也可以写得如此诗意，令人击节赞叹。

君子虽孤，不更名。

孟浩然：风流天下闻

晋朝人羊祜，博学能文，清廉正直。他做过襄阳太守，为官十年间，屯田兴学，以德怀柔，深得军民之心。

岘山，位于襄阳城郊。这里群峰叠嶂，壮观奇绝。“八小时之外”，羊祜喜欢带上自酿的米酒，邀三五知己，登临岘山，游山戏水，饮酒吟诗。只有在这个时候，羊祜才能暂时摆脱“丝竹之乱耳，案牍之劳形”，给自己放个假，给心灵洗次澡。

有一天，羊祜又来了，率众登上岘山后，觅得一清幽处，酒酣耳热之际，他感慨地对身边人说：“自古以来，就有此山。自古以来，曾来这游玩的名人贤士数不胜数，他们大都湮没无闻，真让人悲伤。百年之后，我的魂魄也会留恋这座山啊！”

一言成谶。

不久，羊祜在襄阳去世。当地的百姓追忆他说过的这一番话，集资在岘山上给他立了块纪念碑。一块碑，就是一道风景；一块碑，就是百姓心中一杆秤。许多人前来怀念羊祜，绕碑走上一圈，读过碑文之后，念起羊祜的恩德，唏嘘不已，忍不住落泪。久而久之，人们把这块纪念羊祜的碑称为“堕泪碑”。

令羊祜没想到的是，四百多年后，有位诗人沿着他曾经的足迹，翻山越岭也登上了岘山。他久久伫立于“堕泪碑”前，深情赋诗一首。因为诗人的这首诗，让一座山，让一个人，从历史的深处走来。

与诸子登岘山

人事有代谢，往来成古今。
江山留胜迹，我辈复登临。
水落鱼梁浅，天寒梦泽深。
羊公碑尚在，读罢泪沾襟。

这位诗人是谁？就是本诗的主角、与王维齐名的孟浩然。

俗话说得好，同人不同命，孟浩然与王维才华相当却命运迥异。

安史之乱中，来不及逃出长安的王维顶不住压力，被迫做了安禄山的伪官，一失足本应成为千古恨，但他后援强大，不但没被治罪，反而继续在朝为官。

孟浩然比王维年长十岁，科考惜败后，没能获得进入官场的入场券，无缘一官半职，终其一生不过是个襄阳布衣。

回到《与诸子登岘山》一诗。这是首吊古诗，意在怀古伤今。诗人凭吊岘山的羊公碑，进而由羊祜联想到自己的人生际遇。诗人打破常规，一反感叹或议论多在篇末的格式，起句即发议论，“人事有代谢，往来成古今”，生老病死、悲欢离合、寒来暑往，小至一家兴衰，大到朝代更迭，交替变化，潮起潮落，古来如此，概莫能外。起句的确不凡，抓人眼球，更挠人心。

格局一起，后继三联也便一气呵成了。

读孟浩然这首诗，油然想起陈子昂的《登幽州台歌》。在我看来，两者的格调差堪比拟。

想多了解一下孟浩然的生平，《旧唐书》却惜墨如金，对他的记录区区如下：“孟浩然，隐鹿门山，以诗自适。年四十，来游京师，应进士，不第，还襄阳。张九龄镇荆州，署为从事，与之唱和。不达而卒。”

孟浩然，襄州襄阳人。年轻时崇尚节义，常救人于患难之时，隐居鹿门山，苦吟不已，颇有诗名。四十岁时，才到京城与众名士交流，曾与众诗人在秘书省聚会联句，其间盛况，王士源在《孟浩然集序》有载：“闲游秘省，秋月新霁，诸英华赋诗作会。浩然句曰：‘微云淡河汉，疏雨滴梧桐。’

举坐嗟其清绝，咸阁笔不复为继。”诗歌大会热闹而又紧张，孟浩然口吐芬芳，举座皆惊，继而拍掌叫绝。

谁续下一句？全场鸦雀无声，无人敢对。

因缘际会，大师级的张九龄、王维也出席了这场诗会。孟浩然是谁？散场后，他们记住了这个闪亮的名字，并与孟浩然一生交好。

有一次，王维利用在宫中待诏之便，私下邀请孟浩然到办公室聊天。“商较风雅”，也即探讨写诗之道，两人正谈得热烈，唐玄宗突然驾到，孟浩然仓促惊惧，赶紧趴下藏到桌底。王维是高级公务员，不敢隐瞒，只好如实报告。唐玄宗不怒反喜，说：“我早就听说这个人了，却无缘见他一面。”

出来吧！

孟浩然一骨碌爬了起来并跪拜两次。唐玄宗问：“带诗卷了吗？”答曰：“这次碰巧没带上。”哦，这样啊，那就吟诵一首你的新作吧！孟浩然奉旨吟诗。当听到“不才明主弃，多病故人疏”句时，唐玄宗面露不悦：“你自己不求官，朕又没抛弃过你，怎么怨我呢？！”于是下了一道旨，从哪儿来回哪儿去吧！

君无戏言，孟浩然只好回到终南山再做隐士。

《唐诗纪事》对此也有记载，只是唐玄宗反问孟浩然：“卿不求仕，岂朕弃卿？何不云‘气蒸云梦泽，波撼岳阳城？’”记述虽小有区别，但结果一样，孟浩然终没被授予一官半职。

一辈子，能有几次机会亲睹龙颜？可惜，这千载难逢的机会没能成就孟浩然鲤跃龙门、一飞冲天。

无端的生活总是让人伤痕累累。

孟浩然一生不得志，后世有人称赞他是一位“敝屣功名富贵”的隐士。其实，他也做过种种努力，渴望得到达官贵人的赏识，进而实现自己的人生价值。

唉，可惜了，差点到手的机会没能抓住，孟浩然又不屑于投机钻营，只好寄情山水，饮酒赋诗。但在心灵深处，他仍深埋着一颗向上的种子，只要稍有雨露，就能破土而出。这从他的部分诗作可见端倪。如《陪卢明府泛舟回岘山作》末句云：“犹怜不才子，白首未登科。”《与白明府游江》则有“谁识躬耕者，年年梁甫吟”句。《姚开府山池》的末句是：“今日龙门下，谁知文举才。”即便在描写农民生活日常的诗中，结尾句还是“乡曲无知己，朝端乏亲故。谁能为扬雄，一荐甘泉赋”。

显而易见，孟浩然有一颗打不死的心，还是非常渴望能获得一官半职。他想方设法创造机会参加那些高级游玩宴饮，在推杯换盏、酒过三巡后，必是赋诗相赠。他的这些诗作，或含蓄，或直白，无非以求进身之机。公元736年，宰相张九龄因上书反对李林甫为相，惹得唐玄宗不高兴，贬为荆州都督府长史，孟浩然始终陪侍在侧，且多有唱和，以下即是其中一首：《望洞庭湖赠张丞相》。

八月湖水平，涵虚混太清。
气蒸云梦泽，波撼岳阳城。
欲济无舟楫，端居耻圣明。
坐观垂钓者，徒有羡鱼情。

“济”是此诗核心的字，本意是越水渡江，引申为事业有成的意思。诗人的意思是：我想在政治上有所进步，可是没人能帮我，希望得到张九龄的荐举、提拔。后两句意思是，张九龄提拔过许多人，这些幸运的人，就如已经上钩的鱼。孟浩然非常羡慕这些“鱼”，也希望成为张九龄鱼钩上的“鱼”。念兹在兹，不负功夫。孟浩然此番终有所得，“后张九龄署为从事”，做了张九龄的僚属，总算跻身于权力场的边缘。

读孟浩然这些求荐唱和之作，心中颇为沉重，一代又一代的读书人，兀兀穷年，不放弃，不抛弃，呕心沥血“学成文武艺”，矢志不渝“货与帝王家”，试图实现“修齐治平”的人生理想，然而幸运者又有几个？！

这些带有功利的诗，无论如何精心打磨炮制，总是让诗者碎了一地的节操，让读者掉一地鸡皮疙瘩。但想想当时社会，逼仄的赛道，无不争个头破血流，试想又有几个读书人能够免俗呢？换了你呢？

其实，本质上的孟浩然，是个脱离低级趣味的人，他写了许多非常纯粹的作品，让我看到了他一颗晶莹剔透的诗心。如这一首，入选过中学课本。

过故人庄

故人具鸡黍，邀我至田家。
绿树村边合，青山郭外斜。
开轩面场圃，把酒话桑麻。
待到重阳日，还来就菊花。

孟浩然的这首诗，是田园诗题材中的绝代风华。诗人笔下的村庄，这里看得见绿树、看得见桑麻、看得见青山妩媚，这里有美食、有美酒、有故人的盛情，这一切抚慰了诗人人生中的千疮百孔。写到这里，忆起小时候赣南乡间的生活，此中景、此中情，是对记忆的唤醒。生活在繁华尘世中，诗句中弥漫着的烟火，已载不动我的许多乡愁。

开元末，老朋友王昌龄专程前来襄阳探视，当时孟浩然大病初愈，但故人的到来令诗人十分高兴，他极尽地主之谊，设宴款待。谁料到呢，乐极生悲，因吃了过多的生鱼，孟浩然再次发病，没几天，便告不治。

“诗仙”李白对孟浩然激赏有加，曾有如此赠诗：“吾爱孟夫子，风流天下闻。”没想到，一代五言圣手、与王维并称“王孟”的孟浩然，人生结局竟是这样的不堪，让人扼腕长叹。辛文房对孟浩然的人生际遇也十分同情，在《唐才子传中》说他：“才名日高，竟沦明代，终身白衣，良可悲夫！”

不赌天意，不猜人心。有些事，不管如何努力，用尽一生的力气，也永远无法抵达理想的彼岸。

也许都没错，只是不合适。

孟云卿：少年多武力

公元758年的夏天，一生执着的大诗人杜甫，总算有了点盼头，被朝廷录用，到基层出任华州司公参军。

赴任前一晚，憧憬着未来的杜甫，在长安城头，找了一家小酒馆，随意点了几道菜，又叫店家温了一壶酒。捉襟见肘、敝衣枵腹的诗人，这一次出手阔绰，只为一场“夜饮话别”，为友人饯行。

孟云卿，是杜甫宴请的唯一客人。

天宝年间，孟云卿赴京城长安参加国考。志在必得的他，终是榜上无名、名落孙山。

每一次归程，都是为了更好出发；每一次休整，都是为了积攒力量。孟云卿不轻言放弃，终于在而立之年，考上了进士，并做上了校书郎。

因为同样拥有一颗诗心，一次偶遇后，杜甫与孟云卿遂成莫逆之交。

酒过N巡，两人都已醉眼蒙眬、忽东忽西。杜甫问孟云卿：“仁兄，我喜欢你的诗，但你知道我最欣赏的是哪点吗？”孟云卿端着酒杯，看着杜甫，一言不发，然后摇摇头回答：“不知道，哪点呢？”

“朴实，无华！”杜甫打着饱嗝，一字一顿道，这是你的诗最大特点，也是最动人之处。

“咣——”两人再次一饮而尽。

夜已深，该打烊了，酒保打着绵延起伏的哈欠，心里不停地嘀咕道，客人怎么还不走啊？看着眼皮底下来回走动的酒保，杜甫下意识地抬头看了看窗外，一夜漆黑。他站了起来，走到一旁的酒桌前，铺好纸张，饱蘸墨汁，以诗相赠。

眉头微蹙，援笔立就。

酬孟云卿

乐极伤头白，更长爱烛红。
相逢难衮衮，告别莫匆匆。
但恐天河落，宁辞酒盏空。
明朝牵世务，挥泪各西东。

是啊，明天就要各奔东西了。尽管心有不舍，又能如何呢？还是痛快些，道声祝福多多保重吧！读这首诗时，最大的感受是，诗圣杜甫不再以苦大仇深的样子示人，而是呈现极为感性的一面。那一夜，他不时与孟云卿抱头哽咽，终是曲终人散，洒泪而别。

一向认为，"诗圣"杜甫非常重视友情建设。他把对朋友的关怀放在心里，把对朋友的关注盛在眼底。他饱含深情写过许多诗歌，并作为礼物赠给友人，如《赠卫八处士》《丹青引赠曹将军霸》《短歌行赠王郎司直》《赠花卿》等，一杯酒，一首诗，一生情。友谊是个好东西，不用你去记，它自会留下抹不去的痕迹。

别亦难，相见却没想到有那么快。隔了个秋季，第二年的冬天，杜甫和孟云卿在洛阳又一次相遇了。"能来同宿否，听雨对床眠。"真是从天而降的喜出望外，赶紧相约，两人几乎同时赶到了好朋友刘颢家里。刚刚坐定，他们仨就迫不及待地连干三杯。

话在酒中。一杯浊酒，沉淀了时间的一切，是朋友间最久远的牵肠挂肚。

佐酒的，未必是山珍海味，而是这一道珍馐——杜甫又是以诗相赠。他这首诗的题目很长，咱们多点耐心，细细品读：《冬末以事之东郊，城湖东遇孟云卿，复归刘颢宅宿，饮宴散因为酒歌》。

与其说是标题，莫如说是诗序。那年头，没电报没手机，没飞机没高铁，交通不便、音信滞塞，一个人漫无边际地游荡，就像是一片孤云。能在异域他乡，与故交不期而遇，这种欢喜，就像激烈摇晃后的啤酒冒泡，瞬间灌顶并冲天而出。虽身处一隅，弥漫着朋友的味道，经久且不散。

杜甫的这首诗篇幅较长，为致敬“人间自有真情在”，不厌其烦，照录如下：

疾风吹尘暗河县，行子隔手不相见。
湖城城南一开眼，驻马偶识云卿面。
向非刘颢为地主，懒回鞭辔成高宴。
刘侯叹我携客来，置酒张灯促华馔。
且将款曲终今夕，休语艰难尚酣战。
照室红炉促曙光，萦窗素月垂文练。
天开地裂长安陌，寒尽春生洛阳殿。
岂知驱车复同轨，可惜刻漏随更箭。
人生会合不可常，庭树鸡鸣泪如线。

知己难觅，何况又是诗友、酒友？这首诗读罢，有点想哭的冲动。人海茫茫，谁没被“朋友”背叛过？并被以友谊的名义扎得遍体鳞伤？诗的后两句最得吾心：“人生会合不可常，庭树鸡鸣泪如线。”“张灯促华馔”，这一刻，宾主友朋对视一笑。人生快意，悲喜交集，不过如此耳。

真是一服良药，彻底治愈了深夜里有过的无数次抱头痛哭。

酒酣耳热，喝到这份儿上，文字是最后上桌的甜品。孟云卿吟出一首旧作《寒食》，吟罢，满屋沉寂。两人端起杯子，浅浅地抿了一口，竟然品出了一丝丝淡淡的咸味。

一别未必两宽，各自珍重吧，生活终归还要继续。

写到这儿，该让孟云卿的诗作闪亮登场了。

古代的寒食节，至少在大唐一代，是一个很庄严的祭祀节日。每一年，在夏历冬至后的一百零五天，清明节前的一两天。是日初为节时，禁烟火，只吃冷食，后来逐渐增加了祭扫、踏青、秋千、蹴鞠、牵勾、斗鸡等风俗。寒食节曾被称为中国民间第一大祭日，也是汉民族唯一以饮食风俗命名的传统节日。

春秋时期，晋国公子重耳流亡躲祸他国十九年，大臣介子推始终陪伴左右、不离不弃，甚至“割股啖君”。重耳励精图治，成为一代名君晋文公。大功告成之后，介子推不求闻达于诸侯，携母归隐绵山。晋文公难离介子推，迫其出山相见。介子推玩起了“躲猫猫”，藏匿于深山老林。晋文公下令放火烧山，介子推不就，最终被山火烧死。晋文公感念忠臣之志，将其葬于绵山，修祠立庙，并下令在介子推死难之日禁火寒食，以寄哀思，亦表愧疚。

这就是“寒食节”的由来。对于这样一个有文化内涵的节日，文人雅士自然不会缺席，当然也少不了孟云卿。

二月江南花满枝，他乡寒食远堪悲。
贫居往往无烟火，不独明朝为子推。

写这首诗时的孟云卿，正值科场失意，自愧无脸见江东父老，只好流寓于荆州一带。生活穷困，心情灰暗，寒食节到来的前一日，身在异乡的孟云卿，在极度苦闷之中写下了这首《寒食》。诗第一句中的“满”字，点明了时令和江南的春意闹，本该是赏心悦目，诗人却转笔为“堪悲”。

“堪悲”者不只“独在异乡为异客”的羁旅漂泊，更在怀才不遇而羁身贫苦。“寒食”两字，于人时令，过的是节日；而于诗人则有“少食”甚至“无食”之意，过的是“难关”。“不独明朝为子推”，这一句寓托至深，除了点明诗人物质困顿，更写出内心的寥落。重耳、子推之事虽以悲剧事终，但那种贤者自矜、君臣相重，却是令人心动。落魄江湖的孟云卿吟出此句，正与辛弃疾写下的“凭谁问，廉颇老矣，尚能饭否”有几分意通。

晚唐书法家张友正（一说伍唐珪）也写过一首寒食主题的诗，名《寒食日献郡守》，不妨比较一下。

入门堪笑复堪怜，三径苔荒一钓船。
慚愧四邻教断火，不知厨里久无烟。

就遣词造句而言，张友正过于直白，水平显然差了一大截。从艺术的旨趣来讲，诗里虽多有对黎庶的同情，却少了孟云卿自我命运的悲叹。“不独明朝为子推”，孟云卿诗中表达的是一种生活的困窘，语气却有几分幽默诙谐，也有一点儿自嘲的味道。

自信的人，才敢于开涮自己。正因如此，他的《寒食》才能成为千百首寒食诗中不可多得的佳作。

《唐才子传》中认为孟云卿“当时古调，无出其右”。表扬孟云卿的古体诗写得好，且不少诗中还有深刻的批判意义，如“虎豹不相食，哀哉人食人”“朝亦常苦饥，暮亦常苦饥。飘飘万余里，贫贱多是非。少年莫远游，远游多不归”这些诗句，曾经风靡一时。著名诗家韦应物有次路经广陵，与孟云卿邂逅，相见恨晚，相谈甚欢。临别时，他诗赠一首孟云卿：“高文激颓波，四海靡不传。西施且一笑，众女安得妍。”

将孟云卿的诗喻为大美人西施，够别致，够幽默，也道出了韦应物对他诗歌的称誉。

杜甫对孟云卿“甚爱重之”。这好理解，夫妻间要做到举案齐眉，性格上需要互补，才能白头偕老、天长地久。其实，朋友间亦是。孟云卿善于苦中作乐，正可消解杜甫的愁肠百结。他们在一起，彼此都有舒适感，因而也就有了满足感。

孟云卿的《行行且游猎篇》，我也很喜欢，读到了另一个“孟云卿”。

少年多武力，勇气冠幽州。
何以纵心赏，马啼春草头。
迟迟平原上，狐兔奔林丘。
猛虎忽前逝，俊鹰连下鞲。
俯身逐南北，轻捷固难俦。

所发无不中，失之如我雠。
岂唯务驰骋，猗尔暴田畴。
残杀非不痛，古来良有由。

“少年多武力”，开首一句，是描述别人，也曾是对自己的期许。少年孟云卿，心田里也种过英雄梦。

想起那个夏天的夜晚，“醉不成欢惨将别”，他和挚友杜甫间，是送别谁？诗又赠谁？

彼此互相成为一道风景，亘古未变。

皮日休：泥塘里的光彩和锋芒

“当世人骂我，后世人谢我。”

隋炀帝杨广冒着滚滚骂名，冥顽不化地坚持开凿大运河，是非功过，这句诗用在他身上似乎最为贴切。

强征民工，殚财竭力，挖掘了一道绵绵二千多里的大水沟，杨广因此被贴上“暴君”的历史标签，有些学者甚至认为，南北大运河的开凿，是导致隋王朝政权倾覆的直接原因。可是在很长时间里，确切地说，在公路、铁路运输兴起之前，千里江波、帆樯如林、贯通南北的大运河，对“大一统”中国的维系与发展，厥功至伟。

杨广这一“丰功伟绩”，后人又该如何评说呢？

唐代诗人皮日休，曾写下组诗《汴河怀古》，其中的第二首就此发表了自己的见解。

尽道隋亡为此河，至今千里赖通波。
若无水殿龙舟事，共禹论功不较多？

“至今千里赖通波”，大运河可谓功德无量。可惜，只是沦为杨广大秀“威加海内兮”的个人专用水道。皮日休诗中提到的“水殿龙舟”一事，就是让全天下人唾弃的、足以淹死杨广的乌泱乌泱口水。

大运河竣工后，杨广不顾群臣反对，执意多次巡视江南。其中一次更是率众二十余万出游，舟船无数。供他生活起居的御船，高达四层，是流动在大运河上的一艘“巨无霸”。另一种称为浮景的“水殿”船高达三层，且有九艘之多，此外还有不计其数的保障用船。整支出巡的船队绵延三百余里，一时水陆照耀，遮天蔽日。作为整支船队的动力——挽大船的纤夫近万人，“众人划桨哟，开动大帆船”。他们喊着号子，穿着一色的彩服，奋楫争先，正所谓“春风举国裁宫锦，半作障泥半作帆”。

如此“水殿龙舟”，杨广倒是威风凛凛，可苦了天下尤其是两岸百姓。身处那个年代的皮日休，能有这样的民本思想，殊为难得。他在诗中以诘问结尾，对杨广的好大喜功，毫不留情地予以斥责。但他对杨广倒没有一棍子打死，面对汹汹的主流舆论，他还是提出了自己独立的观点。

皮日休在这首诗中，采用了类似翻案的写法，把天下之人皆曰可杀的杨广，与治水英雄大禹相比，制造了情感上的巨大反差，体现了艺术创作上的自成一格和过人胆力。

像有唐一代许多读书人一样，皮日休也曾在鹿门山隐居。虽藏身于千沟万壑之中，他始终关心民瘼，创作了《鹿门隐书》系列，凡计六十篇，其中大多是谴责讥讽荒谬的政治诗，其中不少成为名言警句，如曰：“毁人者，自毁之；誉人者，自誉之。”又曰：“古之杀人也，怒；今之杀人也，笑。”又曰“古之置吏也，将以逐盗；今之置吏也，将以为盗”等，皆有所指云尔，借诗讽今，以诗喻政。

恨生不逢时，在晚唐的烂泥塘里，皮日休“穷年忧黎元，叹息肠内热”。社会黑暗，浮云蔽日，百姓食不果腹，衣不蔽体，他对社会民生有着深刻的洞察和思考，一颗忧国忧民之心，多情注于笔端，《橡媪叹》即是其中的泣血之篇。

秋深橡子熟，散落榛芜冈。
伛偻黄发媪，拾之践晨霜。
移时始盈掬，尽日方满筐。
几曝复几蒸，用作三冬粮。

山前有熟稻，紫穗袭人香。
细获又精舂，粒粒如玉珰。
持之纳于官，私室无仓箱。
如何一石余，只作五斗量。
狡吏不畏刑，贪官不避赃。
农时作私债，农毕归官仓。
自冬及于春，橡实诳饥肠。
吾闻田成子，诈仁犹自王。
吁嗟逢橡媪，不觉泪沾裳。

诗中所提及的老媪，为了活下来，只好靠采拾橡子充饥。在她佝偻的身影后，是一望无际的新稻即将颗粒归仓。就在这样的大丰收里，“诗与远方”，却和这位年老不堪、饥肠辘辘的老妇人无关!

这是什么世道？！“自冬及于春，橡实诳饥肠”，诗人关心百姓的粮食，却无能为力，只好“不觉泪沾裳”，诗人愤愤不平啊。

无论是处江湖之远还是居庙堂之高，皮日休的血，总是热的。即便在人生命运的交叉口，作为诗人的皮日休也是位顶天立地的男子汉。

乾符五年（878），起事反唐的王仙芝败死，副手黄巢迫不及待地填补了权力空缺，被余部推为共主，号称“冲天大将军”。黄巢的部队势如破竹、风卷残云般攻陷了虔、吉、饶、信、杭等州县，次年率部进入广州，不久又北上攻占江陵。此时，皮日休东出潼关，任镇守毗陵的镇海军节度副使。黄巢攻城时，势不力敌，被起义军生俘了。

皮日休准备“引刀成一快”，黄巢毕竟也曾参加过高考，虽被拒之门外，还算是读书人，他爱惜皮日休的文才，不仅没杀他，还任命他为翰林学士。面对这份恩宠，皮日休惶恐不安，欲却不能。

有一天，黄巢找上门来，要皮日休写一篇谶文，以迷惑众人、凝聚共识。所谓谶言，无非是一种宣传包装，就像“大楚兴，陈胜王”之类的。皮日休一口答应，落笔有风：

欲知圣人姓，田八二十一；

欲知圣人名，果头三屈律。

黄巢一看，脸色大变，狠狠地骂了句：“你活得不耐烦啦！”一挥手，亲兵一拥而上将皮日休拉出去砍了。

皮日休写的这四句，为什么让黄巢顿生杀机呢？《南部新书》做了解释：“巢大怒，盖巢头丑，掠鬓不尽，疑三屈律之言，是其讥也。遂及祸。”诗中“圣人”在此指的是皇帝。“田八二十一”指的是“黄”字。“果头三屈律”指的是“巢”字，“屈律”就是弯曲之意。黄巢项上这颗人头，长得十分丑陋，头发虽然很长，仍难以完全遮住鬓毛。

皮日休以笔为长矛，诗反黄巢，尤不可饶恕的是，让黄巢这副人间少见的尊容因此大白于天下。黄巢本来就有些自卑，还遭文化人如此讥讽嘲笑，纵是才高八斗，你皮日休还有好果子吃吗？

《唐才子传》中说：“（皮日休）临刑，神色自若，无知不知皆痛惜也。”

真男儿也！

皮日休生性嗜好饮酒，醉后靠写诗以浇块垒，被人称为“醉吟先生”，又自称为“醉士”，他高傲放达，还给自己再取了个称号——“间气布衣”，说自己是天地中的“间气”。

鲁迅对皮日休评价甚高，称他是“一塌糊涂的泥塘里的光彩和锋芒”。

綦毋潜：走，钓鱼去

徜徉于唐诗的“长安道上”，遇见了一位江西老乡，且还是鄙邑赣南人，真是少见，幸会，幸会！阅毕大喜之余，四处寻找各种资料。亲不亲，故乡人，对他想多点了解。

这位诗人老乡名叫綦毋潜，赣南南康人氏。有唐一代，綦毋潜是江西籍中最知名的一位诗人。后人这样评价他：“盛唐时，江右诗人唯潜最著。”无友不如己者，他的朋友圈也是胜友如云，经常与他“微信互动”的诗人，有王维、张九龄、李颀、孟浩然、高适、韦应物等。他们无一不是大唐诗坛的风云角色、领军人物。

这些大咖中，綦毋潜和王维最有共同语言，且走得最近，大概是因为他俩的诗风相近，当时有诗评家说：“清回拨俗处，故是摩诘一路人。”辛文房在《唐才子传》中认为：“（綦毋潜的）诗调屹崒峭蒨，足佳句，善写方外之情，历代未有。”夸上天了，不过綦毋潜确是彪彪大才，“前不见古人，后不见来者”。

握瑾怀瑜，独步天下，可惜他却不是科考场上的幸运儿。当初告别家乡亲人，赴京赶考，綦毋潜胸有成竹、胜券在握，孰料事与愿违，终是名落孙山。落榜后，綦毋潜抑郁难伸，自觉无脸再见江东父老，只好在外游逛以打发时光。老朋友王维获悉后，赶紧修书一封，信中赠诗一首予以开导，劝他“不如归去，归去”！山川是不卷收的文章，日月为你掌灯伴读。仁兄啊，家乡才是最好的疗伤地。

王维的诗，写得情真意切，好一碗心灵鸡汤！

送綦毋潜落第还乡

圣代无隐者，英灵尽来归。
遂令东山客，不得顾采薇。
既至君门远，孰云吾道非。
江淮度寒食，京洛缝春衣。
置酒临长道，同心与我违。
行当浮桂棹，未几拂荆扉。
远树带行客，孤村当落晖。
吾谋适不用，勿谓知音稀。

字里行间，满满的都是对朋友的关爱。诗人王维点题于送友还乡，对綦毋潜科考落第给予慰藉和劝勉，鼓励他不要灰心懊恼：你老兄虽然科举失败，但明年可以再战嘛，况且身边还有我这个懂你的人。全诗着意在这个主旨上加以烘染，有叙事、有写景、有抒情、有感慨、有勉励，抒情柔蜜，感慨由衷，勉励挚敬，令人振奋。

喝下老友王维的这碗“鸡汤”，綦毋潜感动莫名，告别颓废，不治而愈，他再次扬起了奋进的风帆。天道酬勤，终于在开元十四年（726）进士及第，不久被授职宜寿县尉，后又升迁右拾遗，进集贤院待制，授职秘书省校书郎，最后官至著作郎。

官虽然做得不大，最后一职著作郎充其量也不过是个五品衔，好在綦毋潜在往后的仕途上没再遇到什么波折，至少不曾贬到荒芜之地。与许多诗人相比，这样的结局，已算是上天眷顾了。

綦毋潜在官场上的安常履顺，得益于他的朝夕惕厉。他的两只耳朵时刻警觉地竖起，外界稍有风吹草动，都能及时准确地接收到时局中的瞬息万变。安史之乱结束后，綦毋潜感觉到官场环境的日益险恶，于是遵从孔夫子“有道则见，无道则隐”的教诲，选择急流勇退。辞职后，他并没有回到父母之邦赣南，而是在江南一偏静的地方，买了栋别墅作为隐居之所，从此“宅”在家里，大门不出、二门不迈，把自己紧紧包裹起来，藏得严严实实。

告别长安时，又是老友王维，写了一首诗为他送别：《送綦毋秘书弃官还江东》。

明时久不达，弃置与君同。
天命无怨色，人生有素风。
念君拂衣去，四海将安穷。
秋天万里净，日暮澄江空。
清夜何悠悠，扣舷明月中。
和光鱼鸟际，澹尔蒹葭丛。
无庸客昭世，衰鬓日如蓬。
顽疏暗人事，僻陋远天聪。
微物纵可采，其谁为至公。
余亦从此去，归耕为老农。

此诗的大意是，虽身处太平盛世，官运不济，但我们不怨天、不尤人，而是共同坚守一向的纯朴风范。与其说是朋友间的共勉，不如说是对朋友的期许。綦毋潜在官场上广结人缘，听说他要辞职离京，许多同僚纷纷和他约饭，初步统计了一下各色饭局，花一个月时间都难以安排。盛情难却，每一次饯别，主客都喝得酩酊大醉。洒泪而别时，除了叮咛与祝福，朋友们还写了送别诗赠给綦毋潜，他的行囊里，有许多载不动的哀与愁。

友谊的眼里，真的有星星。

无官一身轻。隐居期间，綦毋潜偶有出来“放风”，但多是寄情山水，乐而忘忧，乐不思蜀。也即此间，綦毋潜的创作一如“井喷”，佳作迭出，《春泛若耶溪》就是其中的代表作。

幽意无断绝，此去随所偶。
晚风吹行舟，花路入溪口。
际夜转西壑，隔山望南斗。
潭烟飞溶溶，林月低向后。
生事且弥漫，愿为持竿叟。

若耶溪位于今天浙江省绍兴市的东南，相传乃西施浣纱之处。诗中的春江、月夜、花路、扁舟等景物，创造了一种幽美、寂静而又迷蒙的意境。怀着隐居“幽意”的泛舟人，置身于这种境界之中，此刻有何感受呢？“生事且弥漫，愿为持竿叟。”人生世事正如溪水上弥漫无边的烟雾，缥缈而又迷茫，诗人表达了这样一种人生取向，愿意永远做一名若耶溪边上持竿而钓的隐者。

自嘲“持竿叟”，实际是遥远地应和严子陵。这位老兄就曾在不远处的富春江隐居垂钓。今昔“交相辉映”，彼此惺惺相惜，这也更表明了诗人的息影林泉之志。诗人抒发感慨非常自然，由夜景的清雅更觉世事的喧嚣，自然地追慕“幽意”的人生，由此看出诗人对人生的无助感和渴望超凡脱俗的强大执着。

綦毋潜的另一首诗《宿龙兴寺》，也是上乘之作，不敢专美，一道来分享一下：

香刹夜忘归，松清古殿扉。
灯明方丈室，珠系比丘衣。
白日传心静，青莲喻法微。
天花落不尽，处处鸟衔飞。

诗人外出春游，流连于大自然的美景，物我两忘，不思归去，夜色降临，找不到回家的路了，只好暂借宿于寺庙。真乃是“兴尽晚回舟”“沉醉不知归路”。借宿寺庙，或许诗人是有意而为之？

晨钟里没有答案，暮鼓中也没有。

诗中的描写，让凡夫俗子看到了僧人的生活日常，但隐隐之中，我们还是感受到在诗人的快乐之中，心中隐藏着另外一种声音：不舍与不甘。

睡在哪儿都是睡在夜里。话虽如此，那些士人，心中清楚得很：有些事，不是输给了自己，而是输给了时间。

钱起："鬼吟"之才

好风凭借力，送我上青云。

诗人钱起就有这样的好运，遇到了人生的"好风"。

那一年，他参加省试，过安检后进得考场，坐定摊开试卷一看，巧了，乐了！考试题目赫然写道：《湘灵鼓瑟》。

"起辍就"，他几乎不用打腹稿，文不加点，一挥而就。尤以答卷的最后两句诗"曲终人不见，江上数峰青"，令人击掌，铸就成永恒的经典。

有人说，这两句诗不是人能写出的，是"鬼吟"。

那一年的主考官是李時，看到钱起的答卷，轻叩桌子，反复吟咏品味。当他读到最后两句，忍不住拍案叫绝，大声赞叹："是必有神助之耳。"能写出这样佳句，应该是得到了神灵的帮助吧？！李主考欣然提笔，将钱起圈为优等及第。

钱起为何乐了，为何能"起辍就"？他的确如有神助，考试前，他幸运地押中了作文题。这不是瞎掰，有出处，《旧唐书》和《唐才子传》对此均有记载，只是稍有出入。《旧唐书》一六八卷中的《钱徽传》记得较为详细，且生动，愿分享之。

钱徽，钱起的儿子。

"父起，天宝十年登进士第。起能五言诗。初从乡荐，寄家江湖，尝于客舍月夜独吟，遽闻人吟于庭曰：'曲终人不见，江上数峰青。'起愕然，摄衣视之，无所见矣，以为鬼怪，而志其一十字。起就试之年，李時所试《湘灵鼓瑟》诗题中有个‘青’字，起即以鬼谣十字为落句，玮深嘉之，称为绝唱。是岁登第，释褐秘书省校书郎。”

所谓“鬼吟”，当然是后人的附会。“曲终人不见，江上数峰青”句中蕴含着的艺术意境之美，实非人工所能及，故而虚构了“鬼吟”这一情节。这一说法后又见之于《诗话总龟》《唐诗纪事》和《郡斋读书志》。看来这两句确是佳句，多少年后，仍让许多人念念不忘，津津乐道。

一起来，完整地品味一下，他这篇获高分的“高考作文”。

省试湘灵鼓瑟

善鼓云和瑟，常闻帝子灵。
冯夷空自舞，楚客不堪听。
苦调凄金石，清音入杳冥。
苍梧来怨慕，白芷动芳馨。
流水传潇浦，悲风过洞庭。
曲终人不见，江上数峰青。

诗题“湘灵鼓瑟”，摘自《楚辞·远游》里的“使湘灵鼓瑟兮，令海若舞冯夷”诗句，其中包含着一个美丽的传说——舜帝死后葬在苍梧山，他的妃子娥皇和女英，因哀伤而纵身湘水自尽，后变成了湘水女神。姐妹俩常在江边鼓瑟，以瑟音表达自己的哀思。

钱起据试帖诗题而紧扣主旨，开头两句就概括了题意，开门见山点出曾听说湘水女神擅长鼓瑟的传说，并暗用《九歌·湘夫人》“帝子降兮北渚”的语意，描写女神翩然而降湘水之滨的哀哀场景。她愁容满面，轻抚云和瑟，弹奏起如泣如诉的悲伤乐曲。

动人的瑟声首先引来了水神冯夷，他迫不及待地在湘灵面前且歌且舞，然而一个“空”字，说明冯夷并不能完全理解湘灵的哀怨；倒是人间那些被贬谪途经湘水的“楚客”，体悟到了湘灵深藏在乐声中的哀怨心曲。谛听下，禁不住悲从中来，继而不忍卒闻。

诗人继续渲染瑟声的感染力。“苦调凄金石，清音入杳冥。苍梧来怨慕，白芷动芳馨。”瑟声哀婉悲苦，它能使坚硬的金石为之凄楚。瑟声清亢响亮，几可响遏行云，传到穷高极远的苍穹中去。瑟声传到苍梧之野，感动了寄身山间的舜帝之灵，他让山上的白芷吐出芬芳，与瑟声交相应和，弥漫在广袤的空间，使天地为之悲苦，草木为之动情。

中间这四句，诗人张开想象的翅膀，任思绪在湘水两岸、苍梧之野、洞庭湖上往复盘旋，演绎出了一个神奇虚幻的世界。

“流水传潇浦，悲风过洞庭。”这两句写湘灵弹奏的乐曲，与舜帝策动的芳香在湘水之源交织汇合，形成一股强劲的悲风，顺着流水，刮过八百里洞庭湖。至此，乐曲进入了最高潮，感情达到了白热化。

凭借着诗人丰富的想象，湘灵的哀怨之情得到了酣畅淋漓的抒发和表现。然而全诗最精彩的还不在于此，令全篇为之生辉的是结尾两句：“曲终人不见，江上数峰青。”这两句诗是钱起的神来之笔。此联在尽情地描写乐曲的表现力之后，使乐曲在高潮中戛然而止，诗境又从虚幻世界猛然拉回到现实世界。

结尾两句如横空出世，堪称“绝唱”。

诗作大部分篇幅，都在运用想象的画面着力抒写湘水女神的哀怨之情，结尾一笔宕开，描写曲终人散之后，画面上只有一川江水，几座青山。这极其澄净明丽的画面，给读者留下了思索回味的广阔空间：或许湘灵的哀怨之情已融入了湘江绵绵不断的流水，或许湘灵美丽的倩影已化成了江上偶露峥嵘的数峰青山，或许湘灵和大自然融为一体，年年岁岁向后人讲述她那凄艳动人的故事，或许湘灵的瑟声伴着湘江流水歌吟，永远给人们留下神奇美妙的遐想……

就因为这两句，钱起自此在诗坛上拥有一席之地。

钱起的诗作体格新奇，理趣美富，大诗人王维以“高格”两字称许他。钱起与郎士元齐名，是“大历十才子”的领袖。当时的文士中流传一句话：“前有沈、宋，后有钱、郎”。让我们再读多两首他的诗作，对他诗的精工细密，娟秀迂回，或许感受得更深些。

谷口书斋寄杨补阙

泉壑带茅茨，云霞生薜帷。
竹怜新雨后，山爱夕阳时。
闲鹭栖常早，秋花落更迟。
家童扫萝径，昨与故人期。

你看，不就邀请朋友到书斋小聚一下吗，出笔也可以写得这般幽美清静。诗中有“泉壑”“云霞”“新雨”“闲鹭”“秋花”，这些字眼，一旦进入诗人眼中便聚合起丰富的信息容量，似散发出万种风情。“带”“生”“怜”“爱”“栖”“落”等字传神生动。客人到底什么时候到啊？我老钱有点等不及了！

读毕全诗，是不是有点冲动？不请自来，做个不速之客，打量一番钱起和他的友人是如何热闹，听听他们又谈了些什么。

大唐一代，日本人犹如过江之鲫，不顾风高浪急，前来大唐拜师学艺。钱起与东瀛之客也有来往，与个别的还结下深厚友谊。有诗为证——

送僧归日本

上国随缘住，来途若梦行。
浮天沧海远，去世法舟轻。
水月通禅寂，鱼龙听梵声。
惟怜一灯影，万里眼中明。

从诗中可以看出，钱起对日本僧人的赋险精神十分赞赏。那时的日本人对我中华充满膜拜，僧人尤是，对大唐执弟子之礼，非常谦恭。对日本僧人朋友的圣洁品格和高尚道行，钱起十分认可，经常竖起大拇指为他们点赞。

诗中的“一灯”出自《维摩诘经·菩萨品》：“譬如一灯燃百千灯，冥者皆明，明终不尽。”

是啊，茫茫大海，需要船上之灯，我们心中也要点燃一盏灯。这船上之灯，更是心中之灯。

钱起的儿子钱徽的诗也作得好，“草圣”怀素是钱起的外甥，怪不得辛文房在《唐才之传》中羡慕有加，啧啧称赞：“一门之中，艺名森出，可尚矣。”

是啊，如此人才辈出，大光门楣，果真是“枕上诗书闲处好，门前风景雨来佳”。

戎昱：帅气“梅郎”

荆南人戎昱，史书上说他“美风度，能谈”“虽贫士而轩昂”。戎昱是位帅哥，又“辩才无阂”，能言善辩，常语惊四座。就凭这两点，他虽“少举进士不上”，且是一介白衣，却也不乏各路追慕者。

御史中丞崔瓘，就是他的忠实读者，两人相识于湖南。奇怪了，戎昱不是荆南人吗，他跑到湖南去干吗？

说来话长。

年轻时，戎昱也曾豪情万丈，和天下所有读书人一样，试图通过科考这座“独木桥”进入官场。然而终告折戟沉沙，他觉得没什么意思了，于是潇洒地挥一挥手，与官场告别：谁爱玩谁玩，反正我不玩啦！

“乃放游名都”，辛文房在《唐才子传》中说。戎昱决定来一次深度游，纵情游玩天下名城。

走了一大圈，兜兜转转，戎昱还是最爱湖湘的山山水水。他停下了脚步，打算在湘中做名寓公。就是在这儿，戎昱遇见了人生中的一位贵人，他叫李昌夔。

李昌夔乃朝廷命官，此时正在履新桂林观察使的路上，途经湘中，暂借一宿。那一夜，他暂住在政府的“招待所”里。夜色渐浓，月光如水，树木深然如岸，村庄似渔船点点。岂能辜负这般良辰美景？李昌夔于是信步走出旅馆，刚走不远处，就听到有人且走且吟，声音悦耳，抑扬顿挫。

是谁呢？“欲往谒”，但夜色已深，不好冒昧打扰，李昌夔只好带着遗憾疑惑，折返住所。他准备翌日一早再来寻找答案。

天亮后，李昌夔前去寻访，几番打探，才找到昨夜的吟者，正是戎昱。英雄惜英雄，好汉爱好汉。相见之下，两人相谈甚欢。李昌夔对他信任加温，当即决定聘请戎昱为幕僚。

无巧不成书。御史中丞崔瓘也恰好在湖南，见到仰慕已久的戎昱，稍做寒暄，崔瓘就做出了一个重要决定，要把女儿嫁给戎昱。史书上说崔瓘“有女国色”，崔小姐明眸皓齿、倾国倾城。天上掉下个林妹妹。有此好事，戎昱毫不矜持，当场满口答应。

但崔瓘提了个条件，也是唯一的条件，让戎昱犯难了。

什么条件呢？原来崔瓘不喜欢“戎”姓。“改则订议”，如果戎昱改了“戎”姓，马上订婚。奇怪了，他老人家为什么不喜欢“戎”姓呢？史书上没说原因。“戎”字有两个意思：一是与军事有关，二是指西南地区的少数民族。私下猜测，崔老先生不喜欢“戎”姓的原因，应该是后者。

所大者，不过是“华夷之防”。

辗转反侧，一夜未眠，戎昱最终还是选择了拒绝。如同身体发肤，姓名同为父母所赐，岂能随便更改，如何对得起列祖列宗？于是他写了首诗，托人送给差点成为老丈人的崔瓘，诗中有两句委婉而又坚定：“千金未必能移姓，一诺从来许杀身。”一桩可能的天作之合来不及开始就结束了。

才子配佳人。这一出，本该有多美好啊！

别误会哦，戎昱的帅气，可不是“奶油小生”式的帅气，是昂藏七尺的阳刚气。他有诗才，更有史见，后者尤为难得。来读一读他的这首诗，题为《咏史》。

汉家青史上，计拙是和亲。
社稷依明主，安危托妇人。
岂能将玉貌，便拟静胡尘。
地下千年骨，谁为辅佐臣。

这是一首政治讽喻诗，直斥大唐后期的虚弱不堪、国事糜烂。安史之乱后，边患越发严峻。唐宪宗前后几位皇帝都是酒囊饭袋，对此一筹莫展，只能一味求和。一些近臣束手无策也就罢了，还重拾前人牙慧，喋喋不休提出“和亲”的馊主意。

一天朝会，唐宪宗询问众大臣：“近来老听人提到一个诗人，但姓名比较少见，你们知道这位诗人是谁吗？”大臣们七嘴八舌，有说是冷朝阳，有说是包子虚。都不对！唐宪宗念了这位诗人的几句诗后，伫立一侧的宰相立马抢答：“哦，是戎昱。”

恭喜你，答对了！

唐宪宗缓缓地从龙椅上站了起来，面对各位朝中重臣，大声诵读戎昱的这首经典之作《咏史》。读罢，唐宪宗说：“写这首诗的人如果还在，可以把武陵的桃花源赏给他，才足以配得上他的好诗。”转身，唐宪宗幽幽一叹：“魏绛之功，何其懦也！”魏绛何人？春秋时晋国大夫，曾力主和戎。看来，此公是“和亲”之策的始作俑者了。

听锣听声，听话听音。看唐宪宗如此一说，众大臣彻底闭嘴，从此没人再敢提什么鸟“和亲”之策了。

戎昱的《咏史》确实是首好诗。首联开宗明义，批评“和亲”之策，实为下策，且最为拙劣，其中的“社稷依明主，安危托妇人”更是千古名句。读到这，不禁想起了花蕊夫人的“十四万人齐解甲，更无一个是男儿”。国家危亡之秋，男人们惶惶无以计，指望托千钧于一个女子的孱弱双肩之上。每念及此，令吾辈男儿汗颜啊。

戎昱才高八斗，被许多诗文名家赏识。辛文房做过考据，戎昱曾追随颜真卿并在其征南军中任过幕僚，颜真卿也多次向朝廷举荐过他。卫伯玉在任荆南节度使时，也曾征召戎昱为从事。

由此观之，戎昱在江湖上为一时所重，靠的不仅是颜值，更多的是他“腹有诗书”。

自古以来，无数诗人曾以梅花入诗且佳作迭出，戎昱也不甘人后，但他不落窠臼，追求出新出彩，一首《早梅》，道出了他和他作品的卓尔不群。

一树寒梅白玉条，迥临村路傍溪桥。

不知近水花先发，疑是经冬雪未销。

近水先发的寒梅，在诗人的眼中，幻成了经冬仍未消融的白雪。早梅中的“早”，这一字，还用说吗？道尽诗人对生活的敏感与憧憬能力。想到这儿，不禁令人莞尔，觉得诗人戎昱还有些许的狡黠与调皮。

诗人与寒梅在精神上的契合，一如他的行为处世。想象着，乍暖还寒时，溪流畔，兀自站着一尊颀长优雅的背影，转身回头一看，咦，正是“梅郎”戎昱！

上官婉儿：你的才华，小女子说了算

你和谁在一起，你就会成为谁。

大唐才女上官婉儿遇上了武则天，她就成了“小版武则天”。

上官婉儿一度炙手可热，多年掌管宫中制诰，被武则天封为“内舍人”，时人称她为“巾帼宰相”。

上官婉儿能被武则天重用，在当时是桩出人意料甚至石破天惊的事，因为武则天于她有杀祖、杀父之仇。此仇不报非君子也，上官婉儿却能把家仇族恨摆一边，“认贼作父”，而且还“侍仇如父”。她的隐忍与强大，一纤弱女子到底是怎样炼就的？

麟德元年（664）的一天早上，上官婉儿的祖父、唐高宗朝的宰相上官仪庄重地穿好朝服，准备春风浩荡上班去。这一天，他要办件大事：帮唐高宗捉刀，起草一道诏书，将皇后武则天废了！

倚笔千言，诏书一气呵成，上官仪很满意，众大臣很满意，关键是唐高宗也很满意。于是，他也就很满意地打道回府，在家静待花开、静待佳音。人逢喜事，晚饭时他要家人加多两个菜，还破天荒地邀上夫人小酌了两杯，这张老脸很快就成了“关公红”。

此妖女必除，稳操胜券。老宰相觉得一切都在自己的掌控之中。

然而他错了！

祸根由此埋下。他低估了武则天，他得罪了武则天。数年后，武则天咸鱼翻身，“我胡汉三又回来了”。从感业寺重返宫中的路上，她第一时间为上官仪准备好了罪名——谋反。

天大的罪！上官仪下狱处死，一同被斩的，还有他的儿子、上官婉儿的父亲上官庭芝。

上官家族榱栋崩折，华美的大厦顷刻间倒塌。上官婉儿此时刚刚出生，尚在襁褓之中。她还来不及睁开眼睛打量这个多彩的世界，就随母亲郑氏一起被配没掖廷，成为年龄最小的奴仆，侍奉那些嫔妃的日常起居。

上官婉儿似乎注定不是凡庸之辈。相传她还在娘肚子里即将出生时，母亲郑氏梦见一个巨人，给她一秤道："持此称量天下士。"郑氏大喜，猜想腹中必是一个男孩，将来必能称量天下人才，谁知生下来的却是一个女儿，郑氏大失所望。弥月大喜之日，郑氏将上官婉儿抱在怀中自嘲道："汝能称量天下士吗？"

谁说不能呢，这女孩后来不但专柄内政，还代朝廷品评天下诗文，这不就是梦中所言的"称量天下士"吗？

"有谁从小康人家而坠入困顿的吗，我以为在这途路中，大概可以看见世人的真面目。"我想，上官家族看见的就不仅是"世人的真面目"，除了屈辱，还有高悬头上时刻掉下的"达摩克利斯之剑"。好死不如赖活。这是中国人的生存哲学，也是中国人的生存智慧。活下去本已如此艰难，但郑氏毕竟身出名门，具有超越性。在没有星星的夜里，她一刻不曾放弃心中的光芒，对女儿上官婉儿悉心培养，让她熟读经典，知书达理。上官婉儿慧心巧思、百伶百俐，加上母亲的循循善诱，不仅很快就能吟诗作文，而且明达吏事。慢慢地，在后宫方寸天地间，上官婉儿小有名气，这名气还传到了武则天的耳里。

上官婉儿，这名字武则天记住了。

十四岁那年，一个偶然的机会，武则天碰见了上官婉儿："你就是传说中的小才女？"上官婉儿毫不怯场点头称是。见上官婉儿长相俊俏乖丽，语态从容，武则天初见之下心中便有了几分欢喜，接着提了个要求：久闻你是个才女，朕考考你，咱们以"剪彩花"为题，写一首五律诗，如何？

君命难违，她也不想违，这是天赐的机会。稍做思忖，上官婉儿很快舌吐莲花：

密叶因裁吐，新花逐翦舒。
攀条虽不谬，摘蕊讵知虚。
春至由来发，秋还未肯疏。
借问桃将李，相乱欲何如？

武则天展开一读，连连称妙，但又觉得不对，问道：“诗中最后两句是什么意思？是在指责朕吗？”上官婉儿回答得不卑不亢：“诗无达诂，只看阅读者的心情。”左右见上官婉儿竟敢如此奏对，脸色吓得煞白。没想到，武则天却不恼不怒，反而对上官婉儿身上表现出的某种倔强和胆识倍加欣赏，或许这让女皇想到了自己年轻时候的模样。就在这一瞬间，她决定免去上官婉儿的奴婢身份，并把这位仇家的孩子留在身边，为自己执掌诏命。

选择上官婉儿做自己贴身“首席秘书”，武则天面临的风险极大，毕竟与她有着诛祖杀父之仇。武则天为了争上位，不惜杀掉几个亲生儿女。如此雕心雁爪，却能对上官婉儿网开一面直至委以重任，想必是对自己的领导驾驭能力有足够的自信。

另一个原因，应该是她爱才心切、求贤若渴吧。

躬身入局，挺膺负责。上官婉儿没有辜负武则天的拨冗一顾，宫里宫外，她都安排得井然有序、层次分明。政令文告，多出自上官婉儿之手。她还建议扩大书馆，增设学士。作为女流，上官婉儿主持风雅，代朝廷品评天下诗文，帮武则天简拔文人学士，倡导文化。施蛰存先生认为，武后的朝臣中，诗人群体最为庞大，这种蓬勃生长与上官婉儿的精心组织与策划有着莫大的关系。

上官婉儿的祖父上官仪是律诗对法的倡导者、制定者。她承家学，作文赋诗一时无出其右。她的《彩书怨》，就是典范之作。

叶下洞庭初，思君万里余。
露浓香被冷，月落锦屏虚。
欲奏江南曲，贪封蓟北书。
书中无别意，惟怅久离居。

全诗大意是：秋天又来了，满江的红叶向洞庭湖悠悠飘去，而你却在迢迢的万里之外。秋夜长，相思更长。只有寒露带来的凄凉，只有月儿与我为伴。真想弹奏一曲热闹的江南采莲曲，把它封上后，一封又一封地寄往蓟北。信中无他，缀满的只是长久以来的相思与惆怅。

上官婉儿在诗中以闺中思妇的口吻，塑造了一位秋天怀念离居已久丈夫的妻子形象，读来让人感到深沉开阔又情真意切。“江南曲”本不是此诗必不可少的词语，但为了对“蓟北书”，就创造出“欲奏江南曲”句，思情之深、怨绪之烈，扑面而至。怪不得施蛰存先生在《唐诗百话》中就曾由衷地说过：“五言律诗的格调形成于武后朝，文学史上虽然归功于沈、宋，但我想上官婉儿也一定有一份功绩。”

当初将上官婉儿留在身边，有人提醒过武则天，小心她伺机复仇。上官婉儿也曾一度暗藏杀机，且几次付诸行动，只是刺杀未遂。败露后，上官婉儿本以为必死无疑，没想到均被武则天一一宽恕。上官婉儿被武则天的不杀之恩感动得彻底缴械投降，自此更加死心塌地效命武则天。

公务之余，上官婉儿常替武则天张罗组织各种诗会。君臣间多有应制、奉和，上官婉儿既是主持者，又是品评者。这一过程中，她本人也创作了大量作品。尤难能可贵的是，上官婉儿作为一个女性诗者，却在奉和、应制诗中，不让须眉，表现出了大气恢宏的气度，如其《驾幸新丰温泉宫献诗三首》中的一首。

三冬季月景龙年，万乘观风出灞川。
遥看电跃龙为马，回瞩霜原玉作田。

此诗为绝句体，作者以遥看、回瞩之“龙为马”“玉作田”的昂扬生气与壮观之景，衬托出圣驾出行的恢宏气势，可谓“神老气健”。虽难逃以诗“拍马屁”的口诛笔伐，却也足见她手到擒来的文字功力。

当然，字里行间读到了上官婉儿对武后的真心膜拜，也读到了她对权力更强烈渴望的潜滋暗长。

神龙元年（705），张柬之等人与拥护李唐宗室的大臣合力发动“神龙政变”，武则天被迫退位。神龙政变后，唐中宗成功复辟。权力易主，一朝天子一朝臣，但上官婉儿并没被边缘化，一如既往被信任，专掌起草诏令，不久又拜为昭容。一人得道，鸡犬升天。母亲郑氏母凭女贵，被封为沛国夫人。

旧主武则天对上官婉儿来说，既是仇人，又是贵人，更是她的政治导师。上官婉儿一度想亲手打造“武则天第二”。她与韦皇后、安乐公主交往频仍，常常策划于密室，屡次劝说韦皇后行武则天的故事。可惜，人算不如天算，这回老天爷没帮她，上官婉儿事败后被诛。

一代才女上官婉儿就这样香消玉殒，包括她倾国倾城的才华。

唉，千年一叹。

晚唐诗人吕温，对上官婉儿的诗才文才极为叹服，曾经赋诗一首，表达对她“巾帼不让须眉”的感慨。诗曰：汉家婕妤唐昭容，工诗能赋千载同。自言才艺是天真，不服丈夫胜妇人。

从一个罪臣的遗孤，到位正二品的女官昭容，上官婉儿实现了人生的逆袭，她的人生反转令人叹为观止，想到了开头，却没想到结局。风光之后，她最终还是死于权力的冷酷之刃。生命从原点出发，一切终又回到起点。此中蕴含着什么因果，又有什么玄机呢？

自己的人生，自己却不是主人。如果，也只能仅仅是如果，上官婉儿若能拥有一张安静的书桌，然后安静地做个诗人，凭此就足以扬名立万。只是在命运的磨子之下，她又有多少话语权？

沈千运：所愿离风尘，不愿又如何

有些格言或故事，是用来哄人的“心灵鸡汤”，如“天道酬勤”“金石为开”。

对不少人来说，即使用尽全身的力气，不但输在起跑线，也输在终点线。

是非成败转头空。

吴兴人沈千运，就是“不少人”中的一个。他出身寒门，一心想跳出“农门”。作为农N代，要让梦想照进现实，最靠谱的路子，就是参加皇家组织的年度科考。

为了准备好这场关乎一切的考试，沈千运夕寐宵兴、悬梁刺股，一刻也不敢耽搁。他梦中是“苦吟”，醒来是“苦吟”，他呕“心”沥“血”，无非渴望未来在考场上一鸣惊人，从而实现自己和整个家族的光荣与梦想。

沈千运的创作富有天赋，《唐才子传》中这样评价他：“工旧体诗，气格高古，当时士流，皆敬慕之，号为‘沈四山人’。”《书史会要》上则称他“工文，善八分”。由此看来，当时诗坛上，沈千运拥趸无数。

那一年，稍稍打点了行装，怀着无限的憧憬，沈千运揖别老父老母，头也不回奔往长安道上。

我来了！然而运气没来，他落榜了！

希望是附丽于存在的，有存在，便有希望；有希望，便有光明。然而，整个天宝年间，作为一届又一届“复读生”的沈千运，却没有等到老天的眷顾，年逾五十了，他依然还是一位落榜生。

最后一次走出考场，沈千运仰天一叹，哀鸣一声，怒将手中的毛笔一把折断，又狠狠地扔在地上，用脚尖碾得稀巴烂。

没有走不通的路，只有想不通的人。

他决定另辟蹊径。

其实，这也不是他的创新，这条路有许多人屡试不爽，叫“行卷”。鲁迅先生在《且介亭杂文二集·六朝小说和唐代传奇文有怎样的区别》中曾说过：“唐以诗文取士，但也看社会上的名声，所以士子入京应试，也须豫先干谒名公，呈献诗文，冀其称誉，这诗文叫作行卷。”李白、杜甫、白居易等大咖当年还是“菜鸟”时，曾把自己认为最得意的诗文写成卷轴，投送朝中显贵以延誉，以求被荐为官。最耳熟能详的，当是白居易“行卷”于顾况，留下千古一句：“长安物贵，居大不易！”

“居大不易”，说的当然不仅是长安的高房价。

榜样的力量是无穷的。于是沈千运奔走于襄州、邓州之间，求见各位有名望的公卿。一次次的碰壁，让他更加怀疑人生。有一次，当他疲惫不堪地走到濮上时，心中的委屈、怨愤犹如“井喷”，洒泪成诗——《濮中言怀》：

圣朝优贤良，草泽无遗匿。
人生各有命，在余胡不淑。
一生但区区，五十无寸禄。
衰退当弃捐，贫贱招毁讟。
栖栖去人世，屯踬日穷迫。
不如守田园，岁晏望丰熟。
壮年失宜尽，老大无筋力。
始觉前计非，将贻后生福。
童儿新学稼，少女未能织。
顾此烦知己，终日求衣食。

这首感怀诗，诗人将自己一生落拓，表达得淋漓尽致。大苦无言。年过半百，碌碌无为，身无寸箭之功，沦落到“终日求衣食”。

情何以堪，夫复何言！

算了吧，不玩了！“遂浩然有归欤之志”，学习陶渊明，种菊花，做花农，做一名隐者，“悠然见南山”。

做出这一痛苦的抉择，还在于沈千运对时势的“春江水暖鸭先知”，他准确判断出，帝国“山雨欲来”。当时权臣当道，朝事日非，性行端直的沈千运对此大失所望，心怀忧惧，于是走为上，选择隐居于汝北。

许多朋友为他惋惜，这么一位有才华的人，理应当为国家做点事啊。出于情和义，朋友们为他多方奔走，千方百计想为他谋得一官半职。看破了的沈千运，对此婉言拒绝。他对朋友们说：“衡门之下，可以栖迟。有薄田园，儿稼女织，偃仰今古，自足此生。谁能作小吏，走风尘下乎？”是啊，简陋的木门之下，照样可以安居。家有田亩菜园，后辈男耕女织。悠然思今怀古，足以了此一生。谁还会愿意为了“五斗米”而奔走风尘之中呢？

虽已成为“村夫野老”，沈千运还是有不少高端大气上档次的朋友，他与著名诗人高适就是肝胆相照。朋友间的相互懂得最重要，沈千运选择退隐，高适十分理解，专门写了首《赋得还山吟送沈四山人》为他送行。

> 还山吟，天高日暮寒山深，送君还山识君心。
> 人生老大须恣意，看君解作一生事。
> 山间偃仰无不至，石泉淙淙若风雨，桂花松子常满地。
> 卖药囊中应有钱，还山服药又长年。
> 白云劝尽杯中物，明月相随何处眠？
> 眠时忆问醒时事，梦魂可以相周旋。

“送君还山识君心”，读到这一句时，我想沈千运肯定是泪水涔涔。人间走上一遭，阅人无数，但真正能懂自己的又有几人？天宝九年（750），高适任封丘县尉，专程前来汝北，拜访在此隐居的老友沈千运。老友相见，分外“眼红”——因高兴而哭红了眼睛。大诗人们也真奇怪，似乎唯有喝酒，才能一解百岁愁、千年忧。短暂的相聚后，临别时，高适吐着酒气，又吟赋一首《赠别沈四逸人》：

沈侯未可测，其况信浮沉。
十载常独坐，几人知此心。
乘舟蹈沧海，买剑投黄金。
世务不足烦，有田西山岑。
我来遇知己，遂得开清襟。
何意阊阖间，沛然江海深。
疾风扫秋树，濮上多鸣砧。
耿耿尊酒前，联雁飞愁音。
平生重离别，感激对孤琴。

一而再，再而三，如此不吝笔墨，是高适懂他，也是敬重他。

沈千运一生未获什么功名，高适在诗中却称老友为“沈侯”。“我来遇知己，遂得开清襟。”浸淫官场，案牍劳形，只有在你沈老兄面前，才能知无不言，言无不尽啊！

吟毕，自是洒泪而别。

来而不往非礼也。沈千运不顾年迈，在一个风和丽日的清早，骑上小毛驴去探望高适，欢聚之后写下这首著名的《山中作》赠给高适。

栖隐非别事，所愿离风尘。
不辞城邑游，礼乐拘束人。
迩来归山林，庶事皆吾身。
何者为形骸，谁是智与仁。
寂寞了闲事，而后知天真。
咳唾矜崇华，迂俯相屈伸。

如何巢与由，天子不知臣。

一句“如何巢与由，天子不知臣”，有沈千运的失望，当然也有他的哀怨。只是这种哀怨有些复杂，是感叹命运多舛，还是感叹不遇伯乐？如果不是苦无出路，谁又愿意做巢父与许由呢？“学得文武艺，货与帝王家。”这是天下读书人的人生理想啊！在我看来，与其说是感慨自己的人生，莫如说是沈千运在鼓励高适，既然人在官场，还是好好干吧，多为天下苍生好好做点事。

人与人的交往，多因利而交，终因利尽而散。沈千运与高适之间的交往，却纯粹得如此动人。朋友之间，最动人的，是说不出的“好”，而不是说不尽的“好”。

与高适等友人间的真诚唱和，没料到产生了意外包装的宣传效果。人隐居在汝北，沈千运的诗名却远播到了长安。唐肃宗李亨是位超级诗迷，无意间读过沈千运几首诗，爱不释手，马上置备厚礼并派出使者赶赴汝北，打算将沈千运召回长安，虚位以待。

使者一刻不敢耽搁，快马加鞭赶到汝北，当地官员却报告消息：沈千运刚刚因病去世了。

沈千运，就想问你，你到底有没有运气？

史料上记载，勤于笔耕的沈千运，一生写了几千首诗，《全唐诗》只存了区区五首，其他的全部遗失。

灵魂可以自主，人生的命数有时不可以。“所愿离风尘”，不愿又如何？

沈千运，你实在没有什么运气。检验人生的只能是人生。

沈佺期：长安“少妇”

我一直认为，沈佺期的《独不见》是写给自己的，“卢家少妇”不过是自拟。

沈佺期本不该是怨妇的样子，《唐才子传》中说他“伟貌辩给”“工五言”，属于不给他人“活路”的主儿！看吧，身材魁梧，能言善辩，而且才高八斗，五言用词讲究，构思奇妙，是时人学习写诗教科书式的范本。

同人不同命。

“苏李居前，沈宋比肩。”“苏李”指汉代苏武、李陵，他俩开拓五言诗体在前。“沈宋”指唐人沈佺期、宋之问，他俩总结了六朝以来诗律的成就，革新诗律，促使五言、七言律诗形式走向成熟。

是同声相应，又或臭味相投，沈、宋两人政治倾向相当，都曾百般献媚于武则天，呕心镂骨做了不少粉饰升平的应制诗。又因攀附武则天男宠张易之哥儿俩，在张氏兄弟倒台被诛后，这对“难兄难弟”又被同时发配流放。沈佺期发配到驩州（今越南荣市，为当时流人所贬谪的最远之地），个中原因有多种流传，比较权威的说法是，他在出任考功员外郎时，因收受巨额贿赂而受到弹劾，但有张易之保护得以涉险过关，没受到深究。后来，张易之自身难保，沈佺期因此受到牵连，凄风苦雨中，他不得不三步一回头离开长安，走上前路茫茫的流放之途。

此中苦情，以下一首《独不见》可见一斑。如果拂去历史的浮沤，不因人废言，读来当有切肤之感，也有椎心之痛。

卢家少妇郁金堂，海燕双栖玳瑁梁。
九月寒砧催木叶，十年征戍忆辽阳。
白狼河北音书断，丹凤城南秋夜长。
谁谓含愁独不见，更教明月照流黄。

这首七律，是借用了乐府古题中的“独不见”。郭茂倩《乐府诗集》解题云：“独不见，伤思而不得见也。”此诗模拟一位长安城里的卢姓少妇，“思而不得见”者，是她征戍辽阳十年不归的丈夫。诗人以委婉缠绵的笔调，描述女主人公在寒砧声声、落叶萧萧的秋夜，身居华屋之中，心驰万里之外，辗转反侧、夜不能寐的孤独愁苦情状。

此诗对后来唐代律诗，尤其是对边塞诗的创作产生了较大影响，历来评价甚高。从形式上来讲，诚如清代散文家姚鼐所说，此诗“高振唐音，远包古韵，此是神到之作，当取冠一朝矣”。

是的，就是这样一位长安少妇，丈夫戍边十年不归，这压抑着的情绪，与其说是思归，不如说是煎熬。掉过头来替沈佺期设身处地一想，他不也是远谪边远驩州的“辽阳戍人”吗？“长安少妇”念念不忘辽阳客，不过是沈佺期对那座欲望之城、对城内所谓贤明君王的臆想。香草美人传统上续接屈原的《离骚》之意，但汉唐之后“美人”多为诗人自指，很少指涉君王。

诗人借由闺怨之口，反写“明月照黄沙”下的戍人一腔孤寂辛酸、满腹羁旅愁苦。沈佺期这首诗走出“传统”，复古古意，颇有枯树发新芽之感。

沈佺期还有一首传世之作《杂诗三首·其三》，同样是闺怨，思绵绵，恨绵绵，再次幽微而出一段官场似海的怨诽。

闻道黄龙戍，频年不解兵。
可怜闺里月，长在汉家营。
少妇今春意，良人昨夜情。
谁能将旗鼓，一为取龙城。

众多诗评家认为这是一首反战诗，从字面上理解，这一说法颇有道理，但从“少妇今春意，良人昨夜情”句中，仿佛又读到了沈佺期的欲言又止、吞吞吐吐。

“春”而又“今”、“夜”而又“昨”，分别写出了少妇的“意”和征夫的“情”，昨夜夫妻惜别的情景仍在眼前浮现，今春的大好光阴虚度，让少妇备觉惆怅若失。

诗人身处穷山恶水，念兹在兹的，仍是庙堂之高。

朝廷没让他失望，没了他，应制诗交给谁写？候选人不少，但都没他出手快。唐中宗李显上位后，沈佺期立马被召回长安，任为起居郎，兼任修文馆直学士。这活儿的主要职责就是陪侍宫中。

有一次，唐中宗在宫内举行盛大 Party，雅兴大发，令学士群臣歌乐《回波》舞，谁来撰写起舞诗呢？

机会难得，沈佺期自告奋勇。不愧是个中高手，当场吟出的歌词让唐中宗龙颜大悦，马上令人赐他象牙笏板和红色官服。在众同僚的艳羡目光中，沈佺期感恩戴德，双膝扑通跪倒，三呼“万岁”！

靠写得一手麻溜的政治命题作文，沈佺期继续大踏步向前，不久又提拔为中书舍人。沈佺期智商高，情商也高，常以文会官，顺路提高美誉度。他曾写诗给当时的文坛领袖、燕国公张说。张老师读后叹为观止：“沈三兄诗清丽，须让居第一也。”有张说这样重量级人物的免费广告，沈佺期更是名噪一时。

沈佺期的诗，用字忌讳声韵不协，他定出了句式篇法的准则，使诗格韵律有一定之规，学诗者无不奉为圭臬。

张说的赞扬虽言过其实，但这种大规模的模仿，客观上推动了唐诗转变为近体诗。

沈佺期所作的诗歌，绝大多数是应制诗，没什么思想性，题材也很狭隘。倒是遭贬后，心由境生，写出了一些真性情、高质量的作品。比如在流放途中，一曲《夜宿七盘岭》，就表达得淋漓尽致：

独游千里外，高卧七盘西。
晓月临窗近，天河入户低。
芳春平仲绿，清夜子规啼。
浮客空留听，褒城闻曙鸡。

穷路迢迢，孤鸿寡鹄，或许只有文字才能焐热心底的凄凉。七盘岭位于现在四川广元东北百里之外，所谓“独游”，是诗人的委婉。此诗描写诗人夜宿七盘岭的情形，抒发惆怅不寐的心绪。全诗抓住凌晨时分自然环境的特点，巧加刻画，充分表达了诗人被远流他乡的哀苦之心。

诗品未必是人品。沈佺期以诗极尽谄媚之事，但在律诗创作上有无心插柳之巧，历史无意中成全了他。长安是大唐帝国的权力中心，沈佺期比谁都清醒地认识到，离开了这里，他将一文不名、一文不值。

“含愁独不见”？其实不必，在浩瀚的宇宙面前，我们仅像一粒尘埃。

施肩吾：一苇南渡

一段时间以来，台岛有一小撮人蠢蠢欲动，数典忘祖，不认自己是中国人，还妄想挟洋自重。此刻，望窗外夜色深沉，对这些不肖，唯报以一声叹息。

沉郁中，想起一首诗，浩瀚《全唐诗》中，写台湾的唯一一首，题目是《题台湾澎湖岛屿》。

腥臊海边多鬼市，岛夷居处无乡里。
黑皮少年学采珠，手把生犀照咸水。

这是诗人施肩吾的作品。据辛文房在《唐才子传》中说，施肩吾，字希圣，号栖真子，睦州人。又有后人说，施肩吾是杭州人，唐宪宗元和十五年（820）进士及第，是杭州史上第一位状元。

年代久远，有些笔墨官司很难再有定论，姑且暂放一旁，先来谈谈他这首与台湾有关的诗。

唐大中十三年（859），天灾、瘟疫、兵燹，天下大乱。眼看没什么生路，施肩吾于是决定冒险一搏，率领族人乘着一叶木船，出没风波里，经过多日惊涛骇浪，还算安全抵达了澎湖，并最终选择在此开枝散叶，繁衍生息，成了一名新台湾人。

当时的台湾，被大陆人称为“夷岛”。

筚路蓝缕，开启山林。施肩吾的这首诗，正是艺术地描绘了汉族与高山族人民共同开发宝岛台湾的艰辛历程，以及共同劳动、共同学习、共同生活的情形。诗的前两句，极写早年台湾岛衰草寒烟、穷巷据门。岛上荒凉悚怖，弥漫着海水的腥味。到了夜间更是恐怖，磷火忽明忽灭，海岛仿若鬼市。

施肩吾和随来的族人初来乍到，与当地人言语不通，更是风俗迥异。夜枕波涛，孤独就像一块硕大无朋的铁幕，又如鲸波鼍浪，巨大的压迫感让人窒息。

经过一段时间的磨合，施肩吾和族人逐渐融入新家园，与当地人和谐相处，可谓“上下和睦，周旋不逆”，诗的后两句正是这种融洽友爱的生动写照。台岛天气炎热，白天向当地人学习“采珠”，因此晒成了“黑皮少年”；晚上，则手提一种叫“生犀”的照明工具，照射在海面上，捕鱼打捞。耕海牧渔，劈波斩浪，虽然辛苦却也其乐融融。诗中描绘当年海岛荒凉的情形，夜晚的环境，奇异的风情，一一跃然纸上。作为唐诗中唯一写台湾的一首，史料价值和文学价值都万分宝贵。

施肩吾带到澎湖的不仅是族人，还有许多先进的生产方式和农业生产技术。施肩吾因此被后人誉为“民间开发澎湖的先驱者”。

施肩吾是一名科举的成功者，但他对官场意兴阑珊，“不待除授，即东归”，还没有等到朝廷任命官职，马上打道回府，还潇洒地给礼部侍郎写诗道别：“九重城里无亲识，八百人中独姓施。”临归家前，诗坛宗师张籍等朋友为他送行。从此一别，不知何日相见。“人皆知有仙风道骨，宁恋人间升斗耶？”原来施肩吾从小就怀有隐逸志趣，可谓纵身诗酒中，揽烟霞于怀。朋友们也没有什么好言相劝，大家埋头喝闷酒。

有时，酒是最好的道别；有时，酒是最有力的拥抱。

洪州西山是道家十二真君羽化登仙之地，施肩吾仰慕十二真君风骨，曾居住于此，读书修炼。他写下的这首诗颇能陈述当年心志：“重重道气结成神，玉阙金堂逐日新。若数西山得道者，兼余即是十三人。”

诗中流露出的志向与自信，读来令人肃然起敬。

没想到，施肩吾也是一位“女儿控”“中国式的好爸爸”。从他的《幼女词》，读到了千古以来天下父亲藏在心头的最柔软。

> 幼女才六岁，未知巧与拙。
> 向夜在堂前，学人拜新月。

无情未必真豪杰。诗人笔下的小女孩灵巧惹人爱。

“拜新月”，是乐府近代曲辞、唐教坊曲名。这首诗写的是拜新月，但题用《幼女词》，足见诗人的匠心。诗的前两句直述幼女之“幼”，年龄“才六岁”，一个“才”字，更给人以“动”之感。“未知巧与拙”，这话除表明“幼”外，更有多重意味。表面是说她分不清什么是“巧”、什么是“拙”这类较为抽象的概念。其实，也意味着因幼稚不免常常弄“巧”成“拙”。此外，“巧与拙”实偏义于“巧”，暗合末句“拜新月”之事。在我看来，“拙”也是在赞美一片纯真的童稚之心。反复咀嚼、比较，这首诗唤起了多少温情与美好的回忆。

施肩吾虽志在隐逸，却始终在用心审视着跳动的生活。他的一首《望夫词》，读到了他对人间情感的别致意蕴：

> 手爇寒灯向影频，回文机上暗生尘。
> 自家夫婿无消息，却恨桥头卖卜人。

这位思妇手执点烧占卜龟甲的柴火，在孤灯下燃烧龟甲占卜丈夫的归期，忙碌的身影在北窗前来回移动。“回文机上暗生尘”，这是说明为什么要占卜的原因。后两句更有意思，不去埋怨自己的丈夫从此杳无音信，反而怨恨桥头占卜人的卦象不灵验！

看似无理取闹，却正是从另一个侧面上寄托了她对丈夫深切的思念。

情感这么缠绵的诗人，为什么一直在追求道学、隐居山林呢？谁又能告诉我其中的因果？我甚至怀疑，他冒险东渡澎湖，是否是实现夙愿的另一种选择？

《唐诗鉴赏》中说施肩吾的《题台湾澎湖岛屿》，是唐诗中写台湾的唯一一首诗，这种说法似不准确，至少施肩吾本人还写过另一首与台湾有关的诗，诗名《感忆》：

暂将一苇向南溟，来往随波总未宁。
忽见浮鸥归别坞，又看飞雁落前汀。

不畏险难，多少人从大陆冒险而来，耕云播雨，开拓澎湖，个中有多少回九死一生？去问狂涛骇浪，去问翩翩飞鸥吧。

据说离开家乡赴台岛前，施肩吾预先给自己修了一座假坟，以备未来魂归故里、叶落归根。公元 861 年，他卒于澎湖，族人按照他的遗愿，不惜冒着如兽嘶吼的排山倒海，将他和夫人的寿棺，一同送回故乡，安葬于罗梦山。

终是故土难离。

不管生命历程如何富有传奇，但施肩吾终有一颗守静的心。从他的诗作《同诸隐者夜登四明山》，就读到了隐者的宁静淡泊，也读到了隐者寄情山水的自我放逐。

半夜寻幽上四明，手攀松桂触云行。
相呼已到无人境，何处玉箫吹一声。

这首诗作描写的是四明夜景，写得意境幽邃，极有情味。末句，写有一处突然传来一声箫鸣，以声衬静，动静相宜，更加显示出山野的幽静，确实妙笔。

心理强大的人，不是不落泪的人，而是愿意含着眼泪继续奔跑的人。我觉得，施肩吾就是那位吹箫人。

宋之问：文不如其人

岭外音书断，经冬复历春。
近乡情更怯，不敢问来人。

“此心安处是吾乡”，这话是骗人的，不信你试试看？远离家乡多年，音信蔽绝，一旦有机会回故乡，临行前，想必会整宿难眠。历千辛万苦、一路颠簸，远远地，已经可以看见老屋升起的袅袅炊烟了。这一刻，游子心中荡漾的，除了激动外，还有股不可名状的情怯吧。

美不美，故乡水；亲不亲，故乡人。亲人都好吗？家乡别来无恙？

这份忐忑，一下击中了所有游子心尖上的最柔软处。这首《渡汉江》，作者到底是谁呢？有的说是李频，有的说是宋之问。从诗名和表达的情绪猜测，我不揣谫陋，以为后者的可能性大一点儿。

宋之问无疑是旷世诗才，可惜品行不端、心术不正，以文字为梯，逐欲望之臭。他人生所有的哲学归为一点，就是巴高望上、削尖脑袋往上爬。举个例子吧，这例子可能会导致心理不适，在这先温馨提示一下。是这样的，为傍上武则天首席面首张易之、张昌之兄弟的大腿，宋之问竟然在张氏兄弟如厕时，亲手为他哥儿俩端屎盆子！

恶心！丢尽了天下读书人的颜面。

如此卑躬屈膝，他如愿了，终于混进了张氏兄弟的圈子。世上从来没有免费的午餐，宋之问也因此卷入政治争斗的暗流旋涡。武则天被迫禅让后，张氏兄弟的势力被连根拔起。宋之问活罪难逃，自然有人收拾他，被贬往岭南。岭南乃蛮荒之地，多瘴疠，宋之问绞尽脑汁想逃回内地，这首《渡汉江》，可能就是从贬所泷州（今广东罗定）仓皇逃归途经汉江时所作。

他的“怯”，可不仅是担忧了，而是恐惧。擅自跑回来，若被官家逮着，是要杀头的。

宋之问少有才名。《旧唐书》记载，宋之问二十岁就已诗名满天下。他尤善五言诗，当时无出其右者。武则天一言九鼎后，广揽天下英才，宋之问因缘际会得到重用进了朝廷。武则天让他“与杨炯分直习艺馆”，也即教授宫人读书写字，后因才华出众，他又被擢升为尚方监，掌管供应武则天日常生活之需，相当于武则天的后勤保障部长。

因在武则天身边做事，宋之问有机会结识一帮武则天身边的红人，积累了广阔的人脉，却也埋下了“误了卿卿性命”的祸根。此是后话。

被武则天看中是有道理的，让我们来看看宋之问的才情。

武则天有次游览龙门，眼前的花团锦簇、春意盎然，让她心情大好。为了助兴，她下旨令随从群臣吟诗作对。左史东方虬拔得头筹，最先交卷，武则天赏给东方虬一件锦袍。东方虬赶紧跪下接过锦袍，磕头如捣蒜，口中高呼“吾主万岁万万岁”！过了一会儿，宋之问的诗也献了上来，武则天读罢，击节赞叹不已。怎么办？只准备了一件锦袍。武则天令人把赏给东方虬的锦袍又拿了回来，转手赐给了宋之问。

宋之问得陇望蜀，恃宠而骄，竟然向武则天开口要官，想做北门学士。武则天这回拒绝了，拒绝的理由有点搞笑，说宋之问患有牙病，嫌他口臭！

这是哪门子理由？或许心焦上火吧，失望之余，宋之问写了《明河篇》一诗以示撒娇。诗中有句“明河可望不可亲”，“明河”即“银河”，表达的是哀怨，却也显得那么富有诗意。

果然是高手。

武则天生命力旺盛，养了不少“面首”，张易之兄弟史上最为有名。张氏兄弟的飞黄腾达，令宋之问艳羡不已，借掌管内宫的方便，他巴结上了张氏兄弟，还连番表示也愿为武氏献身，做个“大唐好面首”。宋之问仪表堂堂，风度翩翩，他自信有这样的资本。可惜，他又一次被嫌弃了，武则天说受不了他身上那股浓郁的狐臭。

诗品上流，人品下流，说的就是宋之问这类人。从泷州蹑手蹑脚逃回后，家里是不敢待的，他只好暂时躲在朋友张仲之家。

此时的张仲之，正酝酿着下一盘大棋：谋杀武则天侄子武三思。

张仲之为什么敢收留宋之问呢？因为膜拜他的才华，留着往后用得着。张仲之不但供他好吃好喝，还引为知己。既然是好朋友，有什么话不能掏心掏肺呢？坏了，正为没机会洗白犯愁的宋之问，赶紧把这视为救命稻草献了上去。

对，告密！

小人成功了，张仲之被斩首示众，宋之问则因告密有功，被提拔为鸿胪主簿，不久又晋为吏部考功郎。

长安道上，欲望无穷。官做到这份儿上，宋之问仍欲壑难填，谁有用就谄媚谁，谁有权就跪舔谁。武则天之后，他又瞄准了太平公主。真是奇了怪了，权力就喜欢吃这一套，宋之问如鱼得水，屡试不爽，又一次得逞了，蹿上了科举主考官之大位。

宋之问在这个重要岗位上宵衣旰食，夙夜不懈，不过他不是在公言公、为国抡才，而是掉进钱眼了。他大肆收受贿赂、买官卖官，一时物议沸腾、天怒人怨。朝廷为了平息众怒，一纸将他贬为越州长史。

遭贬后的宋之问不思悔改，依然我行我素。他几乎每日呼朋引类，大宴宾客，宋家门前车水马龙，川流不息。宾客三教九流，各色人等。唐睿宗即位后不久，监察御史上书弹劾宋之问，理由是他曾依附张易之、武三思。这家伙不思悔改，还公器私用，是可忍，孰不可忍！向南，一路向南，宋之问这次被贬至更岭南——钦州。不久，又下旨让他自杀。

人在做，天在看。宋之问的人生结局，《唐才子传》中说是“人言刘希夷之报也”。这又引出了一段文字公案，刘希夷是谁？宋之问的亲外甥。刘希夷是个神童，打小出口成章，曾作《白头吟》，其中“年年岁岁花相似，岁岁年年人不同”更是经典句。能吟出这样的好诗，刘希夷一时手之舞之、足之蹈之，一溜烟跑去呈给老舅宋之问过目。宋之问对这两句也喜欢得不得了，恳求转让给自己，刘希夷先是满口答应，后又反悔，对夺人所爱的老舅坚决拒绝。急红了眼的宋之问，把亲外甥骗至旅馆，让家丁用土袋子把刘希夷活活压死。

为了两句诗的版权，宋老舅不惜杀人。那一年，可怜的亲外甥刘希夷还不到三十岁。

上帝给了人们有限的力量，却给人们无限的欲望。欲望如药，宋之问不听话，没有遵从医嘱，服用的剂量太大了，结果了别人的才华，也结束了自己的生命。

苏味道：模棱手

后人说起大唐盛世，津津乐道，津津有味，但“味道”到底如何呢？

有一首诗，或可一叶知秋。我们不妨借文学的时空隧道，也玩一次穿越，回到千年前的现场，跟随着长安街头摩肩接踵的人流，一同走入灯火璀璨的深处，俯拾那一片片色彩斑斓的“秋叶”。

一年一度，长安城都要上演一场盛大的“灯光秀”。《大唐新语》《唐两京新记》均有记载：每年正月十五元宵节，帝都长安的热闹指数，远远高过除夕之夜。长安灯节，不夜长安；园林深幽，万人空巷。无论是富人的府邸，还是穷人的陋舍；无论是街道两边的店铺，还是大道小街的树上，挂满了一盏盏造型百变、错落有致的各色花灯。这时候天子与民同乐，连续三天，不用戒严，出入自由。偌大的长安街头，观者如堵，人山人海，豪门贵胄车喧马嘶，黎民百姓欢歌笑语。

长安，是灯的海洋，是欢乐的海洋。

不是复制，也不是虚构。如斯繁华，并非诳语，与《大唐新语》《唐两京新记》记载互证的，就是以下这首诗：

火树银花合，星桥铁锁开。
暗尘随马去，明月逐人来。
游伎皆秾李，行歌尽落梅。
金吾不禁夜，玉漏莫相催。

这首诗名为《正月十五夜》，是唐代诗人苏味道的代表作品。此诗从正月十五夜的灯光下笔，以灿烂辉煌的灯火之景统摄全篇，“金吾不禁夜”句，写尽了大唐都城的游人之盛，并巧妙烘托出大唐气象。诗人在妙笔书写这繁华之外，感叹时光易逝。全诗大开大合，高屋建瓴，所表现出来的从容不迫、疏落有致的雍容气度，在一定程度上体现了盛唐的自信与国运。

作者的艺术想象瑰丽，首联中用“火树银花”来形容长安是座“不夜城”，“合”字则表示四望如一，到处都是灯的森林、灯的海洋，好一幅大唐时期的“灯光秀”！而苏味道就是这场“灯光秀”的幕后总导演。你看，正在执勤的禁卫军，接到皇家开禁的命令，城门通夜打开了铁锁。“火树”“银花”“星桥”都是在极陈璀璨灯光。苏味道似乎站在长安城的制高点上，从“灯”着墨，以俯瞰的大角度极力渲染灯多、人多、欢乐多，笔下的铺陈浓稠艳丽，却又流水无痕。

“星桥铁锁开”这一句说的是游人如织，更是一句很好的过渡，接着就很自然地具体描绘出了无尽的节日风光。

人潮阵阵，如潮涌动；马蹄踏踏，尘土飞扬。弥漫散开的，全是欢笑与快乐。月光照到人们活动的每一个角落，明月当头，这灯火辉煌的佳节，正是风清月白的良宵。在灯影月光的映照下，花枝招展的歌妓们打扮得分外美丽，她们一面走，一面唱着《梅花落》的曲调。她们本身就是欢乐的海洋，她们也是欢乐海洋的一部分。

长安城里的元宵，真是无处不景，只怪眼睛不够用。“欢娱苦日短”，不觉已是夜深更阑。时间啊，你慢慢走，让一年一度的元宵夜长些再长些。“玉漏莫相催”句，以一种普遍性的心理描绘来结束全篇，言尽而意不尽，读之有余音绕梁、三日不绝之感。

舍不得穿越回来了吧？这颗驿动的心还留在大唐，还留在灯火阑珊中。重返眼前吧，重返生活中柴米油盐，现实更为精彩。

刚才我们读了苏味道的这一首好诗，也好像身临其境了一场灯火晚会。事隔遥远，我们仍有机会享受这一场视觉盛宴，要特别感谢苏味道，是他让后人细细品咂了一回大唐盛世的“味道”。

苏味道是有唐一代的诗文大家，赵州栾城人。《新唐书》上说他九岁就能写文章，与同乡人李峤均因文章而出名，时称“苏李”。

成年后，在本地父母官的极力鼓动下，苏味道应考进士科。毫无悬念，他一次考中。吏部侍郎裴行俭正受命率军出征突厥，出于对苏味道才华的欣赏，裴行俭将其招至麾下，任掌管书记。苏味道可谓“人见人爱，花见花开”，皇太子李弘的岳父裴居道，时任左金吾卫将军，也久慕苏味道的文采，于是夺人所爱，挖墙脚为己所用。苏味道果然是快刀手，裴居道有一次要他写一篇谢表，史书上说他“揽笔而具，闲彻清密，当时盛传”。文不加点，倚马可待，转瞬之间，就交卷了。

苏味道笔扫千军，却不是位好公务员。说白了，就是不担当，不作为，是尸位素餐的典型。他吏道纯熟、刀笔精通，是台阁旧事的百科全书，尤善于对奏。出任宰相这一要职时，却虚居其位，毫无建树，一味圆滑自保。他常常以过来人的口吻告诫属下：“决事不欲明白，误则有悔，模棱持两端可也。”正因这一番高见，时人给他起了两外号：“苏模棱”“模棱手”，成语“模棱两可”自他而来。

证圣元年（695），担任同凤阁鸾台平章事的苏味道，因触犯法律而被关在司刑狱，一同被关的还有凤阁侍郎张锡。张锡身陷囹圄，却安之若素、气色自如，好像根本没发生什么事。苏味道却迥然不同，从早到晚睡在地上，偶尔吃些蔬菜水果，一副惶惶不可终日的样子。武则天耳目众多，接到报告后，将张锡流放岭南，苏味道呢？因祸得福，只将其降职授任集州刺史，不久又再次担任凤阁侍郎、同凤阁鸾台三品。

这一细节耐人寻味，苏味道演技熟稔，是位“影帝”，埋藏很深的“伪装者”。他的战战兢兢、如履薄冰，是在洞察和经历官场险恶后的一种自保、一种本能。

苏味道虽“然其为相，特具位，未尝有所发明”，还得了个“模棱手”的外号，有辱斯文，但他的子孙后代却非常了得，他骄傲地成为后来文坛上著名“苏氏三父子”的先祖。

苏味道生有四子，其中老二苏份选择了另一种人生路，他没有子承父业在官场上厮混，而是迁居到了四川眉山，并在此娶妻生子，开枝散叶，成为四川苏氏的祖先。苏味道的第九代子孙便是一代文宗苏轼。苏轼虽然出生在眉山，但他不忘自己“从哪里来”，填报各种表格时，祖籍地永远是栾城，这也是苏东坡经常在诗文上署名“赵郡苏轼”的原因，乃至他的墓志铭也写道“苏自栾城，西宅于眉”的字样。

苏轼遗传了先祖的才华，却不屑任何的“模棱”，反而是“一肚子的不合时宜”，因此吃尽苦头，屡遭贬谪，一生“黄州惠州儋州”，性格中的张狂与倔强，还差点要了他的命。

苏味道另一首引人关注的诗作，是《咏虹》。

纡余带星渚，窈窕架天浔。
空因壮士见，还共美人沉。
逸照含良玉，神花藻瑞金。
独留长剑彩，终负昔贤心。

这首诗用典较多，阅读起来有些晦涩，找了许多资料，终无所得，只好求教于大学同学、浙江大学中文系陶然教授。他发来几段解析的文字，看后大为叹服，不敢专美，兹录如下：

纡余，迂回曲折。星渚，谓银河。天浔，即天涯。此二句描写彩虹之状貌。

壮士见，用白虹贯日之典。《战国策·魏策四》：“夫专诸之刺王僚也，彗星袭月；聂政之刺韩傀也，白虹贯日。”《史记·鲁仲连邹阳列传》：“昔者荆轲慕燕丹之义，白虹贯日，太子畏之。”裴骃集解引应劭曰：“精诚感天，白虹为之贯日也”。

“美人沉”，《尔雅》卷六《释天》中说：“蝃蝀谓之雩。蝃蝀，虹也。”晋人郭朴注：“俗名为美人虹，江东呼雩。”《异苑》（卷一）载：“古语有之曰：古者有夫妻，荒年菜食而死，俱化成青虹，故俗呼为美人虹。”郭朴又云：“虹为雩，俗呼为美人。”

“逸照”，谓灿烂的光辉。一本作逸势。神花，一本作神光。这两句都是描摹彩虹之光彩。“独留”两句，用剑气上冲斗牛之间的典故，盖谓虹虽可印证剑气，但能识气寻剑之昔贤如张华者不再，故尾句感慨其意。

好一句“终负昔贤心”！替他人惋惜的同时，苏味道自己有过反思吗？我想一定有的，只是他输给了自己，也输给了时间。

苏味道结局令人扼腕，娴熟于“模棱”的他，因依附张易之，后继者唐中宗对此龙颜大怒，将他贬为郿州刺史。

离开权力中心，苏味道从此郁郁寡欢，终死于任所。他一辈子揣着糊涂，却一辈子没能装明白。

王昌龄：诗家夫子

婚姻讲究门当户对，交友又何尝不是呢？无友不如己者，王昌龄的朋友圈里都是些牛人，置顶的当是李白，紧随其后的有高适、王维、王之涣、岑参、孟浩然、辛渐，等等。您瞪大眼睛瞧瞧，哪一位不是如雷贯耳？

他和他们之间，有酒，更有诗。

唐代竞相斗妍的诗坛上，王昌龄绝对属于第一方阵。世代耕读传家的他，靠的无非是才华。创作上，与其他诗人比，王昌龄身怀独门绝技。《唐才子传》说："昌龄工诗，缜密而思清。"他的七绝与李白并称，被誉为"七绝圣手"。因曾任江宁县令，时人昵称他为"诗家夫子王江宁"。

王昌龄的诗以描写边塞、闺情、宫怨和送别为多，尤以登第之前，赴西北写的边塞诗最为脍炙人口，千古经典、千古传诵。

一句"诗家夫子王江宁"，实乃大有深意焉。儒家经典《论语》中，孔子的门徒张口闭口，言必称孔子为"夫子"，"夫子"遂成对师者的尊称。由此引申而来，王昌龄则是众诗家的老师了。他们称王昌龄为"夫子"，言为心声，发自肺腑，一是服膺他的诗才，一是同情他的命运蹭蹬。

开元十五年（727），王昌龄与状元李嶷同榜进士及第，授职汜水县尉，后又中博学宏辞科，升迁校书郎。正在仕途上心想事成的他，为什么又会跑到漠漠大西北去呢？

这得从唐玄宗的一次军事改革——改"府兵制"为"募兵制"说起。这一招，激发了一股文人从军热。潮流中的王昌龄，因此有了这一段激情燃烧的岁月。

无心插柳，他也迎来了诗歌创作的蓬勃春天。

王昌龄随大军来到西北边陲。所见所闻，这一切都是崭新的，大漠风光，孤烟日落以及对军旅生活的深刻体验，让他的诗歌佳作迭出，特别是大量优秀的边塞诗作。甚至有人考证，王昌龄还是边塞诗的创作先驱。

他的边塞诗意境开阔，语言圆润，音调婉转，耐人寻味，奏响了盛唐时代的主旋律，也深沉地表达了诗人的家国情怀。他尤善捕捉典型的情景，借边塞风光以及边关战场的细致描写，丰富地表现了将士们细腻的内心世界。《出塞》系列中第一首堪称经典。

秦时明月汉时关，万里长征人未还。
但使龙城飞将在，不教胡马度阴山。

依旧是秦汉时的明月，依旧是秦汉时的边关，可也依旧是边战不断、征战连连。二十八个字之下，读者穿越时空所看到的，不是一时一地的出塞将士远去不回，而是千百年来，成千上万的热血男儿悲壮而惨烈的出征场面。作者好像在问，战事什么时候结束？将士什么时候回到亲人身边？千军易得，一将难求，“飞将军”李广又在哪里？这些追问代言了无数士卒和天下百姓对于良将的渴求，表达的是不同时空百姓对和平的共同憧憬。

王昌龄是唐诗写作导师级的人物。即便是同样的边塞诗，他也能做到“旧瓶新酒”“老树新枝”，写出自己全新而细腻的体验。如他的《塞下曲》——

蝉鸣空桑林，八月萧关道。
出塞复入塞，处处黄芦草。
从来幽并客，皆共沙尘老。
莫学游侠儿，矜夸紫骝好。

这首诗借用了乐府形式，由征戍边塞不回，进而告诫少年千万不要炫耀武力，从而抒发反战之情。寒蝉、桑林、萧关、边塞、秋草都是中国古代诗歌意象里悲情的文化符号。开篇的浓烈肃杀，正是服务全诗需要表达的反战主旨。这首诗，足见王昌龄的超拔之才。他写边塞秋景，有慷慨悲凉的建安遗风；写戍边征人，有汉乐府的直抒胸臆；规劝市井少年，又让人看到了唐代年轻人的浮夸孟浪。另一首同题的《塞下曲》中，有一句“白骨乱蓬蒿”，表现的是战争不断，白骨累累，读来触目惊心。

王昌龄呈现的精彩不囿于空旷的边塞诗，他的闺怨诗也是“一级棒”。这类诗，看似无怨，实则怨至深；看似无恨，实则恨最长。我们来读读他的经典篇《闺怨》。

闺中少妇不曾愁，春日凝妆上翠楼。
忽见陌头杨柳色，悔教夫婿觅封侯。

少妇登楼赏春，本是件赏心悦目之事，可是当她看到陌头杨柳时，心情陡转，哀从心起，肠子都悔青了，当初就不该叫丈夫去孜孜以求一官半职啊。自古以来，男人热衷于“功名只向马上取”“男儿何不带吴钩，收取关山五十州”，却不知道在这背后，是多少闺中怨妇的韶华付出与奉献牺牲。

世上有许多事，尽管看得清楚，却无法或不能说出口，但王昌龄帮我们掀开了人生的千疮百孔。这首诗，由喜到悲的瞬间反转，震撼了人心，也读到了哀伤与沉痛。

不同于边塞、闺怨的“小众”，送别诗在诗人圈的书写则“普罗”了许多。于送别诗，王昌龄自然不遑多让。

虽没“四大名楼”的知名度，“芙蓉楼”却因王昌龄的一首诗而写进人心。楼幸运，人也幸运。公元 741 年，王昌龄任江宁丞。此时正身处贬谪之中，他心情苦闷之极，老朋友辛渐专程探访。他乡遇故知，这对王昌龄不啻是久旱逢甘霖。他高兴得像个孩子，雀跃万分，除了把酒言欢，就是热情地拥抱诗歌。

终有一别，无憾当是最好的离别。因为有王昌龄以诗相赠，辛渐不虚此行，在诗歌史上挣了个满载而归。

芙蓉楼送辛渐

寒雨连江夜入吴，平明送客楚山孤。
洛阳亲友如相问，一片冰心在玉壶。

朋友间刚刚相见，转眼又要远行。万般不舍，一夜未能入眠，王昌龄由此才能感受到“寒雨连江夜入吴”。这一句读到了王昌龄对朋友的耿耿真情，也读到了王昌龄与辛渐间的契合金兰。《唐语林》中说他俩是“交友至深”。孤独的楚山，被作者赋予主观情感，既是写景，也是作者的心灵外化。后两句则是千古名句，其中的“一片冰心在玉壶”，一是对亲友问候的回答，二是表明自己虽然遭贬，但仍会坚守志气不改，一以贯之。

诗人对朋友别离的真挚感情隐于字里行间，细细读来，感人至深。真情如镜，返照如一。诗人之于辛渐如此，李白笔下深情之于王昌龄何尝不是如此？

“王稍声峻，奇句俊格，惊耳骇目。”《唐才子传》认为王昌龄的诗格调不凡，读来惊骇，但对他“晚途不矜小节，谤议腾沸”亦颇有微词。也正因为这点性格，以至王昌龄“两窜遐荒”，因不拘小节，被贬两次。王昌龄曾被贬为龙标县尉，大诗人李白听说后，写了一首诗从远道寄来给他：

闻王昌龄左迁龙标遥有此寄

杨花落尽子规啼，闻道龙标过五溪。
我寄愁心与明月，随风直到夜郎西。

诗首句“杨花落尽子规啼”读来沉郁，似乎隐约预测到了王昌龄不久的未来。全诗中最让人动情的，当是“我寄愁心与明月”句。李白心中的愁思无可诉说，无人理解，唯有托付于明月。山长水远，也只有依靠明月才能将一份愁心遥寄，希望远方的王昌龄，也能借一轮明月感受到自己的同情与关切。

桀骜不驯、大大咧咧示人的李白，也有感性甚至柔软的一面。

安史之乱爆发后，王昌龄趁时事乱局从贬所龙标（今湖南黔阳）回到故乡太原。落叶归根本是人生幸事，谁曾想到王昌龄的人生却没来由地煞然作结——“为刺史闾丘晓所忌而杀”。王闾之间，有什么怨又有什么仇？闾丘晓何以对王昌龄痛下杀手？史书上没过多的记载，语焉不详，只有三个字：妒其才。

据传，闾丘晓也喜欢写诗，只是大多为平庸之作。有一天，闾丘晓在街头偶遇回到家乡的王昌龄，于是有了这样一段对话：你就是王昌龄？是的！你就是“七绝圣手”？没待王昌龄答话，闾丘晓突然恶语相向，继而拳脚相加，最终当街将王昌龄活活打死。

荒唐啊！那年，王昌龄还不满六十岁。

苍天何曾饶过谁？公元757年，时任濠州刺史的闾丘晓，接到河南节度使张镐的一纸军令：率兵火速赶到睢阳以解张巡之围。

史书上说，闾丘晓因行军误期，被张镐杖杀。临刑前，闾丘晓以父母年事已高为由请求宽恕，张镐反问他道：“王昌龄的父母谁来供养呢？”听罢，闾丘晓羞愧沮丧，垂头不语，只得乖乖受刑。

诗者无言，岁月有声。

王梵志：生我者“树瘤”

民国时期的著名军阀冯玉祥十四岁当兵，没读什么书，却喜欢舞文弄墨。戎马倥偬的军旅生涯中，冯将军笔耕不辍，创作了大量的“打油诗”。有好事者粗略统计了一下，他写下的诗作竟有一千四百首之多。

因出身行伍，人们称他的诗为“丘八诗”。

冯将军的最大嗜好就是植树，驻扎到哪儿，植树不已。有次率兵路经徐州，“树瘾”又犯了。副官赶紧找了块地，供将军和士兵绿化造林。一个晌午后，回头望，大地一片郁郁葱葱，冯将军很满意，汹涌的“诗瘾”不可遏制，随即张口吟诗一首：

造　林

老冯驻徐州，大树绿油油。
谁砍我的树，我砍谁的头。

将军家的“树”和布衣百姓的“头”，或因或果，孰轻孰重？

读罢令人莞尔。

冯将军还有一首与树有关的诗，只是境界高了些，还用了比兴的手法噢。

鸟爱巢，不爱树，
树一倒，没处住。

看你糊涂不糊涂！
人爱家，不爱国，
国如亡，家无着。
看你怎样去生活！

还真是这理儿，没有天哪有地？没有国哪有家？话糙理不糙，不过将军毕竟是将军，诗人却未必是诗人。

先拿冯将军说事，是想到了初唐的“白话诗僧”王梵志。读他俩的诗，虽然时代相隔甚远，但还是读到了某种共有的、莫名的喜感。

当然，从艺术的角度来说，王梵志的诗歌自然是技高一筹。他的诗以说理议论为主，多据佛理教义劝诫世人行善止恶，对世态人情多讽刺和揶揄，对社会热点问题也多有涉及。

一句话，王梵志的“打油诗”要高大上些。如他的《诗三首》，当时就流传得很广。

梵志翻着袜，人皆道是错。
乍可刺你眼，不可隐我脚。

城外土馒头，馅草在城里。
一人吃一个，莫嫌没滋味。

他人骑大马，我独跨驴子。
回顾担柴汉，心下较些子。

读完后，你一定笑了。请严肃点好吗？不妨敛声屏气，闭上眼睛想一想，在他平易浅显的诗中，是否读到了潜藏于诙谐幽默中的深刻？第一首，表达了人生的快意恩仇，快乐反诸内心，不必看他人脸色。第二首，以土馒头喻坟墓，以馅草喻人，语带机锋，发人深省。最后一首，更是心灵鸡汤，别人开奔驰，我骑共享单车，总比走路的人强些吧？

知足不辱，知足常乐，做人就该如此。

如果要分类，王梵志的诗到底算什么体呢？很难说，这个问题同样难倒了不少才高八斗的大学者，他们抓耳挠腮，想了老半天，最后定位是："介于格言诗与佛教偈语之间"的吧？

王梵志出家为僧，并非因为信仰，更多是因为无奈。探究个中原因，足令人为他掬一把热泪。他生在殷富之家，读过儒家经典和诗书，家有成群的男仆婢女，生活无忧无虑。因隋末战乱，家道中落，仅剩薄田十亩，继而家产破败，以致穷困潦倒。改朝换代后，他曾做过李氏王朝的监铸官。当官后的王梵志，清正自守，还常以孟尝君自况。

他本打算将当官进行到底，志不在官位大小，只求能为百姓实实在在地做点实事、好事。可惜，天不遂人愿，官场上的"逆淘汰"，让他梦碎，任期未满就被革职。

回到家里的王梵志，没想到陷入更大的人生困顿。他虽生有五男二女，却全是一群不孝子女，对父亲不闻不问，甚至当众呵斥。王梵志晚年生活无着，成了"身无一物"的"硬穷汉"，无奈之下，他被迫离家出走，沿路乞讨。五十多岁时，实在无树可栖、无枝可倚，走投无路之下皈依了佛门。

鹑鸟生翼，人情浇薄。挨家挨户地乞讨，饱受白眼，屡遭欺凌。他常常捧着一只破钵，嚼着残羹，回望往昔的锦衣玉食。一首《吾富有钱时》，读到了"富在深山有远亲，贫居闹市无人问"的人间冷暖。

吾富有钱时，妇儿看我好。
吾若脱衣裳，与吾叠袍袄。
吾出经求去，送吾即上道。
将钱入舍来，见吾满面笑。
绕吾白鸽旋，恰似鹦鹉鸟。
邂逅暂时贫，看吾即貌哨。

人有七贫时，七富还相报。
图财不顾人，且看来时道。

钱是“阿堵物”。可又有多少人，为了这“劳什子”而不顾一切，犹如飞蛾扑火？！这诗言近旨远，现在读来，仍不啻是警世恒言。

《唐才子传》中没有与王梵志有关的任何片言只语，《旧唐书》《新唐书》也看不到王梵志的有关记载。在这些编撰者的眼里，他的诗不过是释道解偈之类，难登大雅之堂。民间也不见有刻本传世，直到清末，盗墓者挖开敦煌莫高窟的石室，意外发现了王梵志的诗作。经此一劫，却歪打正着，他独树一帜的诗作才得以重新走进读者的视野。

“养儿防老，积谷防饥。”不能含饴弄孙享受人伦，或许是王梵志人生最大悲剧。对此，他以诗对天下父母进行椎心泣血般的告诫：

立身行孝道，有事莫为愆。
行使长无过，耶娘高枕眠。
耶娘年七十，不得远东西。
出后倾危起，元知儿故违。
养儿从少打，莫道怜不答。
长大欺父母，后悔定无疑。

“长大欺父母，后悔定无疑。”时至今日，王梵志所担心的悲剧，还不时轮番在人间上演。

或许是感慨于王梵志的命运多舛，后人对他的出身有不少的臆想。晚唐时有个叫“冯翊子”的人，在《桂苑丛谈》中提到了王梵志惊世骇俗的“你是谁”“你从哪里来”。

“王梵志，卫州黎阳人也。黎阳城东十五里，有王德祖者，当隋之时，家有林檎树，生瘿，大如斗。经三年，其瘿朽烂。德祖见之，乃撤其皮。遂见一孩，抱胎而出，因收养之。及七岁，能语。问曰：‘谁人育我，复何姓名？’德祖具以实告：‘因林木而生，曰梵天。后改曰梵志。我家长育，可姓王也。’作诗讽人，甚有意旨，盖菩萨示化也。”

想象绮丽，真是让人脑洞大开！在冯翊子的笔下，“树瘤”就是王梵志母亲的子宫。他在这里待了三年，因树瘤溃烂，被人发现并抱了出来。然后只会吃饭，不会说话，七岁时才突然开口，第一句话就是逮人问道：“我是从哪来的？”

每当人远航归来，他总有故事可说。

这段近似“山海经”的记载当不得真，其中的附会，不过是后人同情王梵志时乖命蹇的人生罢了。

王梵志的人生令人唏嘘，但他本人倒是达人知命，常以看客的心态打量周遭，又以饱经沧桑的长者口吻，一字一句，提醒人们生活中可能遭遇到的种种不堪。

通达者寿。虽然敝衣粝食、颠沛流离，王梵志还是顽强地活到了八十岁。

如果不是一场意外，冯将军应该也可以活得更长些。

王翰：坏小子，好小子

诗人王翰家里有“两多”：多名马，多歌女。《唐才子传》说王翰家“枥多名马，家蓄妓乐”。

这“两多”都要烧钱，但王翰烧得起，他家朱门绣户、富可敌国。

少年王翰，豪爽放纵，“富二代”身上所有的毛病，他一个都不少——赌博喝酒，依红偎翠，流连忘返，不亦乐乎！

说话的口气很大，王翰喜欢把自己比作王侯，常常召集一帮浪荡哥们儿，玩飞禽，击大鼓，弄得乌烟瘴气。以至于《新唐书》对此都看不过眼，不愿为尊者讳：“（王翰）目使颐令，自视王侯，人莫不恶之。”一时间，闻“翰”色变，令人侧目。许多父母警告自家孩子，离王翰这坏小子远点再远点，否则小心打断你的腿！

海明威说过：“优于别人，并不高贵，真正的高贵应该是优于过去的自己。”玩够了，也玩累了的王翰，有一天突然醒悟过来，决心求取功名，以光宗耀祖。虽然倜傥不羁，王翰也是“别人家的孩子”，有财更有才，天资聪慧，逢考必过。据傅璇琮先生在《唐代诗人丛考》中考证，景云元年（710），他登进士第，不久考中直言极谏科。在接下来的各种考试中，王翰继续保持不败的骄人战绩，再接再厉又攻下一城，考中超拔群类科。

唐代非常注重选拔人才，为搜罗天下英才，设计的制科名目繁多，达八十多种。上面提到的直言极谏和超拔群类科，均为唐制举科名。当年，唐太宗看着天下读书人从考场鱼贯而入，曾得意地说过一句话：“天下英雄，尽入吾彀中矣！”

唐太宗一朝，将帅如雨，谋臣如云。李世民此言不虚，“贞观长歌”奏出激越的音符，就是最好的历史证明。

凭着屡战屡胜的不败纪录，王翰风光出仕，被朝廷授为昌乐尉。

父母官、并州长史张嘉贞与王翰偶然一见，遂惊为天人，对他啧啧称奇，引为知己，坐而论诗，往往通宵达旦。有一次，酒宴欢饮之后，乘着酒兴，王翰引吭高歌，一曲唱罢又来一曲，意犹未尽。张嘉贞呢，则不顾官道尊严，在酒精的作用下，走到厅堂中央，且歌且舞，神采飞扬，形舒意广。

好名传千里，王翰的知名度超越并州，传到了都城长安。帝国高官张说听闻后，忍不住好奇，到处向人打听王翰的有关情况，还命人四处找来他的诗歌欣赏。每读完一首，张说总要连声说：“好诗，好诗！以前怎么没听说，这小子是从哪块石头里蹦出来的？”

张说先后三次拜相，又是当时文坛领袖。即便如此，初见后，张说就决定要助王翰一臂之力。于是，张说主动认王翰为自己的门生，有了这名分，张说名正言顺，对他不遗余力地予以提拔。先是任命王翰为正字，刊正文章，相当于掌管文秘工作。不久又升任他为驾部员外郎，尚书省兵部四司之一，这也算是关键性领导岗位了。

当时知名文士祖咏、杜华等与王翰多有来往，还一度成了王翰的小跟班。杜华的母亲崔氏对人说：“我听过‘孟母三迁’的故事，如果要找个风水先生算个卦选择定居的地方，能和王翰做邻居也就心满意足了。”

不是千人千面，而是一人千面。王翰自有光芒。

纨绔子弟王翰，凭什么能够圈粉无数、老少通吃？《唐才子传》有个解释——“翰工诗，多壮丽之词”。张说、张嘉贞不顾地位悬殊，倾心与王翰相交，多因于此。

任何地方只要有人爱你，它就是你的世界。一句话，还得靠实力说话。

有时候，认清自己，就已经是前进一大步了。虽然成长阶段曾经放浪形骸，但王翰浪子回头，自此韦编三绝，尤勤于笔耕。《新唐书·艺文志》载有王翰集十卷。只可惜，《全唐诗》只存诗一卷，仅有十四首。不过，好作品不在乎多，王翰就凭以下这一首，足以诗名不灭。

凉州词

葡萄美酒夜光杯，欲饮琵琶马上催。
醉卧沙场君莫笑，古来征战几人回。

军号已吹响，将士们即将奔赴战场。出征前，设宴畅饮一番，一醉方休。酒能壮胆，刀枪无情，战场的一番厮杀后，能否活下来，战友们能否再在一起喝上庆功酒，只有天知道。既然生死未卜，就不如畅怀痛饮，一次喝个够吧。将士们的英勇气概以及出征前的悲壮情景跃然纸上。全诗的格调，哀而不伤，伤而不悲。

千百年后，再读这一首诗，心会不由自主地悬着，为将士们壮行，更祈祷将士们凯旋奏捷。

“醉卧沙场君莫笑，古来征战几人回。”读到这两句诗时，相信一下子能将万千读者击倒。如果我喝醉了，醉卧在战场上，你们不要笑话我，我早已将生死置之度外。从古至今，上了战场的，又有多少人能活着回来？不想这么多了，此时此刻，我只想大醉一场。

上阵杀敌，不必远送。

《唐诗别裁集》这样评价王翰的《凉州词》：“故作豪饮之词，然悲感已极。”其实，这首诗含义非常复杂，令人喜，更令人悲；似感伤又似旷达，似谐谑又似悲伤。正因为这些斑斓多重的元素，才使《凉州词》成为卷帙浩繁唐诗中的经典。

“我有一瓢酒，可以慰风尘。”如何评说王翰？可谓知弟子莫如老师，张说对其知之甚深，他是这样说的：“如琼杯玉斝，虽烂然可珍，而多玷缺。”意思是说，王翰就像美玉制成的酒杯，虽光彩夺目值得珍惜，却也有不少斑点和残缺。

意外和明天，永远不知道哪个先到，意外又多藏于“玷缺”。张说因坚决不肯党附太平公主，后被罢免相位。殃及池鱼，作为张说的得意门生，自然是一荣俱荣、一损俱损，王翰被外放为仙州别驾。

仕途受挫，王翰心如死灰，在外放地仙州，故态复萌，整日不是打猎就是酗酒，“日聚英豪，从禽击鼓，恣为欢赏”，一时舆情汹汹。如此放肆，自有人看不下去，上书对他进行弹劾。这样还了得，朝廷大怒，又将王翰发配到更为遥远的地方——被时人视为瘴疠之地的岭南。或许是舟车劳顿，又或许是水土不服，王翰还没能走到贬谪地，便一病不起，在半路上去世了。

王翰，遗憾吗？想起列夫·托尔斯泰说过的一段话：“每个人都会有缺陷，就像被上帝咬过的苹果，有的人缺陷比较大，正是因为上帝特别喜欢他的芬芳。”

其实，人有点小坏，有点小不足，或许更符合人性。残缺之美，让王翰活得更真实。

王建：厨下羹汤手

王建是个“酒瓶子”，醉后又常常撒酒疯，仗气使酒，还差一点儿摊上大事。好在急智，他佯装酒醉躲过了一劫。

“宫词”是古代的一种诗体，多写宫廷生活琐事，一般为七言绝句，在庞大数量的唐诗中不乏佳作。“宫词”的发扬光大，王建厥功至伟。辛文房在《唐才子传》中说他的《宫词》“特妙前古”，超越了前人。

他的《宫词》百首，以白描见长，突破前人抒写宫怨的窠臼。宫阙楼台、早朝仪式、节日风光、君王行乐游猎、歌伎乐工歌舞弹唱、宫女生活及各种宫禁琐事，犹如一幅幅风俗图画，在王建精心的文字打磨下，徐徐展开。诗即史，史即诗，他的作品已成为研究唐代宫廷生活的重要资料。

先来读其中的一首。

欲迎天子看花去，下得金阶却悔行。
恐见失恩人旧院，回来忆著五弦声。

有一位妃子，绞尽脑汁想讨好皇上，找了个机会奏请赏花，皇上满口答应了。这位妃子满心欢喜，张罗好了一切，她却又突然心生悔意，且道为何？原来赏花时必经另外一位妃子曾经的住地。妃子虽已失宠，但还是隐藏着危机啊，这位妃子曾以善弹五弦琴而得到过万千宠爱，皇上路过时万一触景生情，忆起往日的恩爱，这不是为他人作嫁衣裳吗？该如何是好呢？一出未雨绸缪式的“宫心计”，在诗中刻画得惟妙惟肖、活灵活现。

一切的文学作品，源于生活却又高于生活。那么，王建笔下的这些宫禁琐事，写作素材又是怎么来的呢？是他的堂兄、宦官王守澄，是他在一次次酒足饭饱后，带着炫耀的口吻透露给了王建。王守澄因参与册立唐穆宗李恒而暴得大名，一时炙手可热。借此，王守澄当上了唐穆宗朝的知枢密院事，掌管传宣诏令，出纳王言，位高权重，几乎与宰相平起平坐，平分秋色，一同处理国政要事。

有这样强大背景的堂兄，王建“多知禁掖事”。他多次借喝酒的机会，在与他人的闲谈中口无遮拦，还将所知的宫闱之事写成了一百首《宫词》。这些诗流传出来后，王守澄每每读罢，心惊肉跳，脸色煞白，这些都是皇室最高机密啊，要株连九族的。

下班后，从宫中出来，王守澄匆忙来到王建家，堂弟一如既往地酒好菜好，摆上一桌。喝得正酣，乘着酒兴，王建竟“以相讥谑”。王守澄本是前来警告王建往后不得再写“宫词”，没想到反遭诗讽太监不是“男人”。王守澄“深衔之”，对王建怀恨在心，也暗下杀心，必欲除之为快。

酒过三巡，王守澄抬起一双醉眼，恶狠狠地问王建：“吾弟所作《宫词》，内庭深邃，何由知之？明当奏上。”宫门深似海，海有惊涛浪。你今天必须老实交代，诗中所说的内庭之事从何得知的？这事明天我得向皇上报告。

王守澄目光狰狞，王建佯装大醉。

第二天一早，王守澄收到堂弟王建送来的一首道歉诗，看到后两句，王守澄顿时蔫了——

“不是姓同亲说向，九重争得外人知？”

啊？自己正是泄密者！罢了，罢了，害怕牵连到自己，王守澄只好睁一只眼闭一只眼。后来皇上果真问起了此事，他还得绞尽脑汁为王建转圜。不管如何，这场风波也就算过去了。

大历十年（775），王建在状元丁泽的名下以第二名进士及第，释褐（脱去平民衣服，喻始任官职）后从基层做起，先县尉，后县丞，又经司曹的多次举荐，王建步步高升，历任太府寺丞、秘书丞、侍御史。太和年间，王建被外派出任陕州司马。

王建最得意的一段生活，是“从军塞上”。边塞从军，让王建多了一个身份：军旅作家。因拥有这一身份，他的创作视野更为广阔。史书上说他“弓箭不离身”，煞是威武神勇。他的边塞诗写得与众不同，如《送人游塞》：

初晴天堕丝，晚色上春枝。
城下路分处，边头人去时。
停车数行日，劝酒问回期。
亦是茫茫客，还从此别离。

思乡怀人，离愁别恨。王建的出品，在中唐边塞诗中独具魅力。

几年后，王建厌倦了官场的生活，于是选择隐居咸阳。他作《自伤》，一浇才高运蹇、怀才不遇之块垒。

衰门海内几多人，满眼公卿总不亲。
四授官资元七品，再经婚娶尚单身。
图书亦为频移尽，兄弟还因数散贫。
独自在家长似客，黄昏哭向野田春。

王建啊王建，请摸着良心说，你的人生有这么惨吗？作为千年后读者的我，好像从中读到的更多是撒娇，或矫情。

一袭华丽的袍子下，藏着不足为外人道的“小”。

更喜欢的，是王建那些充满生活气息的作品，比如《新嫁娘词》中一首。

三日入厨下，洗手作羹汤。
未谙姑食性，先遣小姑尝。

“未谙姑食性，先遣小姑尝。”多年媳妇熬成婆。新媳妇难当啊，我在这里看到的却是一位聪明、细心，却又略带些许狡黠的新嫁娘。

代言诗，常是借他人之酒瓶，装自己之心思，在别人的故事里，藏着自己的表情。要我说，这首《新嫁娘词》与唐人朱庆馀的《近试上张水部》异曲同工，只是多了些深沉。借《近试上张水部》观照此诗，“新嫁娘”或许即作者本人，诗作不过由厨事写仕宦，但写的都是那种宦海沉浮、那种杀机重重、那种小心翼翼。跳出来看，急流勇退，隐居咸阳，或在此诗中已有端倪!

王建的创作一专多能，他的田园诗写得“心思之巧，辞句之隽，最易启人聪颖”。清代诗评大家沈德潜评论王建的田园诗相当独到。看看这一首:

雨过山村

雨里鸡鸣一两家，竹溪村路板桥斜。
妇姑相唤浴蚕去，闲看中庭栀子花。

一场骤雨，将小山村浸润得透透的。诗人行走在溪畔小径上，茂林修竹，人声嘈杂。诗人听到了鸡鸣，看见了雨中农家，还冒着斜风细雨，悠然踱过一座板桥。这种富有泥土芬芳的气息，令人心动，令人神往。

据《周礼》“禁原蚕”引注的《蚕书》中说：“蚕为龙精，月值大火（二月）则月浴其种。”“妇姑相唤浴蚕去”，怕误了农时，妇姑于是相唤相伴而行，赶紧去“浴蚕”。雨景中平添的一对“妇姑”，是一幅爱劳动、亲和睦的温馨画面。

到这里结束了吗？没有，诗人最后一句挥洒而出，“闲看中庭栀子花”，“闲”字是全诗的“诗眼”。农令时节，都在忙着呢，不管栀子花开得如何肆无忌惮，农人哪有什么闲情逸致去赏花呢？“来来来，快让开，一边玩去！”读完《雨过山村》这首诗，仿佛回到孩提时代。每当农忙时节，大人们忙得四脚朝天，对碍手碍脚的小屁孩多有叱责，但骂声中，更多的是浓得化不开的溺爱。

王湾：最好知己是自己

一位无名小辈，却常常被一位大人物惦念着，而且还素昧平生。

这位大人物，先后三次拜相，又是大唐开元前期的一代文宗，执文坛之牛耳达三十年之久。因与许国公苏颋齐名，被时人称为“燕许大手笔”，大唐帝国的首席笔杆子。

足以傲视天下政坛、文坛。如此重量级的人物，会是什么人？

他就是燕国公张说。

当时的宰相办公厅，人称“政事堂”，《大唐新语》中有记载：“旧制，宰相臣常于门下省议事，谓之政事堂。”

张宰相的“政事堂”，简朴而庄严，更没从俗，像其他人那般，一壁挂满名家字画，只是在厅堂的最显眼处，挂了一副对联，上书：海日生残夜，江春入旧年。

这是两句诗对，不是张说自己的作品，但由他亲笔题写，也由他亲手挂在墙上。

不仅如此，每天批完堆积如山的文件后，张说喜欢踱到这副对联前，细细地打量，驻足品赏，口中还念念有词，然后又缓缓转过身来，拊掌赞叹：“好诗，好诗！”

如有职属前来报告工作，商谈完公事后，“每示能文，令为楷式”。意思是，张说总喜欢把客人引到这两句诗前，“奇文共欣赏”，指点着对来人说，这是多好的两句诗啊，完全可以做我们写诗的范本！

不就两句诗吗，看来看去还能看出花来？

能让张说老这般屡屡啧啧称赞且长久惦记着，想必绝非等闲之辈。这首诗的作者到底是谁？

出自诗人王湾之手。

这两句诗选自他的《次北固山下》。这首诗中另有两句“潮平两岸阔，风正一帆悬”，也算是超级经典句了。在我的码字人生中，曾无数次地加以引用，也在别人写的文章中，无数次地读到过。

不一般的王湾！

吃了“蛋”，也来见识一下“老母鸡”，那就完整地诵读一下这首诗吧：

客路青山外，行舟绿水前。
潮平两岸阔，风正一帆悬。
海日生残夜，江春入旧年。
乡书何处达？归雁洛阳边。

辛文房在《唐才子传》中说，王湾曾“往来吴、楚间，多有著述”。《次北固山下》是一首描述羁旅之作，想必是写于这一时期。

次，住宿，在这是停泊之意。北固山，在今镇江市北，这里有南北中三峰，其中北峰三面临江，地势险要。全诗从“次”这个字开始，然后抓住了“青山”“绿水”“平潮”“风帆”“海日”“江春”等景致，像丹青妙手，迅速泼染出一幅江南特有的冬景图。

王湾果然是写诗高手，仅借用简单的文字组合，就轻易地把读者带到诗歌描摹的现场。

特别在颔联，诗人抓住江潮这一澎湃的大自然伟力，生动地描绘了潮涨潮落、风帆正举的江河图景，让人仿佛看到了眼前杀出的千军万马，身临其境地感受到激荡昂扬的大江大潮，全诗意境极为开阔、邈远。

紧跟着的颈联，让我们看到，天将破晓，一轮红日即将喷薄而出，一种崭新生活正在徐徐地铺开。读罢此句，心中该是如何万分雀跃与充满期待？

妙绝！

后一句虽然写的是残冬，但春姑娘的脚步已姗姗而来，敏感的诗人，已比别人更早地嗅到了春天的气息。这种盎然的春意、诗意，已深深地打动了正在宦海纵横捭阖的张说。当然，也许还有另一种可能，我们还没有充分的岁月积淀，捕捉不到诗人内心的隐秘，体悟不到诗中隐藏着如此丰赡的意蕴，否则怎么会被政治强人、文坛领袖张说所激赏呢?

归雁，雁为候鸟，秋天南下，春天北归，故称归雁。在古时候，有鸿雁传书的传说。无以归乡，诗人只有拜托北归的大雁，捎去一封封乡书，问候故乡洛阳的亲戚朋友。

羁旅途中，诗人王湾借壮阔高朗的景象，写出了游宦士人对前路自信自持的无限期待；同时又以脉脉柔情回视故乡、过往。这样的诗，全然盛唐气象，确实也深远地影响着盛唐诗坛。直到唐末还有人念念不忘，诗人郑谷就有诗曰：“何如海日生残夜，一句能令万古传。”

《唐才子传》的作者辛文房，对王湾的这首诗爱不释手，为它起了另一个诗名：《江南意》。与原题相比，似乎更富有些诗意，与长江中下游这一带的地理风物或许也更为契合。不过，好像也消减了原题中的羁旅况味。

见仁见智，千秋各半。

开元十一年（723），王湾与状元常无名同榜登进士第，与学士綦毋潜性格相投、情同手足。《唐才子传》中评价王湾“词翰早著，为天下所称”。意思是说，王湾写诗出名很早，且广有诗名，但奇怪的是，史书上有关王湾的资料却很少，《旧唐书》《新唐书》均没有专条，《全唐诗》中，收录了他的诗仅有十首。

王湾的仕途并不顺利，是个实实在在的“小人物”。因持生花妙笔，身怀一技之长，常常被安排打点“散工”“零工”，客串做一做节目主持人。最引人注目的是“曾奉使登终南山”，受朝廷派遣，作为特使登上了终南山，并留下了诗文《奉使登终南山》，此诗存录于《全唐诗》。

《奉使登终南山》是首长诗，虽为政治的应景之作，王湾也是出手非凡，几乎调动了所有的艺术手法，但又惜墨如金地描绘了终南山的险峻与秀美，如“境绝人不行，潭深鸟空立”“烟色松上深，水流山下急”等。他的诗风清爽雅洁，情趣幽秀，从中足可一观。

不过，在这首长诗中，王湾也顺便夹带了些私货，含蓄地表达了自己有志无时的抱怨。全诗太长，我们选读最后四句：

辛苦久为吏，劳生何妄执。
日暮怀此山，悠然赋斯什。

官场上折腾了这些年，王湾终于明白了自己到底需要什么。诗中，他借机感慨了一通怀才不遇后，也暗生了归隐之心，以洗却满怀的疲惫。

人生最好的知己，其实就是你自己。

王维：心事与谁说

1937 年 7 月 29 日，日本人端着欲望的刺刀，以野蛮的方式，破门而入，闯入北平。

人生面临抉择，文学大师周作人犯了迷糊，不听朋友规劝，不肯随众逃出围城，执意留在北平。人生的关键处只有几步。一步错、步步错，周作人自此坠入万劫不复的深渊，先觍颜出任汪伪政权的北京大学图书馆馆长，后又担任汪伪政权华北政务委员会委员。

一念之差，成败之差。

中国人有个文化陋习：为亲者讳，为贤者讳，为尊者讳。周作人也不乏替其辩诬者，说周作人当年留在北平有其迫不得已的苦衷。其中一条貌似有理的理由，说是时任北大校长蒋梦麟授意他留下照管校产。其实，与他一同留下的还有其他三位教授，这三位坚守民族气节，对汪伪政权的诱惑虚与委蛇，终退避三舍。

历史总是有着惊人的重复。在历史经纬的庞大坐标系中，无论“人”和“事”，抑或“昨”与“今”，总能互相对标，重复诉说着昨天的故事。

到底想说些什么呢？允许先卖个关子。

一种文体，与一个朝代的国运紧紧齿合，并且前无古人后无来者，创造了文艺形式最高峰的，唐诗是唯一。诗歌的唐朝，庙堂与江湖，显贵或落魄，以诗言志，全民沉溺于诗歌的狂欢之中。李隆基统治的四十三年间，是唐代国运的全盛时期，其间涌现出无数优秀诗人，留下大量传诵千古的名篇。李白、杜甫、王维、孟浩然、高适、岑参……群星璀璨，蔚然大观。

在较早前的开元年间，灿若星河的诗群中，施蛰存先生认为，最著名的诗人当属王维。

我信然！

废话了一大段，我们恭请主人公王维出场。

周作人与王维之间，八竿子打不着吧，因何勾连？其实在昨与今中，他俩是一对参照。王维同样也曾在伪政权中任职，不同的是，当时的最高统治者赦免了他，后来的读者也原谅了他。

天宝末，安禄山攻占长安洛阳东西两京，唐玄宗撒脚丫子西撤。时任给事中的王维，动作慢了一步，未能及时跟上大部队撤离，被叛军逮了个正着。面对威逼利诱，王维不愿折节，试图瞒天过海，吃药装成哑病。这把戏没能骗过安禄山，被拆穿了。安禄山恼羞成怒，打算一杀了之。经人提醒，也因爱其才，强行安排王维到洛阳出任伪朝廷的给事中。怕他逃了，重兵把守，将他软禁在普施寺。

跑不了，装不成，躲不开！如何是好？王维进退维谷，进退失据。

安禄山软硬兼施。见硬来无效，改用温水煮青蛙式的软刀子，或宴请，或舞乐，想以此让王维乖乖缴械。有一次，安禄山又在凝碧池大摆酒宴，还把梨园乐工全部召来演奏助兴，可谓诚意满满。见此情景，王维推己及人，不禁悲从心起，当即赋诗一首：

万户伤心生野烟，百僚何日更朝天。
秋槐叶落空宫里，凝碧池头奏管弦。

在场的人，真为王维捏了把汗，简直是首“反诗”了！“百僚何日再朝天”？什么态度？还念着旧主吗？

又逃过一劫！安禄山终究不舍得杀他。还有更幸运的事，因为这一首诗，王维后来又得以逃过了一劫。

安史之乱平定后，唐肃宗李亨重建大唐政权，火烧三把，李亨首先把附逆的官员分三等定罪，准备秋后算账。王维也在名单中，本当治罪。但因为王维的这首诗早前已传到驻跸，舆论广泛认为王维是“身在曹营心在汉”，他不仅以诗获赦，还百尺竿头，当上了尚书右丞。

其实，王维之所以能被网开一面，与胞弟王缙有莫大关系。王缙时任宰相，爱兄心切，愿将自己的官位置换，上书唐肃宗说，把我免了吧，权为哥哥赎罪。

王维是位全能型的选手，诗书画乐俱佳。他的诗与画，以清淡见长，充分表达了大自然的静穆闲适。苏东坡对他的评价最权威，且一锤定音：“味摩诘之诗，诗中有画；观摩诘之画，画中有诗。”王维多有佳作，如熟知的《鹿柴》《相思》《渭城曲》《鸟鸣涧》《山居秋暝》，等等。他一出手，便是“此诗只应天上有”，这样的金句，如“胜却人间无数”，如“风劲角弓鸣，将军猎渭城”，如“空山不见人，但闻人语响”，如“深林人不知，明月来相照”，如“君自故乡来，应知故乡事”，如“独在异乡为异客，每逢佳节倍思亲”，如“劝君更进一杯酒，西出阳关无故人”，如“行到水穷处，坐看云起时”，等等，实在是珠玑遍地，俯拾皆是。

没做过统计，但估计在唐代诗人群体中，个人诗句的阅读在历代读者中抵达率最高的当属王维。辛文房在《唐才子传》中说，王维“九岁知属辞，工草隶，闲音律”。诗书音画的娴熟精通，是大熊猫级的稀缺人才，怪不得连坏人如安禄山者也不舍得杀他。

当初还没出道时，王维偶与唐睿宗第四子、岐王李范相识。读过王维的诗作后，李范对王维佩服得五体投地。他对王维说：“把你的得意之作抄上几首，再谱上新近流行的琵琶调子，然后我带你去见个人。”

谁啊？九公主！

九公主，又称玉真公主，是唐睿宗的第九位女儿。玉真公主为唐玄宗、岐王李范之妹，与唐玄宗同父同母。玉真公主黼衣方领，地位超拔，是当时著名的文艺爱好者与传播者。

进得公主府，众女艺人迅速围坐王维身边，王维倾情琵琶一曲。“沉吟放拨插弦中”，玉真公主纤手击掌，众伶人也发出阵阵尖叫声、呐喊声，

“再来一曲”的热情撼动屋宇。玉真公主问王维：“先生所奏何曲？”答曰：“《郁轮袍》。”接着，王维又拿出一沓自己的诗作呈上。玉真公主稍做浏览，如获至宝地说：“平日里吟诵的这些好诗，还以为是古人的作品，没想到作者就在眼前啊？！”言毕，邀请王维上座，宾主相谈甚欢。临别时，公主私语王维：京兆府马上要举行乡试，如果能让你这位考生为解头，那可是大大的荣耀啊！

万里挑一，人才难得！玉真公主是个爱才的人，于是极力向主考官推荐王维。开元十九年（731），王维得以“一日看尽长安花”，以状元及进士第，提拔为右拾遗，不久又升迁给事中。

科考一役，王维的脱颖而出，是否走了公主的捷径？

不可否认，这应与玉真公主力荐有关，但并没有犯规。“行卷”只是为国抡才的另一种补充，这条“潜规则”在当时也是“显规则”。读书人把自己得意之作送给高官名士，如果得到对方的赏识，可以“好风凭借力”，从而得以顺利进入仕途。这种“行卷”之风在唐代颇为盛行，不单是王维，连李白、杜甫、白居易、朱庆馀等大诗人也都干过这种事情。尤耳熟能详者，如白居易与名士顾况间“长安物贵，居大不易”的戏谑对话，成为当时读书人渴望效仿的范式。

王维的诗，施蛰存先生将其分为两种风格。一种比较绮靡秾丽，是沈佺期、宋之问的余波，这类大都是他早期作品。另一种淳朴清淡，其中写田园生活的，则承继了陶渊明的诗境；另有描写山水风景的，便有鲍照和谢灵运的余韵。不过，陶、谢的田园山水诗反映的多是当时文人的道家思想，而王维创作的思想基础，却是佛家。

有个夜间，心思浩渺，于是泡杯清茶，静静地读他的《秋夜独坐》。

独坐悲双鬓，空堂欲二更。
雨中山果落，灯下草虫鸣。
白发终难变，黄金不可成。
欲知除老病，唯有学无生。

读这首诗，你读到了什么呢？诗人不就像是僧徒坐禅、觉悟学佛吗？

是的，王维中年奉佛，意欲清除七情六欲，即诗中所言的“无生”。

诗人出身于名门望族，衣食无忧，仕途顺风顺水，皈依佛门，一方面是受社会风气的影响，大唐一度奉佛门为国教；另一方面因随其母学佛，受佛家消极避世的影响较深。如果再往深处追探，我认为，是王维“见之于未萌，识之于未发”，看到大唐国势正在走下坡路，内忧外患，又觉得自己无能为力，于是产生了隐退之心，试图在精神上寻找慰藉。

王维曾有过两次隐居。一次是在长安城外的终南山小住，其实这算不上是真正的隐居，只是瞎跟时髦，效仿当时许多读书人出世前走“终南捷径”罢了。另外一次是到了晚年，他精心选择居住在“辋川别墅”，离长安不远的蓝田县附近。“辋川别墅”庭院深深，亭台楼馆相望。这时的王维再也无意官场，天天在此与各路文士，如丘为、裴迪、崔兴宗等游玩赋诗，弹琴饮酒。“辋川别墅”是王维的栖身之所，也是他的精神家园。有一天，他还上书《请施庄为寺表》，请求皇上恩准他将“辋川别墅”改为寺院。

叶嘉莹先生在《古诗词课》中，一度质疑王维所谓“隐居”的真诚，批评他一边拿着朝廷的俸禄，一边虚套隐逸的高名，认为他充其量是一个仕隐兼得的人物，或者说得更直白些，王维有一丁点儿欺世盗名。

我认为，叶先生的说法失之偏颇，王维的隐逸是发自肺腑的。王维信奉佛教，吃素食，身穿没有染色的衣服，妻子去世后不再续弦，过了三十年的单身生活。

王维临终时，从容写信辞别亲友，然后“停笔而化”。搁下笔后就溘然长逝，这种无疾而终，需要一生的修行。无论是日常生活方式，还是面对生死的淡定，都体现了他信仰的坚定与力量。

王维的诗，我大多喜欢，其中的《辛夷坞》让人爱不释手。

木末芙蓉花，山中发红萼。
涧户寂无人，纷纷开且落。

辛夷坞，在“辋川别墅”附近，山花自开，风景动人。诗中没有华丽的辞藻，也没有刻意的雕琢，只是平实道来，但平静之下却有着动人的艺术魅力。沈德潜在《唐诗别裁集》中说这首“幽极”，评价可谓高矣，可谓至矣。

不是吗？请闭上眼睛，想象这样一幅画卷：枝条顶端的辛夷花，摇曳着鲜红花萼，红白相间，尽情绽放，一点儿也不用看他人脸色。涧口寂静，杳无人迹。随着季节变换，花儿纷纷怒放，又瓣瓣飘落。动静相宜，各得其妙。《辛夷坞》里，王维已经把自己的内心荡涤得干干净净，无欢无喜无悲无哀地叙写着一切。是的，王维的诗中根本没有人，连他自己都淡忘了，甚至消失至无。世道如此，这就是所谓禅境吧！

毕竟是文学，是一瞬间感。

诗人真的心如古井？这个时候，贤者如张九龄走了，奸宄如李林甫来了，王维的心情苦闷而又无奈。阒然无声中，诗人听到的，只能是自己的心跳。

王之涣：不怨杨柳，怨什么

唐代诗人中，王之涣的知晓度排名前十，我敢打包票。

王之涣，善于写诗，且多引为歌词，《唐才子传》中说“每有作，乐工辄取以被声律”。他的诗歌，只要一经乐工谱上曲子，就会迅速火热流行，坊间歌女争相传唱，毫无悬念地跻身周榜、月榜、年榜的十大金曲，唱响大江南北。

同气相求，同声相应。王之涣与诗人王昌龄、高适、畅当等情投意合、情同手足。辛文房毫不掩饰羡慕地称之“忘形尔汝”，亲密到就差没同穿一条裤子了。查了一些资料，畅当是唐后期的儒士，与王之涣年辈并不相及，想必是辛文房误记了。管他呢，下面这一段倒可能是真的，或者说，我情愿相信是真的。

有一天，夜幕降临，王之涣与王昌龄、高适相约“共诣旗亭”。“旗亭”也即酒招，这里指的是酒楼。李贺在《开愁歌》中有过生动的描写：“旗亭下马解秋衣，请贳宜阳一壶酒。”在唐代诸多诗人中，吟诗与饮酒如影相随，难以“断舍离”，墨汁就是酒精，酒瓶就是水平。读他们的诗，即便已离我们很遥远了，但似乎仍能嗅到浓烈的酒香，千杯不醉，千年不醉。

话说王之涣和王昌龄、高适进得门来，但闻阵阵莺声燕语，又或推杯换盏，人声鼎沸、喧闹非凡。酒保唱喏一声，将王之涣等引入一雅间。“媚眼含羞合，丹唇逐笑开”，紧贴他们身后进来的，是一群花枝招展的梨园女艺人。别鄙视她们，她们可是当时的流行女歌手。

几杯酒落肚，王昌龄有点醉眼迷离，提出玩个游戏助兴。获得众人同意后，他踉跄着站起来用手指比画一圈说：“我辈擅诗名，未定甲乙。可观诸伶讴诗，以多者为优。”是啊，社会上都说我们的诗写得好，但到底谁的最好呢？是骡子是马拉出来遛遛。办法很简单，就让这些歌女唱诗，谁的诗被吟唱得多，谁就排在第一，如何？

好主意，全票赞同，热烈鼓掌通过。

事不宜迟，比赛开始。

一位歌女率先登台，她一开腔便接连唱了王昌龄的两首绝句，王昌龄面露得意之色。一歌女充当评委，她飞快地在小黑板上画下“正”的前两笔画。接着，另一位歌女唱了高适的一首绝句，也得了“正”字的第一笔画。王之涣气定神闲，还调侃道：“乐人所唱皆下俚之词。”

她们唱的都是通俗的曲子。言毕，一脸的不屑。

过了一会儿，又一位歌女施施然起身走到前台，清了清嗓子，才着一字，即感心动耳，如翠鸟弹水，似黄莺吟鸣。请听——“黄河远上白云间，一片孤城万仞山。羌笛何须怨杨柳，春风不度玉门关。”这不正是王之涣的名篇《出塞》（又名《凉州词》）吗？一曲唱罢，让众人“良久有回味，始觉甘如饴”，众歌女纤掌相击，异口同声喊道：“再来一首，再来一首！”这位歌女应现场观众的强烈要求，一口气又唱了两首，巧极了，都是王之涣的诗。

哪两首？有点可惜，辛文房在《唐才子传》中没详细记下一笔。

赢得“正”字的三个笔画，王之涣完胜。他举着酒杯，激动得趔趔趄趄，好不容易才站稳了。他以胜利者的口吻对王昌龄、高适说：“田舍奴，吾岂妄哉！”你们这些乡巴佬，我可没有瞎说啊？！

言罢放肆大笑。众歌女如堕云雾，不明就里，待明白个中原因后，个个笑得花枝乱颤，乐了好一阵子，才郑重地整衣敛容，集体上前对王之涣深施一礼，连番抱歉道：“肉眼不识神仙。”怪我们的肉眼凡胎，不知道神仙来了。听这一说，王之涣赶紧满上一大杯，诚心诚意地给歌女们敬上一杯又一杯酒，结果是“酣醉终日”，喝了一整天，醉了一整天。

这一夜，余音与光华，绕梁久久不绝。

王之涣少时有侠气，交往的大多是五陵年少。击剑悲歌，架鹰打猎，是他和玩友们的主要娱乐方式。时人说他“慷慨有大略，倜傥有异才”。深以为憾的是，磐磐大才者如王之涣，《旧唐书》《新唐书》竟然不着一字，幸有辛文房的《唐才子传》，后人对他的人生履历多少还能有所了解。

倦鸟终要归巢。有一天，不知道受到什么刺激，王之涣幡然醒悟，人生不能再这样虚度下去了。无效的社交，往往摧毁有趣的灵魂。他坚决与众玩友说过“再见”，就心无旁骛将时间和志向专注于两件事——读书与写作。

板凳要坐十年冷。积十年之功，王之涣脱颖而出，当时的诗评家认为他的诗情致高雅畅达，有齐梁时代的风格。“皤发垂髫，皆能吟诵”，用词朴实，造境却极为深远广袤。

可惜的是，王之涣写的诗歌散失严重，仅有六首流传于世。其中《登鹳雀楼》是他的名篇：

白日依山尽，黄河入海流。
欲穷千里目，更上一层楼。

这一首《登鹳雀楼》，自古及今，妇孺皆知，广为传诵。读这首诗，首先感受到的是祖国山河的壮美。更深刻的是，诗人携带着人生邈远的思考呼啸而来。诗人在登高望远中，表现了自己不凡的胸襟与抱负，也反映了盛唐时期人们昂扬向上的精气神。

全诗充盈着满满的正能量。

唐代诗人中，许多人以诗为敲门砖，日夜奔走于科场官场门口，试图破门而入、登堂入室。王之涣则是个“另类”，他“耻困场屋”，不愿陷入科举考场的桎梏中。不过，他也四处奔走拜谒名公巨卿，只是目的不同，为的是切磋诗文。

因诗歌写得好，他得到一位达官贵人的拨冗一顾。盛情难却，又勉为其难，王之涣还是答应做了冀州的衡水主簿。顶头上司、县令李涤对王之涣的才华深为激赏，亲自出面做媒，把自己第三个女儿许配给了他，爱情、事业初有起色。

有些人注定不属于官场，王之涣就是这类人。担任主簿不久，因工作上的一些琐事，被小人诬谤。世上不是什么都讲道理，也不是什么道理都讲得清。无须事事都要保持敏感，弄个水落石出，懒得解释也是一种美德。但他还是咽不下这口气，于是悄然挂冠拂袖而去。后经有关部门做思想工作，王之涣拂却不了情面，勉强答应复出任文安县尉。没想到，他的仕途止于此，生命也止于此。死于任上时，才五十五岁。

王之涣的生前好友、永宁县尉靳能在《王之涣墓志铭》称他的诗“尝或歌从军，吟出塞，曒兮极关山明月之思，萧兮得易水寒风之声，传乎乐章，布在人口”。在王之涣仅存的六首绝句中，三首为边塞诗，除《登鹳雀楼》外，《凉州词》是另一首读者耳闻则诵的传世经典，大学者章太炎尤其推崇《凉州词》，称是“绝句之最”。

> 黄河远上白云间，一片孤城万仞山。
> 羌笛何须怨杨柳，春风不度玉门关。

《凉州词》是《出塞》的另一个诗题。玉门关外，春风难度；杨柳青青，漫漫离愁。渲染的虽是戍卒不得还乡的怨情，却没有丝毫的颓废与消沉。

世界上，能够最终达到自己理想的似乎不多，大诗家王之涣以生命的苦旅，让无数的后人逸兴遄飞。

韦应物：曾经浪子

又到高考季，语文科卷发布后，满屏都在评论作文题，或赞或贬，精彩纷呈。除了作文这道题，其他的我们这些家长还能说出个子丑寅卯？

就问你敢不敢。

浏览了遍语文试题，看到诗词部分，突然想起了唐朝诗人韦应物。

人生充满着无数个“小确幸”。我执着地认为，自己的一生际遇，与这位一千三百多年前的诗人有着某种关联。

这依然与高考有关。

那年高考，怀着几分紧张，带着父母的千叮万嘱赶赴考场。走出家门的刹那间，回望一眼餐桌，正放着一本《唐诗选注》，又鬼使神差地随手翻开，打开的正是韦应物的《滁州西涧》，瞄了一眼，匆匆出门。

进得考场，当年的语文试卷上，刚好有一道选择题：“野渡无人舟自( )。”在四个选项中，心中大喜，毫不犹豫地选择了“横”字。

运气真好，撞了个正着。

第一次知道韦应物，第一次读他的诗，第一次在关键时刻就派上了用场。

或许，没有离家时匆匆看了这一眼，我就考不上新闻学专业，学新闻做记者是我高考志愿的唯一选项。

这道选择题分值 2 分。而我最终成绩仅比这一志愿多一分。

这两分居然差点决定成败。阿弥陀佛！

后来，又陆陆续续读了韦应物的一些作品，他的诗风恬淡高远，尤善

于写景和表现隐逸生活，《滁州西涧》即是他的代表之作。

独怜幽草涧边生，上有黄鹂深树鸣。
春潮带雨晚来急，野渡无人舟自横。

这首诗写于公元 781 年，作者时任滁州刺史。有一天，公务之余，他信步到滁州城西郊野两山之间的溪流边上。诗人的目光从“涧边”移到“涧中”，又从渡口转移到了扁舟。以景写情，借景生情，这一组蒙太奇般的组合，让恬淡的思绪与略带忧伤的情愫多重交叠，如春潮带雨，相互激荡，相互交融。

诗人的高明之处在于，明的是抒写春天，却不着眼于桃红柳绿，而是钟情于这片宁静而又充满生气的景色，透露出的，是对“不如归去”隐逸生活的向往。

“舟自横”，一个“横”字，强烈的画面感扑面而来，读到这儿，真想跟上诗人的脚步，一同伫立在溪水之畔，静静地欣赏春天的万物萌发，静静地谛听“急雨”和“春潮”。

令人心旌摇曳，令人心向往之。

韦应物是山水田园诗派代表性诗人，后人把他与王维、孟浩然和柳宗元并称为“王孟韦柳”。

然而，韦应物的人生前半段却相当不堪。他大器晚成，是“浪子回头”成功逆袭的励志典型。

不敢忽悠你啊，韦应物在诗中有过深刻的自我反省，让我们来看看他的“自供状”吧。

逢杨开府

少事武皇帝，无赖恃恩私。
身作里中横，家藏亡命儿。
朝持樗蒲局，暮窃东邻姬。

司隶不敢捕，立在白玉墀。
骊山风雪夜，长杨羽猎时。
一字都不识，饮酒肆顽痴。
武皇升仙去，憔悴被人欺。
读书事已晚，把笔学题诗。
两府始收迹，南宫谬见推。
非才果不容，出守抚茕嫠。
忽逢杨开府，论旧涕俱垂。
坐客何由识，惟有故人知。

如假包换，这首五言古诗的作者正是韦应物，说的正是他自己的故事。一次，韦应物偶与故友杨开府相遇，一番觥筹交错后，免不了提及过往，他痛哭流涕。男儿有泪不轻弹，你看看，他都干了些什么事啊？！

仗着唐玄宗的宠爱，韦应物竟然胆敢把亡命逃犯藏在家里，他还聚众樗蒲赌博，又趁夜黑风高，潜到邻居家中欺男霸女，如此横行长安街头的地痞流氓，却“司隶不敢捕”。

韦应物的肆无忌惮，市井百姓不敢言也不敢怒，执法部门也是噤若寒蝉。他们不能为民做主，更不能为民除害，为什么呢？

韦氏家族是关中世家大族、簪缨门第。《旧唐书》记载说：“氏族之盛，无逾于韦氏。”他的爷爷韦待价，深得武则天信任，曾位居宰相之职。当时就有歌谣这样唱道：“城南韦氏，去天尺五。”

一句歌谣，足见韦家的家世显赫、炙手可热。

韦应物含着金汤匙来到这个世界，辛文房在《唐才子传》中说他出生在“京兆韦氏逍遥公房”。什么叫“逍遥公房”呢？《新唐书·宰相世系表》中说，“逍遥公房”出自北周名士韦夐。韦夐名高养深却拒不出仕，周明帝怜之，乃赐号“逍遥公”，其子孙在大唐一代袭号“逍遥公房”。

上天有时是不公平的，如韦应物者，人生一开始就赢在了起跑线上。虽然不学无术，“一字都不识”，但凭着家庭深厚的背景，十五岁那年，他就做上了唐玄宗的贴身侍卫，这意味着可以随时出入万重宫禁。“无赖恃恩私”，靠着祖辈的荫蔽，加上沐浴浩荡皇恩，谁敢把他怎么着？！

鲜衣怒马，放荡少年。

要宽恕，要遗忘，生命本来就充满了不确定。对命运宠儿韦应物也不例外。安史之乱的遽然爆发，唐玄宗亡命四川。狼狈逃离长安时，唐玄宗来不及带上韦应物。不过，即便同行又能如何？“君王掩面救不得”，万千宠爱集于一身的杨美人被迫自缢，唐玄宗差点自身难保，韦应物又算得了什么？！更糟糕的是，几年后，随着“武皇升仙去”，韦应物的人生靠山彻底坍塌，剩下的只有“憔悴被人欺”了。

如何憔悴，又怎么被人欺负，韦应物诗中没详细说，但读者可以想见。鲁迅有段话是最好的注脚：“有谁从小康人家而坠入困顿的么，我以为在这途路中，大概可以看见世人的真面目。”

我想，韦应物一定受过同样的刺激。

“读书事已晚，把笔学题诗。”青春的腰，被命运重重地撞击了一下，二十岁的韦应物憬然有悟，自此发愤苦读。所谓的人生赢家，不过是那些被逼到无路可退而触底反弹的人。起步虽然晚，但凭着家学渊源和惊人的天赋，韦应物的诗词才情渐露头角，继而一鸣惊人，吸引了大唐诗坛的集体关注。在由盛而衰的家庭变故中，韦应物以“身体”书写，诗风日臻成熟，终在熠熠生辉的大唐星空喷薄而出。我们一起来读几首。

简卢陟

可怜白雪曲，未遇知音人。
恓惶戎旅下，蹉跎淮海滨。
涧树含朝雨，山鸟哢余春。
我有一瓢酒，可以慰风尘。

长安遇冯著

客从东方来，衣上灞陵雨。

问客何为来，采山因买斧。
冥冥花正开，飏飏燕新乳。
昨别今已春，鬓丝生几缕？

寄李儋元锡

去年花里逢君别，今日花开又一年。
世事茫茫难自料，春愁黯黯独成眠。
身多疾病思田里，邑有流亡愧俸钱。
闻道欲来相问讯，西楼望月几回圆。

“一瓢酒，慰风尘”“鬓丝生几缕”“花开又一年”，读着这些诗，感伤于诗人沉痛的深刻领悟，对他的敬意也油然而生。一位二十来岁才学写诗的人，居然可以如此炳炳烺烺，且佳作频频！羡慕之余，只能由衷道声：“晚生佩服了！”

韦应物虽没考上功名，但朝廷还是再次起用了他，先授职比部员外郎，后又出任滁州刺史。他的东山再起，除了他的勃勃才华外，重要的因为“前资”，也即之前的资历，当然还是离不开家庭背景。

不久，韦应物出任苏州刺史，“韦苏州”由此而来。

韦应物人格精神的最后完成，是以清官的形象定格在历史谱系之中。苏州刺史任期满后，别无长物，竟然连返回长安的路费都凑不齐，无奈之下，他只好暂居在无定寺，最终客死于此。

想到他在《寄李儋元锡》中的一句：“身多疾病思田里，邑有流亡愧俸钱。”直如清代著名学者沈德潜所言：“是不负心语。”诚然，韦应物没有辜负这句话。韦应物的这种精神转向、浪子回头，还因为一位叫“元苹”的少女。有专家考证，在安史之乱的避乱途中，韦应物与她惊鸿一瞥后，即互视为天人，并私订终身。那一年，韦应物刚好二十岁，元苹才十来岁。元苹以春水般的绕指柔，焐热了韦应物的心灰意冷，让生命得以重新染色，人生有了一种新的可能。

遗憾的是，他们没能将“执子之手，与子偕老”的爱情童话进行到底，恩爱守望二十年后，元苹因病猝然去世。那一刻，韦应物哀痛得无法呼吸。痛苦如茧，将他包裹了一层又一层，以后日日夜夜，他躲进夜里黑幕的盔甲里，一字一句，一首又一首，墨汁啊，如流淌着的血与泪。

半生荒唐，因你而止；半世等待，因你而始。

悲纨扇

非关秋节至，讵是恩情改。
掩颦人已无，委箧凉空在。
何言永不发，暗使销光彩。

对芳树

迢迢芳园树，列映清池曲。
对此伤人心，还如故时绿。
风条洒余霭，露叶承新旭。
佳人不可攀，下有往来躅。

送　终

奄忽逾时节，日月获其良。
萧萧车马悲，祖载发中堂。
生平同此居，一旦异存亡。
斯须亦何益，终复委山冈。
行出国南门，南望郁苍苍。
日入乃云造，恸哭宿风霜。
晨迁俯玄庐，临决但遑遑。
方当永潜翳，仰视白日光。
俯仰遽终毕，封树已荒凉。
独留不得还，欲去结中肠。

> 童稚知所失，啼号捉我裳。
> 即事犹仓卒，岁月始难忘！

以诗志哀，这远远不够，他又饱蘸眼泪，写下这段刻骨铭心墓志铭。后人读来，当叹，当哭，当哀。

> 夫人吏部之长女。动之礼则，柔嘉端懿；顺以为妇，孝于奉亲。……况长未适人，幼方索乳。又可悲者，有小女年始五岁，以其惠淑，偏所恩爱，尝手教书札，口授《千文》。见余哀泣，亦复涕咽。……每望昏入门，寒席无主，手泽衣腻，尚识平生，香奁粉囊，犹置故处，器用百物，不忍复视。……又况生处贫约，殁无第宅，永以为负。日月行迈，云及大葬，虽百世之后，同归其穴，而先往之痛，玄泉一闭。

这就是韦应物写给亡妻的墓志铭。他落笔每一个字时，该是如何的锥心泣血？

贞元七年（791），韦应物逝于任所。四年后，家人遵循他的遗言，将其与妻子合葬，兑现长达二十年“百世之后，同归其穴”的誓言。

从带刀护卫到一方父母官，从欺男霸女的街头小魔王到一往情深的大唐好丈夫，从大字不识到诗坛高手，韦应物的华丽转身，为后人树起了或不可追的高标。

韦应物，曾经的浪子，在诗歌的熔炉中再次重生。

韦庄："秦妇吟"秀才

读唐诗，不时遇上千年知音。

晚唐诗人韦庄也是位一往情深的"女儿奴"。那个年代，没手机更没微信，作为一名晒娃狂人，他晒女儿的唯一方式就是以诗发声。

"女儿奴"，现已是贬义多过褒义。我是不服气的，鲁迅且言"怜子如何不丈夫"，何况还有"女儿是爸爸的前世情人"一说。

韦庄系出名门，是中晚唐山水田园诗人、苏州刺史韦应物的第四世孙，只是到了韦庄这一代，家道早已中落。

先来欣赏一下他的"晒娃诗"。

与小女

见人初解语呕哑，不肯归眠恋小车。
一夜娇啼缘底事，为嫌衣少缕金华。

这是诗人写给自己小女儿的诗。时代虽然早已不同，但孩子们的哭闹方式却还是这几招。小女儿咿咿呀呀大声哭闹，不肯睡觉，原因是要玩小童车。后又因为衣裳上少绣了一朵金钱线花，更是整晚哭号不停。面对女儿的骄横无理，爱女儿的诗人无可奈何，唯有将泛滥的父爱付诸笔端。读《与小女》，诗人爱女之情跃然诗上，瞬间俘获了天下为父者的心。

韦庄工诗，与温庭筠同为"花间派"的代表作家，并称"温韦"。他的诗多以伤时、感旧、离情、怀古为主题。其中长诗《秦妇吟》，与《孔雀东南飞》《木兰诗》并称“乐府三绝”。

虽然家世显赫，但韦庄早起却没吃到虫儿。《唐才子传》中说他“少孤贫”，但“力学，才敏过人”。韦庄少年丧父，家境坠入困苦，好在他学习刻苦，又非常聪明，后来居上，成为别人家孩子学习的好榜样。

命运好像故意要和韦庄拧着来。公元 880 年，他千方百计凑足了盘缠，紧赶慢赶到长安参加科考。倒霉的是，恰好碰上黄巢攻打长安。韦庄高考不仅梦碎，还与弟妹失散。

“国家不幸诗家幸。”战火纷飞中，韦庄收获了他创作的一个小高峰，孕育并写下了长达 1666 字的《秦妇吟》。这也是我国诗歌史上最负盛名的文人长篇叙事诗，俞平伯先生称之为“三唐歌行中”的“不二之作”。《秦妇吟》刚刚推出，就广为流传，韦庄因此被称为“秦妇吟秀才”。

《秦妇吟》借一位逃难的妇女之口，描述了唐末黄巢起义时的社会乱象，反映了战争给人民带来的深重灾难。全诗的情节曲折丰富，结构宏大严密，语言流丽精工，无论是思想上还是艺术上，都达到了相当高的水平，是中国古代叙事诗的一座丰碑。

《秦妇吟》好评如潮，给韦庄带来了巨大声誉。硬币的另一面，“内库烧为锦绣灰，天街踏尽公卿骨”，诗中的这两句也给他带来巨大的精神包袱，成为他一生挥之不去的噩梦。公卿贵族们认为这两句诗对他们侮辱性强、伤害也极大。他们集体抗议以示愤怒，威胁要对诗人“白刀子进红刀子出”。韦庄无法一个人进行战斗，妥协的办法就是赶紧派人到各地收回抄本。多少年后，弥留之际，他还念念不忘叮嘱家人不许悬挂《秦妇吟》的幛子，诗集也不准收录这首诗。

犹如惊弓之鸟。

韦庄屡试不第，年近六十才考取进士，出任校书郎。早年的他，与弟妹离散后，带着其他家人寓居越中，后又辗转到了江西、湖南，一路漂泊不定，坎坷艰苦，让他频生“举目有山河之异，故于流离漂泛”的沉郁伤感。

眼中所见，让他沉痛写出了“子期怀旧之辞，王粲伤时之制”这样的诗句。又如他的《金陵图》：

谁谓伤心画不成，画人心逐世人情。
君看六幅南朝事，老木寒云满故城。

评说这首诗前，想到唐代另一位诗人高蟾的《金陵晚望》，诗云：“曾伴浮云归晚翠，犹陪落日泛秋声。世间无限丹青手，一片伤心画不成。”作者深刻感受到了此时的晚唐已危机四伏，败像日显，作为一介书生又难有作为，心情抑郁难伸。这种感怀伤世难于入画，因为大多的画家只是粉饰太平罢了。

韦庄在诗中反其意而用之，一句“谁谓伤心画不成”可谓笔力犀利。借六朝旧事反衬晚唐的朝纲不振，作者笔下涂抹的，满是浓烈得挥之不去的忧虑与忧伤。

朱温灭唐后，王建入蜀创立政权，曾作为王建掌书记的韦庄，被拜为宰相。食君之禄，忠君之事。韦庄夙夜在公，鞠躬尽瘁，制定了祭祀礼法、册封诏书、大赦赦令等。他还以仁者之心，大施德政。有一个县令扰民，韦庄听说后，立即上书王建说：“正当凋瘵之秋，好安凋瘵；勿使疮痍之后，复作疮痍。”意思是说，要让百姓多多休养生息，不能再让百姓的生活雪上加霜了。

刚住进成都时，韦庄立马想到一个人，也是他崇拜的一个人，对，杜甫！他第一时间来到浣花溪，刈除草堂四周比人头还高的杂草后，终于找到了杜甫草堂的旧址。草堂虽然荒废多年，幸好垫立柱的砥石还在。于是，韦庄亲手规划，在原址上重建草堂，并携妇将雏住进了新建的草堂里。

韦庄，以这样一种方式，向“诗圣”致敬，完成了一次对诗歌的朝圣。

《台城》是韦庄一首著名的吊古诗。在诗中，我们依然可以读到他对杜甫澎湃如潮的敬意。

江雨霏霏江草齐，六朝如梦鸟空啼。
无情最是台城柳，依旧烟笼十里堤。

江南春早，草长莺飞。诗人登上台城，放眼望去，只见丝雨无边，春草繁茂，万物笼罩于迷蒙之中。置身其中，诗人的意识变得恍惚。六朝曾经存在过吗？多少兴废存亡恐怕也只是梦一场。当诗人回过神来，想到六朝的所有过往，竟在短短的三百年里灰飞烟灭，只剩下不解人事的鸟儿独自啼叫。此处“鸟空啼”的“空”字，化自于杜甫诗《蜀相》“隔叶黄鹂空好音”句。鸟儿热情歌唱，却无人倾听、欣赏，即便啼鸣得如何的悦耳动听，也挽留不住逝去的时光。历史从一点出发，终又回到了原点，其间却已是物是人非、沧海桑田。

虽偏安一隅，位居宰相，但韦庄仍然保持着“性俭”，朴实无华地过着日子。他“秤薪而爨，数米而炊”，用秤称好柴火再烧火，用手数好米粒再煮饭。

这是诗人的本色。

“达人鄙之”。许多同僚为此瞧不起他，堂堂宰相，成何体统？！

偏见是无法逾越的高墙。韦庄不为所动，韦庄安之若素。

无名氏：别问我是谁

唐代，全民K诗。

唐诗的世界，不唯有李白杜甫“诗仙”“诗圣”，还有许多贩夫走卒辈、引车卖浆流，他们也不乏诗歌高手。阅读唐诗时，不少惊艳俯拾即是。这首题为《诗》的诗，让我爱不释手。

全诗是——

青鸟衔葡萄，飞上金井栏。
美人恐惊去，不敢卷帘看。

涉笔成趣，活灵活现。写得真好！

仔细吟诵，不得不服诗人的细心，以及艺术创作的升华能力。

不是吗？一只青色鸟儿，衔一粒（或一串）晶莹剔透的葡萄，然后纵身一跃飞上金碧辉煌的井栏。想象一下这一场景吧：青色的冷，金色的暖，冷暖着色，笔墨浓淡相宜，令人读到了一种静谧、一种柔美。青鸟跳跃勃发着生命的活力与欢乐，呈现出的正是现世安稳。这种自由与幸福，成为大多数人蛰伏心头的理想与执着。

“青鸟衔葡萄”，作者捕捉的是一个普通的日常。即便如此，美人仍视为好奇，惊见之下，她蹑手蹑脚，躲在帘后静静偷看，不敢卷帘，生怕卷帘的小小动静，会惊走这一只不期而至的青鸟。

诗的后两句，体现出了诗人的匠心。美人天真、单纯的性格，被刻画得细致入微且真实生动，还把她的心理活动及喜悦的神态描摹得似乎就近在眼前。这种高超的映衬手法，把自然美与人性美结合得天衣无缝又相得益彰。

那么，诗的作者是谁呢？可惜，他没有留下姓名在人间，可查的唯一线索，说他是晚唐时咸阳人郭氏的仆人，人称“捧剑仆”。字面上的理解，应该是帮主人提刀的，或是一名保安。作为一名仆人，“捧剑仆”不是四肢发达头脑简单的那种想当然，而是情怀满腔。《唐才子传》中说他“尝以望水眺云为事，遭鞭箠，终不改”。勤学如此，难能可贵，即便挨打，仍痴心不改。“捧剑仆”写了不少诗作，可惜只留下三首。关于他的诗，据说当时“儒士闻而竞观，以为协律之词”。

管他姓甚名谁，诗即名，名即诗，“捧剑仆”当足矣。

与“捧剑仆”相比，有更多的诗人，被历史的尘埃湮没得更邈远、更厚重。比如说“安邑坊女”，关于她，《唐诗鉴赏》只有冰冷的四个字：生平不详。又翻检其他资料，收获不大，说她是“巴陵（今湖南岳阳）一带的女子，生卒年月及事迹皆不详”。

幸好，留下了她的一首诗，足以让后人遥想她当年的模样。

幽恨诗

卜得上峡日，秋江风浪多。
巴陵一夜雨，肠断木兰歌。

这诗开篇写的是一个占卜场面。大吃一惊，卦象不吉啊：上峡之日，秋江必多风浪。谁占的卜？谁去上峡？不知道，不过读者可以想象：占卜者应是诗的主人公——一位幽独的女子，而“上峡”的不是她自己，从“幽恨”推断，是女子的情人或丈夫。她“心中的他”，此时正在上峡远行，恰又是多风浪的秋天，舟行多险。安邑坊女的忧心忡忡，与李白笔下的长干女有得一比：“十六君远行，瞿塘滟滪堆。五月不可触，猿声天上哀。”

填满心中的提心吊胆驱使她去占卜，没想到得到的卦象，却是凶多吉少。

诗的前两句写事，后两句则重在造境。紧承上文，似乎凶卦应验了。淫雨大作，绵绵不绝。“一夜雨”意味着女主人公一夜未睡，凝神谛听帘外的凄风苦雨，她不禁唱出悲哀的歌声。南朝乐府的《木兰歌》，原意是写女子替父从军，但前四句是：“唧唧复唧唧，木兰当户织。不闻机杼声，惟闻女叹息。”此处活用其意，但这种断章取义，却丝毫不影响情感的表达与传递。安邑坊女无法入眠，又无心纺织，唯有长吁短叹，长歌当哭。从“风浪多”到“一夜雨”，这种层层递进，让雨声与歌声交织，形成分外凄凉的境界。借助这种气氛渲染，形象地传达了安邑坊女思念、忧虑和怨恨的诸多复杂情感。诗中正写到“断肠”时，却戛然而止，故事似没有讲完，却是绕梁三日。

“捧剑仆”“安邑坊女”不能青史留名，原因或有种种，甚至是因为身处社会最底层，他们不够资格入史，但也有可能他们存心就是不想让人知道底细，与外界绝缘，深藏功与名。

唐代有位隐士，隐居于终南山，自称“太上隐者”。《古今诗话》中记载：“太上隐者，人莫知其本末，好事者从问其姓名，不答。”

其实，他也不是不答，留诗一首后才飘然而去。

这首题为《答人》的诗，既是“答人”，更是明志。先来欣赏吧。

偶来松树下，高枕石头眠。
山中无历日，寒尽不知年。

首联“偶来松树下，高枕石头眠”，这与其说是“答人”，毋宁说是有点像传神的自题小像。“偶来”，其行踪显得非常自由无羁，不可追蹑。“高枕”，则见其恬淡无忧。“松树”“石头”，设物布景虽然简朴，却富于深山情趣。

这“别有天地非人间”的山中，如同生活在想象中的远古社会。“虽无纪历志，四时自成岁。”（陶渊明《桃花源》）“寒尽”二字，就含有四时成岁之意，而且还进了一步，虽知“寒尽”岁暮，却又“不知年”。这里应该含有两层意思：一层是从“无历日”演绎而来，意即“不解数甲子”；二层是不知今是何世之意，犹《桃花源记》的“不知有汉，无论魏晋”。可见诗中人不但在空间上独来独往，在时间上也是无拘无碍。到了这里，“太上隐者”的形象顺利完成了，且有呼之欲出之感。

刘熙载在《艺概》中说“五绝无闲字易，有余味难”。此诗字字无虚设，语语古淡，无用力痕迹；其妙处尤在含意丰赡，令人神远。李白在《山中答俗人问》中，问而不答，不答而答，表情已觉高逸，此诗则连问答字面俱无，旁若无人，却又是一篇绝妙的“答俗人问”。只不过他的回答方式更为活泼无碍，实有“羚羊挂角，无迹可求”之高、之妙。

“有的人死了，他还活着。”我想，对“捧剑仆”“安邑坊女”“太上隐者”们来说，虽名不见经传，因为诗歌，他们活出了真我的滋味。

武则天：另样石榴裙

2020 年，郁闷的 8 月，香港街头一茬茬黑衣人，如幽灵鬼魂般地出没于大街小巷，手段无所不用其极，肆意打砸抢烧，让“东方之珠”蒙羞沉沦。

舆论的鼎沸声中，“李超人”（李嘉诚）终于打破沉默，在《大公报》头版刊登的全版广告中，引用唐代章怀太子李贤的名作《黄台瓜辞》中的两句：“黄台之瓜，何堪再摘。”无意间看到这则广告，不禁想到一代女皇武则天。

“无字碑头镌满字，谁人能识古坤元。”

关于武则天的一生，众说纷纭，毁誉参半。但不可否认，她是一位杰出的女政治家。在男权社会里，能让狄仁杰、张柬之、魏元忠等一时人杰俯首称臣，绝非一般女流之辈。执政二十年，武则天有大过，也有大功；有过菩萨心肠，更有霹雳手段。如此跌宕起伏又腥风血雨的人生，岂是一块石碑能记录的？！

后人黄光任先生一首题为《女皇》的诗，评价可谓切中肯綮：巾帼英才扭乾坤，一代女皇绝古今。虽为妩媚入宫闱，却因智谋赎尼身。孤凤展翅腾龙位，弱女挥手伏众臣。功过论争千秋去，无字碑上遍诗文。

她曾是“宫心计”的配角，终又成了主角。今儿个，咱们不谈她的这些步步惊心、杀戮重重，而是来鉴赏一下她的诗才。

这是我没想到的，在娴熟地玩转政治的同时，武则天也把诗歌玩得很溜、玩得很出彩。《旧唐书·经籍志》收录她的诗作《垂拱集》一百卷，《金轮集》

也有十集之多，可谓著作等身。

身着厚重衮冕，国事繁重，日理万机，时刻提防各路冷不丁杀出的政治杀手，还要腾出手来镂冰雕琼，文学细胞跳动不息，这女子委实是用特殊材料做成的。

武则天是不是好皇帝姑且不论，但她笃定是位优秀的诗者。如何评价她的诗？两个字：霸气！

用词霸气，气象霸气。

久视元年（700）正月，武则天动用数以万计的民工在石淙建造三阳宫。石淙，在河南省登封县东南三十里，是嵩山东谷的泉流。一年半载后，一幢幢巍峨的建筑拔地而起。大功告成，接报后的武则天笑逐颜开，率群臣前来视察。眼前所见，让她悦目娱心，当即赋诗一首：《九日游石淙》。

> 三山十洞光玄箓，玉峤金峦镇紫微。
> 均露均霜标胜壤，交风交雨列皇畿。
> 万仞高岩藏日色，千寻幽涧浴云衣。
> 且驻欢筵赏仁智，雕鞍薄晚杂尘飞。

诗的首联二句，以仙境比喻三阳宫所在的石淙。“三山”，即海上蓬莱、方丈、瀛洲三神山；“十洞”即十大洞天，道家神仙所居之洞府。“玄箓”，谓神仙的名册；“峤”，是指又尖又高的山；“紫微”，即紫微宫，神仙所居宫殿。“光”“镇”两字则更胜一筹，是说石淙比之仙境更幽美。

诗的颔联两句展示出皇家的气魄。“均露均霜”“交风交雨”都是指能滋润万物、集地气之灵的地方。皇家在此兴建一座宫殿，既有“三山”“十洞”的飘逸超然，又有人世间最为奢华的享乐。

不是仙境，胜似仙境。

颈联两句，以“万仞高岩”“千寻幽涧”两个对立的地形地貌，形容石淙险峻而幽静的环境，“藏日色”“浴云衣”，则一夸张一比喻，使诗句平添了几许生气。这两句成为当时诗坛一时叫好的佳句。尾联则以皇上的尊贵身份，提出“且驻欢筵赏仁智”，姑且逗留于此赐宴群臣；“雕鞍”句则写众文武大臣如过江之鲫前来出席盛宴的壮观。

读到霸气没？

全诗对仗工整，辞藻工丽，极尽铺排之能事，显示出作者宏大壮丽、积极进取的精神，确是盛唐气象。武则天当国时朝臣中的诗人最多，这一时期又是律诗、绝句奠基的时期。这与武则天带头酬唱不无关系。

这首诗还另附有诗序，其中对石淙做了生动的描绘：“近接嵩岭，俯届箕峰。瞻少室兮若莲，睇颍川兮如带。既而蹑崎岖之山径，荫蒙密之藤萝。汹涌洪湍，落虚潭而送响；高低翠壁，列幽硐而开筵。密叶舒帷，屏梅氛而荡燠，疏松吹引，清麦候以含凉。”

武则天不仅诗情盎然，还是写美文的高手。

如观玫瑰，艳美花瓣下的刺，总是让人想起她的文字背后的暴戾恣睢、心狠手辣。但毕竟还是位女人，权力绞肉机上再凶狠、再霸气，仍保留着女性的一缕妩媚，即便只是一闪念间。谓予不信，介绍读读她的《如意娘》——

看朱成碧思纷纷，憔悴支离为忆君。

不信比来长下泪，开箱验取石榴裙。

武则天曾被安排在感业寺出家做尼姑，《如意娘》就是在这里写的一首七言绝句，是一封写给唐高宗的情诗。短短四句，却传达出多层次多方位的复杂情绪。细品之下，对武则天另外多了份怜悯。

毕竟是女人家。

首句“看朱成碧思纷纷”，是赋比兴兼具，有多重含意。一来明写抒情主人公相思过度，以致魂不守舍，恍惚迷离中竟将红色看成绿色。南朝梁代的王僧孺诗“谁知心眼乱，看朱忽成碧”即为此句所本。正是心乱眼花，才使得这位痴情女子五色不辨；二来暗指美好春光的流逝，眼见花红褪尽，枝头只剩下绿叶；三来借喻自己只身独处，花红叶绿不能相扶。作者又借诗喻自己红颜薄命，由昔日欢聚的幸福坠入今日冰冷的相思之苦。“朱”“碧”两种反差极大的颜色，构成了强烈感情的冷暖对照。眼前的一片寒冷碧绿触目伤怀，让人不由得思绪万千。

“憔悴支离为忆君”一句直抒胸臆。从外表写入内心，尽言思妇的瘦弱不支和心力交瘁。至此，这两行诗辗转表达出的是凄切，是寂寞，是哀怨。情绪的流向虽然较为单一，却激发起阅读者情感的万丈涌流。

远远没完呢，接下来诗人笔锋一转，打破一二句的和弦，以全新的节奏和韵律再现诗的主题：“不信比来长下泪，开箱验取石榴裙。”执着、决然、不掩饰、不造作的独特形象曲尽其妙。

这两句是全诗的高潮，它丰富了诗歌的情绪构成。“不信”句诉说着“断肠”的相思，也隐含着相思的无可奈何，相思的难以喻说。“开箱验取石榴裙”，大胆而热烈，又不乏柔情蜜意，符合人性，符合女性的柔情似水，更符合武则天的性格。

她就是“这一个”。我就是我，人间不一样的烟火。

此诗极描相思愁苦之感，尺幅之地曲折有致，融合南北朝乐府风格于一体，明朗又含蓄，绚丽而不乏清新。言辞之间的热烈大气，又隐约昭示了将来的盛唐气象。

这种文学的过渡气质，在武则天后期作品，得到进一步强化。因为诗歌，对武则天女强人形象的丰满，则是神来之笔。

她的《腊日宣诏幸上苑》，诗风则陡然一转，写得刚正泼辣，读到的更多是权力的任性与霸蛮。

明朝游上苑，火速报春知。
花须连夜发，莫待晓风吹。

这首诗的背后，还流传着一段故事。宋人高承《事物纪原》载，武则天某年冬游上苑，兴趣所至，竟下旨花神催开百花。花神无奈奉旨，百花齐放，春景冬见。争奇斗艳中，唯牡丹傲骨，独不奉诏。武则天大怒，贬牡丹于洛阳，“故今言牡丹者，以西洛为冠首。”

此诗写于公元691年，是武则天建立“武周”政权的第二年。《全唐诗》给此诗做了题解：“天授二年，腊，卿相欲诈称花发，请幸上苑，有所谋也，许之。寻疑有异图，乃遣使宣诏云云。于是，凌晨名花布苑。群臣咸服其异。后托术以移唐祚。此皆妖妄，不足信也。”

《全唐诗》题解合情合理，大抵可以采信。所谓令花神催开百花，只不过彰显了权力的霸气，乃是出于政治宣传的需要，也是一群马屁精的集体造假，这一切都是做了精心彩排的，目的无非是哄女皇开心罢了。

权力的博弈中，如不当赢家，就只有死路一条，没有中间地带。武则天同样别无选择。

权力让许多不可能成为可能，文学则未必。

西鄙人：我有哥舒我怕谁

“我本楚狂人”诗仙李白，心高气傲，目中无人，能入他法眼的，还真不多见。

唐玄宗时代的名将哥舒翰是为数不多者之一，从一首题为《述德兼陈情上哥舒大夫》诗中，看得出李白对他的倾心折节。诗仙不吝笔墨，用了五十六个字来表达对“一代战神”哥舒翰的膜拜——

天为国家孕英才，森森矛戟拥灵台。
浩荡深谋喷江海，纵横逸气走风雷。
丈夫立身有如此，一呼三军皆披靡。
卫青谩作大将军，白起真成一竖子。

在李白眼中，卫青你算什么？白起你又算什么？和我朝大英雄哥舒翰相比，完全被甩出百丈之外。

大唐王朝是一个雍容华贵的国度。哥舒翰虽为突厥人，非我族类，却能在大唐的政治、军事舞台上纵横捭阖，并一度大放异彩。

哥舒翰曾在名将王忠嗣麾下效命，天宝六年（747），王忠嗣被李林甫诬陷，而且使用的都是刀刀见骨的阴招，吃尽苦头。有一天，李林甫又进谗言说：“皇上啊，王忠嗣这人其心可诛，他经常对人表示：‘我与忠王（后来的唐肃宗）从小一起长大，当拥戴他为太子。’”

敢起不臣之心？唐玄宗不问青红皂白，立即下旨将王忠嗣革职，只是念其战功赫赫，没要他的命。

腾出的位置，自要有人来补缺。放眼望去，虽将帅如云，唐玄宗还是觉得非哥舒翰莫属。于是下了一道旨，任命他为陇右节度使。

坐这个位置，哥舒翰最重要的使命是抵御吐蕃侵扰。当时，吐蕃为害大唐边民到底有多烈，《旧唐书·哥舒翰传》有段让后人仿若亲见的记载："先是吐蕃每至麦熟时，即率部众至积石军获取之，共呼为'吐蕃麦庄'，前后无敢拒之者。"

真是太过分了，吐蕃人不劳而获，只会割人"韭菜"。眼见边民的麦子熟了，派出兵卒前来强抢，还美其名为"吐蕃麦庄"。大唐将星闪烁，可惜都被吐蕃人吓破了胆，无人敢挺身而出保境安民。

是可忍，孰不可忍？！

忍无可忍便无须再忍，哥舒翰决定不忍了。又是麦子收获季节，吐蕃军又再次想不劳而获。没想到，这一次他们没那么幸运了，遇到了硬茬，遭到哥舒翰的"伏兵邀击"。吐蕃人不仅颗粒无收，还死伤了大半人马。哥舒翰抓住机会乘胜追击，不断扩大战果，致使"吐蕃屏足不敢近青海"。

被打痛了！

给点阳光就灿烂，百姓是很容易满足的，何况是保住了饭碗中的口粮。边民编了首顺口溜，以表达对哥舒翰的感恩戴德，诗曰：

北斗七星高，哥舒夜带刀。
吐蕃总杀却，更筑两重壕。

诗中的"哥舒"指的就是哥舒翰。民谣出来后，像长了翅膀，很快风行大西北。哥舒翰"一人当关"百战百胜的形象除栩栩如生于各色战报外，还被基层文艺工作者进行了加工。"西鄙人"在这首顺口溜的基础上，改造为更有文化气象的《哥舒歌》。

这一首《哥舒歌》，是一首脍炙人口的诗，也是一段历史真实的记载，让人津津乐道，并代代相传。《全唐诗》中说："天宝中，哥舒翰为安西节度使，控地数千里，甚著威令，故西鄙人歌此。"且读全文——

北斗七星高，哥舒夜带刀。
至今窥牧马，不敢过临洮。

这首诗源于歌谣，却高于歌谣。

"北斗七星高，哥舒夜带刀。"此诗以北斗星起兴，表达了哥舒翰的威望及边民对他的景仰。诗的高明之处，不从正面描写哥舒翰在战场上的折冲樽俎，而是从侧面以北斗高悬，哥舒翰夜黑中手握战刀，或行军或亲临前线夜观敌情来烘托战功卓著、百战不殆的将军形象。后两句中的"窥牧马"指吐蕃越境放牧，抨击吐蕃的入侵行为。这两句描写出哥舒翰对敌人的威慑力，在悍将哥舒翰面前，即便是看到了麦浪滚滚，吐蕃人也只能是艰难地咽回了口水，悻悻然掉转马头，从此不敢再打主意，死心了。

值得一说的是，此诗作者"西鄙人"，不是指具体某个人，乃意为西部边境的老百姓，实际上应是一位没有留下姓名的民间作者。这些籍籍无名者让我想起《诗经》中的不少诗歌作品的共有作者——采诗官。

哥舒翰的功劳就只停留在为边民守护麦子吗？没那么简单，确保一方平安外，他还不断为大唐开疆拓土。

被唐玄宗委以重任后，哥舒翰当然知道下一步该怎么做。他步步为营，在青海（今青海湖）修建神威城，如尖刀般地伸到了吐蕃军的眼皮子底下。吐蕃人也不认怂，不甘于受制，乘着大雪冰封，攻陷了此城。哥舒翰率领将士奋起抵抗，很快夺回了这座桥头堡，接着又动员军民建起了应龙城，在此派驻军士，与神威城互为犄角。在与吐蕃军队的拉锯战中，哥舒翰始终牢牢地把握住了战争主动权。

军事上的节节胜利，催肥了哥舒翰的胆子，他再次把目光投向了石堡城。

石堡城一役，成就了哥舒翰"一代战神"的威名。

只有一条羊肠小道通往城中，石堡城的地势极为险要，雄伟坚固，易守难攻，一向为吐蕃军的前沿阵地。吐蕃人之所以拼老命也要控制住此地，目的是牵制驻扎陇右的唐军。反之，如果唐朝控制此地，则可控制方圆数十里内吐蕃军行动自由。正因为有这样高的军事价值，吐蕃几乎举全部力量防御石堡城。唐玄宗多次派军试图夺回石堡城，但屡战屡败，损失惨重。这一回，哥舒翰志在必得，受命统帅朔方、河东等地十万多士兵，用计巧妙避过吐蕃人的视线，夜以继日奔袭石堡城。

天宝八年（749）六月，一场攻坚战打响了。吐蕃人据险而守，牢牢封锁了通往城中的唯一山道。哥舒翰带兵猛攻数日，仍然不能得手，焦急万分，他要杀一儆百，准备拿攻城先锋官高秀岩、张守瑜开刀。高秀岩、张守瑜恳求宽限三日，如果到期不克，甘心服罪。毫无退路的高、张两将，率军不惜一切代价，冒着矢石发起一轮又一轮的冲锋，在付出死伤数万人的代价之后，终于如期拿下石堡城。

吐蕃“举国守之”，却惨遭大败，守军死伤无数，已无力与大唐再战，自此“不敢窥阴山”。哥舒翰经此一役，军功特进，并被赏赐无数。

一将功成万骨枯。此役之后，“诗圣”杜甫对哥舒翰却不以为然，在其名篇《潼关吏》中，有一句“请嘱防关将，慎勿学哥舒”。语间颇耐人寻味。

一代名将哥舒翰的人生结局却让人大跌眼镜。

公元 755 年，猝不及防的安史之乱让唐玄宗“回马杨妃死”。此时，哥舒翰因溺于酒色而中风在家。唐玄宗“国破思良将”，认为哥舒翰是大唐福将，强行将哥舒翰推上马，派往前线平叛。“哥”还是“哥”，但已不再是当年江湖中传说的“哥”了，加上唐玄宗的瞎指挥，几番交手，哥舒翰不仅没能守住潼关，还被手下反叛的兵士捆了，作为“投名状”送给安禄山儿子，成为时已称帝的安庆绪的阶下囚。

哥舒翰被押到安庆绪面前时，安庆绪以胜利者的扬扬得意，劈头问道：“你过去一直看不起人，如今怎么样？”哥舒翰好像换了个人，完全没了往昔英雄的“高大全”，竟然扑通跪下，伏地谢罪：“肉眼不识陛下，以至于此。陛下是拨乱之主，天命所归。”

节操碎了一地。

为保一命，哥舒翰主动提出亲自前去招降正在全力平叛的李光弼、来瑱、鲁炅等大唐将领。只是这些将领鄙视他，更不会理他，回书大骂哥舒翰不忠，弄得哥舒翰很郁闷。

两年后，龟缩洛阳的安庆绪被唐军击溃。败逃前，安庆绪没忘一刀将哥舒翰结果了。

其实，当时被手下五花大绑，准备送给安庆绪邀功时，哥舒翰羞愤难当，他打算壮烈，趁人不备，用马鞭插入咽喉想自我了断，一了百了，不料被眼疾手快的叛部一把夺走。

想起《菜根谭》中的几句话：声妓晚景从良，一世烟花无碍；贞妇白头失守，半生清苦俱非。

看人只看后半截，真良言也！

项斯：一灯愁里梦

“李杜文章在，光焰万丈长。”晚唐诗人项斯，就是被李白、杜甫万丈光芒遮掩的一颗诗星。

项斯是台州府乐安县（今浙江仙居）人。会昌四年（844），项斯以第二名进士及第，他是台州的第一位进士，也是台州第一位走向全国的诗人。

“诗达天下”，因国子祭酒杨敬之的赏识，项斯诗名鹊起。除杨敬之外，当时还有一大帮诗坛、政坛大佬也对项斯青眼有加，尤对他的作品不吝赞词。太子少师郑薰所赠的诗“项斯逢水部，谁道不关情”，说出大伙儿对他诗歌的共同嘉赞。

诗中说的“水部”，指的是水部员外郎张籍。项斯的诗歌风格与张籍十分相似，《唐才子传》中说他俩都是“清妙奇绝”。读项斯的诗，就像是读张籍的作品。因为这种创作风格上的志同道合，张籍逢人便竖起大拇指夸赞项斯。有诸多大佬的背书，项斯在开成年间声誉极高，杨敬之就掩饰不住对他的热爱，赋诗以赞：“几度见君诗总好，及观标格过于诗。平生不解藏人善，到处逢人说项斯。”

到处逢人说项斯？看来是真爱。有些迫不及待了，项斯的诗，真的是那么卓乎不群吗？以《山行》这首为例：

> 青枥林深亦有人，一渠流水数家分。
> 山当日午回峰影，草带泥痕过鹿群。
> 蒸茗气从茅舍出，缫丝声隔竹篱闻。

行逢卖药归来客，不惜相随入岛云。

《山行》写的是山村野景。诗人观察入微，体验深刻，全诗写得清新、细腻、贴切、逼真。让读者身临其境，引人入胜。

在第三联中，诗人准确地捕捉到暮春山村最具特色的物事——“烘茶”与“开茧”，并不失时机用来拓展全诗的意境。

尤为巧妙的是，诗人并未直接说出山民如何忙碌于采茶、分茶、炒茶，以及煮茧、退蛹、抽丝等动作与程序，只是从茅舍升起的袅袅炊烟中嗅到了煮茗的茶香，隔着竹篱听到了拉缫丝的声音，让读者憧憬到了农事丰收的盛景。

接下来，诗人该进村去了吧，就像孟浩然那样，与农民兄弟“开轩面场圃，把酒话桑麻”了，但项斯不，他只是“行逢卖药归来客，不惜相随入岛云”。路上遇见一位卖药材的老农，项斯转身便随着这位老者，一道走入云雾缭绕的深山岛云中去。

这一收笔，出人意料，意味深长，乃诗旨所在。诗人“不惜”转身，隐约透露了他的人生苦衷。项斯生在唐末乱世，虽有多位重量级人士帮忙站台，也只做了个丹徒县尉。自觉怀才不遇，壮志难酬，但在他的内心底处，仍想归隐泉林。项斯另一首《归家山行》，同样表达了这种向往，不妨对照着欣赏。

献赋才何拙，经时不耻归。
能知此意是，甘取众人非。
遍陇耕无圃，缘溪钓有矶。
此怀难自遣，期在振儒衣。

身在庙堂，心在江湖。但项斯与其他的隐士不一样，并不是一味地自我放逐，仍是“期在振儒衣”。这一点，非常难得和可贵。

项斯生性疏放旷达，辛文房说他“温饱非其本心”。当初，项斯在朝阳峰前修筑草舍，并与各路僧人交结来往，彼此唱酬甚多，诗歌让诗友彼此心连心。

项斯隐居山林，颇有“魏晋之风”。在大自然中不拘形迹，他头戴苔藓织成的花冠，身披鹤羽制作的外衣，躺在松树之下，枕着白净的石头，喝着清泠泠的泉水，长声吟诗又字斟句酌，如此快意人生。

这样的日子，一晃就过去了三十年。

这三十年，项斯创作出了许多警句，如“病尝山药遍，贫起草堂低”，如“客来因月宿，床势向山移”。他在《落第后寄江南亲友》诗写道：“独存过江马，强拂看花衣”，在《日东病僧》诗中说：“不言身后事，犹坐病中禅”，以及“湖山万叠翠，门树一行春”“一灯愁里梦，九陌病中春”“月明古寺客初到，风度闲门僧未归”，等等。《送宫人入道》诗中的两句“将敲碧落新斋磬，却进昭阳旧赐筝”，更让人读到了他不同的人生旨趣。这些妙句，让无数读者读后直呼“过瘾”。

没想到的是，隐居泉林三十年之久的项斯，终“晚污一名，殊屈清致”。为了一个芝麻官，放弃了自己多年的坚守。尤令人扼腕的是，在丹徒县尉的位置还没做多久，就突然在职上去世。

人各由命，但命运确实不大公平。像项斯这样的诗才，也只能藏在历史深处的一隅，籍籍无名，不为后人所知。《唐诗鉴赏》也只收了他一首诗。

除《山行》外，项斯的《江村夜泊》《早起》《寄剡溪友》等都是脍炙人口的佳作。来读一下他的《江村夜泊》。

> 日落江路黑，前村人语稀。
> 几家深树里，一火夜渔归。

此时此刻的江边小路，乌漆麻黑的，前面村子里人声稀少。几户人家藏在树林深处，一个捕鱼人举着火把照路回家。

诗的语言非常浅白，但浅白的语言却塑造出了强烈的画面感。读完这首诗，任何的心浮气躁都会渐渐地沉静下来，心随向往飞翔。

传统读书人多在“出世”和“入世”中挣扎，项斯最后抵御不住一个小县尉的诱惑，或许他有难言之隐。算了，不必苛求他，他也只是想要个平台，能有做点事的机会，也不枉读过的“圣贤书”。诚如他在诗中自许：“此怀难自遣，期在振儒衣。”

理解万岁吧。

薛涛：春风不与女校书

唐代诗人王建，写有下面这首诗：

万里桥边女校书，枇杷花下闭门居。
扫眉才子知多少，管领春风总不如。

“管领春风总不如”，意思是说，即便那些能完全领略文学高妙意境的人，总也有点不如她。这评价是否言过其实，竟然让诗人王建如此折服？诗人笔下的这位“扫眉才子”又到底是谁？看看诗的题目就恍然大悟了——《寄蜀中薛涛校书》。

啊，说的是薛涛。

诗神，女神！

薛涛身属蜀中四大才女，也是唐代四大女诗人之一。公元768年，她出生于长安，后来却终老于成都，个中有何缘由？

必须从她的父亲薛郧说起。

薛涛系出名门，父亲薛郧原本在都城长安为官，而且官秩不低。薛涛是个独生女，打小就被父亲视若掌上明珠，懂事起就教她诗画。薛涛聪慧，属于学霸型的孩子。小时候的一则逸事，深切证明她是一位与众不同的“别人家的孩子”。

那一天，薛郧下班回来，在庭院里散步赏花，无意间，抬头看了看院里那一棵亭亭如盖的梧桐树，忽有所得，随口吟诵道："庭除一古桐，耸干入云中。"然而下一句呢，卡壳了，他沉吟良久而不可得。正在一旁玩耍的薛涛，仰起小脸看了一眼父亲，脱口而出："枝迎南北鸟，叶送往来风。"

薛郧听后先是一愣，继而大忧。父亲所忧者为何？正是这两句："枝迎南北鸟，叶送往来风。"意思浅白，若要引申的话，则有风尘女子迎来送往之意，实是不祥之兆。

更诡异的是，这两句果真成为薛涛往后挣不脱的人生隐喻。

这一年，薛涛才八岁。

薛郧为官刚直，也不乏"一根筋"的执拗，缺少圆融的技巧。这性格自然难容于官场。宵小作祟，因谗言一纸贬书，薛郧被罚往四川。蜀中的任职还没多久，又奉旨出使南诏。祸不单行，出使途中不幸染上了瘴疠。药石无效，不几日便告不治。

异乡异客，噩耗传来，薛涛母女顿感天都塌了，娘儿俩呼天抢地。薛郧为官清廉，两袖清风，去世后，薛家的生活顿时陷入前所未有的困顿。

史书上说薛涛"容姿既丽"，又"通音律，善辩慧，工诗赋"。不但明眸皓齿，又冰雪聪明，这不正是放飞青春、闯荡江湖的资本吗？

华山已无路。薛涛一咬牙，不顾母亲的倾盆泪雨，走出家门一头扎进教坊，入了籍，做了名营妓。

那一年，薛涛十六岁，正值花季。

彼时的"妓"，非完全等同于后来的"妓"，薛涛虽沦入教坊，却能洁身自好。谋生只凭诗词歌舞，交往唯与文人雅士。交往最多的，是诗人型的官员。信手拈来一大串名单，除王建外，还有韦皋、元稹、白居易、张籍、牛僧孺、令狐楚、裴度、刘禹锡、武元衡、刘长卿、李德裕，等等，怎么样？都是名满天下的一时才俊啊！

拜倒在薛涛石榴裙边的诗人，可以毫不夸张地说，集合了当时大唐大半顶尖的诗人。薛涛的"才艺工作室"，相当于是大唐诗歌协会的办公室。

古代官员大都靠科举晋身，与艺妓交往是种时尚，"寡人有疾，寡人好色"。但猎艳不是他们的唯一，吸引他们更多的是薛涛的才艺、辞令和见识。与其以小人之心度君子之腹，我们更愿真诚地相信，这些诗坛大佬追逐的绝不止薛涛的“容姿既丽”，对，是她的才华。不信？先来欣赏她的一首流传千古的《送友人》——

水国蒹葭夜有霜，月寒山色共苍苍。
谁言千里自今夕，离梦杳如关塞长。

首两句，显然是化用大家熟知的《诗经·秦风》中名篇《蒹葭》中“蒹葭苍苍，白露为霜”句，推陈出新地点明送别友人的具体时空，弥漫着缠绵不绝的惜别之意。

通读全诗，直击人心的是末一句“离梦杳如关塞长”。这一别，山长水阔，离梦杳如关塞长，下一次的相见，也许只能在梦中。这种离别之痛，就像是钝刃割肉，慢慢切入，痛至骨髓腠理。

更痛，亦更深沉。

如此委婉缠绵，薛涛这首“恒久永相传”是写给谁的呢？综合众多资料，我想是写给韦皋或元稹的。

她和他俩，先后有段刻骨铭心的深度邂逅。

公元785年，中书令韦皋受命出任剑南四川节度使。在当地官员举行的酒宴上，薛涛应邀出席，且以歌舞助兴。她款款入场，刚进入宴会大厅，即是光芒万丈！

韦皋惊呆了，他目不转睛地盯着薛涛，实乃人间尤物啊。好久才回过神来，失态失礼了！韦皋压低嗓门又急促地问道：“你就是大名鼎鼎的才女薛涛啊？！”

薛涛低眉顺眼，深施一礼。韦皋按捺住心如鹿撞，从诗歌撩起：“那么，请你即席一首如何？”

稍做沉吟，未几，薛涛一曲《谒巫山庙》绣口吐出：

乱猿啼处访高唐，路入烟霞草木香。
山色未能忘宋玉，水声犹是哭襄王。

朝朝夜夜阳台下，为雨为云楚国亡。
惆怅庙前多少柳，春来空斗画眉长。

吟毕，又一次将韦皋击倒！他忍不住拍案叫绝，这诗哪像是出自一位纤弱女子之手？！主人的忘情失态，让众宾客面面相觑，待醒悟过来后，报以满堂喝彩。

自此，薛涛更是艳名、诗名动天下。也就是从那一刻起，他和她神仙眷侣间的诗情爱情徜徉并勃发于蜀山青、锦江碧之中。不仅如此，韦皋公私两不误，将薛涛延请衙府内，帮助处理各种文稿撰写。韦皋还上书朝廷，请求授予薛涛“校书”一职，只是因为不符规制，朝廷不予准奏，但薛涛的“女校书”雅号由此而来，这也正是诗人王建诗中“万里桥边女校书”的缘起。

可惜好景不长，因权力强力介入的感情终究是靠不住的。是尤物，也是玩物，因为一件小事，薛涛惹恼了韦皋。韦皋丝毫不念旧情，一怒之下，将她发往松州，一个更僻远的蛮荒之地，充作营妓，以示惩罚。极度苦闷且百思不解的薛涛，唯有以诗抒发满腹的愤懑与愁苦。且看《罚赴边有怀上韦令公二首》：

闻道边城苦，而今到始知。
羞将门下曲，唱与陇头儿。

黠虏犹违命，烽烟直北愁。
却教严谴妾，不敢向松州。

诗中微言大义，有对苦守边塞将士的同情，有对敌寇可能入侵的忧患，更有对地方大员、前男友韦大人的心灰意冷，甚至义正词严。

说得确切点，她是苦自己。

是的，她没有杨贵妃式的梨花带雨，没有切切哀求，诗中只有她生命底色中的善良与倔强。

生活是最好的导师。经此一劫，教科书式地教会了她。

数年后，在友人的助力下，薛涛辗转回到了成都。这次回来，她做出了一个决定：脱去乐籍，做一个自由的人。

《唐才子传》中说，回到成都，薛涛选择居住在城内的浣花里。名字颇有诗意，偌大的院子里，她种满了一垄垄的菖蒲。居所东北向，是一条通往长安的大道，昼夜车水马龙，人声鼎沸。薛涛努力守住一颗芳心，在喧嚣中着意为自己营建一方静谧。但她还是失败了，富有才情而又深情的薛涛，终究逃不过感情上纠缠的“牢”。

这一次，是元稹。没错，就是那位与白居易并称“元白”的大诗人元稹；也没错，就是那位写下“曾经沧海难为水，除却巫山不是云”金句的元稹。

有些看破红尘的薛涛，遇见一个更有才情又更深情的元稹，在他炽热的攻势面前，她只有乖乖地缴械投降了。

元和四年（809），大名鼎鼎的诗人元稹，以监察御史的身份到蜀地出差。“元微之使蜀，密意求访。”这位老兄倒好，到了成都，不先去官衙报到，而是到处打听薛涛芳踪。时任节度使严司空知道后，拍元稹的马屁，派出文化官员周围打探，找到薛涛后，马上派专人护送前往元稹住所梓州。

在那里，元稹等着她。

四目相见，才情点燃了深情，她和他的感情瞬间就“毕毕剥剥”地燃烧了起来。即便坚硬如千年冰川，在感情阳光的炙烤之下，瞬间融化为滔滔江水，奔涌而出。薛涛无可救药地喜欢上了元稹，一段轰轰烈烈的“姐弟恋”就此拉开了帷幕。

薛涛时已步入不惑，“弟弟”元稹呢，才三十一岁。

见面后的第二天，薛涛以少女般娇羞，捧出一颗诗心，大胆而热烈，写下这首《池上双鸟》：

双栖绿池上，朝暮共飞还。
更忆将雏日，同心莲叶间。

这是薛涛对爱情的期待，也是他们自此开始共同生活的“起居注”。

元稹是官场老油条，更是情场高手。虽如此，初见之下，就让他对薛涛敬佩不已。不顾官仪，他主动手持笔砚，陪侍一侧，安静地看着薛涛赋诗作画。笔走龙蛇，她的不世之才，让元稹大为惊讶。他对薛涛有爱意，更是心生敬意，从后来的一首《寄赠薛涛》中可见一斑。

> 锦江滑腻蛾眉秀，幻出文君与薛涛。
> 言语巧偷鹦鹉舌，文章分得凤凰毛。
> 纷纷辞客多停笔，个个公卿欲梦刀。
> 别后相思隔烟水，菖蒲花发五云高。

“蛾眉秀”“鹦鹉舌”“凤凰毛”，你看，这些好话都一股脑儿、毫无保留地给了薛涛，元稹对她毫不吝啬。

那段日子，是薛涛最快乐的时光。巴山蜀水，烙下了他们缱绻的足迹。如黛青山因为他们，多了几分妩媚，多情应笑他和她。

这是一个流行离开的世界，其实你和很多人已经见完了最后一面，只是彼此都忘记了告别。三个月后，元稹奉旨调往洛阳。千山外，万水中，他们间只有靠鸿雁传书，却也是不堪愁里听。为解思念之苦，薛涛将蜀地的大张纸，裁为小型张，加入芙蓉花汁，精心制成桃红色的小彩笺，人们把这种纸称为“薛涛笺”。就是在这一张张的“薛涛笺”上，她把寸寸相思，融于笔注，一封又一封，寄往重重关山外的洛阳，诉说着无尽的思和念。

那年头，没有高铁，没有飞机，蜀道难，难于上青天。再热烈的情感，终被群山万壑和大江大河析离成一个个碎片。多情又深情的元稹，已将人生重心转往官场厮杀。仍沉浸在男欢女爱中、无法自拔的薛涛，对他而言，只是一个渐行渐远的情感符号。

这一头，薛涛仍在痴痴地望。心中的愁绪与幽怨，在她的《春望词》四首中，仿若笔下泣血。

> 花开不同赏，花落不同悲。
> 欲问相思处，花开花落时。

揽草结同心，将以遗知音。
春愁正断绝，春鸟复哀吟。

风花日将老，佳期犹渺渺。
不结同心人，空结同心草。

那堪花满枝，翻作两相思。
玉箸垂朝镜，春风知不知。

“花开不同赏，花落不同悲。”起句不凡，读到了女诗人的肝肠寸断、入骨相思。最难熬的思念，不是对方不知道，而是知道了却无所谓。

回过头来，让我们再来猜测一下，薛涛的名篇《送友人》，到底是写给谁？韦皋？元稹？还是另有他人？我想，这一切都不重要了吧？

以后的岁月，薛涛一直滞留在成都。七十五岁那一年，她扔下一生为伴的笔墨，把满腹诗情带去了另一个世界。

繁华落尽，所有的美丽与哀愁，经风吹雨打，都零落成了泥。晚年的一首《牡丹》，她把自己引进了无奈的人生胡同，留给世人一声叹息，留给世人孤独背影。

去春零落暮春时，泪湿红笺怨别离。
常恐便同巫峡散，因何重有武陵期？
传情每向馨香得，不语还应彼此知。
只欲栏边安枕席，夜深闲共说相思。

这一句，“只欲栏边安枕席，夜深闲共说相思”，是薛涛对自己的解嘲，也是对自己的安慰。

浣花里，菖蒲花且开且落，年复一年。

姚合：与君先一醉

姚合，有唐一代名相姚崇的曾孙。

元和十一年（816），历唐宪宗、唐穆宗、唐敬宗三朝同中书门下平章事、左仆射之职的李逢吉知贡举，“特命主掌贡举考试”，也就是受命主持本届科考。

进入考场巡视，李逢吉无意间眼睛一扫，咦，好朋友姚合正是本届考生之一。结果自然很美好，姚合进士及第。

自此，姚合步入仕途的阳关道，历任武功县主簿、富平县尉、万年县尉。宝历年间，任监察御史，升户部员外郎，不久又出任金州刺史、杭州刺史。经基层一段时间的历练，姚合被调回长安，入朝任刑部郎中、户部郎中、谏议大夫、给事中等职。

之所以不厌其烦地把姚合的从政履历胪陈，是想一展他在权力金字塔上如何步步登高。基层历练对为官者不可或缺，既接地气，又培养了政治情商，后一点尤其重要。

有祖荫之庇，又有贵人提携，姚合却没有纨绔子弟的骄横，而是“人雅服其义”，时人都很佩服姚合的急公好义。

开成年间，著名诗人李商隐在弘农县尉任上，循例赦免了一位死囚。此举不小心得罪了上司陕虢观察使孙简。孙大人恼羞成怒，要将李商隐开缺撤职。印好的撤职文件还没来得及下发，恰好姚合前来接替孙简的官职。“以风雅之契”，姚合与李商隐在诗坛上本有情分，两人相见大喜，李商隐自然官复原职。

姚合的勇于任事，为他在官场上挣分不少。

姚合官至秘书监。他的政治恩师、宰相李逢吉品性忌刻，险谲多端，是牛李党争中“牛党”代表人物。李逢吉交结权阉王守澄，排斥名臣裴度，把持朝政，其言行令大小官员为之侧目。姚合何以自处，是个大难题。姚合情商高，会做官也会为人，朝廷上下，与同僚和群众关系甚好，没受到任何牵连。

令人拍案叫绝的是，他与以后历任的宰相，如令狐楚、元稹、李德裕以及被李逢吉打击过的裴度都有诗酒交情。施蛰存先生说是因为姚合恪守道家清静无为之训，既不贪赃也不枉法，廉洁奉公、清正自守。这分析自然有几分道理，根本还是因为他的诗才，否则姚合的身边又怎能集合韩愈、刘禹锡、贾岛、顾非熊、雍陶、李余、马戴、张籍、罗隐、李频等浩浩荡荡的一批诗友呢？

复杂的人格情绪，让姚合的作品风格也极为多元。

下面两首诗，如果不说出作者的名字，很难想到出自一人之手，都是姚合的作品。

穷边词二首

将军作镇古汧洲，水腻山春节气柔。
清夜满城丝管散，行人不信是边头。

箭利弓调四镇兵，蕃人不敢近东行。
沿边千里浑无事，唯见平安火入城。

这两首诗中，姚合盛赞边将的赫赫战功，描绘了疆界整肃太平的喜人景象。其中，第二首的开头句读来动人心弦：“箭利弓调四镇兵，蕃人不敢近东行。”朋友来了有好酒，豺狼来了有猎枪。守边将士箭镞已磨利，弓弦已调好，面对这样的枕戈待旦，蕃人还敢向东侵犯吗？

除非他想找死。

当然，人有多个侧面，但总有一种主流。谈到姚合的诗，《唐才子传》有精到评论：“与贾岛同时，号‘姚贾’，自成一法。岛难吟，有清冽之风；合易作，皆平澹之气。”姚合与贾岛是同时代人，人称“姚贾”，两人诗歌自成一派，贾岛的诗不易学习，有一种清冽的风格；姚合的诗则易于写，均为平和淡泊之气。辛文房还特别指出：“（姚合）盖多历下邑，官况萧条，山县荒凉，风景凋敝之间，最工模写也。”意思是说他多在小地方为官，身在萧条凋敝的环境中，写的诗最容易打动人心。

他的《闲居》一诗，或是辛文房断语的最好诠释。

不自识疏鄙，终年住在城。
过门无马迹，满宅是蝉声。
带病吟虽苦，休官梦已清。
何当学禅观，依止古先生？

这首诗写得似乎有些不讲道理，明明性情疏鄙，却由于自己的“不自识”，终年住在城里，饱受“丝竹之乱耳，案牍之劳形”。显然，姚合是以自嘲的口吻，说自己悔不该住在城里销蚀自己喜静的天性。

诗中的另两句写出了不少官员的心声：“带病吟虽苦，休官梦已清。”虽然说带病吟诗有些凄苦，但辞官后，梦中不再有烦心事打扰了，不是很幸福吗？

若无闲事挂心头，便是人生好时节。

虽说在仕途上步步为营，但姚合也常陷入天人之战。内心深处，他不太愿意攀高结贵、同流合污。有人说他“人事生理，略不介意，有达人之大观”。正是有这样对事物洞达透彻的观察力，姚合在复杂政治旋涡中才能游刃有余。“得”和“失”、“胜”和“败”都是定数，不争不怨，不忮不求。读他的《原上新居》诗，就能读懂他的心事。

秋来梨果熟，行哭小儿饥。
邻富鸡长往，庄贫客渐稀。
借牛耕地晚，卖树纳钱迟。
墙下当官道，依前夹竹篱。

诗中极言自己家贫，梨树上硕果累累，小儿因饥啼哭，自己的庄园一贫如洗，连自家的鸡都吸引到富家去啄食了，太有讽刺的意味了。自家为什么贫呢？没有牛，要借别人家的牛，谷物税要到卖树后才能交纳。贫穷本是可以改变的，墙下就是官道，认识三两个当官的不是很容易吗？

不！偏要在官道与新居间扎上篱笆，鸡犬之声相闻，就是老死不相往来。这表明的是一种清高的态度，也是不同流合污的坚决。

自己本身是帝国的官员，也交了不少高官，姚合这样表达出的心意是不是有点矫情？的确，姚合在仕途上虽然起步较晚，但在四十岁以后，走得还是非常平顺，差不多平均两年一升迁，且从没遭过贬谪什么的。个中原因，是他有足够的定力，步步为营，不求冒进，尤不孜孜以求什么连升三级。

姚合从一开始做官，就在“出世”与“入世”之间挣扎，满脑子都是闲居山林、耕钓退隐的念头。在《武功县中作三十首》（他因此被称为姚武功）的诗里，第一首的第一句便现出“县去帝城远，为官与隐齐”的念想；第二首中则又说“方拙天然性，为官是事疏……养身成好事，此外更空虚”；第九首则曰“到官无别事，种得满庭莎”；第十七首则曰“每旬常乞假，隔月探支钱”；第二十二首则曰“养生宜县僻，说品喜官微”。第三首则是这组诗的代表，也充分表露了他的人生观。

微官如马足，只是在泥尘。
到处贫随我，终年老趁人。
簿书销眼力，杯酒耗心神。
早作归休计，深居养此身。

姚合“性嗜酒，爱花，颓然自放”。虽没真正退隐，他却追求隐士般的生活方式，即使身在官场每天准时打卡上班。姚合道法自然，收获了“种瓜得瓜”。又或许姚合运气的加持，又让他意外地“种豆得瓜”。

成人不自在，自在不成人。生而为人都有烦忧事，很多的时候都难以自遣，颓废之下常常借酒浇愁。姚合有次与卫尉崔少卿相聚，三杯过后，赋诗一首，题目是《同卫尉崔少卿九月六日饮》——

酒熟菊还芳，花飘盏亦香。
与君先一醉，举世待重阳。
风色初晴利，虫声向晚长。
此时如不饮，心事亦应伤。

好一句“与君先一醉，举世待重阳”。来吧，干一杯，此时不饮更待何时？切莫让心事最终发酵为伤心事。

人生的全部意义在于期望和等待。姚合啊，多少年后，仍有许多知音，正端着酒杯，等待着与你干了这一杯。

虞世南：诗蝉第一人

午后的唐太宗李世民，一时诗兴勃发，挥毫写下了一首宫体诗。写毕，细细端详，嗯嗯，朕甚满意。虞爱卿你也过来看看，提点意见呗。

秘书监虞世南赶紧凑前一步，先从上读到下，又从右读到左，然后才一字一顿地对道："圣作诚工。"吾皇圣明，天纵英才，您这首诗的的确确写得好啊！

李世民这首是什么样的诗，《旧唐书》《新唐书》均不见有记载。

那么，虞爱卿接续原韵唱和一首？面对李世民的殷切召唤，虞世南沉默了一阵，最终还是决定说"不"：圣上的诗虽然写得好，但诗体不雅正，臣担心这诗一旦传开，天下就会风靡起来，正所谓"上有所好，下必甚焉"，如此恐怕会带坏诗风，所以老臣还是不奉召唱和为好。

呵呵，不就是一场文字游戏吗？何至于上纲上线！李世民恼羞成怒，刚要发作，转念又马上掩饰说："朕就想试一试你而已，别当真！"来人，赏虞世南帛五十匹！

毕竟是一代明主，李世民深谙个中利害得失。

写诗是李世民的业余爱好和主要的休息方式。他愿意放下身段，与众大臣如切如磋、如琢如磨，难得！虞世南就是他一位重要的诗友，君臣间多有唱和，同时也是彼此诗作的"第一读者"。

享有这份令人艳羡的荣耀，虞世南靠的是才华和人品。《新唐书》说他"貌儒谨，外若不胜衣，而中抗烈，论议持正"。通俗地说，虞秘书容貌怯懦，弱不胜衣，却性情刚烈，直言敢谏。

外弱内刚，是家“钢铁公司”。

虞世南的生命横跨南北朝的陈以及之后的隋、唐三朝。他曾任陈国的建安王法曹参军，隋时为秘书郎，入唐后任秦王府记室参军，迁太子中舍人。贞观年间，出任弘文馆学士、秘书监，赐爵永兴县子，去世后谥文懿，备受哀荣。

历仕数朝，吃过多家饭，这样的经历在官德上容易被人诟病，忠诚度会受到质疑。但虞世南不是五代时期的冯道，有奶便是娘。他在人格上守正，又与时并进。他在《蝉》一诗中，将蝉人格化，自况的意味悠绵深长。

垂緌饮清露，流响出疏桐。
居高声自远，非是藉秋风。

夏天来了，蝉鸣聒噪，非常刺耳，打小对它就没什么好感。孩提时代，在赣南乡间，常与小伙伴们以捉蝉自娱，没想到，在虞世南的笔下，蝉居然寓意着清华隽朗的高标逸韵，特别是最后两句中的“自”与“非”，一正一反，表达了作者高度的自信与自我人格的期许。

有趣的是，大唐一朝，有不少诗人将蝉入诗，如骆宾王作《咏蝉》，诗曰：西陆蝉声唱，南冠客思深。不堪玄鬓影，来对白头吟。露重飞难进，风多响易沉。无人信高洁，谁为表予心。

唐代著名的“朦胧诗人”李商隐也有诗作《蝉》，他对“蝉”是这样描绘的：

本以高难饱，徒劳恨费声。
五更疏欲断，一树碧无情。
薄宦梗犹泛，故园芜已平。
烦君最相警，我亦举家清。

因身陷缧绁，骆宾王的“蝉”是患难人语，是只“苦蝉”。李商隐的一句“本以高难饱，徒劳恨费声”，显然是牢骚，他的蝉是只“怨蝉”。

虽然同为咏蝉，但因心情和境况迥异，呈现给读者的，是三种不同的艺术之蝉，你更喜欢哪一只呢?

值得一提的是，以蝉入诗，虞世南乃第一人。清人沈德潜在《唐诗别裁》中说：“咏蝉者每咏其声，此独尊其品格。”自小学三年级读了他的《蝉》后，便觉得它可爱，不忍欺也，于是和小伙伴们分道扬镳，再也不捉蝉玩了。民胞物与，一切有情，人或蝉，只要活着，都不大容易。

虞世南是凌烟阁二十四功臣之一，唐太宗称他“德行、忠直、博学、文辞、书翰”为五绝。他的书法外柔内刚，笔致圆融遒丽，与欧阳询、褚遂良、薛稷并称为初唐四大书法家。

但让人最愿追捧的则是他的“德行”。宇文化及弑杀了隋炀帝杨广后，因为宿仇，又要杀掉虞世南的哥哥虞世基。站在一旁的虞世南见状，抱着哥哥号啕大哭并泣求以自身代替，宇文化及拒绝了。因“不能得，自是哀毁骨立”。哥哥的惨死，让虞世南悲伤得只剩下一具皮包骨。

隋炀帝时代，虞世南任职秘书郎，杨广虽然也看重他的才华，却讨厌他的峻直刚正，虞世南被边缘化。改朝换代后，伺候新主人，虞世南依然在一条道上走到黑，在事关国事民瘼上，从不打哈哈，从不苟且，说论侃侃，乃至犯颜进谏。

李渊驾崩后，李世民下诏说坟墓要按汉代长陵旧例，殉葬物要丰厚，且要在规定时间内完成造陵工程，于是“程役峻暴，人力告弊”。听说后，虞世南为此连夜上了个折子，说高坟厚陇、珍宝俱备是害了亲人，建议李世民要深思远虑，安于薄葬。

折子递上后，李世民不高兴，怒曰：朕的家事，岂容你置喙?！虞世南毫不畏惧，再上一道，说汉家在位之初，即已开始营建陵墓，耗时十多年，甚至五十年之久，现在要用几个月的时间，去完成几十年的事，难于上青天！且汉家大郡，户口多至五十万，我朝呢，人口还远远不如啊。有数字，有分析，关键还在理。李世民读罢，叹了一口气，只好从了。

同为著名谏臣，身后结局却不一样，魏徵被李世民“怒踣其碑”，还差点毁墓鞭尸。对虞世南则不同，李世民常在梦中见到他，醒来后必赋诗一首，又对身边人说，再也难遇到虞世南这样的人才了！钟子期死后，伯牙不再弹琴。我这些诗给谁看呢？拿去吧，在他坟前烧了。

虞世南也不老是以一刻板小老头儿形象示人，他还挺有生活情趣的，读他的《咏风》，就有这种生动的感觉。

逐舞飘轻袖，传歌共绕梁。
动枝生乱影，吹花送远香。

没有高远的宏旨，就是一种生活的日常。我在地面上步行，不在云端跳舞。诗里告诉我们的，虞世南一直生活在人间烟火里。

元稹：我不是“渣男”

贞元十六年（800），大唐有位有为青年，叫元稹，这年他刚好二十二岁，正是筷子随意插在地上都能开花的青春年华。

这一年，元稹注定要发生些故事。

那年头，天下兵荒马乱、兵连祸结，但年轻人的荷尔蒙正激情发酵，浑身是胆。元稹怀揣梦想，漫游全国各地，饱览湖光山色，体察异地风情。

这年的某一天，元稹“自走游”正路过蒲州，也即今天山西的永庆。因天色向晚，想了想，元稹决定就近借宿于普救寺。

说来巧，有位崔家的寡妇，带着自己的儿女将去长安，也临时住在寺中。

要说更巧，这位寡妇，姓郑，是元稹的“异派从母”，也就是元氏家族的另一支。按辈分来算，元稹应该称她为姨妈。

相互寒暄后，各自安寝。半夜时分，蒲州城猝然发生兵变。急促的马蹄声，令人双股战战。借住于寺庙的人们，在酣梦中被吓得惊坐而起。

崔家寡妇乃大富人家。穷家富路，她随身携带了大量金银财宝。除此之外，跟在她身后的，还有乌泱泱的一大家子，且多是妇孺老少。手无寸铁，生怕人财两空，郑氏大为惊恐，无奈中只好急急敲门向元稹求救。

真是无巧不成故事。当时驻扎在蒲州的军官，恰好是元稹的一位旧识。经元稹的冒险通融后，这位军官答应派小队人马赶到普救寺，临时负责保护郑氏一家安全。因为有这支武装力量的昼夜在岗，郑氏一家有惊无险，得以安然度过一劫。

对元稹在危难中施以的援手，郑氏自是心存感激。待局势稍安，她找了个机会，带着儿子崔欢郎、女儿崔莺莺出来与恩人相见。当崔莺莺趋前拜谢的那一刹，四目相对，元稹惊为天人、垂涎一地。

元稹本是情种，惊鸿一瞥，自此黯然销魂、衣带渐宽。

堡垒最易从内部攻破。为接近崔莺莺，元稹从她的侍女红娘处切入。在她的帮助下，元稹与崔莺莺两情相悦，遂结为情侣。元稹暂住在普救寺的西厢，崔莺莺在红娘的引领下，小心翼翼护着小姐深夜来，天明去，一往一返，不辞劳苦。因有红娘的保驾护航，两人如此恩爱了数月的春宵光阴。

后来，元稹曾以此为背景，创作了爱情传奇小说《会真记》（又名《莺莺传》）。其中有一篇三十韵的《会真诗》，记载了张生（实际上是元稹自己）和崔莺莺初次幽会的过程和情形。《会真诗》太长，在此不录，有兴趣可找来一读。不过，这诗描写得过于大胆，被人评为元稹最“污”的诗，元稹则被人诟病，是人见人骂的“渣男”。

《会真记》中，元稹托崔莺莺之名，写给小说主人公张生一首约会爱情诗。实际上的作者，恰是元稹自己。

这首《明月三五夜》，写得情意真切，语言清丽，尤其后两句“拂墙花影动，疑是玉人来”，是唐诗中的名句。

待月西厢下，迎风户半开。
拂墙花影动，疑是玉人来。

“玉人”指的是张生（实际是指元稹），诗中表明崔莺莺渴望张生深夜逾墙前来相会，这一种热恋中少女的心态，写得含蓄而又奔放。

儿女情长，软红十丈。深情的元稹终究挣脱不过名缰利锁，一个早晨，和崔莺莺依依惜别后，独自远赴长安参加书判考试。

“执手相看泪眼，竟无语凝噎。”临别，元稹许下了无尽的诺言。实际是，这一去却是诀别。从此，他和她一生再未相见。

然而，元稹落榜了。

失魂落魄的元稹，漫无目的地走在长安街上，何去何从？回到仍在蒲州的崔莺莺身边？于心不甘，也无颜以对。正在去意徘徊时，元稹遇到了太子少保韦夏卿。出于对元稹才华的欣赏，韦夏卿将他收入门下，并不顾夫人的反对，执意将自己年方二十的小女儿韦丛下嫁给元稹。

元稹联姻高门，娶了韦丛为妻；崔莺莺望穿秋水，最后另作他人妇。一段卿卿我我、山盟海誓，自此烟消云散，彼此成为人生过客。

虽然韦元间的联婚有些门不当、户不对，还带有相互利用的目的：韦夏卿坚信，才华横溢的元稹会有大好前程；元稹则认为，可以借助老丈人的丰富资源出人头地。谁说父母之命就没有爱情呢？这对年轻夫妻婚后举案齐眉、鹣鲽情深。史料记载说，韦丛不仅贤惠端庄、通晓诗文，还不好富贵、不慕虚荣，在元稹不得志的岁月里，无怨无悔地伴着他过着清贫的生活，给予了他最大的温柔与体贴。

不幸的是，七年后，年仅二十七岁的韦丛因病去世。此时三十一岁的元稹已升任监察御史，美好生活才刚开始不久。痛失爱妻让元稹伤心欲绝，成为他一生的痛，在以后的日子里，他写下了许多悼亡诗，记录曾经甘苦与共的起居日常。

他的《六年春遣怀八首》，让人不忍卒读，选读两首。

其　二

检得旧书三四纸，高低阔狭粗成行。

自言并食寻高事，惟念山深驿路长。

清理旧物，自会睹物思人，唤醒往日共同生活的点点追忆，往事不堪追，诗人黯然神伤。读者呢？

其　五

伴客销愁长日饮，偶然乘兴便醺醺。

怪来醒后傍人泣，醉里时时错问君。

伴客销愁，只因丧妻之痛。酒入愁肠，化为相思泪。旁人所见，也只能是痛苦着你的痛苦，悲伤着你的悲伤，但又爱莫能助，只能陪你喝酒，陪你哭。

元稹的如泣如诉，表达的是对韦丛刻于骨、铭在心的爱恋。诗里字句传情，读来哀痛无比。

曾经沧海难为水。在感情生活上，有人曾说元稹多情甚至滥情，是人尽可唾弃的标准“渣男”。我以为未必，至少他的前半生不是，与崔莺莺的这段始乱终弃，也一直让他难以忘怀，并长久折磨着他的良心。从《刘阮妻》中可窥隐约。

芙蓉脂肉绿云鬟，罨画楼台青黛山。
千树桃花万年药，不知何事忆人间？

东汉时，刘晨、阮肇到山上采药，巧遇两位仙女，双双结为夫妻。不久思家求归，回到人世时发现已经过了几百年了。长年生活在仙境，又能长生不老，回来干什么？“不知何事忆人间？”问得似乎不可理喻，事实上，是元稹借这一传奇道出对崔莺莺的深切怀念。

元稹的一首《寄诗》，则把自己骂得更狠。或许也可以理解为，这是他在感情领域里试图实现自我救赎。

自从销瘦减容光，万转千回懒下床。
不为傍人羞不起，为郎憔悴却羞郎。

这也是元稹在《会真记》中，托崔莺莺之名写给张生的一首七言绝句。小说中，张生是个无行文人，对崔莺莺始乱终弃。后来张生求见，“崔终不为出”，因而写了这首寄给张生。“不为傍人羞不起，为郎憔悴却羞郎”这两句，凄婉而又醒豁，“为郎”“羞郎”，绝之之意坚如磐石。《历朝名媛诗词》中说：“此种诗令人不堪多读。”

甚是，甚是！

数日后，崔莺莺又赠五绝一首："弃置今何道，当时且自亲。还将旧来意，怜取眼前人。"哀中有愤，怨而不馁。小女子，大境界。当然，这道出的是元稹的自省，也是自责。

元稹在情感上旁若无人地以诗宣泄，向世人和盘托出。没想到，他的坦坦荡荡却被人诟病。辛文房在《唐才子传》中讥讽他"举动浮薄，朝野杂笑"，又说他"然素无检，望轻"，这些评价皆源于元稹本人自曝的这段情史。显然，这是他的自黑，也是他自我反省后的光明磊落。

按时间顺序梳理了一下，元稹在与不同女子谈情说爱过程中，大都是结束了上一段才开始下一段，并没有"脚踏几条船"式的"风流"或"下流"。相爱的过程中，他对她们用情用心，他也愿用尽全身的力气，为她们谋求足够的幸福。只是时运不济或天意难违，只能"惟将终夜长开眼，报答平生未展眉"。

对生命中曾有过的美好邂逅，元稹视为狂风暴雨中的火苗，小心谨慎地呵护着，生怕一不小心被吹灭。这种呵护逐渐凝聚成了时光，安放在他心灵深处，他一刻未敢将她们屏蔽、拉黑或删除。

蛰伏心头上的痛，元稹在怀念亡妻韦氏最为有名的诗《离思》中表达得淋漓尽致：

曾经沧海难为水，除却巫山不是云。
取次花丛懒回顾，半缘修道半缘君。

声声叹，纵有思念千重，唯梦中，唯心底。

张祜：无钩之钓

在众多的宫怨诗中，我比较喜欢的，一首是元稹的《行宫》：寥落古行宫，宫花寂寞红。白头宫女在，闲坐说玄宗。

这些“白头宫女”当年哪个不是豆蔻年华？进得宫来，许多宫女可能一生都未曾沾过一丁点儿雨露。唐玄宗后宫如云，“有不见者，三十六年”。她们的花样年华，就这样从希望到绝望中彻底枯萎。

还有一首，便是张祜的《何满子》。读到最后“双泪落君前”句时，画面感如山崩海立，一浪接一浪，劈头盖脸砸来。泪流满面的，岂止是这位宫女？！

故国三千里，深宫二十年。
一声何满子，双泪落君前。

何满子，又称“河满子”，是曲调名。何满子原为唐开元年中的一位歌者，白居易在《何满子》诗中对此有过解释：“世传满子是人名，临就刑时曲始成。一曲四调歌八叠，从头便是断肠声。”

在诗歌的历史尽头，本身就是一则血泪故事。张祜写的这首诗，也是以一出悲剧为舞台背景。据《唐诗纪事》记载，唐武宗奄奄一息时，趁着回光返照，竟然下旨要将孟才人殉葬。接旨后，孟才人掩口悲唱“一声何满子”后，当即气绝而亡。

假若要做个比较，气绝而亡的孟才人，与这位“深宫二十年”的宫女，到底谁更不幸？

古代帝王，骄奢淫逸，“三宫六院七十二妃”，只是封建帝王后宫的标配，其实哪个不是佳丽如云？这些大都来自民间的宫女，当初被选中送入宫中，或许也曾是光宗耀祖大快人心的事。实际上，她们入宫后，一个个长锁深宫，奢谈什么爱情，更难言幸福。二十年啊，人生有几个二十年？她们离开亲人，离开家乡，直至终老，绝大多数难再踏上故土，这是一种蚀骨的煎熬。在口含天宪者的眼中，她们只是掌上玩物。因此，偶有机会在皇帝面前唱上一曲《何满子》时，“未有曲调先有情”，想起长锁二十年，这位宫女唯有报以泪雨滂沱。

张祜的这首《何满子》，惊叹诗人在数字使用上的炉火纯青。“三千里”说的是距离家山之遥，“二十年”指的是深锁宫中的时间之长，以“一声”写含怨歌唱，以“双泪”写难忍泪下。这一组数字，让读者读得心惊胆寒，对她们“笼中画眉”般却又几乎废了的岁月人生寄予无限的同情。

同为“宫怨诗”，将《何满子》与《行宫》相比，难分高下。张祜、元稹才情相若，但他们的仕途却判若云泥。张祜的才气可以预见，元稹也可以预见张祜给自己带来的巨大挑战。

或许纯粹是出于文人相轻，元稹无法容纳张祜。他非常不厚道、不地道，运用手中的权力，不择手段、挖空心思将张祜排挤出首都长安。

张祜是南阳人，机缘巧合，长期寓居姑苏。他自称处士，富有诗才，潜心工诗，但对科举文章这一套常常嗤之以鼻。他性格傲慢，不大喜欢与王侯将相、达官贵人来往。傲慢让别人无法来爱我，偏见让我无法去爱别人。但在某一恰当时间，他遇上了天平军节度使令狐楚，盛情难却，勉强答应做了节度使的幕僚。

那段日子里，张祜敬业爱岗讲奉献。公文往来、内外交通，他打理得井井有条。领导没想到的，他先想到；领导想到的，他想得更周全。朝夕相处，令狐楚对他的表现很满意。对于人才，令狐楚素来不敢专美，他觉得张祜应该有更大的发展平台。于是亲自起草奏章向朝廷举荐张祜，同时附录了张祜的三百首诗。令狐楚像是一位诗评家，举荐的奏章写得颇有理论深度：“凡制五言，苞含六义。近多放诞，靡有宗师。祜久在江湖，早工篇什。研几甚苦，搜象颇深。辈流所推，风格罕及。谨令缮录，诣光顺门进献，望宣付中书门下。”满纸斑斓，绝不吝赞美之词。

皇帝老儿发话说，既然如此，那就来吧。

就这样，张祜奉旨到了京城。出人意料的是，因为大诗人元稹捣鬼且有术，也有效，张祜从头至尾没能如愿见到皇上。

事出反常必有妖。当时，元稹正是当朝的宰相。史书上说“属元稹号有城府”，精于吏道，刀笔纯熟。令人遗憾的是，城府深似海，宰相肚里却撑不了船，额上也跑不了马。面对皇上的问题“小张的诗写得如何啊？”元稹的回答厚颜又无耻：“张祜雕虫小巧，壮夫不为。若奖激大过，恐变陛下风教。”糊涂的皇帝老儿听罢，竟然“准了”！

不会写诗，可以学；人长得丑，可以整容；心眼坏，就无药可治了。受伤的张祜，只好怅然若失打算回老家。写诗是最好的疗伤，他其中一首诗下药很猛，特别是这两句：“贺知章口徒劳说，孟浩然身更不疑。”即使有贺知章的举荐，自己仍如孟浩然般失意。

认命吧，一改回老家的打算，张祜觉得无颜见江东父老，丢不起这人！天地之大，去哪儿呢？张祜选择寓居淮南。失之东隅，没想到却有意外的惊喜，他在这里遇上了杜牧。

灵魂相似的人，总会相逢。杜牧时任度支使，他与张祜相见恨晚，自此相处甚欢。杜牧还特地写了两句诗给他：“谁人得似张公子，千首诗轻万户侯。”杜牧激赏张祜的诗才，彼此多有唱和。对张祜的《何满子》，杜牧酬以“可怜故国三千里，虚唱歌词满六宫”这样的佳句。

虽为文弱书生，张祜却崇尚侠义。因一颗“侠客”情结，他与同时代的诗人崔涯十分投缘。崔涯的一首《侠士诗》，让张祜似在云天之外，心驰神往。

读一读，体悟一下崔涯的侠心。“太行岭上二尺雪，崔涯袖中三尺铁。一朝若遇有心人，出门便与妻儿别。”嗯嗯，有“朋友是手足，妻子如衣服”

般的江湖慷慨。

婚姻要遇上对的人，朋友也是。相识之后，张、崔两人常在一起饮酒吟诗。有一天，两人相约前去拜访著名的官员诗人李绅。是的，就是著名诗句“锄禾日当午，汗滴禾下土”的作者。李绅时任淮南节度使，见张祜的名片上自称“钓鳌客”，敏感觉察到后面有故事，便问道：“你钓鳌用什么做鱼竿？”张祜说：“用彩虹。”“用什么做鱼钩呢？”回答说：“用弯曲的新月。”又问“用什么做鱼饵？”再回答：“用短李相公做鱼饵。”

李绅个头矮小，时称“短李绅”，这样的对话真是精彩绝伦。李绅不以为忤，反觉得张祜气势雄壮。临别时，赠送给张祜很多礼物。自此过招，两人遂成莫逆。曾有人说李绅器量狭窄，看来是误传，或者是没有遇上对的人。

一生不曾为官，张祜却“谈笑有鸿儒”。《唐摭言》载，晚年的他常与白居易“日相聚宴谑”，喝酒写诗互相调侃。你瞧，他们又来了，白居易讥笑道：“足下所作新诗《忆柘枝》说‘鸳鸯钿带抛何处，孔雀罗衫付阿谁？’这不过是起诉书而已。”张祜笑答：“你对鄙人的批评一点儿都没错。大人所作的《长恨歌》上说‘上穷碧落下黄泉，两处茫茫皆不见’，这不就是‘目连寻母’吗？”在场的人听罢，笑得喷饭。

张祜生性喜爱山水，游览了许多有名的佛寺，如杭州的灵隐寺、苏州的灵岩寺、常州的惠山寺、润州的甘露寺，等等。所到之处，他都不忘吟诗一首，以示“张祜到此一游”。有次漫游江南途经金陵渡时，在渡口小楼写了首题壁诗——《题金陵渡》：

金陵津渡小山楼，一宿行人自可愁。
潮落夜江斜月里，两三星火是瓜州。

我想每一个人，都曾有过旅夜愁怀。回想一千多年前，张祜夜宿渡口小楼，月朗星稀，望着江水朦胧，愁思却已在千里之外。“两三星火”，忽明忽暗，正是浓郁得化不开的羁愁，实为神来之笔。

张祜创作时非常投入，字斟句酌，陷入物我两忘。老婆孩子叫他吃饭，因中断文思，他会勃然大怒并大声叱骂：“吾方口吻生花，岂恤汝辈乎？”那倒不冤，文字搬运工都有这毛病，如果断篇了，恐接驳不上，着急上火，如热锅上的蚂蚁，逮谁骂谁。

一个偶然的机会，张祜应邀到楚州韦中丞府欣赏箜篌演奏。演奏结束后，张祜仍觉余韵袅袅，多日不绝，他便写了首诗《楚州韦中丞箜篌》，以志盛况。

> 千重钩锁撼金铃，万颗真珠泻玉瓶。
> 恰值满堂人欲醉，甲光才触一时醒。

箜篌，古时的拨弦乐器，有卧式、竖式两种。诗中的“千重钩锁”，是指竖式箜篌二十余根弦丝如钩连锁结。读这首诗时，似曾相识，首句与李贺《李凭箜篌引》诗中“二十三丝动紫皇”句，有着高度的一致性。“万颗真珠泻玉瓶”句，则与白居易《琵琶行》诗中的“大珠小珠落玉盘”有异曲同工之妙。不必追问谁模仿了谁，这是诗人们对某一事物描摹共有的体悟，是你追我赶的强大超越。

张祜一生游离于体制之外，步入官场的机会不少，却难修成正果。辛文房替他打抱不平，在《唐才子传》中说，这一切都是拜元稹所赐。他严厉批评元稹是“忌贤嫉能，迎户而噬”，元稹对张祜的打压，在他人眼中无疑是“穿壁翻墙”的小人勾当。

说得也是，即便不与人为善，也别作恶。因为你的小心眼，拉低了你的人品。

历史会记住的。

张籍：新语是人知

白居易闯入帝国政坛，起初是以“愣头青”的形象示人。

山南东道节度使裴均绞尽脑汁想升官，动了歪脑筋，走宦官的路子，向唐宪宗进献银器一千五百多两。白居易知道后，上书唐宪宗谏言：“皇上，这是老裴在试探您啊，千万别收，退回去吧！”

唐宪宗当然不听他的，只是将银器交给宫廷事务管理局暂时代管。他还下了道旨，不准任何人查询此事，如果有人过问，必须先把来人名字向皇上报告。这是明摆着不想任何人插手此事。白居易却不依不饶，又上了道折子对此表示坚决反对。唐宪宗很生气，大怒道：“朕提拔了你，你却对朕无礼，朕实难耐！”后果很严重，白居易只好“江州司马青衫湿”了！

敢与皇上叫板的白居易，心中却有位非常尊崇的人。有诗为证：

> 张君何为者？业文三十春。
> 尤工乐府诗，举代少其伦。

白居易的乐府诗写得超群绝伦，但是他觉得张公写的高他一筹。这般谦虚，不像他的性格噢。

“张公”何许人也？张籍是也。

白居易的推崇，不是朋友间的客套，张籍绝非等闲之辈。要认识一个人，先认识他的朋友。

张籍的朋友有谁呢？王建、贾岛、于鹄、孟郊，这些都是大唐诗坛的猛人哪！别急，朋友名单上，还有一位大人物，是韩愈。

以张籍家的客厅为中心，这些猛人，一个个骑着高头大马，带着书童，身着青衫，头戴黑帽，按照事先的约定前来张府参加“诗歌沙龙”。他们举杯言欢，命笔作诗，字字珠玑，盘盘珍馐，是一场精神享受的高级盛宴。

《唐才子传》对张籍赞不绝口——“自成机轴，绝世独立”，又说“自李、杜之后，风雅道丧，至元和中，暨元、白歌诗，为海内宗匠”。你瞧瞧，把张籍捧上了天。

辛文房没有信口开河。张籍是大唐一代宗师，他的诗，被隆重地称为“元和体”，自成一格，高标于世。

来，吟读为实。

成都曲

锦江近西烟水绿，新雨山头荔枝熟。
万里桥边多酒家，游人爱向谁家宿？

成都的美丽与繁华，在张籍的笔下，像不像是一幅水墨图画？

诗人对成都青睐有加，一首《成都曲》读到了他的不舍与牵挂。这味道，淡淡的，散发出似丁香般初恋的味道。

成都为什么不把这首诗作为城市的形象代言呢？比“成都，都成”这样的解构强多了吧？

曾以为，荔枝唯岭南佳果，看来不然。从张籍的诗中看，川蜀地区也曾盛产荔枝。“无人知是荔枝来”，遥想当年，杨贵妃喜爱的荔枝，或许就是八百里加急快马加鞭从成都快递而来？

贞元十五年（799），张籍离乡赴京参加科考，金榜题名，鲤鱼成功跃龙门，他与状元封孟绅同榜进士及第，马上被授官秘书郎，然后一路狂飙，又任太祝、水部郎中，仕途的顶峰是国子司业。

张籍的仕途芝麻开花——节节高，还得益于他的恩师韩愈。

初到长安，虽有八斗之才，张籍也不能免俗。他到处拉关系、托人情，目标人物是韩愈。终于见到韩老师了，一颗忐忑的心，因韩愈的礼贤下士而慢慢平静下来。

一番推心置腹后，彼此一见如故。韩老师赞不绝口：人才啊！于是，连夜秉笔，上了一个折子，向朝廷推荐张籍为国子博士。

韩愈爱才，更是位真正的伯乐。李贺、贾岛都曾得到他的鼎力相助。最让后世传颂的还是他与张籍的师生之情。引荐张籍进士及第，韩愈后来又推荐他出任水部郎中、国子司业。

虽为韩愈入室弟子，张籍的年纪却比韩愈还大两岁。急性子的张籍常常一时口快，对恩师韩愈偶然会口出不恭，多有责备讽刺。韩老师脾气好，不太顾及师道尊严，反为弟子张籍的率直而欢喜。年长为高，这或许也是韩愈对学生张籍“我不生气”的一方面原因。韩愈的“李杜文章在，光焰万丈长”“蚍蜉撼大树，可笑不自量”等名句，就是源于韩愈写给张籍的诗《调张籍》。这份师生情谊，着实让人感动。忍不住叹一声：“经师易得，人师难求。”

真心替张籍感到高兴。下面这组诗，也是韩愈写给学生张籍的，读来暖暖的。

早春呈水部张十八员外

其　一

天街小雨润如酥，草色遥看近却无。
最是一年春好处，绝胜烟柳满皇都。

其　二

莫道官忙身老大，即无年少逐春心。
凭君先到江头看，柳色如今深未深。

写这组诗时，师徒两人均在长安为官，仕途平顺。早春的一天，韩愈邀张籍出门走走，欣赏早春之景，张籍却以年纪大为由予以婉拒。无奈之下，韩愈写下这组诗既是春游的“请柬”，也是对弟子的规劝。第一首着重写景，第二首则是写情。谆谆劝谕张籍：年纪大算什么？切莫辜负了大好春光！

虽有提携之恩，又有举荐之义，韩愈在张籍的面前却从不高高在上，更没视学生为“钟点工”。不仅如此，有时还被弟子调侃，真是云水襟怀。张籍呢？也不搞人身依附，有时还在老师面前发点小脾气，这对师徒的关系有点特别，特别在于人格的平等，心灵的自由。

让人羡慕的，往往是无法复制的。

前面提及，张籍与白居易是好朋友。可能你不知道，张籍还有一位重量级的好朋友——大诗人刘禹锡。张籍有《同白侍郎杏园赠刘郎中》诗，一诗将三人的友情“一网打尽”。

一去潇湘头欲白，今朝始见杏花春。
从来迁客应无数，重到花前有几人？

白居易、刘禹锡几乎同时从贬谪地召回长安。彼此亦师亦友，有机会故地重逢，自然是欢喜得不得了。于是三人相约同游花园。回来后，张籍意犹未尽，吟诗一首，为白、刘的苦尽甘来而额手称庆。

张籍为官年代，藩镇势力日益坐大。这些藩镇高官身在地方，无数的耳目却死死地盯着朝廷的一举一动。有些地方诸侯为获得第一手信息，屡屡向张籍伸出橄榄枝，盛邀做他们的“余则成”，答应事成之后共享荣华富贵。张籍以诗言志。他的这首《节妇吟》，是唐诗名篇，刻画出了张籍誓为“政治节妇”的伟岸品格。

君知妾有夫，赠妾双明珠。
感君缠绵意，系在红罗襦。
妾家高楼连苑起，良人执戟明光里。
知君用心如日月，事夫誓拟同生死。
还君明珠双泪垂，恨不相逢未嫁时。

你已有“妇”，我也有“夫”，早去哪了？这把年纪了还撩什么妹呢？一语双关，委婉而又坚决。

脾气暴躁的人，往往不乏率真。冯贽在《云仙散录》中记载，张籍也是杜甫的“铁粉”。只是他的追星行为有点怪异，他把搜来的杜甫诗歌，一首一首地烧掉，然后把灰烬拌上蜂蜜放进器皿中，每天早餐时吃上三匙。

有一天，恰有一位朋友来访，看到张籍一副很享受的样子，顿时目瞪口呆，问道：“张籍，你为什么要烧杜甫的诗，又拌上蜂蜜吃了呢？”

张籍狡黠一笑，回答说：“吃了杜甫的诗，我就能写出和他一样的好诗了。”

著名诗人姚合，与贾岛并称“姚贾”，也是张籍的好哥们，他写了一首诗《赠张籍》，把好哥们说成了地上无、天上有：“绝妙江南曲，凄凉怨女诗。古风无手敌，新语是人知。”

这与白居易的“尤工乐府诗，举代少其伦”的评价高度一致。张籍当之无愧，他的《湘江曲》，让人爱不释手。

湘水无潮秋水阔，湘中月落行人发。
送人发，送人归，白蘋茫茫鹧鸪飞。

秋水长天，澄江如练，看着斯人来，看着斯人去。离别的一刻，在身后，只有鹧鸪在叫：“行不得也，哥哥！”张籍这一刻的心情，直通后来的宋代词人辛弃疾。辛弃疾有首词，叫《菩萨蛮·书江西造口壁》，里面有一句“江晚正愁予，山深闻鹧鸪”。夕阳西下，我正满怀愁绪，哪有什么心思谛听深山里鹧鸪的鸣叫声啊！

即将分别，要说的话太多，从何说起？岸上的人，空有离愁，形销骨立，唯愿你从此一去，奔个锦绣前程。

沉溺于张籍的诗，沉溺于张籍与师友间友谊。在这个人人追剧、聊八卦的年代里，我们呼唤纯粹的心灵邂逅。

张九龄：风度天下

君臣间发生冲突，在古代官场是小概率事件，张九龄就是这样小概率事件的制造者。

冲突在对范阳节度使张守珪使用上。因斩杀契丹“可突干”有功，作为奖掖，唐玄宗打算提拔他为侍中，相当于宰相一职。

时任秘书少监的张九龄，对皇上这一决定坚决反对，理由是“宰相代天治物，有其人然后授，不可以赏功”。宰相是代天治民的神圣之职，岂可轻易用来打赏？！

虽贵为天子，面对张九龄犯颜强谏，唐玄宗压住怒火，还是以商量的口吻退而求其次，那么，给他名义上的宰相总可以了吧？

也不行！

张九龄毫不让步，进而奏对：“名器不能假借，如果其他人有了更大的军功，皇上又用什么来给他赏功呢？”唐玄宗只好作罢，下旨退朝，闷闷不乐找杨玉环倾诉去了。

没多久，同样棘手的问题又来了。唐玄宗准备任用凉州都督牛仙客为尚书，又一次征询张九龄的意见。张九龄依然一根筋，还是不给老板面子，再次强项地答曰：“不行！尚书，历为纳言之职，我朝多任用旧相担任。牛仙客不过是河、湟地区的一小官，假如位居纳言之位，天下人怎么看？”

唐玄宗低头思考了一下，觉得有几分道理，于是改口说：“如果不行，赐给他实封吧？”张九龄回答：“皇上如果一定要赏赐他，用金帛就行了。”

有没有搞错，这天下到底姓李还是姓张？！这一回，唐玄宗没再听从。不仅如此，张九龄还为自己的耿直付出了代价——被贬为荆州长史。

张九龄很受伤，怏怏地回家打点行装，又怏怏地离开长安，到荆州履新去了。他这次遭遇政治上的“滑铁卢”，除了在人事安排上忤逆了唐玄宗外，还有一个重要原因，是他忽略了牛仙客背后强有力的奥援——大内总管李林甫。

李林甫是史上臭名昭著的小人，大唐从强盛走向衰败，在很大程度上拜李林甫们所赐。

读史书时，遇到不少“李林甫”，看到他们上下其手，心中总是愀然一紧：如果没有这些人该多好啊！小人对人，君子对事，对事的永远玩不过对人的。

小人不发光，还要吹灭君子手中的蜡烛。

唐玄宗执政后期，有些忘乎所以，沉溺酒色，纵容奸佞专权，朝政日趋黑暗，大唐颓势已现。忧勤惕厉的张九龄，深刻意识到已无法力挽狂澜，他只是想尽点人事而已。

可是，小人在啊！

李林甫为什么忌恨张九龄呢？理由有些荒诞，《新唐书》这样解释：“李林甫无学术，见九龄文雅，为帝知，内忌之。”什么浑蛋，就因为别人有才华有风度，又得到皇上信任，如此便得罪了李林甫，就要给张九龄穿小鞋？好人的好，一览无遗；坏人的坏，深不可测。小人们挖空心思整人，目的一样，只是套路不同而已。

离开了长安，在荆州长史任上，张九龄虽一如既往地鞠躬尽瘁，但还是苦闷难遣，唯以赋诗抒怀，他写了十二首《感遇》，读其中之一——

兰叶春葳蕤，桂华秋皎洁。
欣欣此生意，自尔为佳节。
谁知林栖者，闻风坐相悦。
草木有本心，何求美人折！

虽然被边缘化，被贬谪外地，但诗人情操不变，芳质依旧。读这首诗时，让人不禁想起自沉于汨罗江的屈子。尤其是最后两句，已是千古名句，从中读到了作者恬淡达观的胸怀、清高矜持的气节以及不孜孜求于荣利的心志，给人以浩然之气的激扬。

在同题的另一首诗中，张九龄更是直言不讳地警告李林甫、牛仙客，他们将有“金丸之惧”，不妨读读全诗：

孤鸿海上来，池潢不敢顾。
侧见双翠鸟，巢在三珠树。
矫矫珍木巅，得无金丸惧？
美服患人指，高明逼神恶。
今我游冥冥，弋者何所慕！

诗中的“双翠鸟”，显然指的是朝中正炙手可热的权臣李林甫和牛仙客。最后两句说的是，诗人愿做一只大海上的孤鸿，自由自在地在天上飞翔。这既表明作者决不同流合污的心志，还有更多的是面对朝局有心无力的无奈。

张九龄忠耿尽职，直言敢谏，历史称他为“开元之治”时期最后一位贤相。武惠妃曾阴谋陷害太子李瑛，张九龄执意不从。武惠妃千方百计拉拢他，在一个伸手不见五指的夜晚，派臣奴牛贵儿潜入相府并传话张九龄：“有废必有兴，公为此出力，宰相的位置可以长保。”张九龄听后怒不可遏：“房帷安有外言哉！”一个妇道人家，竟敢干预朝政？！立刻上奏，皇上为此脸色大变。

武惠妃阴谋败露，太子李瑛逃过一劫。

张九龄有识人之才。他在不同的领导岗位上，提拔了一大批俊才英彦。贬谪荆州时，辟孟浩然为荆州幕僚，后又提任王维为右拾遗。孟浩然曾投诗张九龄《望洞庭湖赠张丞相》，渴望为国效力。

八月湖水平，涵虚混太清。
气蒸云梦泽，波撼岳阳城。
欲济无舟楫，端居耻圣明。
坐观垂钓者，徒有羡鱼情。

徒有羡鱼情？孟浩然这回的担心是多余的，张九龄没让他失望。因他的伯乐之名，杜甫也曾向他呈献作品，但种种原因，张九龄虽想尽了办法终未能如愿。直至晚年追忆起，杜甫自己也觉得十分可惜，为此写下《八哀诗》，不吝笔墨吊唁“八哀”之一张九龄。

八哀诗（节选）

乃知君子心，用才文章境。
散帙起翠螭，倚薄巫庐并。
绮丽玄晖拥，笺诔任昉骋。
自我一家则，未缺只字警。
千秋沧海南，名系朱鸟影。
归老守故林，恋阙悄延颈。
波涛良史笔，芜绝大庾岭。
向时礼数隔，制作难上请。
再读徐孺碑，犹思理烟艇。

这首长诗，杜甫要表达什么？有诗评家这样说：“哀相国者，哀其志存王室，明皇始终不能信用，为可惜也。”

精辟！

张九龄是韶州曲江人，人们尊称他为“张曲江”，时人又称他为“岭南第一人”。这个称谓得来，盖缘于他在当时文坛政坛上的影响力，此外也是因为他有开凿梅关之功。

公元716年秋，张九龄因直言又一次得罪了朝中同僚，眼看工作环境日趋险恶，李隆基对他已没有往日的热情。惶惶无所计，他只好称病返家，辞官归养岭南。回到曲江老家时，张九龄并不是坐享清福，而是决心搞一件大事情。

当时出入岭南必经大庾岭。梅关险阻，南北往来极为不便。作为岭南人，张九龄对大庾岭梅关“人苦峻极”的阻碍深有感受。于是他上奏朝廷，请求开凿大庾岭新路。朝廷表示允准，但修路的钱要自己想办法。他不等不靠，一边四处化缘、筹措资金，一边不辞劳苦、翻山越岭勘查现场，组织施工。远近的村民深为感动，男女老少踊跃加入修路大军。

历数年之功，大庾岭古道终于修通，南北交通大为改观。自此后，广袤的岭南不再是化外之地，中原的风习习吹来，岭南草木因雨露而更加郁郁葱葱。“波涛良史笔，荒绝大庾岭。”杜甫的这句诗，正是对张九龄这一历史功绩的褒扬。

因这条古道，张九龄走上了历史的塔尖，一直被后人铭记。小时候，在赣南乡间，月朗星稀的夜晚，爷爷喜欢坐在竹椅上给我们四兄妹讲“古”。话语中，常提及梅关，提到梅关，必提及张九龄。爷爷年轻时曾顺着东江“放排”，大量从赣南深山老林采伐的木头，靠水路运输送到广东。爷爷和他的工友，去时走水路，返时必经梅关。爷爷说，梅岭险峻，连鸟儿都飞不过，多亏了张宰相啊！

安史之乱是大唐由盛转衰的一道重要历史分水岭。安禄山的犯上作乱，让大唐国运走向衰败且不可逆转。最早察觉到安禄山狼子野心的，正是张九龄。当初安禄山以范阳偏校的身份入朝上奏，气色骄蹇，张九龄打量一番后，对同僚裴光庭说：“乱幽州者，此胡雏也。”待口大气粗的安禄山讨伐奚、契丹失败后，节度使张守珪大怒，将安禄山捕送京师，张九龄在状纸上批示：“禄山不容免死。”遗憾的是，唐玄宗犯迷糊了，将安禄山赦免。张九龄急了，大声对唐玄宗说：“禄山狼子野心，有逆相，宜即事诛之，以绝后患。”唐玄宗听罢，头也不抬，冷冷地回道：“卿无以王衍知石勒而害忠良。”张九龄气得要吐血，但有什么办法呢？人家搞定了杨贵妃娘娘，认了干娘。

张九龄目光犀利，安禄山后来果然造了干爹干娘的反。狼狈逃到四川的唐玄宗，念起张九龄当年的“盛世危言”而追悔不已，与近臣谈起时，痛心疾首，唯有一叹：“蜀道铃声，此际念公真晚矣；曲江风度，他年卜相孰如之。”肠子都悔青了吧？但又有什么用呢？张九龄已去世十五年了。

悔不该当初啊，世上没有后悔药。

唐玄宗为了“罪己”，派使臣专程到韶州祭奠张九龄，并以优厚的财物抚恤他的后人。张九龄当年在朝堂上表现出的鉴人之能，是他本人一声沉重的叹息，更是大唐盛世的一曲挽歌。

唐玄宗对张九龄追忆是真诚的。以后凡用人，他一定要问身边的人：“风度能若九龄乎？”以张九龄为官员范式。史书上说张九龄举止优雅，风度不凡。

依照旧例，公卿上朝时都将笏板插在腰带上，然后乘马而行。张九龄则经常让随从拿着笏板，后来为了方便，又专门设置了笏囊。张九龄但开此风，很快在官员队伍中传开并成为时尚。

张九龄七岁时能写文章，十三岁曾上书请托广州刺史王方庆。读过张九龄的文章后，王刺史感叹道：“此人必能致远。”

一代文宗、三次拜相的张说被贬至岭南，与张九龄有缘一见，张说对少年张九龄深为赏识。后来还一路加以提携，不惜放下身段主动与张九龄联为宗族。

张说常与人说张九龄将是“后出词人之冠也”。这个评价，我想绝非因为他们都姓“张”，一首《望月怀远》，读后体味到诗人浩瀚的才情，以及张说的爱才之心。

海上生明月，天涯共此时。
情人怨遥夜，竟夕起相思。
灭烛怜光满，披衣觉露滋。
不堪盈手赠，还寝梦佳期。

《望月怀远》是一首月夜怀念远人的诗，是作者在离乡后，望月而思念远方亲人而写的。起句“海上生明月”意境雄浑阔大，是千古佳句。它和谢灵运的“池塘生春草”、鲍照的“明月照积雪”、谢朓的“大江流日夜”以及作者自己的“孤鸿海上来”等名句一样，看起来平淡无奇，没着一个奇特的字眼，没有一分点染的色彩，脱口而出，却具有自然的一种高华浑融气象。

第二句“天涯共此时”，即由景入情，转入“怀远”。前有谢庄《月赋》“隔千里兮共明月”，后有苏轼《水调歌头·明月几时有》“但愿人长久，千里共婵娟”，都是写月的名句，其旨意也大抵相同。但由于各人以不同的表现方法，表现在不同的体裁中，谢庄是赋，苏轼是词，张九龄是诗，相体裁衣，各极其妙。这两句把诗题的情景，一举收摄，毫不费力，仍是张九龄作古诗时浑成自然的风格。

颔联“情人怨遥夜，竟夕起相思”，直抒对远方友人的思念之情。“情人”，多情的人，有怀远之情的人。这里指诗人自己。“遥夜”，长夜。“竟夕”，通宵。诗人思念远方的友人，以至于彻夜辗转反侧，满院子的长夜漫漫。

颈联“灭烛怜光满，披衣觉露滋”，承接颔联，具体描绘了彻夜难眠的情境。“怜”，爱怜。“滋”，沾湿。上句写诗人徘徊于室内。吹灭蜡烛，更加爱怜洒满一地的银色月光。下句写流连于庭院中。夜色已深，更感到露水也沾湿了身上的衣裳。这就把彻夜难眠的形象传神地描绘出来。

尾联“不堪盈手赠，还寝梦佳期”，这月光饱含我满腔的心意，可是又怎能赠送给你呢？还是睡吧，睡了也许能在梦中与你欢聚。全诗至此虽戛然而止，仍觉余韵袅袅，令人回味无穷。

古时，“岭南多瘴气”，乃“南蛮之地”。白居易曾有诗云：“瘴地难为老，蛮陬不易驯”，又说是“官多谪逐臣”。韩愈因谏迎佛骨表，被贬潮州，乍听到这一消息，便“惊恐入心身已病，扶舁沿路众知难”，贬谪途中见到侄子时又咏出“知汝远来应有意，好收吾骨瘴江边”，诗中充满惊恐与绝望。

就是从南蛮这块土地走出来的张九龄，居然成为大唐政坛文坛双绝。

《旧唐书》更是不吝赞誉，称“九龄文学政事，咸有所称，一时之选也”。可惜，唐玄宗没能将“开元之治”的传奇进行到底，辜负了一代贤相张九龄。

明月还是那一轮，天涯却不再是张九龄的那个天涯。

无论在权力中心长安，还是在偏僻之地曲江，张九龄一定无数次地仰望过苍穹，浩渺心思寄与明月。看他的《赋得自君之出矣》——

自君之出矣，不复理残机。
思君如满月，夜夜减清辉。

“思妇”思念“良人”，换得一壁憔悴，我想张九龄也曾经执着地想，愿以一己之瘦，换得天下之肥。但日渐昏聩的唐玄宗没给他机会，历史同样也没给唐玄宗机会。

你听，渔阳鼙鼓已隐隐传来。

张旭："狂草"人生

张旭是跨界的，或者说是位复合型人才。因擅长草书，他与怀素齐名，时人称他俩为"癫张醉素"。

他和贺知章、张若虚、包融同为江浙一带人，被雅称为"吴中四士"。因千杯不醉，饮酒海量，与贺知章等其他六位又有了另一个称谓——"饮中八仙"。最深入人心的组合，因他的草书、李白的诗，以及裴旻的剑舞，被时人称为"三绝"。"三绝"者，是大唐三张熠熠生辉的文化名片。

《新唐书》对他写字时的情形，有着非常传神的记述，不敢独享，兹录如下："嗜酒，每大醉，呼叫狂走，乃下笔，或以头濡墨而书，既醒自视，以为神，不可复得也。"

张旭嗜酒如命，每酩酊大醉后，必呼叫狂走，然后惊天下笔。有时，他还用头上的发束濡墨书写。写完后，一笔掷去，倒在地上呼呼大睡。

从头到脚的艺术家范儿，而且还是位先锋派的行为艺术家。待酒醒来，一看笔墨痕迹，简直不敢相信眼睛，这真是自己写的字吗？张旭揉揉眼睛，还是不敢相信，如有神助啊，他又忍不住提笔再来，却难找到原来的感觉，已写不出原样的作品。

"张癫"由此而来。

读了一本书的结尾，更应读一本书的开头。没出名之前，张旭是官场上的"菜鸟"，一个小小的常熟尉。有一天，一位老人家找他打官司，张旭详细了解情况后，飞快地写下判决，老人笑眯眯转身而去。翌日一早，张旭在办公室里刚刚坐下，这位老人家又来了，同样笑眯眯地站在门口。咦，怎么了，张旭疑惑不解，难道是怀疑我的业务能力？忍不住斥责了两句，老人家依然是笑眯眯，一会儿还以恭敬的口吻说："老朽看你的笔法奇妙，想多要两张你亲书的判决书，以好好珍藏，作为传家宝呢。"

哦，原来是自己粉丝！

张旭恍然大悟，继而转怒为喜，知音啊，于是忙不迭地问："老人家，府上还收藏了些什么？"老人家说"小有收藏"，并热情相邀。来到老人家里，老人把家中父辈收藏的书法作品悉数拿出，一次性让张旭看个够。张旭欣喜若狂，心中细细揣摩，颇有心得。嫌不够，后又几次登门拜访，《唐代诗人考》说他由此终"尽得其法"。

成为书法名家之后，张旭并未孤芳自赏、故步自封，而是不断推陈出新，将创新进行到底。开元初年，张旭开创了飞动毫端的"狂草"书法表现形式与风格。另一位书画大家吴道子对他仰慕多时，专程登门拜访，向张旭求教笔法。天宝五年（747），张旭退居洛阳，"罢职醴泉"后的颜真卿，不顾路途迢迢前往洛阳向张旭讨教书法。历史的天空忽明忽暗，三位文化巨星却因书法而先后交集，实乃文化幸事、盛事，令后人心潮澎湃。

不过，《新唐书》对张旭的记载过于简单，并且有造神的嫌疑。张旭之所以能成为一代宗师，绝非如此简单。孟子说过："今夫弈之为数，小数也；不专心致志，则不得也。"对于成功者，我们往往惊叹于他们的结果，而对结果之前"悬梁刺股"式的付出却自动屏蔽。张旭除了刻苦勤奋外，还心细如发。他在见惯不怪的寻常中，善于发现艺术的真谛。他与人说过，当初看见公主担夫争道、听到鼓吹之声，从中便体悟到了书法之意，又从观赏公孙舞的《剑器》而悟出书法之神韵。总而言之，张旭的草书之妙，源于生活，却又高于生活；主观情感结合，也因细节而获得。

"张癫"称谓万丈光焰，将张旭的另外一个身份遮掩得严严实实。其实，他还是位诗人，如其书艺，诗也写得笔扫千军，《山中留客》这一首可一叶知秋。

山光物态弄春晖，莫为轻阴便拟归。
纵使晴明无雨色，入云深处亦沾衣。

客人想走，主人想挽留，这是生活中经常见到的一幕。“山中留客”，目的是留下来一起欣赏山中景色。一般的套路，大概率是着墨于一泉一石、一花一木。张旭却另辟蹊径，一句“山光物态弄春晖”就全部搞定，整个春山的面貌，渲染得满目生机、盎然有趣。

有时候，精细的繁密反不及空落的疏淡。没有了想象的空间，也就要了艺术的命。张旭深谙这一点。

第二句则扣住了题目，“莫为轻阴便拟归”与“留客”呼应。因何“归”呢？“轻阴”，一片清淡的云。如果从人生的维度思考，“莫为轻阴便拟归”似乎有了更深韵味，更远旨意。

第三句虚拟晴明无雨之境，力道却在一处尾句。“沾衣”两字，把山林那种“云青青兮欲雨，水澹澹兮生烟”润泽清爽之感带出，又将诗人倾心林莽生活之态擘画得淋漓尽致。

张旭笔法，与王维《山中》的“山路元无雨，空翠湿人衣”两句，有着惊人的异曲同工之妙。原来诗法，也是一法通，万法通。借由艺术触类，艺术家们的心灵也当如是吧。

和书法一样，张旭诗歌的表达形式也追求创新，有时字里行间还有一点点智慧的狡黠，这在《桃花溪》里就表现得悠然不绝。

隐隐飞桥隔野烟，石矶西畔问渔船。
桃花尽日随流水，洞在清溪何处边？

诗中意旨，显然是借用了陶渊明在《桃花源记》中营造的情境。看得出，张旭也有向往世外桃源的归隐之心，但他棋高一着，全诗以问句结尾。溪上漂流着桃花瓣可是从桃花源里流出？洞口又在桃花溪的什么地方呢？一语之下，诗人把疑问抛出，引发读者对桃花洞的美好遐想，也是作者对自己决心的追问，对“我归何处”的归隐本质思考。心境如此，《桃花溪》便又与《山中留客》一诗暗合上了，妙哉！

乾元二年（759）二月八日，七十五岁高龄的张旭一口气写完《千字文》，刚放下笔便无疾而终。张旭的官不大，初为常熟县尉后，先后出任左率府长史、金吾长史，因此又被后世称为“张长史”。

生命是种律动，须有光与影，有左有右，有晴有雨，滋味就包含在这变幻莫测的曲折中。

张志和：烟波钓徒

中唐诗人张志和，诗画双绝，曾作《渔父歌五首》。我特别喜欢的是第一首：

西塞山前白鹭飞，桃花流水鳜鱼肥。
青箬笠，绿蓑衣，斜风细雨不须归。

中学时期的语文课本，有关诗词部分多有增删，张志和这尾“鳜鱼”却一直流淌在不同版本的春江水绿中。我喜欢它，则是因为全诗充满着烟火气，尤以“青箬笠、绿簑衣”最俘获少年心。小时候在乡间，斗笠、蓑衣是客家山区每家每户的日常必需品。无论是毛毛细雨，还是狂风暴雨，照旧上山砍柴放牛，照旧下地耕田劳作，戴上它穿上它，内心就有了一种安宁与安定。

记得当初课堂上，老师讲授张志和这首“渔歌”，讲得透彻深情，我和小伙伴们则读来亲切，是少有安静的一堂课。尽管少不更事，还不能完全把握诗的意蕴以及作者背后的故事，但触摸到了文字记录日常生活的庄重。

说是词，我更愿意把它当诗读。全诗描写了江南水乡春汛的山光水色和怡情悦性的渔人形象，烟雨蒙蒙、雨中青山，江上渔舟、天空白鹭，岸畔桃红、春水暴涨，斗笠蓑衣、鳜鱼正肥。诗歌着色明丽，用语活泼，这是一幅用诗绘就的山水画。

历史上有些玩政治的，暂时以退为进时，也喜欢标配上这身打扮，以迷惑对手。比如袁世凯，就是穿着斗笠和蓑衣，坐在洹水的一叶扁舟上，佯装垂钓。身在项城，他的眼睛却一刻也没有离开过紫禁城，他的魂魄一直留守在京师。

更古老时候的姜子牙，在渭水以直钩钓周文王时，好像也是这身行头。

张志和呢？

诗人所涉的传记资料不多，《唐才子传》所载也就一小片段，《旧唐书》《新唐书》竟然未见片言只语。感谢施蛰存先生，在他的《唐诗百话》中对张志和有较多的阐发。认真细读，对诗人的人生轨迹多了点了解。

张志和原名张龟龄，后奉旨改了名字。他十六岁时明经及第，就读于太学，后登吴瓒榜进士第。因给了唐肃宗不少合理化建议，深得恩宠和器重，出任翰林待诏。

呈现在青年张志和面前的，是一条康庄大道和一片灿烂锦绣，但父亲的猝然去世，让张志和做出一个令人瞠目的选择：辞官离去。他这一转身，没与人商量，干净利落，没一丁点儿拖泥带水。

终其一生，没再出来做官。

从此，张志和息影泉林，浮三江，泛五湖。他身居山野江湖，性情也有所改变，偶有见过他的人称其“性迈不束”，有了点恃才傲物的味道。张志和则自称是“烟波钓徒”。他喜欢调侃、戏谑自己，方式之一就是不断地给自己取外号。他著有十二卷的《玄真子》，信手拈来，干脆又把“玄真子”作为自己的另一个新外号。

俗话说，长兄如父。哥哥张鹤龄担心弟弟张志和的前途，做隐士玩玩就好，千万不要来真的，若遁世不返，张氏一门的万世荣昌不就少了一脉？哥哥踏破铁鞋终于找到了张志和，苦口婆心一番后，张志和依旧不为亲情所动。哥哥无奈，只好雇人在张志和隐居的越州城东郊建了数间茅屋。茅屋新成，花竹掩映。张志和对此满心欢喜，更加坚定要将隐居进行到底。

“烟波钓徒”张志和把钓鱼作为隐居的一种重要修行方式。《唐才子传》这样写他：“尝豹席棕履，沿溪垂钓，每不投饵，志不在鱼也。”意思是，张志和把豹皮作为坐席，脚穿棕鞋，坐在小溪旁钓鱼，早出晚归，枯坐一天半日，却连一只虾也没能钓上。空手而归，这不是钓鱼的技术差，钓鱼时，他根本就没放鱼饵，心思也压根儿就不在钓鱼上。

那么，张志和等待的“周文王”又是谁呢?

或许可从他苦心撰写的《玄真子》中找到答案。张志和在《玄真子》中模仿《庄子》《列子》以假设寓言问答，论述天地造化，有无、方圆、大小等哲理问题，是对《道德经》的深入和补充，或者说是对《道德经》的一个具体释例。其大旨是在吸收唐代道教重玄观点的基础上，解释道家虚无玄妙之说，如他把“玄真”解释为“无自而然，是谓玄然；无造而化，是谓真化之玄也，无玄而玄，是谓真玄；无真而真，是谓玄真。”从这段似乎耳熟的话中，明显看出《道德经》和《玄真子》继承和弘扬的关系。我们甚至可以将两者理解为一个是纲领、一个是细则；一个是抽象、一个是具体。

正因如此，后人称张志和“著作玄妙，为神仙中人”。

姜太公的钓鱼之举，是在等待明君，等待一位值得自己倾一生所学以供辅弼的明君，进而成就人生的伟业。那么张志和呢?则是借寄情山水，任由思想纵横捭阖，与老子、庄子深情对话，从而构筑起自己的“理想国”和精神的最后归宿。

生命从来不曾离开过孤独而独立存在。无论是我们的出生、我们的成长，还是我们的成功失败，直到最后的最后，孤独如影相随，一往情深地存在于生命的全周期。

张志和享受着这份孤独。孤独中，他努力地活成自己喜欢的样子。

雨过天晴，落英缤纷。真想穿越千年，在一个阳光灿烂的午后，与思想者张志和有一次不期而遇。我愿谛听潺潺溪水的叮咛，更愿远远地、静静地打量着这位智者。不轻易打扰他，哪怕待上一天，即便搭不上一句话，亦心满意足矣。

虽已铁了心出世，朝廷却还在惦记着他。揣摩上意、秉承上意，浙东观察使陈少游隔三差五前来探访。天地玄黄，宇宙洪荒，高手过招，居然让彼此感到相见恨晚，常常是刚道“再见”，又憧憬着“再见”。唐肃宗更是皇恩浩荡，怕他冻着饿着，赏赐给张志和家奴、侍女各一，以照顾他的饮食起居。

张志和倒好，成人之美，快乐地做了回红娘，让家奴侍女“非常速配”，把两人配成夫妻。张志和超逗，又调皮了，以己之好施于他人，分别给新婚的两口子起了外号，新郎曰“渔童”，新娘曰“樵青”。

隐居湖州期间，张志和无意间与旧主、自己的老东家颜真卿意外重逢。初出道时，张志和曾是颜真卿的门客。颜真卿是名如其人的大书法家，忠君爱国的将帅之才。张志和对他可谓膜拜有加。山水有相逢，颜真卿恰好担任湖州刺史。颜真卿求才若渴，知人善任，他的幕僚一时天下俊才云集，亦师亦友。除张志和外，茶圣陆羽、诗僧皎然也曾在其帐下襄理事务。

颜真卿履新不久，张志和即驾舟渡河登门拜访。这是一条破船，因担心张志和“出没风波里”的安全，颜真卿爱屋及乌，对张志和说：送你一条新船吧。面对颜真卿的关心，张志和诗意般地婉拒了：“愿为浮家泛宅，往来苕、霅间，足矣。”愿把船作为浮动的家，能来往于苕溪、霅溪之间，就心满意足了。

一江春水半壶酒，半壶酒里一江鱼。张志和的内心啊，如此纯粹，又如此澄澈。

张志和擅长山水之画，每次与颜真卿相见，必是一番畅饮，然后敲鼓吹笛，舔濡毛笔后一挥而就。他的画曲尽山水之妙，天然传神。他曾自写《渔父歌》，并以歌词内容作画。没想到，《渔父歌》成了他留给世人的绝响。自此之后，张志和再无踪迹，仿佛人间蒸发。唐宪宗生要见人，死也要见人，接连下诏，命各地按图索骥，到处寻找张志和的下落，可惜无功而返。

张志和最后去哪儿了呢？

遗憾的是，史料阙如，有人信誓旦旦地说看见他骑着仙鹤飞走了。颜真卿与张志和交往频繁，据说亲眼看见他死去，还替他撰写过碑文，但究竟如何并没明确说法，笔下隐隐约约，非常含糊，碑文最后一句：“忽焉去我，思德滋深，曷以寘怀，寄诸他山之石。”铭文结句则说：“辅明主，

斯若人。岂烟波，终此身。”

还是一头雾水。幸而《续仙传》留下了一段文字：“其后真卿东游平望驿，志和酒酣为水戏。铺席于水上，独坐饮酌笑咏，其席来去迟速，如刺舟声。复有云鹤，随覆其上。真卿亲宾参佐观者，莫不惊异。寻于水上挥手以谢真卿，上升而去。”

怪不得颜真卿等“莫不惊异”，原来张志和是以道家特有的“水解”方式，在众目睽睽之下，与这人世做了最后的告别。说得更明白些，张志和就像屈原一样自沉于水，不同的是，他不是忧谗畏讥，而是以身试“法”，按道家倡导的“水解”之法羽化成仙。

在湖州，张志和写出了“西塞山前白鹭飞，桃花流水鳜鱼肥”这样著名的诗句，也实现了自我人格的最后完善。中唐名相李德裕是牛、李党争中的李派首领。他对张志和的评价可谓一语中的：“渔父贤而名隐，鸱夷智而功高，未若玄真隐而名彰，显而无事，不穷而达，其严光之比欤？”

是啊，天下曾有隐者无数，但有谁能像张志和那样隐居世外却又声名显赫呢？能比的，或许只有严子陵吧？

想到他的一首《渔父》。

> 八月九月芦花飞，南谿老人重钓归。
> 秋山入帘翠滴滴，野艇倚槛云依依。
> 却把渔竿寻小径，闲梳鹤发对斜晖。
> 翻嫌四皓曾多事，出为储皇定是非。

其实，张志和的人生密码藏在《渔父》中，本诗的尾联正是他人生观最恰当的注脚。“古来闲哲，多隐于渔。”他从个体生命的体验出发，塑造了林泉高致的“渔父”形象，这是他的自画像，是对自我人生价值的潜在肯定，也是对所处时代的不满与失望。

“青箬笠，绿蓑衣”，张志和就用这寥寥数语，就将自己羽化成一尊雕像。他宁静了自己，也抚慰了万千。

赵嘏：长笛一声人倚楼

“一日名动京师，三日传满天下。”

在一个没有“狗仔队”、也不会自我炒作的年代，要一夜蹿红，多难啊！

晚唐诗人赵嘏成功地做到了。

叹一声，现在的读者对赵嘏却知之甚少，即便见过他的名字，也是一笔带过，毕竟“嘏”字太生僻。

所以，教训深刻，爹妈给孩子取名要尽量通俗，笔画不要多，否则有朝一日，可能影响“成名要趁早”，孩子将来会埋怨的。

赵嘏有个雅号，叫“赵倚楼”。著名诗人杜牧无意间读到一首诗，把玩不已，连呼“赵倚楼”！

有诗坛老将杜牧站台，赵嘏的诗名，如春雷滚过的春草地，蓬勃发达，一夜碾过长安城，继而远播天下。

先来读一读这首“赵倚楼”的成名作，《长安秋望》：

> 云物凄清拂曙流，汉家宫阙动高秋。
> 残星几点雁横塞，长笛一声人倚楼。
> 紫艳半开篱菊静，红衣落尽渚莲愁。
> 鲈鱼正美不归去，空戴南冠学楚囚。

序属三秋，此时壮志未酬的赵嘏，意兴索然，独自来到长安城郊。他站在一个土墩上，仰观天高地厚，雁阵南归，有感于眼前的长天秋水，更觉郁抑不申，为吐块垒，便有了这首七律。“残星几点雁横塞，长笛一声人倚楼”是千古名句，“残星几点”是目见，“长笛一声”是耳闻；“雁横塞”取动势，“人倚楼”取静态。景物描写见闻动静的安排，颇具匠心。寥落的残星，南归的一群大雁，这是秋夜将晓时天空中最具特征的景象，高楼笛声又为之做了饶有情韵的烘托。

细读这两句，除意蕴之美外，还有“人生如逆旅”的哀婉。晨曦初见，西边天上还留有几点残余的星光，北方空中又飞来一行避寒的秋雁。诗人的注意力正被这景象所吸引，忽闻一声长笛悠然传来，循声望去，在那远处高高的城楼上，依稀可见有人背倚栏杆吹奏横笛。笛声那样悠扬，又那样伤感，是在喟叹人生如晨星之易逝，还是因见归雁而思乡里、怀远人？吹笛人的这位朋友，你是否太自私了？只管演绎自己内心的衷曲，可曾想过你的笛音竟然会这样地使闻者黯然神伤？

读这首诗时，心绪难宁，感情难以自拔，填充心间的，全是游子思归。

赵嘏的这首诗，尤其是这两句，就这样深深地打动了杜牧的心弦。《唐诗纪事》中记载，杜牧反复吟诵，对“残星数点雁横塞，长笛一声人倚楼”更是拍案叫绝。一句“赵倚楼”由此不胫而走，成为赵嘏永久的代号。

赵嘏于会昌二年（842）及第。进入官场后，《唐才子传》说他“卑宦颇不如意”，官至渭南县尉，只是个芝麻小官。官职虽然低微，但因诗才横溢，加上性格豪迈豁达，“多陪接卿相，出入馆阁，如亲属然”，和赵嘏交往的，多是达官巨卿。赵嘏出入他们的馆阁，就像是走亲戚一样频繁与随意。

名动京师、誉满天下，赵嘏绝非徒有虚名。《唐诗纪事》记载，“宣宗雅知其名”。乖乖，连当时的皇上都知道他的名字。有一天，批阅完堆积案头的奏折后，唐宣宗问站立一旁的宰相：“诗人赵嘏听过吗？他有没有担任过什么重要的职务，找几首他的诗给我看看。”

宰相赶紧吩咐下去，懂事的手下很快呈上一摞。唐宣宗看了第一首题为《题秦诗》后，脸色渐变为猪肝色，什么话？！“徒知六国随斤斧，莫有群儒定是非。”说的虽是秦朝旧事，难保你赵嘏不是“借古讽今”啊？！

赵嘏在诗中认为，秦始皇为什么不能如愿——自“始”之后，不再能“二世皇帝”“三世皇帝”，直至万世传之无穷？根本原因在于不但不用儒生，反而焚书坑儒，导致不能治平天下。赵嘏心中理想政治是“群儒定是非”。显然，这未免过于天真。他没有弄清楚科举的本意，统治者对中举的士人，只是巧加利用而已，加强皇权罢了。真正的国家大事，哪容得群儒来胡乱发表意见呢？唐宣宗不高兴了，赵嘏升官之事，也就打了水漂。

身在异乡，官场又不得意，心中愀然不乐，赵嘏只有将人生的五味杂陈付诸笔端，也只有在这一刻，内心最为沉静。“不关心粮食和蔬菜”，管他什么荣华富贵？！他只牵挂遥远的故乡。思乡题材是他最擅长、最用力和最用情的表达。他的《寒塘》也是经典之作。

晓发梳临水，寒塘坐见秋。
乡心正无限，一雁度南楼。

赵嘏确是诠释乡情的高手，他把客中思乡这一常见的题材，演绎得浑成含蓄而又耐人寻味。看似寻常，却见功力，这完全得益于他在诗歌技巧上的讲究。

《寒塘》与《长安秋望》不同之处，在于它实写客中秋思，借以抒发绵绵的乡愁。前两句用的是倒装句法，说早晨起来临水梳理头发，在塘边看到了寒秋的景色。“寒塘见秋”点明深秋时令，“临水梳发”暗示旅途劳顿。这种笔法，还可使人意会到：到塘边梳发，始觉深秋“晓寒”的孤寂、凄清之感。这一刻，作者的游子思乡之情油然而生。因梳发而临水，由临水而见秋，也很容易让人想到“逝者如斯夫”，倏忽间，人生进入迟暮之年，粗粝的手掌间，能留住什么？正因为“寒塘见秋”，其中所触发的愁思离情就显得不同寻常了。

第三句果然笔锋一转，直抒胸臆：“乡心正无限”！原来诗人见秋而引动的寂寞孤单、秋暮人老的感喟，正化作无垠的乡愁。一个“正”字，落得精妙。这“乡心”正是“见秋”而触发，这无限“乡心”也因“临水梳发”而加浓。这一“正”字，无论句转、意转，都很自然熨帖，诗人切切思归的心情也表露得情真意浓。然而，人生未有尺寸之功，想回去就能回去吗？好意思见“江东父老”吗？末句“一雁度南楼”，澎湃地将思归心切而又欲归不能的悲苦之情倾泻出来。“一雁度南”自与“见秋”关合，它的画外音是：孤雁一只尚能飞度南楼，我却长留客地，南归不得，连只雁也不如啊！

值得一提的是，在这里诗人不用“越”“过”“飞”等字，而用一个“度”字，读来恰有一种沉重之感。诗人的深沉感慨、惆怅之情，溢于言表。

“思乡”，之所以成为最能点燃赵嘏内心深处火焰的机杼，一个重要原因是“金屋藏娇”。家还在浙西润州时，他拥有一位美貌的小妾，赵嘏对她非常宠爱，因要赴京科考，只好将她暂留家中侍奉老母。中元节时，赵嘏的爱妾陪家人游览鹤林寺，恰被浙西节度使碰了个正着，垂涎于她的美貌，浙西节度使动了歪念。接下来的情节就有点像《水浒传》中的“高衙内抢占林娘子”这一幕了，这位节度使强行把她带回家并占为己有。正在长安的赵嘏接到家人的报信后，气得咬牙切齿，想以命相搏，却手无缚鸡之力，还是一枚无权无势的白丁。小妾本是思乡的精神动力，如今又被权力蹂躏，赵嘏的创作被残忍地截去了源头活水，无计可施，天地不语，只好以文字疗伤，以诗记下了这段屈辱：

寂寞堂前日又曛，阳台去作不归云。
从来闻说沙吒利，今日青娥属使君。

这首愤懑之作，越过千山万水传到了节度使耳中。此时赵嘏恰又在长安进士及第，想想以后可能同朝为官了，不必为了一个女人而给自己树敌，做人留一线，这位浙西节度使还算是个明白人，赶紧派人把赵嘏的爱妾“快递”到长安，完璧归赵。说也巧，赵嘏当时恰好因公务刚出潼关，路经横水驿时，在马上与爱妾碰了个正着。赵嘏一把跳下马来，与爱妾抱头痛哭。不幸的是，住了两晚后，小妾竟然香魂渺渺、玉魄悠悠。命比纸薄，爱妾的突然离世，让赵嘏伤心欲绝。他深爱她，又觉得亏欠她。因此，他精心选择了一个墓地，把她安葬在横水的北面。这个地方，是能被太阳照射到的高旷之地。

树是不愿离开花的，是花离开了树。赵嘏是个长情的人。去世时才四十岁，他对爱妾“思慕不已”。据说“临终目有所见”，弥留之际，他的眼中所见，无一不是她，无时不是她，全是她曼妙的身影。

她是他思乡的全部，更是他诗歌创作的源头活水。

“早晚粗酬身事了，水边归去一闲人。”赵嘏的这两句诗感叹了自己的仕途惨淡，也有人说他被这诗不幸而言中。辛文房在《唐才子传》中则说他“命霑仙尉，追踪梅市，亦不恶耳”。意思是说，赵嘏想追随成仙归隐之路。这一点儿也不奇怪，有唐一代，不少诗者“达则见，穷则隐”，最后的选择多是在青山绿水中，找一块安静之地，听风，听雨，与自己内心对话。在这里，他心平气和地安置好了自己的灵魂，不打扰他人，悄无声息地埋葬人生中曾有的壮志未酬。

对了，赵嘏名中的“嘏”念“古”。《诗·小雅·宾之初筵》有一句：“锡尔纯嘏，子孙甚湛。”“嘏”想必是“福”的意思。

郑虔：柿叶为纸

“诗圣”杜甫留给世人有诗一千四百余首，其中写给他一生挚友郑虔的就达二十首之多。这首题为《戏简郑广文虔兼呈苏司业源明》的诗，就是其中的代表作。

广文到官舍，系马堂阶下。
醉则骑马归，颇遭官长骂。
才名四十年，坐客寒无毡。
惟有苏司业，时时与酒钱。

郑虔有什么来头，能让“诗圣”杜甫如此情深友于？

《唐才子传》中说：“虔，郑州人，高士也。”

他是一个道德高尚的人，一个脱离了低级趣味的人。具体如何呢，撩起了我对郑虔的好奇。在脑海中迅速扫描了一下，好像对他的诗歌并没有什么印象，找了几个版本的《唐诗三百首》，未见片言只语，憾宝山空回。

那就先讲讲他的故事吧。

郑虔年轻的时候，深陷贫困之中，正如杜甫诗中所言，天寒地冻，缺御寒之物；喝点小酒，需要别人赞助。走投无路的他，只好栖身慈恩寺。“好琴酒篇咏，善图山水”，弹琴、赋诗和画山水画样样精通，也写得一手好字。写字苦于没有纸张，他只好四处摘柿叶，为此装满了好几间房子。他天天练字，差不多把堆积如山的柿叶都写满了，真是“无为守穷贱，轗轲长苦辛”。

一个偶然的机会，郑虔得到许国公、时任宰相苏颋的赏识。他来到长安，成为帝国的“高级公务员”，出任著作郎。初到京城，郑虔工作量不大，上班时间喝喝茶，偶与同僚谈点风月，日子闲得淡出鸟来。

郑虔不甘蹉跎、虚度光阴，一刻也闲不下来。为了充实日子，他偷偷地“尝以当世事著书八十余篇”，也就是私下撰写国史。在古时候，著史的话语权全在官家。尽管小心翼翼、偷偷摸摸，还是被人看见了。怕小人告发，郑虔只好将自己的心血付之一炬。虽然没有了物证，因宵小不依不饶的检举，郑虔还是被贬官外放十年。

这是他第一次遭贬。

十年后，唐玄宗突然想起被贬在外的郑虔，问左右群臣：“郑虔现在哪儿呢？”有人回答说还在外地流放呢。

唐玄宗爱惜郑虔的才华，下旨将他召回京城，一看暂时没什么适合他的位置，就“因人设岗”，专门为他设了个帝国的新单位——广文馆，任命他当“博士”。“广文博士”这一职务自郑虔始。

虽依然是个闲职，郑虔一如既往地不愿消损白日、消磨时光，他转而把更多时间付诸笔墨，写诗、作画、书法。有一次，他将自己精心绘制的一帧画，附上一首诗，上表进献，唐玄宗看后龙颜大悦，在郑虔的诗画末端处，亲手题上大字：郑虔三绝。

收到皇上的题字时，笔迹尚未干。郑虔反复端详，激动得泪流满面。好一阵子，轻手轻脚地整理好皇上所赐的笔墨，又恭恭敬敬地挂在家里厅堂的最显眼处。

天宝五年（745），杜甫来到长安，因应诏不第，困居长安达十年，过着“长安苦寒谁独悲，杜陵野老骨欲摧”的清贫生活。

就在这期间，杜甫结识了郑虔。

惨淡的日子一旦有人分担，困窘就减少了一半。共同的抱负，相似的经历，类似的苦闷，是他们结交的基础。他俩互煲“鸡汤”，互相打气，友谊越发深厚。

郑虔还有一位挚友，就是大名鼎鼎的李白。李白亲昵称他为“郑广文”，称赞郑虔是上知天文、下知地理的博学通才。

“郑广文”名声在外，也终为这名声所累。安史之乱爆发后，郑虔来不及跟随唐玄宗西逃，被安禄山派来的张通儒劫持，随同其他百官迁往东都洛阳。考虑到郑虔的知名度，安禄山授他伪朝廷水部员外郎之职。郑虔以生病为由予以推辞，但在安禄山狰狞面目之下，郑虔没能坚持多久，也没更好的选择，只好佯装答应。郑虔通过各种渠道搜集情报，让家人送到成都交到唐玄宗手上。郑虔想做“余则成”，但后来的继任皇帝唐肃宗对此不认账。

没论功行赏，他还遭遇更大的麻烦。重回长安后，唐肃宗第一时间对任过伪职的官员开刀。郑虔和张通、王维被收入牢中，囚禁在宣阳里。他们仨都善于画画，中书令崔圆家里装修，他借公行私，命令他们仨给自己的豪宅绘壁画。因对他们仨绘画水平十分满意，崔圆上下奔走，为他们说情。王维还有个做宰相的弟弟，通融以后免其一死且马上出来继续在京城当官。郑虔则贬往台州，任职司户。

这是郑虔人生中的第二次遭贬，也是最后一次。

公元 757 年的寒冬腊月，郑虔以老弱残身，长途跋涉来到台州。当时的台州“地阔海冥冥”，地处荒僻，乃化外之地。郑虔的穿衣打扮，言行举止，与当地风俗迥然不同。台州人与郑虔相互视为怪物，曾有“一州人怪郑若齐，郑若齐怪一州人”的说法（若齐是郑虔的字）。郑虔无奈自叹：“著作无功千里窜，形骸违俗一州嫌。”

一路走来，让郑虔遍体鳞伤，但伤口长出的却是翅膀。他以教化台州百姓为己任，大力发展台州文教。

郑虔以地方官员身份首办官学，选择民间优秀子弟前来入读，大到冠、婚、丧、祭之类的礼仪，小到升、降、揖、逊之类的礼节，且率先垂范，从我做起，从当下做起。数年后，台州“再使风俗淳”，士风逐渐奋扬而起。

真是心有不甘，不相信找不到郑虔的诗作。幸好《全唐诗》存有一首，应该也是他的唯一一首：《闺情》。

银钥开香阁，金台照夜灯。
长征君自惯，独卧妾何曾。

郑虔的这首《闺情》，注重闺中景物的刻画。“银钥”“香阁”“金台”“夜灯”等字眼奢华艳丽，衬托出的却是闺中女子的孤独与寂寞。这一手法，后来被温庭筠发扬光大。温庭筠《菩萨蛮》中的两句“小山重叠金明灭，鬓云欲度香腮雪”即是余绪。

郑虔在创作中，敢于善于标新立异。“不惯独卧”想法，似乎有些过于直白，实际上是对南北朝民歌的继承创新。南朝民歌中有一首《清溪小姑曲》，诗中后两句是这样的：“小姑所居，独处无郎。”不难想见，这是一位性格直爽的女子。与其他闺怨诗不同，郑虔诗还出现了思念对象的形象。女子的一句抱怨，“长征君自惯”，透露出这位守边者没心没肺、不懂女人心思的性格特点。在情感的表达上，郑虔在抒情之中不乏幽默。许多闺怨诗都是抒情之作，但王昌龄、李白等人的诗歌，却是过多地陷于柔情、缠绵，而郑虔的作品，显然还有泼辣、幽默的味道。

当听到老友将贬台州后，杜甫伤心不已，赋诗一首以作泣送：《送郑十八虔贬台州司户伤其临老陷贼之故阙为面别情见于诗》。

郑公樗散鬓成丝，酒后常称老画师。
万里伤心严谴日，百年垂死中兴时。
苍惶已就长途往，邂逅无端出饯迟。
便与先生应永诀，九重泉路尽交期。

杜甫认为，像郑虔这样一位无害、无罪的人不应该受到“严谴”。因此，对老友的际遇深感不平，但又无能为力。激愤之下，诗人的情感不可抑制，似从“肺腑流出”，真意弥漫、情见于诗。

有此知音，即便人生颠沛流离，郑虔也应该会感谢上苍的厚赐。

朱庆馀：画眉深浅

从越州（今浙江绍兴）到长安，朱庆馀越关山重重，饱风餐露宿，终于如期抵达帝国都城。

此番来长安，他是赶科考的。

开考前，朱庆馀徘徊于长安街头，未来面临着太多的不确定性，这让他惶惶不安。十年寒窗苦读，谁不希望鱼跃龙门，“一举成名天下知”呢？

攀高枝、傍大腿，他打算随大流，也想找个有分量的人，帮自己做做广告，以提高中榜的保险系数。

这位贵人是谁呢？他绞尽脑汁。

念念不忘，必有回响。一个偶然的机会，朱庆馀与著名诗人、水部郎中张籍碰了个正着。他恭敬地递上“名刺”。张籍拉着他的手，站在街头，简短地一番交谈。告别时，张籍问朱庆馀有什么新作。朱庆馀赶忙从背包里奉上早已准备好的26篇诗文。张籍把这些作品收下，轻手叠好放进自己的公文袋，揖别而去。

下班后，回到家中，借着忽明忽暗的烛光，张籍不顾老眼昏花，一首接着一首，把朱庆馀的诗作仔细读了个遍，好诗啊！尤其是读到这一首时，忍不住拍案叫绝。

宫中词

寂寂花时闭院门，美人相并立琼轩。

含情欲说宫中事，鹦鹉前头不敢言。

宫怨是历代诗人常用的主题之一，写出新意的难度很大。这首诗表达的与其说是宫怨，不如说是“己怨”。怀才不遇，命运多舛，不过是借宫女之口发发牢骚罢了。但朱庆馀不落窠臼，别出心裁。《宫中词》构思别致，别出机杼。以往的许多宫怨诗，大多写一位不幸的宫女。朱庆馀笔下的却有两位。两位美人偶遇，并立于玉台楼阁，本想相互倾诉一番，以解心头郁积，话到嘴边，转头看到了一只鹦鹉，吓得赶紧把话咽了回去。

这不是一只普通的“鹦鹉”，是暗指遍布宫中的耳目。人身没有自由，说话也没有自由，在这种密网之下，宫女的凄苦更为深重。

诗的切口，相当别致。

别致在哪儿呢？首先，不直接点明却暗示了难以言说的“宫怨”：青春难耐，众多的失宠者，不仅失去的是人身自由，甚至失去了说话的自由。其次，“鹦鹉”是一语双关，既指一种鸟类，也指宫中那些“鹦鹉学舌”之人，她们以打小报告获取利益。无论哪种“鹦鹉”都有一个共同点：告密求荣，卖友求荣。

这些宫女只能噤若寒蝉。

叹赏之余，张籍从此逢人便给朱庆馀点赞。张籍当时在文坛、政坛上都有相当高的声望，经他的推广宣传，许多人到处寻找朱庆馀的作品，以一睹为快。

朱庆馀一下子成为“网红”。

虽说无巧不成书，对朱庆馀的偶遇张籍，我还是高度怀疑他也不能从俗，走的是精心选择后的套路。有唐一代，大凡参加科考的考生，考试前，都希望借助德高望重之士的推荐，引起主考官的格外关注，从而顺利取得功名，这就是所谓的“行卷”。李白、杜甫、白居易等大咖还是“菜鸟”时都热衷于走此捷径。孤傲如李白者，为求晋进，也曾不惜放下身段，写过一封《与韩荆州书》，通篇的谄媚之词，实不堪卒读，掉一地的鸡皮疙瘩。

尽管有了张籍的倾力铺垫，从考场出来，朱庆馀心中仍是忐忑不安，是榜上有名，还是名落孙山？在等待揭榜的那段日子里，焦躁不安的朱庆馀，写了一首题为《闺意》的七言绝句呈给张籍，以试探考试结果。全诗如下：

洞房昨夜停红烛，待晓堂前拜舅姑。
妆罢低声问夫婿，画眉深浅入时无。

这是一首行卷诗，或者说唐代文人科考前拉关系的诗。诗中的"舅姑"是指公公和婆婆，也就是丈夫的父母了。为了讨取长辈的欢心，新媳妇花尽心思梳云掠月，以便在凌晨拜见时能取得印象"高分"。这无疑是朱庆馀的用心良苦，这一回，自己能被主考官赏识而终被录取吗？

张籍看过之后，会心一笑，捋了捋胡子，沉吟一会儿，随后同样以美人比拟，委婉地回答朱庆馀。

酬朱庆馀

越女新妆出镜心，自知明艳更沉吟。
齐纨未足时人贵，一曲菱歌敌万金。

诗中的"越女"指的是朱庆馀，因为他是越州人。诗的意思是说，你的诗写得如此明艳亮丽，为什么还不够自信要试探我呢？弦外之音，你就不必担心了，像你这样有水平的考生，相信考官一定不会走眼的。

果然不出所料，因有张籍的大力宣传和引荐，加上自己的过人才华，朱庆馀在敬宗宝历二年（826）一举考取了进士。

张籍成就了他人，也成就了自己。因为善做甘做伯乐，这段佳话得以永久地流传，成为慧眼识珠的最好榜样。

在呈给张籍的二十六首诗中，张籍认为《采莲》是一首"值万金"之作。评判一下，张籍该不会是因为爱屋及乌吧？

隔烟花草远濛濛，
恨个来时路不同。
正是停桡相遇处，
鸳鸯飞去急流中。

采莲一类的主题，均与南方风土人情有关。这诗大概也只是描摹江南采莲女子而已，但重心置于心理活动，大意是说采莲女子有所遇合。来时之路虽然不同，但停桨相遇、鸳鸯飞起，都暗示了这是一首描述欢会的诗歌。字面如此，却未必写实，或有借喻或比兴的可能。人生大抵如此，不期而遇，却又无缘相识、相交、相知，只道一句“可恨的是”，无论官场进退还是男欢女爱。

不知道是什么缘故，才高八斗的朱庆馀，却在各种典籍中记录甚少，有些干脆就四个字：生卒不详。辛文房称他“气平意绝，社中哲匠也”。即便评价这么高，他的《唐才子传》“朱庆馀”条也只有寥寥的五十字，还把朱庆馀误记为闽中人。全文如下，供一阅：

庆馀，名可久，以字行。闽中人。宝历二年裴俅榜进士及第，授秘省校书。得张水部诗旨，气平意绝，社中哲匠也。有名当时。集一卷，今传。

惜墨如金。但对朱庆馀来说，这些可能都不重要了，就凭这一句“画眉深浅入时无”，他就能与千万读者深宵对语、天涯咫尺。

祖咏：一份未答完的考题

人与人关系的称谓有多种，如父母、兄弟、夫妻、哥们，等等，不一而足。

还有一种，叫“吟侣”，听说过没？

先读下面这首诗：

蟏蛸挂虚牖，蟋蟀鸣前除。
岁晏凉风至，君子复何如。
高馆阒无人，离居不可道。
闲门寂已闭，落日照秋草。
虽有近音信，千里阻河关。
中复客汝颍，去年归旧山。
结交二十载，不得一日展。
贫病子既深，契阔余不浅。
仲秋虽未归，暮秋以为期。
良会讵几日？终日长相思！

这首名为《赠祖三咏》，是大诗人王维写给老朋友祖咏的诗。祖三，也即祖咏，他因在兄弟或堂兄弟中排行第三，人称祖三。唐代的时候，人们喜欢以行第相称，特别在诗文中，如称李白为李十二，杜甫则称杜二。

《赠祖三咏》是首长诗，之所以不吝篇幅全文照录，只是想说，王维、祖咏交往二十年来，可能未曾“同甘”，却一定有过“共苦”。惺惺相惜，同病相怜，彼此友情没随时间流逝而趋淡，反而历久弥坚、白首同归。

从诗中看得出，两人关系非同一般。

没错，辛文房在《唐才子传》中说：“少与王维为吟侣。”也就是说，祖咏和王维认识很早，两人都喜好诗文，在相互切磋的基础上，更是成为可以掏心掏肺的朋友、诗友。写这首诗时，王维正坐困愁城，因被唐玄宗猜忌，遭遇了人生的第一次被贬，狼狈行走在发往济州的途中。此时，他的栖身之所，是官府的一所破旧宅子。寂寞孤旅，亲朋皆无，在月朗星稀的晚上，仰望夜空，他想起故友祖咏，于是就有了这首读来令人鼻子发酸的《赠祖三咏》。

人与人之间，光是遇见，就已经是上上签了。看来，祖咏、王维都抽中上上签了。

虽为王维的“吟侣”，有关祖咏的史料却较为少见，《新唐书》《唐代诗人丛考》均没任何记载，倒是在殷璠的《河岳英灵集》中，有段较长的文字。殷璠对祖咏诗歌如此评论：“剪刻省静，用思尤苦，气虽不高，调颇凌俗，足称为才子也。”

“气虽不高，调颇凌俗”，意思是说，祖咏诗的格调虽然远超流俗，但诗的骨气不够高古。

说祖咏的诗“气不高”，我不同意，也觉得不甚公平。我们或暂不先下结论，先读读他的《望蓟门》再说吧。

燕台一望客心惊，箫鼓喧喧汉将营。
万里寒光生积雪，三边曙色动危旌。
沙场烽火连胡月，海畔云山拥蓟城。
少小虽非投笔吏，论功还欲请长缨。

唐代蓟门，即范阳道，统率幽云十六州，为唐朝东北边陲重镇，主要防御契丹。开元二年（714），薛纳将兵御契丹；开元二十二年（734），

张守珪斩契丹王屈烈王可汗。祖咏正游宦于此，《望蓟门》就是写于这一时期。诗的最后两句，作者化用了两则典故。汉代班超家贫，为了谋生，常为官府抄写公文。有一天，他投笔叹曰："大丈夫当立功异域以取封侯，安能久事笔砚间。"后来天遂人愿，终以军功封为定远侯，这就是诗句中所说到的"投笔吏"。"论功还欲请长缨"则与汉代另一人物有关，他叫终军，曾上书汉武帝："愿受长缨，必羁南越王而致之阙下。"可惜，后被南越相吕嘉所杀，年仅二十余岁。这首诗，紧扣一个"望"字，极言蓟门山川形胜，意象雄伟壮阔，字里行间表达的都是建功立业的人生豪迈和"盛唐之音"。

诗人准备甩开膀子大干一场。

理想珠圆玉润，现实却瘦骨嶙峋。开元十二年（724），祖咏虽进士及第，却长期被晾在一边，未被授官，一直在官场的门口徘徊。

后来，一个偶然的机会，与时任宰相、文坛领袖张说相识并得到他的鼎力相助，终于混到了一官半职，做了个驾部员外郎。遗憾的是好景不长，因犯了一个小过失，又遭贬谪。仕途上的落拓，让祖咏大失所望，遂萌生归隐之心。不久，祖咏在汝水一带，找了个地方，建了一栋别馆，"以渔樵自终"，靠打鱼砍柴度过了后半生。

移居汝水一带之前，祖咏经友人介绍，参观了苏氏别业园林。诗人在此流连忘返，且"生隐心"，从而更加坚定了他的毅然决然。这心思在他的这首《苏氏别业》中，已呼之欲出。

别业居幽处，到来生隐心。
南山当户牖，沣水映园林。
屋覆经冬雪，庭昏未夕阴。
寥寥人境外，闲坐听春禽。

诗人笔下的苏氏别业，亭台楼阁，环境清幽，有茂盛树木，有春鸟啁啾，有落日黄昏，有经冬覆雪。

这番别有洞天，正可躲进小楼成一统，以逃离滚滚红尘的鄙厌世俗。

殷璠认为祖咏的诗“调颇凌俗”，这一点我相当赞同。祖咏的“凌俗”，既表现在为文写诗，也表现于他的为人处世。请你读——

终南阴岭秀，积雪浮云端。
林表明霁色，城中增暮寒。

祖咏这首《终南望余雪》，确切地说，是一首未写完的答卷。据《唐诗纪事》记载，此诗是祖咏参加考试时的作文，按应试有关规定，考试作文必须写成六韵十二句的排偶体，但诗人写完这四句后就提前交卷，考官问他原因，祖咏回答说“意尽”。

该说的，都已经表达充分了。

有话则长，无话则短。我十分欣赏祖咏的写作态度。这首诗写得很冷静，点到即止。日暮天晚，从长安城遥望终南山，白雪皑皑，积雪没有完全融化，晚上又将是冰冷彻骨，大自然的寒，心中的冷，还需要用更多的语言来表达么？

剩下的，无非多余，甚至废话。

主考官最后给了他什么分数，已难稽考。但祖咏的这份自信，以及不按常理出牌的勇气，却着实感染了后人。

祖咏选择归隐，是一种境界，也是一种修行。

参考文献

1.（元）辛文房 . 唐才子传 [M]. 贵阳：贵州人民出版社，1995 年 .
2.（宋）计有功 . 唐诗纪事 [M]. 上海：上海古籍出版社，2008 年 .
3.（宋）王谠 . 唐语林 [M]. 北京：北京燕山出版社，1998 年 .
4. 江弱水 . 诗的八堂课 [M]. 北京：商务印书馆，2017 年 .
5. 胡震亨 . 唐音癸籤 [M]. 上海：古典文学出版社，1957 年 .
6. 施蛰存 . 唐诗百话 [M]. 西安：陕西师范大学出版总社，2014 年 .
7. 胡怀琛 . 中国八大诗人 [M]. 南京：河海大学出版社，2021 年 .
8. 顾随，叶嘉莹 . 中国古典诗词感发 [M]. 北京：北京大学出版社，2012 年 .
9. 俞陛云 . 诗境浅说 [M]. 北京：中华书局，2010 年 .
10. 张中行 . 诗词读写丛话 [M]. 北京：中华书局，2012 年 .
11. 蒋勋 . 蒋勋说唐诗 [M]. 北京：中信出版社，2012 年 .
12. 马博 . 唐诗鉴赏 [M]. 北京：线装书局，2014 年 .
13. 傅璇琮 . 唐代诗人丛考 [M]. 北京：中华书局，1980 年 .
14. 赵睿才 . 唐诗与民俗关系研究 [M]. 上海：上海古籍出版社，2008 年 .
15.〔日〕下定雅弘 . 中唐文学研究论集 [M]. 北京：中华书局，2014 年 .
16. 陈尚君 . 唐女诗人甄辨 [M]. 北京：海豚出版社，2014 年 .

后记：我见唐诗

拙作《长安道上》，乃偶得之。

数年前，家从城中搬到城南，整理书柜时，于堆积如山的书籍中，“邂逅”了元人辛文房和他的《唐才子传》。自此，行走“长安道上”。

回忆是漫长而青春的。三十余年前，大学同学石玉华君与我相知甚厚，毕业季校园道别，石君赠我以书，即《唐才子传》。往后日子，多在忙碌中奔走，书虽未曾遗失，却束之高阁。现在想来，实愧负石君之厚意。

幸好，缘分总是在的。人生的下一个路口，总有一种等待绕不过去，与辛文房以及他的扛鼎之作《唐才子传》即是如此。

民国时期，有位叫许世瑛的青年，曾去信鲁迅先生，请先生开列一份学习中国文学的书单。鲁迅先生慨然允诺，列书十二种书，榜首即为辛文房的《唐才子传》。

《唐才子传》详记了唐代诸多诗人的逸事趣闻，后人既可品读经典，也可领略诗人之神采奕奕又或蹭蹬困窘。如果仅止于此，《唐才子传》也不过是络绎不绝的“狗仔队”对明星私生活的好奇与猎奇。辛氏书中对唐代诗人思想情感和生活情趣的描述，令后人撼于有唐一代诗坛之繁荣与鼎盛。知名学者李立朴先生在其《唐才子传全译》中，对该书评价极高，誉其为“一部杰出的论唐诗风格流变与评价各位诗人艺术成就的专著”。

讶异的是，辛文房竟为元朝前期的西域人。他是唐诗的超级铁粉，以自称“五言长城”唐代诗人刘长卿的字为名，又以另一位被赞为“珪璋特达”

的诗人于良史的名为字。据李立朴先生的说法，辛文房仕历元朝，曾官为省郎，且深于诗道，诗名亦隆。元初著名诗人张雨曾诗其“怜君守华省，琢句废春宵”，辛氏功力足见一斑。

由此宕开一笔，再来说说唐诗。

李修文是我最为喜爱的作家之一。他的作品文字干净，每落一字，看似漫不经心，却气象万千，常常温暖夜灯下的我。其新著《诗来见我》封面有言：“我们中国人，无论你身处在什么样的境地中，总有那么一句两句诗词在等待着我们，见证着我们，或早或晚，我们都要和它们破镜重圆，互相指认着彼此。”

深获吾心。谁说不是呢？唐诗当如是。

唐诗，是华夏文化一座后人无法逾越的高峰。

溪水、江河，飞鸟、山花，旅途、边塞、愁思……寒尽春生，万物有情。每一字，每一句，每一首，都是唐人多彩生活的丰厚意象，都是叙事抒情言志的寂寂行舟。江海渺渺茫茫，起笔沙沙有质，或见花团锦簇，或闻呜咽悲鸣，或一日看尽长安花，或栏杆拍遍无人会。这些诉诸笔端的演绎凝结成了中国人的情感日常，经久不散。唐诗如月，其明其暗，其情其意，皆载我忧，皆解我愁，皆明我向，构筑起值得我们永久坚守的精神家园。

我试图另辟蹊径于《长安道上》，即不专注于诗歌的鉴赏、品味，而努力观照诗人成诗时经历的百味际遇，折射诗人“此时此刻”的高光或至暗人生，并以此诠释诗人们在“长安道上”奔跑途中，曾有的豪情万丈，又或行囊空空。

“长安道上春可怜”，又或“长安道上骑驴吟血诗”。长安道上，欲望无穷，它是诗人实现人生梦想的必由之路，又是道尽途穷的人生归路。

最初的写作目标是100篇，汇集100位唐代诗人。文成后，从中选取76篇，实际呈现了76位唐代诗人的B面人生。其中的若干篇，在文友庄越之先生的指点下，曾以“石墨文档”格式发在朋友圈，获赞良多。圈友之鼓励，让我信心爆棚，更是一发不可收拾。

“李杜文章在，光焰万丈长。”在我看来，李白尤其是。他的高度连苍鹰也飞不过。几番下笔，力有不逮，只好掷管，悵悵作罢。

码字本苦，如鱼饮水，冷暖自知。一路走来，虽踉踉跄跄，幸得诸多师友鼓励提点。中山大学哲学系陈少明老师，大学同砚、浙江大学陶然教授惠赐序言，青年美女画家贺学宁为拙作精心配了插图，纪光明、张肇达、郭忠之先生题写或篆刻了书名，陈奈、袁海锋老师以及汤铸莹、杨兴权两位小友繁忙之余帮忙校核，厘梳错漏甚至硬伤，使之得以修缮。我心存感激，然大谢无言。

虽如此，因所知所闻所识之故，书中应还有不少舛错。著书是遗憾的艺术，一旦白纸黑字，则斧钺难削、覆水不收。对书中犹存挂漏讹误，请读者诸君涵谅。

码字成书，最该感谢的当是致力于薪火相传的前贤辛文房。在他所处的时代，交通不便，音讯滞塞，“未可披沙拣，黄金抵自多”。搜寻整理资料之苦之累，其中艰辛难以想象。正因如此，《唐才子传》肯定也有以讹传讹、张冠李戴之疵，然瑕不掩瑜，相信后人对此会给予足够的理解。

致敬辛文房先生！

唐诗丛林枝繁叶茂，美不胜收。我只是位路人。既是路人，就要好好打量。古人如此，今人亦是。

本书所收 76 位诗人，文章篇目排名不依成就身份，唯以姓氏拼音为序。以此方式，致敬唐诗的每一位作者！

唐诗可伴茶、可下酒。若再不来见，又是一年。

2022 年 10 月于中山